Kontaktadresse nach EU-Produktsicherheitsverordnung:
produktsicherheit@droemer-knaur.de

AF136869

Über den Autor:

Christian Kraus wurde 1971 in Hamburg geboren. Nach dem Studium der Humanmedizin und Promotion an der Universität Hamburg war er lang als Arzt und wissenschaftlicher Mitarbeiter im Zentrum für Psychosoziale Medizin, Psychiatrie und Psychotherapie des Universitätsklinikums Hamburg-Eppendorf tätig.

Seit 2006 ist er Facharzt für Psychiatrie und Psychotherapie und arbeitet heute als niedergelassener ärztlicher Psychotherapeut und Psychoanalytiker in eigener Praxis in Hamburg.

Christian Kraus ist verheiratet und hat eine Tochter.

»Tief wirst du schlafen« ist nach »Töte, was du liebst« und »Nichts wird dir bleiben« sein dritter Psychothriller im Droemer Verlag.

CHRISTIAN KRAUS

TIEF WIRST DU SCHLAFEN

PSYCHOTHRILLER

DROEMER

Besuchen Sie uns im Internet:
www.droemer.de

Originalausgabe Juli 2021
Droemer Taschenbuch
© 2021 Droemer Verlag
Ein Imprint der Verlagsgruppe
Droemer Knaur GmbH & Co. KG, München
Alle Rechte vorbehalten. Das Werk darf – auch teilweise –
nur mit Genehmigung des Verlags wiedergegeben werden.
Die Nutzung unserer Werke für Text- und Data-Mining
im Sinne von § 44b UrhG behalten wir uns explizit vor.
Redaktion: Clarissa Czöppan
Covergestaltung: Sabine Kwauka
Coverabbildung: shutterstock / Fractal Art
Satz: Adobe InDesign im Verlag
Printed in Germany
ISBN 978-3-426-30788-5

4   6   7   5   3

Für Inken. In Liebe.

INDUKTION

Bist du ein Verlierer? Kommst im Leben zu kurz, fühlst dich abgehängt?

Dann habe ich eine gute Nachricht: Du kannst das ändern. Jetzt gleich. Willst du das?

Ja?

Ich bin nicht überzeugt. Deswegen frage ich noch mal: WILLST DU DAS WIRKLICH ÄNDERN?

Okay.

Wenn du sicher bist ...

und nur dann ... machen wir weiter.

Die erste Lektion dauert nur wenige Minuten. Sie ist die wichtigste. Wenn du dich darauf einlässt, gehst du bereits die ersten Schritte auf der Gewinnerstraße.

Also: Setz dich entspannt hin! Nimm ein paar tiefe Atemzüge und spüre in deinen Körper hinein! Ist es bequem?

Gut. Jetzt zähle ich langsam rückwärts von fünf bis eins. Versuche, dich allein auf das Zählen zu konzentrieren!

Fünf.

Höre meine Worte! Lass dich von ihnen führen. In einen Zustand angenehmer Entspannung.

Vier ... drei ...

Vielleicht spürst du es bereits. Als Gefühl von Schwere oder auch Leichtigkeit in den Füßen, den Waden, den Oberschenkeln. Als Wärme oder angenehme Kühle, die sich von den Händen über die Arme und Schultern allmählich in dir ausbreitet. Dein Bauch, dein Rücken und dein Nacken, sogar dein Gesicht, alles entspannt. Wohlige Gleichmut erfüllt dich.

… zwei … eins. Fertig.

Gut gemacht. Du befindest dich in einem Zustand leichter Trance. Eventuell bemerkst du es nicht einmal, aber das macht nichts. Die Trance wirkt bereits. Dein Denken, dein Fühlen, deine Körperfunktionen beruhigen sich. Atme weiter! Folge meinen Worten!

Und jetzt stell dir einen Menschen aus deinem Leben vor. Nimm einfach denjenigen, der dir als Erstes in den Sinn kommt. Mal dir im Kopf aus, wie er oder sie aussieht, spricht, sich bewegt. Wie ist deine emotionale Beziehung zu diesem Menschen? Gibt es Gefühle von Sympathie oder sogar Liebe? Den Wunsch nach Nähe? Oder magst du die Person eigentlich nicht, ärgerst dich über sie? Steht sie dir bei etwas im Weg?

Lass dich einfach ein auf die Gefühle, die derjenige oder diejenige genau jetzt in dir wachruft.

Gut.

Und nun stell dir vor, wie es wäre, diesen Menschen zu töten!

Ups. Habe ich dich erschreckt? Alles in dir sträubt sich gegen die Vorstellung, nicht wahr? Du willst das nicht, kannst es nicht. Du bist doch kein Mörder!

Nun, du hast recht. Und ich kann dich beruhigen, ich verlange nichts Unrechtes von dir. Ich möchte dir lediglich helfen, deine Kraft zu befreien. Dich mit deiner Wut, mit deinem gerechten Zorn in Berührung bringen. Wer weiß? Vielleicht wirst du auf dem Weg dorthin auch noch jemanden töten müssen.

Zumindest in der Fantasie.

Willst du das? Willst du die geballte Kraft spüren, die in dir steckt?

Gut. Dann folge mir!

Ich zähle erneut von fünf rückwärts. Währenddessen leerst du deinen Geist, vertiefst deine Entspannung. Und dann zeige ich sie dir. Die Kraft.

Fünf ... vier ... drei ... zwei ... eins.

Wer an die Freiheit des menschlichen Willens glaubt,
hat nie geliebt und nie gehasst.

Marie von Ebner-Eschenbach

1

Der Mann mit den kurzen blonden Haaren und dem markigen Kinn steckte in der Klemme. Er stand in einem riesigen Raum mit nackten Betonwänden, über denen das Licht einer defekten Halogenlampe flackerte. Von allen Seiten des Gemäuers gähnten ihm dunkle Tür- und Fensteröffnungen entgegen. Der kahle Boden war mit Bauschutt übersät.

Der Typ hielt den Atem an. Durch die Stille drang das Geräusch schlurfender Schritte. Er kniff die Augen zusammen, zog sein Gewehr von der Schulter – eine Pumpgun, die ihm locker in den Händen lag –, lud es durch und drehte sich langsam im Kreis. Die Sohlen seiner Stiefel knirschten über das Geröll.

Karina stand in der Wohnzimmertür. Ihr Blick wanderte vom Flachbildfernseher rüber zum Sofa. Dort saß Gunnar mit einer Flasche Bier, neben sich eine Tüte Chips, und starrte auf den Bildschirm.

Er hatte den Gürtel seiner Jeans gelöst und zusätzlich den obersten Knopf geöffnet. Sein wabbeliger Bauch hatte das erweiterte Platzangebot dankbar angenommen und quoll aus dem Hosenbund. Gunnars Augenbrauen zuckten vor Anspannung. Als ob er diesen Scheiß nicht schon tausendmal gesehen hätte. Seine Futterluke stand offen, aber der Nachschub war ins Stocken geraten. Seine Chipshand schwebte schwer beladen in der Luft.

Merkwürdig, dachte Karina. Gunnar verwandelte sich beim Gucken dieser Zombieserie selbst in eine Art lebenden Toten.

Sie trat zum Sofa. »Ich könnte Frikadellen machen«, sagte sie und ahnte, dass der Zeitpunkt für ihre Bemerkung nicht allzu günstig war. »Die kannst du dir morgen in der Mikrowelle aufwärmen.«

Gunnar beachtete sie gar nicht. Natürlich nicht, denn es ging gerade los. Was waren frische Burger gegen das Gehackte, das sich auf der Mattscheibe anbahnte? Der erste Zombie kam nicht aus einer der dunklen Öffnungen geschlurft, sondern fiel kreischend von oben herab. Woher auch immer der gekommen war. Knochige Finger krallten sich am Oberkörper des Helden fest, braune Zähne in einem Gammelgesicht versuchten, ihm in den Hals zu beißen. Mensch und Zombie rangen sekundenlang miteinander. Dann löste sich ein Schuss aus der Pumpgun, die Ekelfratze explodierte und verspritzte allerlei schleimige Brocken. Kurz sah es aus, als klebten welche an der Innenseite des Fernsehers. Krank, dachte Karina. Einfach nur krank.

Jetzt krochen die anderen Untoten aus den Löchern. Der Blonde wischte sich Zombiehirn, Zombieblut und Zombiesonstwas aus dem Gesicht und ballerte wild drauflos. Auch Gunnar geriet in Aktion. Er nahm einen Schluck Bier und stopfte sich eine satte Ladung Chips in den Mund.

»Gunni!«, sagte sie. »Was ist mit den Buletten?« Sie legte ihm die Hand auf den Oberarm.

»Pscht«!, machte er, ohne sich zu ihr umzudrehen. Chipskrümel flogen ihm aus dem Mund. Seine Linke kümmerte sich bereits um Nachschub. Er wackelte mit der Schulter, um ihre Hand abzuschütteln.

Karina tapste zurück in ihre Küche.

War sie wütend? Verletzt? Zumindest traurig? Grund genug hätte sie. »Er behandelt dich wie den letzten Dreck. Gunnar ist ein Arschloch«, hatte ihre beste Freundin Anni gesagt. Erstmals vor fünf Jahren, seitdem wiederholte sie es alle paar Wochen. Anni kannte sich gut mit Arschlöchern aus, dank ihrer zehnjährigen Ehe mit Hendrik. »Du machst es ihm viel zu leicht«, ging die Predigt weiter. »Du kaufst ein, schmeißt den Haushalt. Er furzt tagsüber das Sofa voll und glotzt Zombieserien, während du im Supermarkt hinter der Fleischtheke schuftest und das Geld ranschaffst. Du musst dich wehren.«

Er steht dir im Weg. Auf der Gewinnerstraße.

Karina stutzte. Was war denn das? Hatte sie das wirklich gerade gedacht? Von Anni hatte sie das nicht mit der Gewinnerstraße, aber woher dann? Egal.

Obwohl es stimmte. Gunni war ein faules Arschloch. Und sie sollte sich von ihm trennen. Aber …

Ihre Gedanken stockten. Weiter kam sie nie. Sie wusste nicht, warum sie trotz allem bei ihm blieb. Dieses ›Aber‹ hing in ihrem Gehirn wie ein Vorhang aus dickem Stoff, hinter den sie nicht gucken konnte. Sie hatte keine Ahnung, was sich dahinter verbarg.

Die Frikadellen, dachte sie mit einem Gefühl der Erleichterung, nicht länger über so komplizierte Sachen nachgrübeln zu müssen. Die Zubereitung beherrschte sie im Schlaf. Wahrscheinlich würde sie selbst als Zombie noch leckere Burger machen.

Sie zog eine eingeschweißte Packung Hackfleisch aus dem Kühlschrank, prüfte das Verfallsdatum (es lief morgen ab, also war es höchste Zeit). Sie riss die Folie herunter, hackte eine Zwiebel, schob die kleinen Stücke in eine Rührschüssel und vermischte sie mit dem Fleisch. Dazu kamen ein eingeweichtes Brötchen, die Gewürzmischung aus der Tüte und eine Extraportion Salz und Pfeffer (Gunni mochte es gut gewürzt). Als Letztes schlug sie ein Ei auf. Der Dotter schwamm im glibberigen Eiweiß auf dem Hack und glotzte sie an wie ein höhlenloses Auge.

Sie holte den Akku-Handmixer aus der Schublade, steckte

die Knethaken in die Öffnungen, schaltete auf Stufe eins und drückte die rotierenden Spiralen in das gelbe Glubschauge. Das glänzende Häutchen platzte, der Dotter zerfloss und verpasste dem rosa Fleischbrei für eine Sekunde eine kräftige Gelbfärbung. Sie ging hoch auf zwei. Der Mixer gab Gas, die Haken pflügten durch die Hackmischung.

Es hatte etwas Befreiendes. Kraft, in dem Mixer steckte jede Menge Kraft, dachte Karina, und das Wort hallte wie ein Echo in ihrem Kopf.

Sie stieß fest zu und entlockte dem Plastikgefäß ein nervöses Brummen. Aber da ging noch mehr. Stufe drei, volle Power. Die Maschine kreischte. Die herumwirbelnden Spiralen schleuderten Fleischfetzen über den Rand der bebenden Schüssel und sprenkelten die Küchenverkleidung und die weiter links stehende Mikrowelle mit blassroten Fetzen. Wow, was war das? Ihr war, als lupfte sich der Vorhang in ihrem Gehirn. Aber statt Zweifeln, Unsicherheit und Angst kroch darunter etwas komplett Unerwartetes hervor. Und es fühlte sich gut an.

Eine Hand packte sie am Oberarm. Karina zuckte zusammen. Gunnar stand in der Küchentür. Seine Jeans war noch immer offen, die losen Enden seines Gürtels baumelten zu beiden Seiten neben dem Hosenschlitz. An seinem Pullover klebten Chipskrümel. In der linken Hand hielt er die Fernbedienung und fuchtelte damit in der Luft herum.

Sie schaltete den Mixer ab.

»Sag mal, geht's noch? Drehst du jetzt komplett durch?«, raunzte er. Seine Finger quetschten ihre Armmuskeln so fest zusammen, dass es wehtat. Er schleuderte ihr einen zornigen Blick entgegen, dann ließ er ihren Arm los, knallte die Küchentür zu und war schon wieder weg.

Karina nahm sich Zeit beim Braten der Frikadellen und

vermied jedes unnötige Geräusch. Während die Buletten abkühlten, beseitigte sie den Schweinkram in der Küche, und als alles picobello war, verstaute sie die Bratlinge in einer Plastikbox im Kühlschrank. Lediglich der Handmixer mit den Knethaken lag noch auf der Arbeitsfläche. Sie hob ihn auf, das Gerät fühlte sich gut an in ihrer Hand. Kraftvoll. Sie betrachtete es von allen Seiten. An der Unterseite und den Spiralen hafteten getrocknete Hackreste. Sie zog einen der Metallhaken heraus, legte ihn beiseite, öffnete die Küchentür und trat mit dem Akkumixer in der Hand durch den Flur ins Wohnzimmer.

Der Fernseher lief noch immer. Der blonde Held war, o Wunder, irgendwie aus dem verfallenen Haus entkommen und brauste im offenen Geländewagen über eine weitläufige Wüstenlandschaft, begleitet von einer Frau im bauchfreien Tanktop auf dem Beifahrersitz und einem Schäferhund, der auf der Ladefläche stand und in den Fahrtwind hechelte.

Gunnar hing rücklings auf dem Sofa und schnarchte. Sein Mund war leicht geöffnet. Ein weißer Speichelfaden zog sich von der Ober- zur Unterlippe und zitterte, wenn er die Luft ausstieß. Die Bierflasche war ihm aus den Fingern geglitten, ein Rest Bier hatte einen feuchten Fleck auf seiner Jeans und dem Sofabezug hinterlassen. Es sah aus, als hätte er sich in die Hose gepisst.

Karina stellte sich vor ihn, packte den Handmixer mit beiden Händen. Sie schwenkte den einzelnen Knethaken vor Gunnis Gesicht, brachte ihn vor seinem geschlossenen rechten Auge in Position.

Diesmal schaltete sie gleich auf Stufe drei, das Gerät heulte auf.

Gunnar riss die Augen auf. »Was zur Hölle …«, konnte er noch sagen.

2

»Na, wie sehe ich aus?« Der Mann im Spiegel schob den Knoten der anthrazitfarbenen Krawatte hoch in den Hemdkragen. Perfekt. Nicht der Hauch einer Falte.

»Du hast ein bisschen angesetzt. Um die Hüften.«

Mund und Augen des Gesichts oberhalb des Schlipses verzogen sich zu einem missmutigen Ausdruck. »Im Ernst?« Christoph fasste mit den Händen an die vermeintliche Problemzone, tastete unter dem Hemd allerdings nichts als dünne Haut über festen Muskeln. Er drehte sich herum. Eva saß im Bett und lächelte ihn an. Das Eva-Lächeln. Achtung! Höchste Ansteckungsgefahr!

Er trat vom Spiegel weg, setzte sich neben sie.

»Das sagt die Richtige.« Seine Hände fuhren unter die Bettdecke und streichelten über die pralle Rundung ihres Bauchs. Er spürte eine Bewegung. Ein winziges Körperteil knuffte von innen an seine Handfläche. »Die Kleine ist wach.«

»Eine Frühaufsteherin. Genau wie ihr Papa.«

»Ich liebe es, wenn du dieses Wort sagst.«

»Ich sage es, sooft du willst. Pa…«

Er beugte sich vor, küsste es von ihren Lippen. Sie erwiderte den Kuss. Er ließ sich neben sie auf das Laken sinken.

»Du kommst zu spät zur Verhandlung.« Eva löste ihren Mund von seinem. »Der große Showdown. Dein wichtigster Fall und so.«

»Lieber würde ich den ganzen Vormittag hier mit euch im Bett verbringen.«

»Du bist ein schlechter Lügner!« Eva schmunzelte, gab ihm einen weiteren Kuss. Und schob ihn von sich weg. »Los, zisch ab. Draußen wartet eine Welt, die gerettet werden muss.«

Er gehorchte, stellte sich neben das Bett, strich Hose und Hemd glatt, nahm die Anzugjacke vom Kleiderbügel und zog sie über. »Passt der Anzug? Sitzt die Krawatte?«

»Du hast eine halbe Stunde vor dem Spiegel gestanden. Du siehst blendend aus.«

Das war ungefähr die Antwort, die er sich vorgestellt hatte. Er verließ das Schlafzimmer, ging die Treppe hinunter. Im Flur lag Lucky, Evas Border Terrier, in einem kleinen Körbchen auf seiner heiß geliebten Schmusedecke und begrüßte ihn mit einem müden Augenaufschlag.

In der Küche erweckte Christoph den Kaffeevollautomaten aus dem Tiefschlaf, schaltete das Radio ein, aus dem der neueste Hit von Mark Forster dudelte, und trat mit seiner dampfenden Espressotasse an die Terrassentür. Ein Tag zum Umarmen. Der winzige Garten auf der anderen Seite der Glasscheibe erblühte unter den morgendlichen Sonnenstrahlen. Christoph lächelte in sich hinein. Für das kleine Beet neben der Terrasse, aus dem die Tulpen ihre bunten Köpfe reckten, wäre es der letzte Frühling. Schon bald würde es einem Sandkasten weichen müssen. Ein oder zwei Jahre später wäre die Zierpflaume an der hinteren Grundstücksgrenze dran. Dort war der perfekte Platz für eine Schaukel oder ein Klettergerüst.

Im Radio verstummte die Popballade, und der Moderator holte Luft.

»Vor dem Hamburger Landgericht geht heute der Prozess gegen Bogdan Draganescu in die entscheidende Phase«, verkündete die Stimme.

Christoph drehte den Kopf in Richtung der Lautsprecher, um besser hören zu können.

»Der Immobilieninvestor und Angehörige eines stadtbekannten Familienclans wird angeklagt, Anfang November letzten Jahres seinen Cousin Silvio im Keller eines unter Denkmalschutz stehenden Luftschutzbunkers erschossen zu haben.«

Drei Schüsse in den Kopf, fünf in die Brust, abgefeuert aus einer halbautomatischen Pistole, dachte Christoph. Ein Bogdan Draganescu machte keine halben Sachen. Der Mann im Radio ersparte den Hörern die blutigen Details.

»Der Beschuldigte hat die Tat in einer von seinem Anwalt verlesenen schriftlichen Erklärung eingeräumt«, ertönte es, und Christoph konnte sich ein Grinsen nicht verkneifen. Die Tat war unstrittig. Bogdan hatte doppeltes Pech gehabt, denn eine Hamburger Zeitung hatte am Tag vor der Tat in einem umfangreichen Leitartikel über die aus Rumänien stammende Familie und deren undurchsichtiges Firmengeflecht berichtet. Mit einem Foto Bogdans auf der Titelseite. So hatte ihn eine Krankenschwester auf dem Weg zur Frühschicht erkannt, als er gerade aus dem Bunker geschlichen war. Nachdem die Leiche Silvio Draganescus am Vormittag aufgefunden und eine Meldung darüber im Radio gesendet worden war, hatte sie sich sofort bei der Polizei gemeldet. Der rumänische Unternehmer war kurz darauf verhaftet worden. Die Tatwaffe hatte er entsorgt, aber an seiner rechten Hand und seiner Kleidung hatten die Ermittler Schmauchspuren nachweisen können.

»Der Anwalt des Beschuldigten plädiert auf Schuldunfähigkeit«, klang es aus den Lautsprechern. »Ist Bogdan Draganescu ein eiskalter Mörder oder ein psychisch Kranker, der Hilfe und Behandlung benötigt? Ein psychiatrischer Sachverständiger wird dazu heute sein Gutachten erstatten.«

»Hey, du bist im Radio.« Eva trat neben ihn. Sie hatte sich

einen Morgenmantel umgeworfen, unter dem sich ihr prächtiger Bauch wölbte. Sie hielt Lucky auf dem Arm und kraulte dem Hund den Nacken. »Willst du nicht frühstücken?«, fragte sie ihn.

Christoph schüttelte den Kopf. »Keinen Hunger.« Er leerte die Espressotasse, knallte sie auf die Anrichte. »Na denn. Auf in den Kampf.«

Ohne Schuld handelt, wer bei Begehung der Tat wegen einer krankhaften seelischen Störung, wegen einer tiefgreifenden Bewusstseinsstörung oder wegen Schwachsinns oder einer schweren anderen seelischen Abartigkeit unfähig ist, das Unrecht der Tat einzusehen oder nach dieser Einsicht zu handeln.

Paragraf 20, Deutsches Strafgesetzbuch

3

Christoph zählte drei Fernsehübertragungswagen, die dem Halteverbot zum Trotz auf der Straße vor dem Gerichtsgebäude parkten. Mindestens vier Kamerateams und unzählige einzelne mit einem Mikrofon oder einem Fotoapparat bewaffnete Männer und Frauen drängten sich auf der breiten Treppe, die zum Eingangsportal des Strafjustizgebäudes führte.

Er widerstand der Versuchung, zum wohl hundertsten Mal an seiner Kleidung herumzuzupfen, bezahlte den Taxifahrer, stieg aus dem Wagen und schritt auf die Reportermeute zu. Die Menge geriet augenblicklich in Bewegung. Fernsehkameras und Fotoapparate richteten sich auf ihn. Christoph schaffte die erste Treppenstufe, dann versperrte ihm ein Mikrofon mit blauer Windschutzkappe und dem Aufdruck eines Hamburger Radiosenders den Weg. Es gehörte zu einem hochgewachsenen Reporter mit Wuschelbart und kahl rasiertem Schädel. »Professor Kerber, ist der Angeklagte schuldfähig oder nicht?«

Eine gute Steilvorlage für eine unverfängliche Antwort. »Ich nehme als psychiatrischer Gutachter an dem Verfahren teil«, sagte er und nickte dem Bartträger zu. »Als solcher berate ich das Gericht. Ob die Richter meiner Einschätzung folgen, liegt allein in deren Ermessen.«

Zu dem Mikro vor seinem Gesicht gesellten sich drei weitere.

»Und wie lautet Ihre Einschätzung?«, fragte der Reporter.

»Die werde ich in Kürze mitteilen. Allerdings im Gerichtssaal. Nicht hier.«

»Entschuldigung.« Eine grauhaarige Frau im dunklen Blazer riss das spontane Interview an sich. »Erika Kastner, von der *Hamburger Tageszeitung*. Halten Sie es für möglich, dass der Angeklagte seine psychische Erkrankung lediglich vortäuscht, um einer Haftstrafe zu entgehen?«

»Wie gesagt, das Verfahren findet dort drin statt. Bitte entschuldigen Sie mich.« Er drängelte sich an den Mikrofonen vorbei Richtung Eingang.

Die Aufmerksamkeit der Reporter richtete sich auf die Straße vor dem Gebäude, auf der ein weiteres Taxi vorfuhr. Dem cremefarbenen Benz entstieg ein schlanker, hochgewachsener Mann mit glatt frisierten grauen Haaren. Sein schmales Gesicht und der dünne Schnurrbart hätten ihm die tragende Rolle in jedem Mafiafilm eingebracht – zumindest wenn Ansgar van Golderbloom, so der Name des Mannes, nicht bereits seine Bestimmung gefunden hätte. Die Medien bezeichneten ihn als einen der drei gewieftesten Strafverteidiger, die man in Deutschland für Geld – in seinem Fall sehr viel Geld – verpflichten konnte. Christoph hatte seine eigene Meinung zu van Golderbloom. Er hielt ihn schlicht für den Besten seiner Zunft.

In den bisherigen sieben Verhandlungstagen hatte der Anwalt sich mit nahezu jedem angelegt. Er hatte zwei der drei Berufsrichter und einen der Schöffen mit Befangenheitsanträgen eingedeckt, dem Oberstaatsanwalt eine wahlweise schlampige oder einseitige Ermittlungsführung vorgeworfen und mehrere Zeugen mit scharfen Fragen und Kommentaren an den Rand eines Nervenzusammenbruchs gebracht. Seine Krawallstrategie war so durchschaubar wie effektiv, und Ansgar beherrschte sie meisterlich. Der Vorsitzende Richter Bromm, ein alter Hase, dessen tief liegende, von dunklen Ringen umränderte Augen bereits in jede Art menschlicher Abgründe geblickt zu haben schienen, hatte seine liebe Not gehabt, die Ordnung im Prozess aufrechtzuerhalten. Und dabei keine Fehler zu machen, die dem findigen Verteidiger einen Revisionsgrund boten für den Fall, dass das Urteil nicht das von ihm gewünschte Ergebnis erbrachte. Ansgar van Golderbloom war der Endgegner für jeden Prozessbeteiligten. Und er war der Mann, dem Christoph heute gewaltig in die Quere kommen würde.

Die Reporter drängten runter zur Straße, und Christoph nutzte die Gelegenheit, um unbehelligt die letzten Stufen der Treppe zu erklimmen. Oben angekommen wandte er sich zurück. Die Pressemeute scharte sich um den Anwalt, der unter dem Blitzlichtgewitter zu doppelter Körpergröße anzuwachsen schien. Als Verteidiger brauchte van Golderbloom sich mit seinen Äußerungen nicht zurückzuhalten und sprach bereitwillig in die Mikrofone. Seine Augen wanderten beim Reden über die Köpfe der Reporter hinweg und blieben an Christoph hängen. Der Anwalt sah ihn an wie ein Haifisch eine Makrele. Heute bist du dran, Kerber, sagte sein Blick. Christoph verzog keine Miene. Er nickte dem Strafverteidiger zu und wandte sich zur Tür.

4

Im Großen Verhandlungssaal des Landgerichts im zweiten
Stock des Strafjustizgebäudes nahm der mächtige, mit dunklen Holzblenden verkleidete Richtertisch fast die gesamte
Breite des Raums in Anspruch. Dort thronten die drei Berufsrichter in ihren schwarzen Roben, umrahmt von zwei Schöffen in Zivilkleidung. Ihr gemeinsamer Sitzbereich war durch
eine Stufe im Boden um einen knappen halben Meter hochgesetzt und unterstrich allein dadurch, wer hier im Saal das
letzte Wort hatte.

Der Zuschauerraum lag auf der gegenüberliegenden Raumseite, er war durch ein Geländer vom eigentlichen Gerichtssaal abgetrennt und nur über einen separaten Nebeneingang
zu erreichen. Auf den kargen Holzbänken drängelten sich die
Reporter. Etliche hatten keinen Sitzplatz abbekommen und
quetschten sich in die Ecken.

Christoph saß an der Seite des Oberstaatsanwalts unter einer ausladenden Fensterfront an einem im Vergleich zum
Richterpult deutlich bescheideneren Tischchen. Schräg gegenüber, neben der Eingangstür, hatten zwei Wachleute Platz
genommen und schienen sich auf einen ereignislosen Vormittag einzustellen. Ihr Job war vorerst erledigt, nachdem sie den
Angeklagten von der Untersuchungshaftanstalt in den Verhandlungssaal geleitet, ihn von den Hand- und Fußfesseln befreit und an den Tisch seines Strafverteidigers gesetzt hatten.

Dort hockte nun der Mann, an dem sich die Mühlen der
Hamburger Justiz seit Wochen abarbeiteten.

Bogdan Draganescu hatte sich ordentlich herausgeputzt.
Aber sein schwarzer Maßanzug, sein blütenweißes Designer-

hemd und die Seidenkrawatte konnten nicht darüber hinweg-
täuschen, dass der Mann nach monatelanger Untersuchungshaft und sieben Verhandlungstagen körperlich und seelisch
am Ende war. Sein Gesicht war verquollen und blass, der
Blick stumpf, er hing wie ein Sack über dem Tisch. In den
ersten Prozesstagen hatte er unermüdlich mit einem Bleistift
Notizen in einen Schreibblock gekritzelt. Ob er die Zeugenaussagen und Fragen von Gericht und Staatsanwalt festgehalten oder ohne Unterlass Strichmännchen gezeichnet hatte,
blieb sein Geheimnis. Inzwischen schien seine Kraft kaum
noch auszureichen, um den Kopf zu heben und Christoph
misstrauische Blicke zuzuwerfen. Bogdans öffentlicher Ruf
hatte nicht weniger gelitten als sein äußeres Erscheinungs-
bild. Selbst ein Ansgar van Golderbloom hatte nicht verhindern können, dass der ehemals stolze Unternehmer, Investor
und Partylöwe in den Medien nur noch »Bogdan, der Bunkermörder« genannt wurde.

Der Anwalt hatte früh erkannt, dass kein Gericht der Welt
seinen Mandanten aus Mangel an Beweisen freisprechen
würde. So hatte er bereits am ersten Verhandlungstag eine Erklärung des Angeklagten verlesen, in der dieser die Tat fak-
tisch einräumte, aus tiefstem Herzen bedauerte – und jegliche
Verantwortung für sein Handeln abstritt.

Zum Mörder wurde man nicht allein durch die Tat, sondern durch die Gesinnung. Mordlust, Habgier, Heimtücke,
sprich niedere Beweggründe, machten die willentliche Tötung eines Menschen zum Mord und veranlassten das Gericht, den Täter lebenslang wegzusperren.

Ansgar van Golderbloom kassierte von seinem Mandanten
einen vermutlich sechsstelligen Betrag, um ebendies zu verhindern. Der findige Rechtsanwalt hatte in der Lebensgeschichte Bogdan Draganescus herumgegraben und etwas ge-

funden, worauf er seine gesamte Verteidigungsstrategie aufbaute: Eine psychische Störung, die, so sein Kalkül, aus dem kaltblütigen Bunkermörder einen psychiatrischen Patienten werden ließ. Jemanden, der nicht gewusst hatte, was er tat, als er die Waffe auf seinen Cousin Silvio gerichtet und achtmal abgedrückt hatte.

Die Strafgesetze sahen in so einem Fall die Möglichkeit einer erheblichen Strafmilderung oder sogar Straffreiheit vor. Statt als verurteilter Mörder lebenslang hinter Gittern zu verschwinden, würde Bogdan Draganescu im psychiatrischen Maßregelvollzug untergebracht. So lange, bis Gutachter und Richter ihm attestierten, dass von ihm keine Gefahr mehr ausging. Auch das konnten rasch einige Jahre werden. Aber diese Art der Unterbringung wäre in jedem Fall kürzer und komfortabler als lebenslanger Knast.

Die größte Hürde, die Ansgar van Golderbloom bei seinem Plan im Weg stand, war der vom Gericht bestellte psychiatrische Gutachter.

Christoph.

Der Vorsitzende Richter Bromm blickte durch die Reihen der Prozessbeteiligten. Seine Tränensäcke hatten im Verlauf der Verhandlung ebenso an Volumen zugenommen wie die Aktenordner, die vor ihm auf dem Richtertisch verteilt lagen. »Wenn keine weiteren Anträge vorgebracht werden ...« Der Richter schaute in die Runde. Ansgar van Golderbloom, dem die Frage hauptsächlich galt, blieb stumm und blätterte durch seine Notizen.

»Dann kommen wir zur Erstattung des psychiatrischen Gutachtens. Professor Kerber?«

Bromm sah ihn aus der Tiefe seiner Augenhöhlen an, und Christoph verspürte ein aufgeregtes Kribbeln im Nacken. Gut so! Er kam auf Betriebstemperatur.

»Wie Ihnen bekannt ist«, sagte der Richter, »muss ich Sie gemäß Strafprozessordnung belehren, dass Sie als Sachverständiger Ihr Gutachten neutral und unabhängig und nach bestem Wissen und Gewissen zu erstatten haben.«

Christoph nickte. Bromm fragte ihn, wie es das Protokoll vorsah, nach seinem Namen, seinem Alter und seiner Berufsbezeichnung.

»Professor Doktor Christoph Kerber. Dreiundvierzig Jahre alt. Facharzt für Psychiatrie und Psychotherapie. Zusatzbezeichnung Forensische Psychiatrie. Seit Kurzem tätig in eigener Gutachtenpraxis, vorher etliche Jahre Oberarzt im Forensischen Institut der Hamburger Uniklinik.«

»Moment!« Van Golderbloom sah von seinen Akten auf, hob die Hand. Seine typische Geste, mit der er ein ums andere Mal einen Befangenheitsantrag, eine nervenaufreibende Zeugenbefragung oder einen missmutigen Kommentar eingeleitet hatte.

Der Oberstaatsanwalt sog hörbar Luft durch die Nase, aber Richter Bromm verzog keine Miene. »Der Verteidiger hat eine Frage?«

Der Anwalt nickte, wandte sich an Christoph. »Herr Kerber, sind Sie Inhaber eines Lehrstuhls, oder worauf gründet sich Ihr Professorentitel?«, fragte er.

»Warum sollte das wichtig sein?« Oberstaatsanwalt Rieper war auf dem Posten und sprang Christoph bei. Der knurrige Ankläger hatte sich wiederholt mit der breiten Brust seiner zwanzigjährigen Berufserfahrung zwischen den kampfeslustigen Strafverteidiger und sein nächstes Opfer geworfen. Rieper bedachte den Anwalt mit einem betont lässigen Blick.

»Es geht natürlich um die Reputation des Sachverständigen«, sagte der. »Seine Stellungnahme wird maßgeblich den

31

Ausgang des Verfahrens und damit die Zukunft meines Mandanten beeinflussen. Da sollten wir doch genau wissen, mit wem wir es zu tun haben.«

Nicht nur Christophs Augen wanderten zum Richtertisch. »Die Strafkammer kennt Professor Kerber aus diversen Strafprozessen«, sagte Bromm. »Wir hegen keinerlei Zweifel an seiner Fachkompetenz. Aber wenn es den Verteidiger beruhigt …« Er nickte Christoph zu.

»Ich bin im Fach Forensische Psychiatrie habilitiert«, sagte er. »Zum Thema freie Willensbildung bei psychiatrischen Erkrankungen. Der Professorentitel wurde mir von der Universität Hamburg außerplanmäßig verliehen.«

»Das heißt, Sie besetzen keinen regulären Lehrstuhl? Sind nicht Institutsdirektor oder Leiter eines Krankenhauses? Und waren es auch nie?«

Bogdan Draganescu hob seinen Kopf, und Christoph meinte, einen Hauch von Genugtuung in den dunklen Augen zu erkennen. Der Angeklagte zückte seinen Bleistift und kritzelte etwas in seinen Notizblock.

»Ich hatte einen Ruf als Professor für Forensische Psychiatrie an die Charité, als Leiter des dortigen Instituts«, sagte Christoph. »Ich habe abgelehnt. Aus persönlichen Gründen.« Jetzt musste er doch schlucken. Der persönliche Grund hatte einen Namen: Eva. Liebend gern wäre er nach Berlin gegangen. Aber sie hatte um keinen Preis der Welt aus Hamburg weggewollt. Weg von ihren Freunden, ihrer Familie. Sie hatten lange und heftig darüber gestritten, sogar eine räumliche Trennung hatte im Raum gestanden. Als Eva dann schwanger geworden war, hatte er schweren Herzens nachgegeben und die begehrte Professorenstelle sausen lassen.

Richter Bromm taxierte den Strafverteidiger mit einem ungeduldigen Blick. Der hatte offenbar genug. Vorerst. Dessen

Mandant griff nach einem Bleistiftanspitzer und bearbeitete damit sein Schreibgerät.

Christoph nahm seine vorbereiteten Zettel zur Hand und legte los: »Wie Ihnen bekannt ist, hat der Beschuldigte es abgelehnt, sich von mir befragen und untersuchen zu lassen. Deswegen stützt sich mein Gutachten allein auf die mir vom Gericht zur Verfügung gestellten Unterlagen sowie meine persönlichen Eindrücke aus der Hauptverhandlung.«

Christoph optimierte seine Sitzposition, bevor er weitersprach. Über Bogdan Draganescus Lebensgeschichte war wenig Persönliches bekannt. Der Angeklagte hatte durch sein Schweigen vor Gericht maßgeblich dazu beigetragen, dass es so geblieben war. Richter und Staatsanwalt hatten aus Zeitungsberichten und Zeugenaussagen zusammengetragen, dass die Draganescus in dritter Generation in Deutschland lebten. Der Familienclan bestand je nach Zählart aus fünfundzwanzig bis vierzig Mitgliedern. Der vor Jahren verstorbene Gründungsvater Fiodor war in den Siebzigerjahren durch den Eisernen Vorhang von Rumänien nach Deutschland geflüchtet. Mitgenommen hatte er laut der Familienlegende lediglich eine Flasche selbst gebrannten Obstschnaps und seine vier Kinder: den ältesten Sohn Dragan, den zweitältesten Bogdan und dessen Zwillingsschwester Elena sowie den jüngsten Spross Pjotr. Etliche Verwandte waren im Verlauf der Jahrzehnte nachgeholt worden, mindestens ebenso viele in Deutschland zur Welt gekommen. Bogdan galt in der streng patriarchalischen Hierarchie als die Nummer zwei nach seinem Bruder Dragan. Es war ein offenes Geheimnis, dass der Clan hinter der Fassade eines komplexen Firmengeflechts an allerlei schmutzigen Geschäften beteiligt war. Dies hatte der Oberstaatsanwalt wiederholt erwähnt und war jedes einzelne Mal noch im Ansatz dafür von van Golderbloom abgewatscht worden. Es gab schlicht keine Beweise für kriminelle Machenschaften im großen Stil.

»Für die Frage der Schuldfähigkeit von Belang sind zwei mutmaßliche Krankheitsepisoden des Beschuldigten«, sprach Christoph weiter, und damit kam er zum Kern seiner Ausführungen. »Allen Prozessbeteiligten liegen die Aussage und die schriftlichen Berichte des Psychiaters Dr. Beyer sowie ein dazugehöriger Klinikbericht vor. Demnach litt der Angeklagte mehrmals im Laufe seines Lebens unter innerer Unruhe, Schlafstörungen und Anzeichen eines Verfolgungswahns. Erstmals im Alter von circa neunzehn Jahren, nachdem seine Zwillingsschwester Elena tödlich verunglückt war, zuletzt vor etwa fünf Jahren. Laut Unterlagen fühlte er sich von ehemaligen Angehörigen der Securitate verfolgt und bedroht. Er wurde damals für drei Wochen auf der Privatstation einer psychiatrischen Klinik behandelt und nahm nach der Entlassung für weitere vier Monate das Neuroleptikum Olanzapin ein. Der behandelnde Krankenhausarzt äußerte in dem Bericht den Verdacht auf eine schizophrene Erkrankung, wies jedoch darauf hin, dass die starken Ängste des Patienten aufgrund dessen undurchsichtiger Geschäftsverbindungen einen realen Kern haben könnten.«

Christoph spürte van Golderblooms Blick, konnte der Versuchung nicht widerstehen und sah hoch. Tatsächlich saß der Verteidiger weit vorgebeugt auf seinem Stuhl, sah zu ihm herüber und lauerte offenbar auf ein unbedachtes Wort. Den Gefallen würde Christoph ihm nicht tun. »Das war ein nahezu wörtliches Zitat aus dem Entlassungsbericht«, schob er hinterher. »Blatt dreihundertsiebenundzwanzig der Akte.«

Van Golderbloom musterte ihn weiter stumm. Sein Mandant jagte den Bleistift über eine frische Seite des Schreibblocks.

Christoph senkte den Blick zurück auf seine Notizen. »Der Beschuldigte wurde am dritten November letzten Jahres verhaftet und in Untersuchungshaft genommen. In der zweiten Woche klagte er gegenüber dem Gefängnisarzt über innere Unruhe, Schlafstörungen und Ängste. Er fühle sich von Mitgefangenen und dem Sicherheitspersonal bedroht, man wolle ihm an den Kragen, etwas sei gegen ihn im Gange. Der Gefängnispsychiater äußerte den Verdacht auf eine paranoide Psychose, verordnete erneut Olanzapin und wies den Angeklagten zur weiteren Behandlung und Beobachtung auf eine besonders gesicherte Station des Klinikums Nord ein. Dort gab Herr Draganescu gegenüber dem Stationsarzt an, bereits Wochen vor der Tat unter Unruhe und Ängsten gelitten zu haben.

Dies alles könnte den Verdacht erhärten, dass der Beschuldigte an einer psychotischen Störung erkrankt war, beispielsweise einer Schizophrenie, die mit Wahnvorstellungen, Halluzinationen, Beeinflussungserleben und Denkstörungen einhergehen kann. Falls Herr Draganescu psychotisch gewesen wäre, als er auf seinen Cousin Silvio schoss, hätte dies mit großer Wahrscheinlichkeit Einfluss auf seine Schuldfähigkeit. Wenn er sich beispielsweise als Ziel einer Verschwörung erlebt und seinen Cousin als Kopf ebendieser Machenschaften verkannt hätte, dann hätte er sich in seinem subjektiven Erleben verzweifelt gegen einen gefährlichen Gegner gewehrt, der ihm an den Kragen wollte. Seine Realitätswahrnehmung wäre aufgehoben gewesen, er hätte keine Einsicht in das Unrecht seiner Tat gehabt und wäre in diesem Fall wegen einer krankhaften seelischen Störung schuldunfähig im Sinne des Paragrafen zwanzig des Strafgesetzbuches.«

Christoph hielt inne und blickte in die Runde.

Bogdan gönnte seinem Bleistift eine Verschnaufpause.

Ansgar van Golderbloom nickte zufrieden. Diese Sichtweise auf die Tat würde der Anwalt zu gern in der Urteilsschrift wiederfinden.

»Könnte, hätte, wäre«, sagte Richter Bromm. »Wie bewerten Sie die Sachverhalte, wenn Sie den ganzen Konjunktiv weglassen?«

»Ich schließe nicht aus, dass der Beschuldigte zweimal unter den beschriebenen Symptomen gelitten hat«, sagte Christoph, »sodass bei ihm zumindest der Verdacht auf eine wiederkehrende seelische Erkrankung besteht. Aber ich bezweifle, dass Herr Draganescu zum Zeitpunkt der Tat akut psychotisch war und seinen Geschäftspartner aufgrund von Wahnvorstellungen erschossen hat. Ich halte ihn für voll schuldfähig.«

Damit war die Katze aus dem Sack. Durch die Bänke des Zuschauerraums ging ein Raunen. Auf der Richterbank machte sich die beisitzende Richterin eifrig Notizen. Von direkt gegenüber richteten sich zwei Augenpaare auf Christoph. Das eine gehörte Ansgar van Golderbloom. Der Anwalt schürzte kampfeslustig die Lippen, ansonsten blieb seine Mimik unverändert. Aber in Bogdan Draganescus Kopf schien ein zusätzliches Stromaggregat angesprungen zu sein. Eines mit Hochspannung. Er starrte Christoph an. Und mehr als alle Analysen des Tatgeschehens und der vorliegenden Zeugenaussagen war es dieser Blick, der Christoph in seiner Einschätzung der Schuldfähigkeit bestätigte. So musste Bogdan sein Mordopfer angesehen haben, bevor er ihm die acht Kugeln in den Leib gejagt hatte. Purer Hass funkelte aus diesen Augen. Gut, dachte Christoph, dass Bogdan nach dem Verhandlungstag in der Untersuchungshaft und am Ende des Prozesses lebenslang im Gefängnis verschwinden würde.

Richter Bromm räusperte sich. »Worauf begründen sich Ihre Zweifel?«, fragte er.

»Auf einer ganzen Reihe von Tatumständen sowie diversen Zeugenaussagen«, sagte Christoph. »Die Handlungen des Beschuldigten am Tatort sprechen für ein hohes Maß an Planung. Statt ängstlich vor seinem Cousin davonzulaufen, hat er sich frühmorgens mit ihm verabredet. Nicht an einem öffentlichen Ort, an dem er sich vor ihm hätte sicher fühlen können, sondern in einem verlassenen Gebäude, in dem er sich unbeobachtet wähnte und wo eine geringe Entdeckungsgefahr bestand. Da er, so haben es Zeugen ausgesagt, üblicherweise keine Waffe bei sich trug, muss er sie an besagtem Morgen gezielt bei sich geführt haben.«

»Das spricht keinesfalls gegen eine wahnhafte Verkennung und Paranoia.« Van Golderbloom fing sich für die Zwischenbemerkung einen strafenden Blick des Vorsitzenden ein.

»Wo ist die Waffe geblieben?«, fragte Christoph in Richtung des Anwalts. »Als Herr Draganescu Stunden später verhaftet wurde, war sie verschwunden. Ein Mensch, der sich wahnhaft verfolgt und als Ziel einer mächtigen Verschwörung fühlt, würde sie eher nachladen und bei sich behalten, als sie verschwinden zu lassen.«

»Eine reine Mutmaßung«, sagte van Golderbloom.

Neben ihm ruckte der Beschuldigte hin und her. Es war offensichtlich, dass er sich in den beginnenden Schlagabtausch zwischen Anwalt und Gutachter gern einmischen würde. Und zwar nicht mit Worten. Er packte den Anspitzer, stieß den Bleistift hinein und drehte den Schreiber in der Öffnung herum.

»Mein Mandant hat sich zum Verbleib der Waffe nie geäußert. Das ist sein gutes Recht. Er könnte sie ebenso gut verloren haben. Sie jedoch unterstellen ihm Vorsatz. Weil Sie ihn vorverurteilen. Weil Sie …«

»Stopp!« Bromms Stimme donnerte vom Richtertisch herunter und brachte van Golderbloom zum Verstummen. »Ich bitte Sie eindringlich, nicht ständig dazwischenzureden. Der Gutachter wird seine Ausführungen zu Ende bringen. Anschließend werden Sie ausreichend Gelegenheit bekommen, Ihre Fragen und Kommentare loszuwerden.«

Der Anwalt nickte, aber seine Augen blieben auf Christoph gerichtet. Der Kampf hatte gerade erst begonnen, und van Golderbloom würde keinen Millimeter zurückweichen. Da konnte Bromm sich auf den Kopf stellen.

Christoph hielt dem Blick stand und sprach weiter. »Die drei Zeugen, die Ihren Mandanten in der Zeit zwischen der Tat und der Verhaftung getroffen haben, haben ihn als weitgehend unauffällig beschrieben. Keine ängstliche Anspannung, keine psychomotorische Unruhe. Keine übertriebene Vorsicht. Sie erlebten ihn so wie immer. Auch das spricht deutlich gegen eine akute Psychose.«

»Reine Spekulation«, sagte van Golderbloom. »Sie beschreiben die oberflächlichen Beobachtungen psychiatrischer Laien.«

Bromm saugte Luft ein für eine erneute Ermahnung. Aber Christoph war schneller. »Das ist auch nicht alles«, sagte er. »Der aufnehmende Arzt in der Untersuchungshaft beschrieb in seinem Aufnahmebefund einen etwas aufgebrachten, wütenden Mann. Er hat jedoch keinerlei Anzeichen für psychotisches Erleben dokumentiert. Am zweiten Tag der Unterbringung hat Herr Draganescu einen Brief an seinen Bruder Dragan geschrieben. Blatt einhundertdreiundsechzig der Akte. Er äußert sich darin klar und prägnant und erwähnt mit keinem Wort irgendwelches Wahnerleben.«

»In dem Brief bat er um frische Kleidung. Und darum, mich zu kontaktieren«, sagte van Golderbloom, ungeachtet des über ihm schnaubenden Richters. Ansonsten blieb Bromm stumm. Er schien sich allmählich mit dem offenen Schlagabtausch abzufinden.

»Was dann auch passierte«, sagte Christoph. »Am Tag nach Ihrem zweiten Zusammentreffen wandte sich der Angeklagte an den Gefängnisarzt und berichtete von innerer Unruhe, Angstzuständen und dem Gefühl, verfolgt zu werden. Der Arzt äußerte erstmalig den Verdacht auf eine Psychose. Da war die Tat bereits sechs Tage her.«

Diesmal hob van Golderbloom die Hand, statt einfach loszureden. Bromm erteilte ihm das Wort. »Sie stellen eine Verbindung her zwischen meinen Gesprächen mit dem Mandanten und dem Auftreten der Symptome, verstehe ich das richtig?«

»Der zeitliche Zusammenhang ist offensichtlich.«

»Und?«

»Und was?«

»Was wollen Sie damit sagen?«

»Das ist für mich ein weiterer Hinweis gegen die Möglichkeit, dass der Angeklagte bereits am Tag der Tat schwer psychotisch war. Wenn es so gewesen wäre, wäre es jemandem aufgefallen.«

Bromm schaltete sich erneut ein. »Sie halten den Angeklagten also für voll schuldfähig, weil er zum Zeitpunkt der Tat im Vollbesitz seiner geistigen Kräfte war. Aber wie erklären Sie sich dann die geschilderten Symptome?«

»Ich schließe nicht aus, dass der Beschuldigte in den Tagen nach der Tat entsprechende Krankheitszeichen entwickelt haben könnte. In der Haft. Bedingt durch die Isolation, die aufkommende Resignation. Aber da war die Tat bereits geschehen.«

»Nein!« Van Golderbloom sprang von seinem Stuhl auf. Er

hob die rechte Hand und zielte mit dem Zeigefinger auf Christoph. »Sie deuten an, ich hätte Herrn Draganescu beeinflusst, eine Krankheit zu simulieren, die es gar nicht gegeben hat. Das ist es, was Sie sagen. Das ist es, was Sie glauben.«

Christoph schüttelte den Kopf. Betont langsam. »Sie sagen das, Herr Verteidiger. Nicht ich.«

Der Anwalt drehte sich herum, senkte den Arm und blickte in die Runde der Prozessbeteiligten. »Bogdan und Silvio Draganescu waren miteinander verwandt. Sie standen sich nahe, mehr wie Brüder als wie Cousins. Welches Motiv hätte mein Mandant haben sollen, ihn zu ermorden.«

»Wie wäre es mit Erpressung?« Jetzt hielt es auch den Staatsanwalt nicht länger auf seinem Stuhl. »Es gibt klare Hinweise auf einen Konkurrenzkampf innerhalb der Großfamilie. Darauf deuten sichergestellte Textnachrichten und abgehörte Telefonate hin. Blatt fünfhundertdreiunddreißig und folgende der Akte. Silvio war unzufrieden mit seiner untergeordneten Stellung in der Clanhierarchie. Und drohte den Brüdern Dragan, Bogdan und Pjotr offen, schmutzige Familiengeheimnisse auszuplaudern, falls er nicht mehr Macht und Einfluss erhalten würde. Familiengeheimnisse, die sich dann auch prompt in dem Zeitungsbericht über den Angeklagten wiederfanden. Just am Tag vor Silvios Ermordung.«

Van Golderbloom lächelte, zeigte dabei zwei Reihen weißer Beißerchen. »Ein alter Hut. Lauter Mutmaßungen, die seit Monaten durch die Presse geistern. Und für die es nicht den Hauch eines Beweises gibt. Sie sehen in den Akten Hinweise auf Drohungen und Erpressung. Mit Verlaub, Herr Oberstaatsanwalt, ich denke, da geht Ihre Fantasie mit Ihnen durch. Ich erkenne in den E-Mails und Telefonmitschriften lediglich die Bitte Silvios an seine Cousins Bogdan und Dragan, mehr Verantwortung innerhalb der familieneigenen Firma übernehmen zu können. Er wollte sich stärker einbringen und verwies in diesem Zusammenhang auf seine hohe Zuverlässigkeit und Verschwiegenheit.«

Der Anwalt packte sein Haifischlächeln wieder ein, setzte sich zurück auf seinen Stuhl. Der Oberstaatsanwalt folgte seinem Beispiel. »Außerdem wüsste ich es zu schätzen, wenn der Sachverständige auf meine Fragen antwortet. Und nicht Sie.« Er schwenkte den Blick vom Ankläger rüber zu Christoph.

Der zuckte mit den Schultern. »Es ist nicht meine Aufgabe, über ein mögliches kriminelles Motiv zu spekulieren. Das liegt außerhalb meines Auftrags.«

»Machen Sie es sich da nicht zu leicht?«

»Überhaupt nicht. Was auch immer den Angeklagten in seinem Handeln geleitet hat: Es war nicht psychotisch motiviert. Nach meiner Einschätzung war Herr Draganescu zum Zeitpunkt der Tat in seiner Einsichts- oder Steuerungsfähigkeit nicht erheblich eingeschränkt. Er wusste, was er tat und warum. Und er hätte sich anders entscheiden können.«

Christoph atmete tief durch, der wichtigste Teil seiner Arbeit war erledigt, und soweit er das beurteilen konnte, hatte er sich ordentlich geschlagen. Van Golderbloom hatte sein Pulver verschossen und nichts erreicht außer Schall und Rauch. Christoph lehnte sich in seinem Stuhl zurück und schaute in die Runde.

Die Richter blätterten in ihren Unterlagen, Oberstaatsanwalt Rieper hatte die Hände über dem Bauch gefaltet und lächelte zufrieden. Das Ergebnis des Gutachtens war ganz im Sinne der Anklage ausgefallen.

Am gegenüberliegenden Tisch strich sich van Golderbloom mit der Hand über seinen Schnurrbart und überlegte offenbar, was er Christoph noch entgegensetzen konnte.

Neben ihm brodelte Bogdan Draganescu wie ein erwachender Vulkan. Aufschießende Wut schien seine Augen aus den Höhlen zu drücken. Wut, die nur ein Ziel kannte.

Christoph lief es kalt den Rücken herunter.

Unvermittelt sprang Bogdan auf, so schnell und heftig, dass er dabei seinen Stuhl nach hinten schleuderte. Mit zwei Riesenschritten war er um den Tisch herum. Van Golderbloom reagierte geistesgegenwärtig und schaffte es, seinen Mandanten an der Anzugjacke zu packen. »Bogdan, nein!«, schrie er. Als wollte er einen wütenden Kampfhund zurückrufen, der sich auf der Hundewiese über einen Zierpudel hermachen wollte. Weder der Griff noch die Worte hielten Bogdan auf. Er riss sich einfach los. Geschätzte zweihundert Pfund rasenden Zorns stürmten auf Christoph zu. Van Golderbloom schoss hoch, hastete um den Tisch herum und jagte seinem Mandanten hinterher.

Die Zeit schien sich zu dehnen. Christoph hörte panische Rufe aus dem Zuschauerraum. Er sah Richter Bromm, der sich in heller Aufregung von seinem Sitzplatz löste, und die beiden Wachleute, die auf Stühlen neben der Eingangstür des Gerichtssaals vor sich hin gedöst hatten und nun in die Gänge kamen. Allerdings viel zu langsam, um Bogdan zu stoppen. Oberstaatsanwalt Rieper zuckte zusammen, hob die Hände in die Höhe und streckte sie dem heranrasenden Mörder entgegen. »Halt!«, schrie er.

Christoph sprang vom Stuhl auf. Sein Herz pochte, und sein ganzer Körper fühlte sich an, als würde er in Flüssigeis getaucht. Bogdan hingegen schien zu glühen, ein gefährliches Rot pulsierte in seinem Gesicht. Er ballte die Hände zu Fäusten. Aus den geschlossenen Fingern der Rechten ragte ein spitzer Gegenstand heraus. Der Bleistift.

Der massige Kerl durchquerte mit zwei Riesenschritten den Raum und warf sich auf den Tisch, hinter dem Christoph stand. Ein mächtiger Arm mit riesiger Pranke und der Bleistiftspitze stießen auf ihn zu. Christoph wollte zum Schutz die Arme hochreißen, aber die gehorchten nicht, waren wie gelähmt, baumelten nutzlos an den Schultern. In letzter Not versuchte er, sich zumindest wegzudrehen, aber es war zu spät. Der Koloss von einem Mann rammte Christoph mit voller Wucht, und der Bleistift bohrte sich in seinen Hals.

Christoph flog nach hinten. Warmes Blut blubberte aus seinem Hals. Bogdan Draganescu hing über ihm. »Wir machen dich fertig!«, hörte er dessen raue Stimme an seinem Ohr. »Dich und deine Familie, hörst du?«

Dann wurde es schwarz.

5

Selina kannte deutlich schlechtere Bars für ein erstes Date.

Diese hier setzte auf Lichteffekte. An den Decken und Wänden, an der Vorderseite des Tresens und hinter der Bar waren großflächige LED-Panels installiert, die den gesamten Raum in ein kosmisch blaues Licht tauchten. Die sphärische Musik aus unsichtbaren Lautsprechern unterstrich eine Art Weltraumatmosphäre. Sollte es je im großen Stil Touristenreisen ins All geben – dies hier wäre das passende Ambiente.

Voll war es nicht, dafür war es vielleicht noch zu früh am Abend. Die wenigen Gäste saßen an der Bar oder verloren sich an den kleinen, kreisrunden Tischen im Raum, von denen jeder auf einer eigenen, in den Boden integrierten Lichtinsel stand.

Sie erkannte den Mann, mit dem sie verabredet war, auf den ersten Blick. Auf der Datingplattform hatte er sich als Erik vorgestellt. Er war mittelgroß, um die vierzig, hatte kurze schwarze Haare, die sich Richtung Kopfmitte merklich ausdünnten. Er trug einen dunklen Anzug, der ihm nicht schlecht stand. Vor ihm auf dem Tresen lag eine einzelne weiße Rose neben einem schweren Whisky-Schwenker.

»Erik?«

Er drehte sich zu ihr und starrte sie an wie ein Mann, der bei einem Autoverleiher einen Golf gemietet hatte – und einen blitzroten Ferrari vor die Tür gestellt bekam.

Sie parierte den Blick. So lange, bis er offenbar genug gesehen hatte, sich von seinem Barhocker erhob und ihr die Hand gab.

»Ilhana?«, fragte er. Noch immer ungläubig, als rechnete er

damit, dass sich alles als Missverständnis herausstellte und er seinen Hauptgewinn wieder rausrücken musste. »Du siehst unendlich viel besser aus als auf dem Foto. Wow!«

»Danke.« Selina lächelte, als hätte er ihr das Kompliment des Jahrhunderts gemacht. Sie setzte sich neben ihn, legte ihr Handy auf den Tresen und verstaute ihre Handtasche am Fuß des Barhockers.

»Also, Ilhana, was möchtest du trinken? Natürlich lade ich dich ein.«

Der Mann, der sich Erik nannte, würde heute Abend und heute Nacht viel von ihr bekommen. Sehr viel. Aber zumindest ihren wirklichen Namen würde sie für sich behalten.

Sie bestellte ein Glas Champagner, er einen weiteren Whisky.

»Schöne Bar«, sagte sie. Das Licht änderte den Farbton ins Blaugrüne, gleichzeitig nahm die tranige Loungemusik ein wenig Fahrt auf, wurde von einer launigen Synthesizermelodie aufgemischt.

»Ehrlich gesagt mag ich es hier nicht besonders.« Erik nippte an seinem Whisky, lächelte ihr zu. »Zu steril. Zu unecht.«

Genau wie unser Date, dachte sie. Aber das behielt sie natürlich für sich.

»Ich fand, das gehört dazu, zu so einem Arrangement. Eine hippe Bar im hippen Stadtteil. Aber vielleicht hätten wir uns einfach in einer Pizzeria treffen sollen.«

Seine Aufrichtigkeit machte ihn sympathisch. Nahbar.

Selina hob den Arm, streichelte ihm mit der Hand über den Nacken. »Wir müssen ja nicht ewig hierbleiben. Nur für ein paar Drinks.«

Er nickte. »Ich habe ein Hotelzimmer gebucht. Im Interconti. Mit dem Taxi ein Katzensprung von hier.«

»Fein.« Sie leerte die halbe Champagnerflöte.

»Ist vielleicht eine doofe Frage«, sagte er. »Aber machst du das schon lange? Ich meine … so eine Arbeit als …«

»Als Escort-Girl?«

Er nickte, schien erleichtert, dass sie das Wort für ihn aussprach.

»Also, Erik«, sagte sie, stützte sich mit dem Ellbogen auf den Bartresen. »Ich mach dir einen Vorschlag. Du stellst mir drei Fragen und ich dir. Immer abwechselnd, und wir versuchen, ehrlich darauf zu antworten. Wenn wir damit durch sind: keine weiteren Fragen zum Privatleben mehr. Zumindest nicht zu meinem. Okay?«

»Tolle Idee.« Erik grinste. »Ich habe die Erste ja schon gestellt.«

»Seit etwa drei Jahren«, sagte sie. »Seit ich studiere und die Wahl habe, mir entweder für einen miesen Stundenlohn in einem Café die Füße platt zu laufen und mich blöd anquatschen zu lassen. Oder von Zeit zu Zeit einen interessanten Abend mit einem netten Mann zu verbringen.«

Eriks Lächeln entspannte sich zusehends. »Und jetzt deine Frage«, sagte er.

»Kommst du hier aus Hamburg?«, fragte sie. Er schüttelte den Kopf. »Ich lebe in Stuttgart, arbeite als Berater für einen Softwareentwickler und reise viel rum.«

Das Licht der allgegenwärtigen Leuchtflächen war im Sattgrünen angekommen, passend dazu mischte sich Vogelgezwitscher in die Musik.

Erik hatte ein sympathisches Gesicht. Er war kein zweiter Ryan Gosling, okay, aber die dunklen Augenbrauen, das kräftige Kinn mit Grübchen, der Dreitagebart und die schmale Nase verliehen ihm sogar einen markanten Zug.

Sie verriet ihm, dass sie Single war, Tochter einer Türkin und eines Deutschen. Ihr Studienfach: Anglistik und Amerikanistik. Ihr Alter, sechsundzwanzig, packte sie noch gratis drauf.

Er offenbarte, dass er verheiratet war und Vater zweier Kinder im Schulalter und dass er heimlich davon träumte, allein nach Nordamerika oder Südostasien auszuwandern und ein neues Leben zu beginnen. Wahlweise als Öko-Farmer, Tauchlehrer oder Hubschrauberpilot.

Damit hatten sie einen Strauß an möglichen Themen, und tatsächlich war Erik ein netter und unterhaltsamer Gesprächspartner.

Das Licht in der Bar wandelte sich allmählich über gelb zu rot, was die Beschallung mit pathetischem Trompetensound flankierte. Selina war nach ihrem zweiten Champagner auf Cola light umgestiegen, Erik auf alkoholfreies Bier.

Sie fasste sich an den Bauch.

»Ist dir nicht gut?«, fragte er.

Selina atmete schwer und verzog das Gesicht. »Ich weiß nicht.« Sie stützte sich mit einer Hand auf den Tresen, presste sich die andere gegen die Stirn. »Mir ist etwas schummerig im Kopf.«

Erik sah sie besorgt an. »Willst du einen Schluck Wasser?«

»Eher frische Luft.«

»Gut. Dann nichts wie raus.« Er winkte den Barkeeper heran, drückte ihm drei Geldscheine in die Hand. Selina tastete nach ihrer Handtasche, griff ihr Mobiltelefon, hielt beides fest. Erik führte sie aus der Bar heraus.

Draußen war es kühl. Durch die fortgeschrittene Abenddämmerung geisterten unzählige Nachtschwärmer, die ihr auf einmal vorkamen wie Gespenster, wie Wesen einer anderen Welt, zu denen sie keine Verbindung mehr hatte. Erik zog sie zu einem dunklen Kombi, der in zweiter Reihe mit eingeschaltetem Warnblinker wartete.

»Das ist kein Taxi«, wollte sie sagen, aber aus ihrem Mund kam nur undeutliches Gestammel.

Erik öffnete die hintere Tür, schob sie auf die Rückbank. Auf dem Fahrersitz saß ein junger Mann mit schwarzen Locken. Er musterte sie mit unbewegter Miene, tippte dabei mit den Fingern ans Lenkrad. Erik setzte sich neben sie, zog die Tür zu. Der Wagen brauste los.

Selina hing mehr in ihrem Sitz, als dass sie saß. »Was ist mit mir?«, sagte sie, und obwohl die Worte wie matschiger Brei aus ihrem Mund fielen, schien Erik sie zu verstehen. Er lächelte sie an. Aber anders als in der Bar waren jede Freundlichkeit und der Hauch sympathischer Unsicherheit aus seinem Blick verschwunden. Er nahm ihr das Mobiltelefon aus der Hand, sah aufs Display, schaltete es aus und steckte es in die Innentasche seines Sakkos.

»Gamma-Hydroxybuttersäure.« Das komplizierte Wort ratterte durch ihren Verstand. »Liquid Ecstasy. Eine synthetische Droge. Durchsichtig, geruch- und geschmacklos. Ich habe sie in deine Cola gemischt, während du auf der Toilette warst.«

Er beugte sich zu ihr, umschlang sie mit dem linken Arm, die dazugehörige Hand landete auf ihrer Brust. Die Rechte schob sich zwischen ihre Beine. Er öffnete den Mund und leckte ihr mit seiner nassen Zunge erst über die Wange, dann über die Lippen. »Die nächsten Stunden gehörst du uns, Schätzchen. Aber ich kann dich trösten: Du wirst dich im Nachhinein an nichts von alledem erinnern.«

6

Der Kombi hielt in einem verlassenen Hinterhof im Nirgendwo. Seine Frontscheinwerfer beleuchteten einen pompösen
Geländewagen, der neben einem offenen Bauschutt-Contai-
ner parkte. Die dunklen Mauern ringsherum konnten gut zu
einem leer stehenden Fabrikgebäude gehören.

Eriks Finger hatten während der Fahrt nicht vor ihrer Kleidung haltgemacht und, so fühlte es sich an, überall an ihrem
Körper ekelige Abdrücke hinterlassen. Jetzt ließ er endlich
von ihr ab. Der schwarzlockige Fahrer stieg aus, öffnete die
hintere Fahrzeugtür. Er war ein hagerer Mann, jünger als
Erik. Er trug eine schlichte Jeans und ein Poloshirt.

»Raus mit dir«, sagte Erik und packte sie am Arm. Selina
presste ihre Handtasche an sich, als könnte die sie vor irgendwas beschützen.

Sie zerrten sie durch eine angelehnte rostige Metalltür ins
Innere des Gebäudes. Das Haus war eine abbruchreife Ruine,
so viel war klar. Aber der Raum, in dem die Reise endete,
war aufwendig hergerichtet. Die Wände waren frisch gestri-
chen, der Boden mit dunklem Linoleum ausgelegt, die
schwere Zimmertür, die sich hinter ihr schloss und sie endgültig von der Außenwelt abschnitt, sah nahezu fabrikneu
aus.

In jeder Zimmerecke stand ein Filmscheinwerfer auf je einem gut zwei Meter hohen Stativ. Ihre Lichtkegel waren auf
eine Liege mit schwarzer Lederauflage und verstellbaren
Kopf- und Fußstützen gerichtet, die Selina unangenehm an
den Untersuchungsstuhl eines Frauenarztes erinnerte.

Neben der Tür war, ebenfalls auf einem Stativ, ein Camcorder aufgebaut. Alles schien vorbereitet für die große Show. Mit ihr als Hauptdarstellerin.

Zwei weitere Männer warteten auf sie und nickten erwartungsvoll, als Erik und sein Spießgeselle Selina ins Zimmer schleiften und auf der Lederliege absetzten. Der Jüngere der beiden war höchstens Mitte zwanzig, ein Prolet mit Baseballkappe, Markensportklamotten und knallroten Turnschuhen. Er hatte augenscheinlich bereits einen Ständer, der seine Hose im Schritt mächtig ausbeulte. Der Zweite war ein alter Ekelsack mit Bierplauze und grauem Strubbelbart, den braunen Augen und dem dunklen Teint nach osteuropäischer Abstammung.

Die Männer musterten sie mit kalten, lüsternen Blicken. Fleischbeschau. Sie schienen mehr als zufrieden mit ihrer Beute.

»Alles klar.« Erik rieb sich die Hände. »Eine wahre Hammerschnitte, bis zum Rand vollgepumpt mit Liquid E. Wir werden jede Menge Spaß haben.«

»Und Eins A Pornomaterial«, sagte Bierplauze mit rauer Stimme. Er trat neben die Kamera. »Macht euch bereit!«

Alle bis auf den Kameramann holten schwarze Sturmhauben hervor, ihre Gesichter verschwanden hinter ausdruckslosen Masken mit Sehschlitzen.

»Film läuft«, sagte der Dicke und stellte sich neben das Stativ. »Zieht sie aus! Und nehmt ihr die Tasche ab! Das wird der Gangbang des Jahrhunderts.«

Erik trat seitlich an die Liege heran, auf der Selina noch immer saß. Er griff nach ihrer Handtasche. Der dünne, schwarzlockige Fahrer ging um sie herum.

Also gut. Showtime, dachte sie.

Der Tritt traf Erik vollkommen unvorbereitet. Er war nicht einmal besonders stark, aber gut platziert. Erik stöhnte, krümmte sich zusammen, presste sich die Hände in den Schritt. »Verdammt, was ist …«

Selina wirbelte herum. Schwarzlocke war der Nächste. Er stand wie versteinert auf der anderen Seite der Liege, schien nicht zu raffen, dass das betäubt geglaubte Filetstück auf einmal Tritte verteilte. Ein leichtes Ziel. Ihr Fuß grub sich in seinen Bauch und presste ihm die Luft aus den Lungen.

Der notgeile Junge mit der Baseballkappe schaltete schneller um als sein Kumpane. Er schob sich an Erik vorbei, der sich fluchend auf dem Boden vor der Liege krümmte, und schlug zu, bevor Selina reagieren konnte. Zum Glück hatte er weder ausgeholt noch richtig gezielt. Seine Faust rutschte quer über ihre Wange und glitt seitlich an ihrem Kopf ab.

Das brachte sie nicht um. Im Gegenteil. Der stumpfe Schmerz pumpte zusätzliches Adrenalin durch ihren Körper. Die Antwort ihres Ellbogens in seinem Gesicht zeigte deutlich mehr Wirkung. Der Schlag zertrümmerte die Nase, trieb ihm das Blut aus den Nasenlöchern. Er taumelte zurück.

Der Nahkampfteil war damit zu Ende. Sie riss ihre Handtasche auf, griff hinein, zog ihren Revolver heraus, ließ die Tasche fallen, sprang von der Liege und trat rückwärts in die rechts von der Kamera gelegene Zimmerecke.

»Der Spaß ist vorbei«, sagte sie und schwenkte die Knarre durch die Luft. »Kniet euch neben die Liege. Hände unter die Knie, Gesichter zu mir! Los!«

Erik, Schwarzlocke und Ständer waren bereits unfreiwillig ihrem Befehl mehr oder weniger nachgekommen. Blieb der plauzbäuchige Kameramann. Der stemmte die Fäuste in die Hüfte. »Ich lass mir von dieser Schlampe nicht die ganze Nummer ruinieren. Nur weil sie ein bisschen Karate kann und mit 'ner Schreckschusswumme rumfuchtelt. Schnappt sie euch, Jungs. Wir sind vier gegen eine. Wenn sie die richtig harte Tour will, soll sie die kriegen.«

Selina gab sich nicht die größte Mühe beim Zielen. So traf ihn die Kugel nicht am Oberschenkel, sondern weiter mittig. Der Kerl knickte nach vorn, drückte sich die Hände vor den Unterleib. Es sah aus, als würde er sich die Hose vollpinkeln. Mit Blut.

Der Knall des Revolvers und ihr blutend zusammenbrechender Anführer gaben den Typen den Rest.

Sie drängten sich neben die Liege und gehorchten ohne Widerworte, als sie ihnen befahl, die Masken abzunehmen.

»Erik, oder wie immer du heißt. Schieb mir die Handtasche und mein Handy rüber.«

»Du solltest sie betäuben, du Idiot«, sagte der verblutende Kameramann mit gepresster Stimme.

»Ich fürchte, die Cola mit den K.-o.-Tropfen ist im Spülwasser gelandet«, sagte Selina zu Erik gewandt, »als du auf dem Klo warst.«

»Sie hat dich reingelegt.« Das teigige Gesicht des Kameramanns war leichenblass, auf seiner Stirn sammelten sich Schweißtropfen. Lange würde er es nicht machen. Für einen mordlüsternen Blick in ihre Richtung reichte es noch. »Du ahnst nicht im Geringsten, mit wem du dich anlegst, Kleine.«

»Tasche und Handy«, sagte sie nur. »Und wenn ihr mir schnell verratet, wo wir hier sind, kommt euer Kumpel vielleicht sogar mit dem Leben davon.«

An Freiheit des Menschen im philosophischen Sinne glaube ich keineswegs. Jeder handelt nicht nur unter äußerem Zwang, sondern auch gemäß innerer Notwendigkeit.

Albert Einstein

7

Die Ereignisse wiederholten sich. Exakt so, wie er es erlebt hatte. Und er konnte nichts dagegen tun.

Christoph wusste es. Mit dem intuitiven Wissen, das es nur in Albträumen gab. Bogdan Draganescu saß ihm gegenüber hinter seinem Tisch, funkelte ihn an und spitzte den Bleistift. Das Kratzen des Anspitzers schien alle sonstigen Geräusche zu übertönen. Auch die anderen waren da: van Golderbloom, die Richter und Schöffen, der Staatsanwalt, die Wachmänner und die Zuschauer. Aber keiner von ihnen rührte sich. Sie saßen da wie lebende Tote, die bestenfalls mit einem Auge zwinkerten oder mit einem Arm wackelten. Sie waren die schweigenden Zeugen des Dramas, das sich gleich ereignen würde.

Bogdan ließ den Anspitzer fallen. Sprang von seinem Stuhl auf. Stürmte um den Tisch herum und auf ihn zu, das zur Waffe gewordene Schreibgerät, das er in Christophs Hals bohren würde, in der rechten Faust.

Der Anblick des wütenden Mannes lähmte Christophs Muskeln und Verstand. Leider betäubte er nicht die Angst, die sich in seinem Inneren staute wie Dampf in einem Kessel kurz vor dem Platzen.

Bogdan kam näher.

Und dann passierte doch etwas Neues. Bogdans Gesicht schien zu zerkochen, ebenso sein Körper. Die Gesichtszüge änderten sich, eine andere Statur entstand.

Das formwandelnde Schauerwesen packte Christophs Kopf mit seinen riesigen Pranken, das Fließgesicht vereinnahmte sein Sichtfeld, inmitten der brodelnden Haut öffnete sich eine Art Mund.

»Christoph!«

Sein Kopf wurde hin und her geschüttelt.

Er schrie, riss die Augen auf, und dann war es Eva, deren besorgtes Gesicht sich über seines beugte. Es waren ihre Hände, die ihn an Wange und Stirn berührten, und ihre Stimme, die seinen Namen rief und ihm den Weg in die Wirklichkeit wies.

»Eva«, sagte er. Und keuchte nach Luft.

Sie lächelte, streichelte sein Gesicht, beides kam ihm unwirklich vor, aber er hoffte inständig, dass es echt war und kein weiterer Albtraum, in dem auch sie sich in ein Schreckwesen verwandeln würde.

»Du bist wach«, sagte sie, als spürte sie seine Sorge.

»Bogdan! Er hat …«

»Pscht«, machte Eva und küsste ihn auf den Mund. »Alles wieder gut!«

Er hob den Kopf. Er lag neben Eva. In ihrem gemeinsamen Bett, zu Hause im Schlafzimmer. Im sanften Licht der Nachttischlampe lächelte sie ihm zu.

Er spürte einen pochenden Schmerz seitlich am Hals, hob die linke Hand und ertastete einen breiten Pflasterverband. Seine Hand zitterte. Zeitgleich kamen die Erinnerungen. Der Angriff im Gericht. Das viele Blut. Die Sekunden an der Schwelle zur Bewusstlosigkeit. Die Wachmänner, die den Hünen von ihm wegzerrten. Besorgte Gesichter, die sich über ihn beugten. Endlich Rettungssanitäter und ein Notarzt, der ihm nach kurzer Untersuchung erleichtert zunickte. »So wie's aussieht, haben Sie echt Schwein gehabt. Die Haut und etwas Muskulatur sind verletzt, aber keines der großen Gefäße.«

Sie hatten ihn ins Krankenhaus verfrachtet, wo die Versorgung der Stichverletzung keine Stunde gedauert hatte. Er hatte Eva angerufen und ihr den Vorfall so schonend beigebracht wie möglich. Sie hatte ihn im Taxi abgeholt und war seitdem nicht mehr von seiner Seite gewichen.

»Du hast im Traum einen Namen geschrien«, sagte sie. »Ich habe ihn nicht verstanden. Aber Bogdan war es nicht.« Eva griff seine zitternde Hand, hielt sie fest und drückte einen Kuss auf die Innenfläche. »Es ist mitten in der Nacht«, sagte sie. »Schlaf noch ein wenig!«

8

Sie weckte ihn Stunden später mit dem Geruch von dampfendem Kaffee und frisch aufgebackenen Croissants. Eva balancierte das Tablett mit dem Frühstücksgedeck durchs Schlafzimmer und stellte es zu ihm ans Bett. Ihr Gesicht leuchtete im Morgenlicht, das durch die Vorhänge schien. »Guten Morgen«, sagte sie. »Wie geht's dir?«

»Die Stichwunde unter dem Verband juckt wie verrückt«, sagte er. »Ist, glaub ich, kein schlechtes Zeichen.«

Sie schmunzelte, neigte den Kopf zur Seite. »Ich meinte nicht die Wunde.«

Christoph nickte. »Der Rest ist auch okay«, sagte er.

Sie kroch zu ihm unter die Decke. Tatsächlich ließ das Frühstück den Schrecken der Nacht rasch verblassen. Wären nicht das fiese Jucken und das Pflaster am Hals gewesen – der gesamte gestrige Tag hätte ein schlimmer Traum gewesen sein können.

»Bleibst du zu Hause?«, fragte sie, nachdem beide ein Croissant verdrückt und am Kaffee genippt hatten.

»Ich gehe nachher für ein paar Stunden ins Büro und sehe nach dem Rechten«, sagte er. »Auswärtstermine habe ich eh nicht. Spätestens am Nachmittag bin ich wieder hier.«

Eva streichelte ihm über den Nacken, machte dabei einen großen Bogen um das Pflaster. »Ich könnte die Präsentation heute Abend absagen, um hier bei dir zu sein.«

Er sah sie an. Das Angebot war ehrlich gemeint, keine Frage, und sie würde weder zögern noch es ihm je vorwerfen, nähme er es an. Aber er wusste, wie wichtig ihr der Termin war. Es war Evas große Chance, einen finanzkräftigen Investor für ihr Modelabel zu gewinnen. ›Money meets Fashion‹ nannte sich das. Die Aktion der Handelskammer bot Eva die Möglichkeit, sich, ihre Kollektion und ihr Konzept einer ausgewählten Truppe potenzieller Geldgeber vorzustellen. Darauf hatte sie seit Ewigkeiten hingearbeitet. »Ich komme schon klar.« Er lächelte. »Ich bin ja ein großer Junge.«

Der Mensch kann wohl tun, was er will,
aber er kann nicht wollen, was er will.

Arthur Schopenhauer

9

Ansgar van Golderbloom öffnete die schwere Tür seines Bodentresors und bückte sich zum untersten der vier Regalböden. Als Erstes fand er unter einem Aktenordner und losen Zetteln eine Pappbox von unscheinbarem Äußeren und mit brisantem Inhalt: eine Ruger American Pistol samt einem mit siebzehn Schuss vollgefüllten Magazin. Er hatte sie vor Jahren über zwielichtige Kanäle in seinen Besitz gebracht, nachdem er einen terrorverdächtigen Salafisten vor Gericht freigeboxt hatte und in der Folge von Radikalen und Verrückten aller Couleur angefeindet und bedroht worden war. Er hatte die kompakte Knarre eine Zeit lang bei sich getragen. Eine Riesendummheit. Gerade für ihn als Anwalt. Da er weder Waffenschein noch Besitzkarte hatte, ein klarer Verstoß gegen Paragraf zwei, Absatz zwei des Waffengesetzes, der nach Paragraf einundfünfzig desselben Gesetzes mit Geld- oder sogar Freiheitsstrafe geahndet wurde. Dazu kam, dass er mit dem Teil absolut nicht umgehen konnte. Selbst nachdem er bei einem ihm bekannten pensionierten Ex-Polizisten einige Stunden Schießtraining genommen hatte.

Er verstaute die Pappbox samt Inhalt wieder im Tresor. Die Ruger würde ihm nicht weiterhelfen, wenn er sich gleich in die Höhle des Löwen begäbe. Inzwischen hatte er mächtigere Geschütze als eine Neun-Millimeter-Wumme, um sich Respekt zu verschaffen.

Was er eigentlich suchte, klemmte in der hintersten Ecke. Mit spitzen Fingern zog er einen kleinen hölzernen Bilderrahmen hervor. Unter der Plexiglasscheibe klebte ein Fünfzig-D-Mark-Schein, auf den jemand mit einem Filzschreiber die Worte *nie wieder* gekritzelt hatte. Nein, nicht jemand. Er selbst war es gewesen, im Alter von knapp fünfzehn Jahren. Da hatte er eine Entscheidung getroffen, die seinem Leben eine neue Wendung gegeben hatte. Damals hatte er die Banknote eingerahmt und verwahrt, um nie zu vergessen, was er sich geschworen hatte: Sich nie mehr herumschubsen zu lassen. Nie wieder für Geld Dinge zu unterstützen, die er aus tiefstem Herzen verabscheute und bei denen Unbeteiligte zu Schaden kamen.

Ansgar drehte den Rahmen herum, öffnete die Rückseite, zog den Schein heraus und betastete das steife Papier von allen Seiten.

Nie wieder. Er hatte den Geldschein und sein altes Versprechen beinahe vergessen, doch heute war der Tag gekommen, es zu erneuern. Selbst wenn er dabei deutlich mehr riskierte als einen Verstoß gegen irgendeinen Gesetzesparagrafen. Er steckte die Banknote in die Brieftasche und verstaute sie in der Innentasche seiner Anzugjacke.

Das herbeigerufene Taxi spuckte ihn wenig später in der Nähe des Hauptbahnhofs vor einem frisch renovierten Hotelgebäude wieder aus. So wie dieser Altbau versuchte der ganze Stadtteil, sich vom zweifelhaften Image reinzuwaschen, das jahrzehntelange Prostitution, Drogenszene und Kleinkriminalität hinterlassen hatten, und sich zum angesagten Szeneviertel aufzuhübschen. Ein Prozess, den Männer wie Dragan Draganescu für sich zu nutzen wussten. Unter seiner knallharten Führung sollte sich der Familienclan von einer mafiösen Zigeunerhorde zur seriösen Unternehmerfamilie wandeln. Der Clanchef hatte sich in mehrere Hotels eingekauft und nutzte sie nicht nur als lukrative Investition, sondern auch als Ort für diskrete Treffen.

Ansgar durchschritt die Hotellobby, nickte dem freundlich

lächelnden Herrn an der Rezeption zu und nahm den Fahrstuhl in den vierten Stock.

Dragans Vorzimmerdame hieß Dorian, trug einen Dreitage-
gebart, hatte die Schultern, Brust und Oberarme eines Gorillas und nur unwesentlich mehr Verstand. Aber Dragan hatte
seinen Großneffen auch nicht wegen dessen Intelligenz vor
dem Hotelzimmer postiert.

»Hallo, Dori, wie läuft das Geschäft?«, sagte Ansgar, und
der Leibwächter antwortete mit dem erwarteten Knurren. »Ist
Dragan da? Wir sind verabredet.« Dorian nickte und wies mit
seiner Pranke Richtung Tür.

Wenn Dorian ein junger Gorilla war, war Dragan Draganescu ein alter Bär. Der Clanchef war groß und dick, und sein
ergrautes Kopfhaar klebte wie ein nachlässig gepflegter Pelz
am Kopf. Bart und Augenbrauen bedeckten den Großteil seines Gesichts. Er saß zurückgelehnt auf einer ledernen Couch
inmitten eines schlichten Hotelzimmers. Vor ihm auf dem
Tisch lagen einige Schnellhefter neben losen Zetteln und einer geleerten Kaffeetasse. Das Oberhaupt der Draganescus
hatte die Hände über dem mächtigen Bauch zusammengefal-
tet und musterte ihn.

»Guten Morgen, Herr Draganescu«, sagte Ansgar.

Der alte Bär verzog die Augenbrauen, die sich zu einem
einzigen struppigen Querbalken vereinigten. »Was ist los?«
Er wies mit der Hand auf einen Ledersessel zu seiner Rechten.
Ansgar setzte sich. »Die Tür ist zu«, sagte der Rumäne. »Wir
sind unter uns. Wir haben zusammen getrunken, und das ist
noch gar nicht lange her, richtig? Also warum so förmlich?
Ich bin Dragan.« Er tippte sich mit dem Zeigefinger auf die
speckige Brust, zielte dann auf den Anwalt. »Und du Ansgar.«
Er sah ihm ins Gesicht, neigte den Kopf zu Seite. »Wir sind
Freunde. Oder irre ich mich?«

Ansgar widerstand der Versuchung, sich die Hand auf den Magen zu pressen. Nicht lange her, das waren ziemlich exakt sechs Monate. Damals hatte der rumänische Clanchef ihn als Strafverteidiger seines Bruders Bogdan angeheuert, eine beachtliche Menge Bargeld als Vorschuss auf den Tisch gepackt und sich von keinem der von Ansgar vorgetragenen Einwände abbringen lassen. Besiegelt hatten sie den Deal mit dem üblichen Anwaltsvertrag.

Und einem Glas brauner Flüssigkeit, das Dragan ihm vor die Nase gesetzt hatte. Ansgar hatte abgewunken. »Für mich nicht, danke. Ich trinke nicht vor …«

»Sie müssen trinken. Das ist eine Frage der Ehre«, war Dragan ihm ins Wort gefallen. »Dieses Getränk ist die Seele meiner Familie. Als mein Vater, Fiodor Draganescu, mit uns Kindern Hals über Kopf aus Rumänien flüchten musste, konnte er nur eine einzige persönliche Sache mitnehmen. Er hat sich für eine Flasche selbst gebrannten Pálinka entschieden. Ich lasse Sie töten, zerstückeln und in die Elbe werfen, wenn Sie ablehnen.«

Ansgar hatte den Rumänen angestarrt, und der hatte sich Zeit gelassen, seine ernste Miene in einem feisten Grinsen aufzulösen. »Nur ein Scherz.«

Auf den Schreck hatte Ansgar dann doch zugegriffen. Und es die nächsten sechzehn Stunden bitter bereut, in denen sich der Obstbrand wie Batteriesäure im Zeitlupentempo durch sein Gedärm gefressen hatte.

Ansgar wiederholte Dragans Geste in umgekehrter Reihenfolge. »Ansgar, Dragan. Freunde«, sagte er, und der rumänische Bär lachte und klatschte in die Hände.

»Ich brauche erneut deine Hilfe als Strafverteidiger, Ansgar«, sagte er und verzog das Gesicht zu einer wehleidigen Miene. »Mein kleiner Bruder Pjotr hat so eine Vergewaltigungssache am Hals. Er hat sich 'ne Kugel eingefangen. Mitten ins Gemächt.« Dragan grinste. »Möglich, dass er nicht überlebt. Aber falls doch: Kann ich auf dich zählen, mein Freund?«

Ansgar verschränkte die Arme vor der Brust. Er mochte die Freude über die neu besiegelte Freundschaft nicht teilen. »Erst muss ich wissen, was hier läuft.«

Dragans Gesichtszüge verwandelten sich in einen Ausdruck reinster Unschuld. »Was meinst du? Ich bitte dich um einen Gefallen, der dir einen Haufen Geld einbringen wird. Und wir sitzen hier. Unter Freunden. Das läuft hier.«

Ansgar schüttelte den Kopf. »Es geht um Bogdan. Du hast mir ein horrendes Honorar gezahlt, damit ich ihn vor Gericht verteidige. Obwohl von vornherein klar war, dass selbst ich in seinem Fall nichts ausrichten kann.«

»Ich wollte nichts unversucht lassen. Immerhin ist auch Bogdan mein Bruder. Und du bist der beste Strafverteidiger, den man für Geld kaufen kann.« Dragan verdrehte die Augen. »Weißt du, Ansgar, wenn man Brüder hat wie Bogdan und Pjotr, braucht man keine Feinde mehr.« Er öffnete die Arme zu einer ausladenden Geste. »Versteh mich nicht falsch. Ich liebe meine Brüder, sie bedeuten mir alles.« Seine Hände wanderten nahtlos weiter, seitlich an den Kopf. »Aber die beiden sind gottverdammte Idioten. Wie soll ich die Familie voranbringen, wie ein seriöses Unternehmen aufbauen, wenn jeder meiner Brüder mehr Scheiße anhäuft als eine Herde Ziegen? Eine Riesenherde.«

»Bogdan hat mir nie verraten, warum er euren Cousin erschossen hat. Ob es stimmt, dass Silvio ihn und dich erpresst und diese alte Geschichte von eurer Schwester Elena an die Presse verraten hat. Wie soll ich jemanden vor Gericht verteidigen, der nicht mit mir zusammenarbeitet? Die Sache mit der Psychose war von vornherein unglaubwürdig, es war so gut wie sicher, dass wir damit scheitern würden. Bogdan hat das gewusst.«

Dragan schüttelte den Kopf. »Unter uns, Ansgar. Bogdan ist ein verrückter Spinner mit einem Kopf voller wirrer Ideen und Nerven dünn wie Seidenfäden. Und Pjotr ist einfach nur pervers. Junge Mädchen betäuben, vergewaltigen und alles auf Video aufnehmen. Geht's noch?« Er schlug sich mit der Hand gegen die Stirn. »Dann wandern sie halt in den Knast. Na und? Sie sind kein Verlust für mich, verstehst du? Also nimm du es nicht schwerer als ich.«

»Es geht mir um etwas anderes«, sagte Ansgar. »Ich habe einen halben Verhandlungstag mit Richtern und Staatsanwalt darum gekämpft, dass Bogdan ohne Fußfesseln im Gerichtssaal sitzen darf. Das war ihm immens wichtig, darauf hatte er bestanden. Und zum Dank stürzt er sich in der laufenden Verhandlung auf den Gutachter.« Ansgar sog lautstark Luft durch die Nase. »Um ein Haar hätte er den Psychiater umgebracht, mein Gott. Alle Welt sollte denken, dass es ein spontaner Wutausbruch gewesen ist. Aber ich glaube das nicht. Ich glaube, dass Bogdan von vornherein Vergeltung üben wollte, falls das Gutachten gegen ihn ausfällt. Und das hätte er nicht geplant, ohne vorher seinen großen Bruder einzuweihen.«

»Hoppla. Unser mit allen Wassern gewaschener Staranwalt zeigt Gefühle. Was hast du für ein Problem, Ansgar? Dieser Doktor hat doch überlebt, oder nicht?«

Das Lächeln in Dragans Gesicht wurde merklich dünner. Aber Ansgar war nicht hergekommen, um einer Konfrontation aus dem Weg zu gehen. »Du spielst dein Spiel, Dragan, das ist okay. Aber ich möchte nicht als Spielfigur benutzt werden. Schon gar nicht, wenn dabei ein Unschuldiger draufgehen kann.«

Nie wieder. Die Worte flammten in seinem Bewusstsein auf wie eine Leuchtschrift unter Hochspannung. Am liebsten hätte er sie dem Clanchef ins Gesicht geschrien.

»Du hörst Flöhe husten, mein Freund. Du hast meinen Bruder doch kennengelernt. Er ist eigensinnig. Unbeherrscht.« Dragan beugte sich vor. »Stell dir Folgendes vor: Bogdan weiß, dass er für den Rest seines Lebens ins Gefängnis muss. Er sieht diesen Psychiater, der ihn und sein Lebenswerk zerpflückt. Ihn bloßstellt. Seelenruhig, in aller Öffentlichkeit. Was also tut Bogdan? Den Schwanz einziehen und weinend aus dem Gerichtssaal kriechen wie ein verängstigter Straßenköter? Oder mit einem großen Knall abtreten, von dem seine Familie noch sprechen wird, wenn er schon lange in einer Zelle verrottet ist?« Der alte Bär schüttelte den Kopf. »Das ist alles. Es gibt kein Spiel, mein Freund.«

»Bogdan hat etwas gesagt, nachdem er dem Psychiater den Bleistift in den Hals gerammt hat. Ich war dicht hinter ihm, deswegen habe ich es gehört. ›Wir machen dich fertig!‹, hat er gesagt. ›Dich und deine Familie, hörst du?‹«

»Er wollte diesem Psychiater Angst einjagen. Nichts weiter.«

»›Wir‹, hat Bogdan gesagt. Nicht ich, sondern wir. Was plant ihr gegen den Psychiater, Dragan? Wollt ihr an ihm und seiner Familie ein Exempel statuieren? Soll er als Sündenbock herhalten, weil Bogdan lebenslang ins Gefängnis muss? Sag es mir! Oder ich finde es selbst heraus.«

»Weißt du, Ansgar, dein Tonfall gefällt mir ganz und gar nicht.« Dragan kniff die Augen zu engen Schlitzen, aus denen es gefährlich blitzte. »In meiner Welt können unbedachte Drohungen tödlich sein für manche Menschen.« Er faltete seine Hände so zusammen, dass beide Zeigefinger nach vorne und die Daumen nach oben ragten. Es war die Form einer

Pistole. Und er zielte damit auf Ansgars Brust. »Weißt du«, sagte er und schüttelte den Kopf, »ich dachte, wir sitzen hier als Freunde. Als Freunde, die einander vertrauen. Meine Freunde drohen mir nicht. Weil sie wissen, dass ihre kleinen, schmutzigen Geheimnisse bei mir in guten Händen sind und dass ich ihnen nie ernsthaft schaden würde. Verstehen wir uns?«

Ansgar verzog keine Miene. »Es gibt Geheimnisse, die den Ruf eines Menschen in der Öffentlichkeit ankratzen«, sagte er. »Die ihm vielleicht unangenehm und peinlich sind. Ihn das eine oder andere lukrative Mandat kosten.«

Er zog sein iPhone aus der Innentasche seiner Anzugjacke und legte es vor sich auf den Tisch. »Und solche, die selbst mächtige Männer ins Gefängnis bringen. Glaube mir, mein Freund. Ich kann mit ein paar Anrufen von diesem Telefon aus vielen Menschen, die sich für unantastbar halten, einen riesigen Haufen Schwierigkeiten bereiten.«

Dragan starrte erst auf das Telefon, dann auf Ansgar. »Es ist ein langer Weg ins Gefängnis«, sagte er mit schneidender Stimme. Er zog die Mundwinkel hoch, es geriet weniger zu einem Grinsen, eher zu einem Zähnefletschen. »Und es kann viel passieren auf einem langen Weg. Menschen können leiden. Menschen können sterben.«

»Weißt du, wie ich mein Jurastudium finanziert habe?«, fragte Ansgar und setzte sein unschuldigstes Lächeln auf.

Dragans Zähne verschwanden hinter den wulstigen Lippen. »Ich nehme an, dein stinkreicher Vater hat seine Sparbüchse aufgemacht und …«

Ansgar schüttelte den Kopf. »Meine Eltern waren bettelarm. Wenn ein Herr Meier oder Schulze vorbeigekommen wäre und meinem Vater hundert Mark für einen Namenstausch geboten hätte – er hätte es gemacht.«

Dragan lachte. »Ansgar Schulze. Klingt nicht übel.« Der Rumäne lehnte sich in seinem Stuhl zurück. »Also, wie hast du dein Studium finanziert?«

»Mit professionellem Pokerspiel.«

»Hey, du bist Anwalt. Du hast dein Studium abgeschlossen. Schlecht kannst du also nicht gewesen sein.«

»Ich war gut, sehr gut sogar. Vizeeuropameister, Interkontinentalmeister. Ich habe sechsstellige Börsen gewonnen.« Er beugte sich vor. »Ich war erfolgreich, weil ich immer besser wusste als die anderen, was mein Blatt wert war, wie meine Gegner tickten und mit welchen Tricks sie arbeiteten. Ich konnte sie immer über den Tisch ziehen. Anwalt bin ich nur geworden, weil ich die Frühstücksbüfetts in den Nobelhotels irgendwann satthatte.«

»Poker, ich verstehe.« Dragan nickte. »Jetzt werde ich dir etwas von mir erzählen.« Auch er beugte sich vor, ließ seine mächtigen Fäuste auf die Tischplatte sinken. »Ich wäre um ein Haar Profiboxer geworden. Siebenundzwanzig Amateurkämpfe, davon dreiundzwanzig K.-o.-Siege. Weißt du, warum ich so gut war? Ich wusste intuitiv, wo mein Gegner am verwundbarsten war. Ob ich eine günstige Gelegenheit abwarten und alles in den einen vernichtenden Schlag legen musste. Oder besser die Zermürbungstaktik. Schlag um Schlag, auf die Leber, die Oberarme, den Kopf, gegen die Deckung, bis der andere vor Erschöpfung auf die Bretter ging und nicht mehr aufstand. Ich war immer besser als meine Gegner. Ich brauchte nie zu bluffen wie ein Kartenspieler.«

Sie saßen sich gegenüber und schwiegen. Nach einer gefühlten Ewigkeit wog Dragan den Kopf hin und her, daraus wurde ein Nicken. »Ich mag dich, Ansgar«, sagte er. »Ich mag dich wirklich. Du bist klug. Und vertrauenswürdig. Du hast für meinen Bruder getan, was möglich war, und es hat nicht geklappt. Das ist in Ordnung. Du bekommst dein Geld. Samt Zuschlag. Wir haken die Sache ab. Kein Wort mehr über Bogdan. Und Ansgar van Golderbloom bleibt mein Freund. Der Mann, dem ich vertraue, auf den ich baue.«

»Nein«, sagte Ansgar. »Ich muss sicher sein, dass keine weiteren Unbeteiligten zu Schaden kommen. Ich will eine Antwort von dir. Plant ihr etwas gegen diesen Psychiater oder seine Familie?«

Dragan nickte, ein Ausdruck von Milde legte sich auf sein Bärengesicht. »Ich habe vor einiger Zeit ein Hotel in der Frankfurter Innenstadt gekauft. Den Seilerhof. Ein alter, versiffter Laden. Der alte, versiffte Besitzer hat mir Geschichten von früher erzählt. Von der Frankfurter Stricherszene in den Achtzigerjahren. Von gut betuchten Börsenleuten, die sich mit mittellosen Knaben in den schmuddeligen Zimmern dieses Schuppens vergnügten.«

Die Leuchtröhren in Ansgars Kopf brummten und knisterten. Er widerstand der Versuchung, sich die Hände auf die Ohren zu pressen.

»Zwei Menschen sind damals gestorben. Ein Banker und ein Junge, beide tot aufgefunden in einem der Billigzimmer im zweiten Stock. Die Umstände wurden nie aufgeklärt. Tragische Sache, nicht wahr?«

Ansgar saß stocksteif in seinem Sessel. Björn Welge. Der Name des Jungen.

Dragan grinste, griff neben den Tisch und zog eine Flasche mit brauner Flüssigkeit und dann zwei kleine Gläser hervor. Pálinka. Dragans berüchtigter Branntwein mit der Wirkung von Batteriesäure. Er schenkte zwei Gläser voll, schob Ansgar eines rüber, hob seines in die Höhe. »Also, was meinst du, Ansgar? Lassen wir die alten Geschichten ruhen und stoßen an auf die Zukunft? Auf unsere Freundschaft?«

10

»Und? Wie findest du es?«, fragte sie.

Karl Lewitz löste den Blick vom Bildschirm und die Hände von der Computertastatur, sah zu Selina hoch und gönnte sich einen langen und tiefen Atemzug, bevor er antwortete: »Was hast du für ein Problem?«

Selina stutzte. Sie hatte mit allen möglichen Reaktionen gerechnet. Aber nicht mit einem Vorwurf. »Es gefällt dir nicht?«

»Dein Text ist gut. Top recherchiert, astreine Quellenangaben, eins a geschrieben. Ausreichend sachlich, trotzdem packender als jeder Krimi. Ich meine nicht den Artikel. Ich meine das da.« Er wies mit dem Zeigefinger auf ihr Gesicht. An der Stelle neben ihrem rechten Auge, wo das Arschloch mit den Sportklamotten sie erwischt hatte, blühte ein prächtiges Veilchen.

»Ein blaues Auge, na und?« Sie zuckte mit den Schultern. »Diese Wichser haben mindestens fünf Frauen betäubt und übelst vergewaltigt. Und sie dabei gefilmt. Sie alle sind seelische Wracks. Eines der Mädchen musste anschließend notoperiert werden. Das Hämatom ist ein kleiner Preis dafür, dass sie hinter Schloss und Riegel sind.«

»Ein Bluterguss. Und ein Ermittlungsverfahren wegen schwerer Körperverletzung und Waffenbesitzes.«

»Der Schuss war Notwehr.« Sie grinste. »Es gibt sogar ein Beweisvideo. Und ich habe einen Waffenschein. Da kommt nichts.« Selina fixierte Karl mit ihrem Blick. »Wirst du es herausbringen oder nicht?«

Karl senkte den Kopf, fuhr sich mit der Hand durch seine grauen Locken. »Die Geschichte ist der Knaller. Diese Arschlöcher haben den medialen Pranger mehr als verdient. Aber …«

»Aber was?«

Er sah wieder hoch. »Du bist eine herausragende Journalistin, Selina. Hast den perfekten Riecher für gute Storys, lieferst hieb- und stichfeste Beweise und schreibst wie Rudolf Augstein zu seinen besten Zeiten. Nur …«

»Wirst du es nun veröffentlichen oder nicht?«, fragte sie.

»Ja, verdammt noch mal. Wort für Wort. Du bekommst die komplette Titelseite der morgigen Printausgabe. Die Hintergrundstory folgt auf Seite zwei, das volle Programm. Die Schlagzeile mit Kurztext und Ankündigung geht noch heute Vormittag online. Aber ich kann es nicht verantworten, dass du jedes Mal für eine Story dein Leben riskierst.«

»Das ist allein meine Sache.«

»Ist es eben nicht, Herrgott.« Karls Faust krachte auf die Tischplatte. Die roten Äderchen in seinem eigentlich blassen Gesicht schienen aufzuquellen und zu glühen. »Eine anonyme Morddrohung, als du wegen der Bestechungssache recherchiert hast. Ein gebrochenes Handgelenk, als du hinter dieser Schleuserbande her warst. Ein Messerangriff, als du dich in … Ach egal. Ich kann dich nicht zu immer waghalsigeren Aktionen ermuntern. Früher oder später geht das schief, das muss dir doch klar sein. Und das Letzte, was ich will, ist, dir einen Blumenkranz aufs Grab zu legen und einen Nachruf zu drucken: *Sie starb heldenhaft während ihrer Arbeit für die* Hamburger Tageszeitung. Nein.« Er schüttelte den Kopf. »Ich würde meines Lebens nicht mehr froh.«

»Hast du dasselbe zu Philipp gesagt, bevor er nach Syrien geflogen ist? Zu Marcel, als er nach Somalia wollte?«

»Das ist etwas anderes.«

»Nein, ist es nicht.« Sie stemmte sich hoch, beugte sich über den Schreibtisch. Ihr Chef wich vor ihr zurück. »Auch ich bin Kriegsreporterin, Karl. Nur liegen meine Schauplätze in dunklen Hinterhöfen und geheimen Lagerhallen. Diese Art von Journalismus geht nicht ohne Risiko. Es ist *mein* Leben. Und *meine* Gesundheit. Ich kann tun, was ich will.«

Karl schüttelte den Kopf. »Wie lange warst du an den Typen dran?«, fragte er.

Sie setzte sich zurück auf ihren Stuhl. »Vier Monate. Ich habe die früheren Opfer befragt, in den sozialen Medien und im Darknet recherchiert, bis ich auf eines der Vergewaltigungsvideos gestoßen bin. Zuletzt habe ich mich in die Escort-Agentur eingeschleust und im dazugehörigen Dating-Portal registriert. Da ich wusste, wie diese Typen an ihre Opfer kommen, war es von da an eine Frage von Zeit und Glück.«

»Und mit wie vielen Männern musstest du schlafen, bevor du an einen der Täter geraten bist?«

»Ich habe jedes Mal Vergiftungserscheinungen vorgetäuscht, schon vergessen?«

Tatsächlich hatte sie sich damit gut aus der Affäre ziehen können. Die meisten Typen hatten ihr sogar das Taxi bezahlt, mit dem sie nach Hause fahren konnte. Zwei- oder dreimal war mehr gelaufen. Aber das hatte sie dann so gewollt.

»Trotzdem.« Karl presste die Lippen aufeinander. »Das war das letzte Mal, dass ich dir mit einem blauen Auge, einem gebrochenen Knochen oder Stichverletzungen einen Text abnehme. Hast du verstanden? Keine Kamikazesachen mehr. Du wirst einen Weg finden, spannende Storys zu entwickeln, ohne deinen Arsch zu riskieren. Das ist mein letztes Wort.«

Im Redaktionsraum herrschte geschäftiges Treiben. Die meisten Kollegen hingen lesend oder schreibend vor ihren Bildschirmen, einige telefonierten. Selina steuerte ihren Arbeitsplatz im hinteren Bereich des großflächigen Büros an. Ihre Sitznachbarin Erika haute auf ihre Tastatur ein und beachtete sie nicht weiter. Selina setzte sich, fuhr ihren Rechner hoch, ihr Blick fiel auf ihren Postkorb. Darin lag ein prall gefüllter brauner Umschlag. Sie nahm ihn hoch. Kein Absender.

Sie riss ihn auf und zog ein Buch, eine DVD und einen bedruckten Zettel heraus. Darauf stand:

Liebe Selina, vielleicht wäre das etwas für Sie?
Ihr guter Freund.

Keine Unterschrift. Natürlich nicht. Wie immer. Sie nahm das Buch zur Hand, betrachtete Vorder- und Rückseite. Überflog den Klappentext. Blätterte darin herum.

»Dein geheimer Informant? Dein guter Freund?«

Selina zuckte zusammen. Sie hatte nicht mitgekriegt, dass Erika ihrer Computertastatur eine Verschnaufpause gönnte und zu ihr herüberblickte. Sie nickte.

»Wieder so ein Himmelfahrtskommando?«, fragte Erika.

Selina starrte auf den Schutzumschlag. »Wer weiß«, sagte sie. »Schon möglich.«

»Ich kenne den Autor.« Ihre Kollegin deutete mit dem Zeigefinger auf das Buch. »Professor Christoph Kerber. Bin ihm gestern vor Gericht begegnet. Er ist der Gerichtspsychiater, der von Bogdan Draganescu niedergestochen worden ist.«

Nichts ist befreiender als die Einsicht,
dass es keinen freien Willen gibt.

Andreas Tenzer

11

Das war sie also. Christophs neue Wirkstätte: schicker, pünktlich zum Einzug frisch renovierter Altbau. Die mit schmalen Simsen und Blendpfeilern verschnörkelte, hellweiße Hausfassade war wie geschaffen für einen warmen Frühlingstag und strahlte in der Mittagssonne. Auf diversen Mauervorsprüngen hockten Zierfiguren mit gedrungenen Körpern und Kindergesichtern und schienen ihn zur Begrüßung freundlich, aber nicht frei von Häme anzugrinsen: Willkommen an deinem neuen Arbeitsplatz, Professor Kerber.

Er hatte es sich nicht leicht gemacht mit der Suche nach Büroräumen, nachdem er den Ruf für die Professur in Berlin abgelehnt und damit seine berufliche Zukunft als selbstständiger Gerichtsgutachter besiegelt hatte.

Das Haus war geschichtsträchtig, das verriet eine Gedenktafel vorne an der Fassade. Viele Jahrzehnte hatten die Mitglieder einer jüdischen Kaufmannsfamilie die schwere Eingangstür aufgedrückt, bis sie in der NS-Zeit enteignet und vertrieben worden waren. In den düsteren Jahren bis 1945 hatten die Stiefelschritte hochrangiger SS-Offiziere, die hier mit ihren Familien einquartiert worden waren, durch das gewundene Treppenhaus gedröhnt, bevor mit Ende des Dritten Reichs ein adliger britischer Diplomat samt Gefolgschaft eingezogen war. Inzwischen gehörte das Haus einer Erbengemeinschaft der ursprünglichen Besitzer. Es beherbergte im Erdgeschoss eine Augenarzt- und eine HNO-Praxis und im zweiten Stock einen Notar.

Nicht nur das Gebäude war edel, auch die Lage war erstklassig. In wenigen Gehminuten Entfernung verlockte die

Außenalster zu einem mittäglichen Spaziergang, überall waren nette Cafés und Restaurants. Er hatte es weiß Gott nicht schlecht getroffen. Und trotzdem war und blieb die Gutachterpraxis seine zweite Wahl. Er hätte die schön gelegenen und top renovierten Zimmer im dritten Stock dieses Prachtbaus sofort gegen die unterkühlten und altbackenen Räume eingetauscht, in denen das Forensische Institut der Charité untergebracht war, dessen Leitung er Eva zuliebe abgelehnt hatte.

Sinnlos, immer wieder darauf herumzukauen, dachte Christoph. Bald wären sie eine Familie. Er wurde Vater und, wenn er den Mumm aufbrachte, ihr einen Antrag zu machen, Evas Ehemann. Also höchste Zeit, die Professorenstelle abzuhaken und den Blick nach vorn zu richten.

Er schritt die Treppe hinauf, schloss die Tür zu seinen Räumen auf und trat in den Flur. Seine Augen erfreuten sich an den hohen Decken und den gepflegten Stuckverzierungen. Auf dem Parkettboden boten ein Dutzend Umzugskartons einen deutlich unangenehmeren Anblick. Sie enthielten unzählige alte Akten und noch sehr viel mehr Bücher. An der Wand lehnten vier gerahmte Bilder von Wassily Kandinsky. Die farbintensiven, kontrastreichen Leinwandreproduktionen sollten früher oder später die lange Flurwand verzieren.

Die vorderste Tür stand offen.

Luc saß hinter dem Schreibtisch und strich sich mit den Fingern der rechten Hand über Kinn und Wangen. Ein ansehnlicher Bart verdeckte den Großteil seines Gesichts.

Der junge Mann sprang vom Stuhl auf. »Hey, Christoph, da bist du ja endlich.« Aus seinem Gesicht löste sich ein nicht geringes Maß Anspannung. »Mann, was für eine Scheiße gestern. Bist du okay?«

»Hallo, Luc. Ich hatte schon bessere Nächte. Aber es geht.«

Luc knetete an den Fingern herum. Die Sorge um Christophs Gesundheit war offenbar nicht der einzige Grund für seine Anspannung. »Da ist Besuch für dich.« Luc flüsterte, zeigte in Richtung der Wand, hinter der die kleine Küche lag. »Er will dich unbedingt sprechen. Hat sich glatt geweigert, einen Termin zu vereinbaren oder morgen wiederzukommen.« Luc schüttelte den Kopf, zog unwillkürlich die Schultern hoch und die Mundwinkel runter. »Da war nichts zu machen. Also habe ich ihm ein Glas Wasser angeboten und ihn in die Küche gesetzt.«

Christoph nickte. »Schon okay. Wer ist es? Was will er?«

»Er heißt …«

»Professor Kerber?«

Die Küchentür nebenan wurde aufgestoßen, das Geräusch fester Schritte hallte durch den Flur, und dann stand Ansgar van Golderbloom in der Bürotür. Sowohl sein dunkler Maßanzug als auch die Scheitelfrisur saßen makellos. Das hellblaue Edelhemd sah aus, als hätte er es gerade schnell nachgebügelt, und die Krawatte hing wie festgeklebt millimetergenau an ihrem Platz. Ansgar hatte sich seinen Mantel über den rechten Arm gelegt, in derselben Hand hielt er eine schmale Aktentasche. »Entschuldigen Sie, dass ich Sie überfalle«, sagte er.

Sofort hatte Christoph das Bild von Bogdan Draganescu im Kopf, der mit hasserfülltem Blick vor ihm stand und ihm den Bleistift entgegenstieß.

Wir machen dich fertig.

Scheiße, dachte er. Dieser Rumäne hatte sich in seinem Gehirn festgesetzt. Seine linke Hand fing wie auf Kommando an zu zittern. Er steckte sie in die Hosentasche.

Dich und deine Familie, hörst du?

Christoph nickte dem Anwalt zu. »Sie hätte ich am allerwenigsten hier erwartet.«

Sie standen sich gegenüber. Ansgar machte keine Anstalten, seinen rechten Arm von Mantel und Tasche zu befreien, um Christoph die Hand zur Begrüßung zu reichen.

Dann halt nicht.

Aus der Nähe war van Golderbloom doch eher ein Mensch als ein männliches Model mit Juraexamen. Er war unwesentlich größer als Christoph, dabei vom Körperbau deutlich graziler. Aus den Anzugärmeln ragten Hände mit langen, schlanken Fingern und picobello gepflegten, kurz geschnittenen Nägeln. Die Finger eines Mannes, der Goldbesteck und Stoffservietten gewohnt war. Er trug einen filigranen Platinring an der rechten Hand und eine Rolex am linken Handgelenk.

»Haben Sie zehn Minuten für mich?«, fragte der Anwalt.

Eigentlich nicht, dachte Christoph. Auf Lucs Schreibtisch lag ein DIN-A4-Zettel, auf dem der die Anfragen notiert hatte, die während Christophs Abwesenheit per Mail und Telefon eingetrudelt waren. Und in jedem Zimmer stapelten sich Umzugskartons.

Aber klar war er auch neugierig. Ansgar van Golderbloom war nicht irgendein Besucher, nicht irgendein Anwalt. Wenn der sich die Mühe machte, ihn persönlich aufzusuchen und sogar zu warten, musste es ihm wichtig sein.

»In Ordnung«, sagte Christoph. »Gehen wir in mein Büro. Möchten Sie Kaffee, Tee oder noch ein Wasser?«

Der Strafverteidiger legte sich die freie linke Hand an den Bauch, verzog den Mund. »Nein danke. Mir ist nicht ganz wohl.«

Christoph führte den Anwalt über den kurzen Flur an der Küche vorbei bis zur Tür seines Büros. Er öffnete, und ihm wurde bewusst, dass van Golderbloom der erste Gast war, den er in sein neues Arbeitszimmer bat.

Ein Büro, das streng genommen nicht auf Besuch vorbereitet war. In Gedanken verfluchte er Luc, der ruhig etwas Ordnung hätte schaffen können.

Vor der bodentiefen Fensterfront waren drei Kartons mit Büchern und allerlei Krimskrams abgestellt. Lauter Sachen, die darauf warteten, in die noch nackten Regale und den mächtigen Schrank in der Zimmerecke einsortiert zu werden. Selbst die große Kristallglasplatte seines Schreibtischs musste als Abstellfläche herhalten – für ein paar Aktenordner und einen Pappkarton mit Büroutensilien.

Christoph wies auf zwei Ledersessel, die verloren in der Zimmermitte standen. »Wie Sie sehen, ist alles noch etwas provisorisch.«

Van Golderbloom ließ seinen Blick über das offensichtliche Chaos gleiten, setzte sich und schlug die Beine übereinander. »Ein netter Junge, ihr Sekretär. Ein wenig unsicher vielleicht. Aber sehr bemüht.«

Christoph hätte damit gerechnet, dass van Golderbloom ohne Small Talk zur Sache kommen würde. Aber gut. »Mein Neffe«, sagte er. »Studiert Psychologie und suchte einen Job. Und ich brauchte jemanden für den Bürokram.«

Der Anwalt sah auf seine Armbanduhr, die vermutlich mehr kostete als die gesamte Einrichtung von Christophs Büro, und verzog den Mund zu einem Haifischlächeln. »Ich habe fünfunddreißig Minuten auf Sie gewartet. Wissen Sie, wie viel Geld ich in fünfunddreißig Minuten verdienen kann?«

Arroganter Schnösel, dachte Christoph. Aber überheblich grinsen konnte er auch. »Sie werden es verkraften«, sagte er. »Vermutlich hat Bogdan Draganescu Sie fürstlich entlohnt, damit Sie den Wadenbeißer für ihn machen.«

Der Anwalt verzog keine Miene. »Konfliktverteidigung.

Das gehört zur Klaviatur eines guten Strafverteidigers. Dafür wurde ich bezahlt. Durchaus angemessen, das ist korrekt.«

»Er hat schnell von Ihnen gelernt.«

»Jeder Angeklagte hat in diesem Land das Recht auf die beste, raffinierteste, notfalls mit Ellbogen geführte Verteidigung, die er kriegen kann.« Van Golderbloom atmete tief durch, strich sich mit der Hand über seinen Oberlippenbart und das glatt rasierte Kinn. »Ohne sehr gute Strafverteidiger gäbe es keine sehr guten Gerichte, ohne sehr gute Gerichte keine sehr gute Polizei und Staatsanwaltschaft. Sprich: keinen sehr guten Rechtsstaat. Das ist meine felsenfeste Überzeugung.«

Christoph zuckte mit den Achseln. »Dann haben Sie ja alles richtig gemacht, gratuliere.« Er fasste sich an den Hals. »Trotzdem dumm, dass Ihr Mandant meinen Hals mit einem Bleistift durchbohrt hat.«

Der Bleistift war weg, dachte er. Aber Bogdans Worte steckten noch immer in seinem Kopf.

Van Golderbloom nickte. »Und genau dafür möchte ich mein Mitgefühl und meine Anteilnahme ausdrücken.« Er presste die Lippen aufeinander. Als sträubte sich sein Mund, diese Worte des Bedauerns auszusprechen. Sich zu entschuldigen war wohl nichts für einen Ansgar van Golderbloom.

»Ich habe Bogdan Draganescu mehrfach gesagt, dass wir eine bestenfalls minimale Chance haben, eine Verurteilung wegen Mordes zu verhindern. Er wusste, was auf ihn zukommt. Dass er ausrastet und Sie angreift, habe ich mir nicht vorstellen können.« Van Golderbloom schob Kopf und Oberkörper vor. »Wenn ich ihn dazu ermuntert haben sollte, tut es mir aufrichtig leid.«

Das klang jetzt beinahe ehrlich. Oder war gut geschauspielert. Christoph atmete tief durch. Es war eine Sache von Millimetern gewesen – und Eva hätte in einigen Tagen eine Halb-waise zur Welt bringen müssen. Möglich, dass der Strafverteidiger es ernst meinte mit der Entschuldigung. Trotzdem verspürte er wenig Lust, das schlechte Gewissen dieses Schnö-sels zu erleichtern. »War's das?«, fragte er.

»Ich glaube nicht, dass der Angriff eine Kurzschlussreaktion war«, sagte der Anwalt.

Christoph stutzte. »Sie glauben, dass er es geplant hat?«

»Für den Fall, dass Ihr Gutachten nicht in seinem Sinn ausfällt, ja.«

Christoph dachte nach. Bogdan hatte ohne Zweifel ein impulsives Gemüt. Er hatte sechs Monate in Untersuchungshaft gesessen, sich die ganze Verhandlung über zusammengerissen. Und war dann geplatzt, als Christoph ihm den letzten Strohhalm aus der Hand geschlagen hatte. Bogdan hatte ihm drohen wollen, ihn ängstigen, sogar umbringen, und wie es aussah, hatte er zwei seiner drei Ziele auch erreicht. Und trotzdem konnte Christoph sich nicht vorstellen, dass Bogdans Angriff mehr war als ein klassischer Impulsdurchbruch eines hitzköpfigen Gewalttäters. Oder, blitzte es kurz durch seine Gedanken, wollte er es sich nur nicht vorstellen?

Der Anwalt kniff die Augen zu, schien abzuwägen, was er sagen sollte. »Ich möchte Sie nicht beunruhigen«, sagte er und öffnete die Lider wieder. »Aber ich habe gehört, dass er Ihnen gedroht hat, als er sich auf Sie warf. Die Mitglieder seines Clans sind skrupellos und gefährlich, allen voran sein Bruder Dragan.«

»Sie werden es wissen. Schließlich arbeiten Sie für die.«

»Ich habe mit Dragan geredet. Er hat ausweichend geantwortet, als ich ihn fragte, ob er Ihnen zukünftig schaden will. Ich kann nicht ausschließen, dass er etwas gegen Sie plant.«

»Na prima«, sagte Christoph. »Und was soll ich Ihrer Meinung nach nun tun? Polizeischutz anfordern? Einen Body-guard anheuern?«

Van Golderbloom strich sich mit den Händen über die glatt gekämmten Haare. »Ich bleibe an der Sache dran, verspro-chen. Und ich informiere Sie, wenn ich etwas herausfinde. Aber ich denke nicht, dass Sie etwas unternehmen können. Vielleicht passen Sie die nächsten Tage ein wenig besser auf sich auf. Und falls Ihnen Dinge merkwürdig vorkommen …« Er griff in die Innentasche seines Sakkos und zog ein dünnes Etui aus edlem schwarzem Leder hervor, entnahm daraus eine Visitenkarte und hielt sie in die Höhe. »Meine Handy-nummer besteht aus den ersten sechs Primzahlen, also eins, zwei, drei, fünf, sieben und elf. Dazu die Vorwahl null, eins, sieben, fünf. Leicht zu merken. Zögern Sie nicht, mich anzu-rufen. Jederzeit.«

Christoph ignorierte das angebotene Kärtchen. »Warum interessiert Sie die Sache überhaupt noch?«, fragte er. »Ihr Honorar haben Sie vermutlich bereits kassiert. Oder planen Sie schon Ihre Strategie für Bogdans nächsten Prozess? Wenn er wegen gefährlicher Körperverletzung erneut vor Gericht kommt?«

»Nein, gewiss nicht.« Der Anwalt kniff die Augenbrauen zusammen. »Ich hielt es einfach für meine Pflicht, Sie zu in-formieren und Ihnen zu helfen, wenn nötig.« Er schüttelte den Kopf. »Wahrscheinlich ist es nur ein Hirngespinst und ich hätte Sie gar nicht behelligen dürfen.«

»Vielleicht wollen Sie sich von Ihrer eigenen Verantwor-tung reinwaschen. Statt einzugestehen, dass Sie ihn mit Ihrem aggressiven Auftritt vor Gericht gegen mich aufgehetzt ha-ben, unterstellen Sie ihm planvolles Handeln. Mal daran ge-dacht?«

Van Golderbloom presste die Lippen aufeinander.

Volltreffer, dachte Christoph.

»Wie gesagt, falls es so war, tut es mir aufrichtig leid. Danke für Ihre Zeit.« Der Strafverteidiger zwang sich zu einem Lächeln. Er stand vom Stuhl auf, Christoph tat es ihm gleich, öffnete die Bürotür. Beim Rausgehen legte der Anwalt seine Karte auf den Schreibtisch. »Auf Wiedersehen«, sagte er.

Lieber nicht, Arschloch, dachte Christoph.

12

»Was wollte der denn?«, fragte Luc.

»Das war der Strafverteidiger von Bogdan Draganescu.« Christoph zuckte mit den Schultern. »Er wollte sein Bedauern ausdrücken. Und gleichzeitig beteuern, dass er keine Mitverantwortung daran trägt, dass sein Mandant mich beinahe umgebracht hätte.«

»Krass«, sagte Luc.

»Kann man wohl sagen. Eine ähnliche Strategie hat er bei der Verteidigung seines Mandanten versucht. Hat da auch nicht funktioniert.«

Er stellte sich zu seinem Neffen hinter den Schreibtisch. »Also, was liegt an?«

Luc nahm die Liste zur Hand. »Nummer eins: Landgericht Leipzig, Schuldfähigkeitsgutachten innerhalb der nächsten drei Monate. Ein Fall von schwerer Körperverletzung, bei dem Täter besteht der Verdacht auf eine paranoide Schizophrenie.«

Christoph schüttelte den Kopf. »Zu weite Anreise. Ich werde bald Vater. Da möchte ich in der Nähe bleiben.«

Luc nahm einen Kugelschreiber zur Hand und zeichnete ein Kreuz hinter die oberste Zeile auf seiner Liste. »Punkt zwei: Frau Dr. Mansfeld vom Amtsgericht Mitte hat angerufen. Sie will dich bei einem Haftprüfungstermin dabeihaben. Es geht um eine Frau, die ihren Freund umgebracht hat.« Luc schluckte, sah zu ihm hoch. »Sie hat ihm den Knethaken eines Rührgeräts durch das Auge in den Kopf gerammt.«

»Puh.« Christoph verzog das Gesicht. »Klingt auch sehr nach Psychose.«

»Das ist es ja«, sagte Luc. »Die Frau ist komplett am Ende. Aber wie ich Dr. Mansfeld verstanden habe, wirkt sie nicht verrückt oder so.«

Christoph schmunzelte. »Die Einschätzung einer Richterin. Nicht die eines Psychiaters.«

Luc zuckte mit den Schultern. »Deswegen hätte sie dich gern dabei. Sie hat betont, dass sie große Stücke auf deine Expertenmeinung hält und sich tausendmal entschuldigt, dass es so kurzfristig ist. Es geht vor allem um die Frage einer Einweisung in die Psychiatrie.«

Christoph kannte die Richterin aus einer ganzen Reihe von Verfahren und schätzte ihre freundliche und ruhige Art im Umgang mit psychisch labilen Zeugen und Angeklagten. Und er wusste um ihre Fähigkeit, notfalls auch mit Demut und Schmeicheleien Leute vor ihren Karren zu spannen. »Wann ist die Haftprüfung?«, fragte er.

»Morgen Mittag. Die Richterin kann dir eine Kopie der Polizeiakte per Boten bringen lassen.«

»Gut. Ist gebongt. Ich nehme die Akte mit nach Hause und lese sie heute Abend. Noch was?«

»Eine Interviewanfrage. Zu deinem Buch.«

»Oh.« Das steigerte Christophs Stimmung erheblich. »Von wem?«

»Einer Selina Yilmaz von der *Hamburger Tageszeitung*. Sie meinte, sie könne jederzeit vorbeikommen, je früher, desto besser. Sie hat ihre Handynummer hinterlassen.«

Das klang gut. Christoph sah auf die Uhr seines Mobiltelefons. Es war kurz vor zwölf. »Ich rufe sie gleich selbst an und bitte sie für vierzehn Uhr hierher«, sagte er. »Bis dahin essen wir eine Kleinigkeit und räumen ein paar Kisten aus. Was meinst du?«

13

Ein wenig aufgeregt war er dann doch. Es war kurz vor zwei. Christoph hatte seinen Neffen nach Hause geschickt, jetzt saß er an seinem Schreibtisch, vor sich das Buch, um das es im Gespräch mit Selina Yilmaz gehen sollte:

Professor Dr. Christoph Kerber

Dein freier Wille. Über Meinungsbildung
und Handlungsplanung

stand auf dem festen, in elegantem Anthrazit gehaltenen Umschlag der knapp zweihundertseitigen Monografie.

Es war nicht Christophs erstes Buch. Er hatte eines über Suchtstörungen bei Jugendlichen sowie eine gerichtspsychiatrische Fallsammlung bei kleinen Verlagen veröffentlicht, die, sofern sie es überhaupt in die Buchläden geschafft hatten, schnell wieder aussortiert worden waren oder in der hintersten Ecke der Fachbuchabteilung verstaubten. Dieses hier war etwas anderes. Großer Verlag, edle Aufmachung und allgemeinverständliche Sprache. Eher für interessierte Laien als für Fachleute geschrieben. Es war vor zwei Monaten erschienen und hatte bisher eine manierliche Resonanz erfahren. Aber ein ausführlicher Bericht über ihn und das Buch in der *Hamburger Tageszeitung* versprach einen ordentlichen Aufmerksamkeitsschub.

Es klingelte. Christoph ließ den Band in der Schreibtischschublade verschwinden, eilte in den Flur und öffnete per Summer erst die Haustür, anschließend die Wohnungstür und wartete, bis sein Gast aus dem Fahrstuhl trat.

Erwartet hatte er eine sehr belesene, blitzgescheite, eher ältere türkischstämmige Journalistin mit weißem Kopftuch. Die echte Selina Yilmaz gehörte zweifellos zu den Frauen, die aufgrund ihres Äußeren Schwierigkeiten haben dürften, zuallererst wegen ihrer Intelligenz und Kompetenz wahrgenommen zu werden. Sie sah gut aus. Sehr gut sogar, wenngleich sie sich Mühe gab, diesen Eindruck mit Kleidung, Frisur und Schminke eher abzuschwächen, als zu unterstreichen. Sie trug eine schlichte Tuchhose und einen schlabberigen Pullover, war allenfalls dezent geschminkt und hatte die Haare hochgesteckt.

»Hallo, Frau Yilmaz«, sagte er. »Bitte, kommen Sie rein.«

Sie ergriff die hingestreckte Hand. »Vielen Dank, dass Sie sich die Zeit nehmen«, sagte sie. »Erst recht nach dem, was Ihnen gestern zugestoßen ist. Ich hoffe, es geht Ihnen gut.« Sie lächelte ihm freundlich zu.

»Halb so schlimm«, sagte Christoph und strich mit den Fingern über das fette Pflaster an seinem Hals. »Zum Glück nur eine leichte Verletzung.« Er bat sie herein, schloss die Tür. »Aber Sie haben offenbar auch was abgekriegt.« Er deutete mit dem Kopf in die Richtung des dunkelvioletten Flecks unter ihrem rechten Auge.

»Ich bin im Badezimmer ausgerutscht und aufs Waschbecken geknallt«, sagte sie. »Dumme Sache.«

Christoph nickte. »Sagt man nicht, dass der eigene Haushalt der gefährlichste Ort ist?«

»In meinem Fall trifft das sicher zu.«

Er führte sie in sein Büro, wo bereits Kaffee, Tee und Wasser bereitstanden. Sie setzten sich, Selina Yilmaz zog ein Handy und ein kleines Tischmikrofon aus ihrer Tasche. »Sind Sie einverstanden, wenn ich das Interview aufnehme?«

»Natürlich.«

Sie bereitete alles vor, nippte an dem Tee, den Christoph eingeschenkt hatte, und startete die Aufzeichnung.

»Professor Kerber, Sie haben ein Buch zum Thema freier Wille geschrieben. Was ist Ihre persönliche Meinung? Haben wir Menschen einen freien Willen? Oder von wem oder was werden wir bestimmt?«

Eine Frage, mit der er natürlich gerechnet hatte. Er tat, als müsste er eine Sekunde nachdenken, ehe er antwortete. »In der Philosophie des freien Willens existieren dazu unterschiedliche Auffassungen. Der sogenannte harte Determinismus setzt voraus, dass alle Vorgänge in der Welt, von der Bewegung der Planeten und Sterne bis hin zu biochemischen Prozessen im menschlichen Gehirn, streng kausal nach den Naturgesetzen ablaufen und damit von vornherein festgelegt sind. Zugespitzt formuliert würde das bedeuten, dass seit dem Urknall bereits feststeht, welchen Wortlaut die morgige Ausgabe der *Hamburger Tageszeitung* hat. Dieses Weltbild lässt für einen freien Willen keinen Platz.«

»Eine merkwürdige Vorstellung«, sagte die Reporterin.

»Die, würde ich sagen, unseren grundlegenden Alltagserfahrungen widerspricht. Es gibt abgeschwächte oder gegensätzliche Auffassungen. Diese Theorien erkennen an, dass Dinge auch rein zufällig geschehen können. Und dass die Naturgesetze allenfalls die Spielregeln für unser Leben sind, innerhalb derer wir jedoch freie Entscheidungen treffen können.«

Die Reporterin nickte. »Und was glauben Sie persönlich?«

»Ich folge dem britischen Arzt und Philosophen John Locke. Der hat im siebzehnten Jahrhundert einige bahnbrechende Gedanken formuliert. Willensfreiheit beruht nach Locke auf zwei entscheidenden Fähigkeiten des Menschen. Erstens: vor dem Handeln innehalten und mögliche Alternativen und

Konsequenzen abwägen zu können. Und dann, zweitens, auf Basis dieser Abwägungen zu handeln.

Dieser Ansatz bildet auch die Grundlage unserer modernen Rechtsprechung. Der Mensch gilt als grundsätzlich frei in seiner Willensbildung und ist damit verantwortlich für das, was er tut. Es sei denn, er wird in dieser Freiheit eingeschränkt.«

»Wodurch zum Beispiel?«

»Es gibt eine Reihe psychosozialer Faktoren. Menschen können manipuliert, getäuscht oder seelisch und physisch unter Druck gesetzt werden und dann Dinge tun, die sie sonst nicht täten.

Daneben spielen krankhafte Prozesse des Gehirns eine wichtige Rolle. Die Willensbildung kann durch etliche psychische und somatische Erkrankungen eingeschränkt sein.«

»Dazu haben Sie als forensischer Psychiater vermutlich eine Menge zu sagen.«

»Nun ja. Während sich Philosophen und Neurowissenschaftler theoretisch mit diesem Thema beschäftigen, haben es forensische Psychiater mit ganz praktischen Fragestellungen zu tun. Die Gerichte wollen von uns wissen, ob ein Rechtsbrecher zum Zeitpunkt der Tat in seiner Einsichts- oder Steuerungsfähigkeit eingeschränkt war und aus diesem Grund nicht voll schuldfähig ist. Ein klassischer Fall ist zum Beispiel ein Mensch mit wahnhafter Psychose, der jemanden angreift, weil er sich bedroht fühlt und glaubt, sich lediglich zu wehren. Eine solche Person hat keine Einsicht in das Unrecht ihres Handelns. Oder stellen Sie sich einen schwer drogenabhängigen Menschen vor. Der sieht zwar ein, dass er keine illegalen Drogen kaufen sollte, kann aufgrund seiner Sucht aber nicht nach dieser Einsicht handeln.«

Die Journalistin nickte. »Sie behandeln in Ihrem Buch alle

möglichen Aspekte des Themas. Von Hirnstoffwechsel und Nervenleitung über philosophische Ansätze bis hin zu psychiatrischen Krankheiten. Aber warum schreiben Sie nichts über Hypnose?«

»Hypnose?« Christoph stutzte. Mit dieser Frage hatte er nicht gerechnet.

»Sie deuten im Vorwort an, dazu geforscht zu haben, kommen aber im ganzen Buch nicht mehr darauf zurück.«

»Es ist lange her, dass ich damit experimentiert habe«, sagte er. »Das war während meiner Studentenzeit.«

»Gilt Hypnose nicht als eine Methode, den freien Willen eines Menschen auszuschalten?«

»Das ist, verzeihen Sie mir, eine sehr laienhafte Vorstellung.« Christoph wollte es sich nicht anmerken lassen, aber die unerwartete Wendung des Interviews missfiel ihm. Statt über sein Buch zu reden, kam diese Frau mit einem ganz anderen Thema und brachte Fragen, die ihm ebenso gut auf einer Cocktailparty gestellt werden konnten.

»Die meisten Experten«, sprach er weiter, »sind sich darin einig, dass die hypnotische Trance ein Zustand ist, der die freie Willensbildung des Hypnotisierten nicht grundsätzlich ausschaltet. Letztlich tun Menschen unter Hypnose nur Dinge, die sie auch im Wachzustand täten.«

Selina Yilmaz nickte. »Ich möchte Ihnen gern etwas zeigen und Sie um Ihre Meinung bitten, wenn Sie einverstanden sind.«

»Okay.«

Die Journalistin zog ein Tablet aus ihrer Tasche, klappte die Schutzhülle auf, platzierte das Gerät neben ihrem Telefon auf dem Tisch und startete einen Film. Christoph musste mit seinem Stuhl dicht an sie heranrücken, um etwas sehen zu können.

Die Aufnahme zeigte einen Ausschnitt aus einem Raum. Vor einer weißen Wand war ein Liegesessel aufgestellt. Auf dem beigen Lederpolster saß eine junge Frau mit roten Locken. Sie war mit Jeans und Bluse bekleidet, ihre Hände ruhten auf hölzernen Armlehnen. Ein Mann mit ungepflegtem Bart und langen Haaren im Arztkittel stand vor ihr. Es sah aus, als wechselten sie ein paar Worte.

»Es gibt keinen Ton«, sagte die Reporterin von der Seite. »Nur diese Bilder.«

Christoph nickte, ohne seinen Blick vom Bildschirm abzuwenden.

Der Weißkittel beugte sich vor die Frau, hob den rechten Arm und schwenkte den ausgestreckten Zeigefinger vor ihren Augen hin und her.

Die Kamera zoomte dichter heran, der Bildausschnitt zeigte das Gesicht der Rothaarigen, die mit ihrem Blick der Pendelbewegung des Fingers folgte. Es vergingen etliche Sekunden, in denen sich ihre Gesichtszüge entspannten. Sie schloss die Augenlider, sah aus, als würde sie schlafen.

Der Finger verschwand. Das Sichtfeld weitete sich wieder, man sah den Mann, der einen Stuhl zu sich heranzog und sich daraufsetzte. Er beugte sich erneut zu der Frau vor, die tief im Sessel versunken war und sich nicht mehr rührte. Er schien ihr etwas ins Ohr zu flüstern.

Nach geraumer Zeit stand er auf, verschwand kurz aus dem Bild, kehrte zurück und legte ihr einen Gegenstand in den Schoß. Es war nicht zu erkennen, worum es sich handelte, ihr Arm und die Sessellehne verdeckten die Sicht.

Erneut vergrößerte sich das Blickfeld. Der Weißkittel stellte sich in gut zwei Metern Abstand vor dem Sessel auf. Sein Mund bewegte sich, offenbar rief er der Frau etwas zu.

Sekundenlang passierte nichts. Dann schlug die Frau die

Augen auf. Sie griff nach dem Gegenstand in ihrem Schoß, stemmte sich mit hölzernen Bewegungen aus dem Sessel. Noch immer wackelig auf den Beinen, hob sie den rechten Arm in die Höhe. Und jetzt war unverkennbar: Sie hielt einen kleinen Revolver in der Hand, zielte damit auf den Weißkittel.

Der Schuss war nicht zu hören, aber deutlich zu erkennen. Der Arm der Frau zuckte. Dünner weißer Rauch umhüllte Lauf und Trommel der Waffe. Der Mann im Arztkittel riss die Arme in die Höhe und drückte sich die Hände auf die Brust.

Die Kamera schwenkte rüber zu der Frau, die starr vor ihrem Stuhl stand, zoomte langsam an sie heran. Der Film endete mit der Großaufnahme ihres ausdruckslosen Gesichts.

Christoph hob den Kopf. Und stutzte. Die Reporterin blickte nicht auf den Bildschirm – sie schaute ihn an. Als hätte sie nicht den Film, sondern ihn beim Betrachten des Films beobachtet. Falls dem so war, dachte Christoph, dürfte ihr seine Bestürzung kaum entgangen sein. Er lehnte sich im Stuhl zurück, bemühte sich um einen souveränen Gesichtsausdruck.

»Ist es das, wonach es aussieht?«, fragte die Reporterin. Sie ließ das Tablet mit dem eingefrorenen Bild vorerst auf dem Tisch stehen.

»Der Mann hypnotisiert diese Frau und bringt sie unter Hypnose dazu, auf ihn zu schießen. Ja.«

Selina Yilmaz verschränkte ihre Arme vor der Brust, sah ihn an. Sie saßen dicht nebeneinander, und jetzt, wo der Film nicht mehr lief, schaffte die räumliche Nähe eine ungewohnte Vertraulichkeit. Christophs Blick fuhr über den Tisch, streifte das Tablet mit dem eingefrorenen Antlitz der Frau. Daneben stand das zum Aufnahmegerät umfunktionierte Handy, das noch immer jedes Wort aufzeichnete. Von wegen Vertraulichkeit.

»Es ist nicht möglich, jemanden per Hypnose zum willenlosen Mörder zu machen, wenn Sie das meinen«, sagte er. »Die Frau hat geschossen, das ist richtig. Aber der Mann im weißen Kittel ist unverletzt geblieben. Ich bin mir sicher, dass der Revolver eine Schreckschusswaffe war.«

»Woher wollen Sie das wissen?«

»Im Netz kursieren eine ganze Reihe Filme dieser Art.« Christoph rückte mit dem Stuhl ein wenig von der Reporterin ab.

»Verstehe.« Sie zögerte, schien nachzudenken.

Christoph hoffte, dass die Journalistin ihm seine steigende Nervosität nicht anmerkte. Tatsächlich wusste er hundertprozentig, dass es keine echte Waffe gewesen und dass der Mann unverletzt geblieben war.

Schließlich hatte er bei der Aufnahme hinter der Kamera gestanden.

»Wo haben Sie das Video her?«, fragte Christoph.

»Es wurde mir zugespielt. Von einem anonymen Informanten.«

Christoph nickte. Er fühlte sich selbst ein wenig wie hypnotisiert. Blöd genug, dass dieser Film überhaupt existierte und ihn an eine Zeit in seinem Leben erinnerte, die er, so gut es gegangen war, aus dem Gedächtnis gelöscht hatte. Aber dass er sich im Besitz dieser neugierigen Reporterin befand, war um ein Vielfaches schlimmer.

»Die Frau hat abgedrückt«, sagte Selina Yilmaz mit fester Stimme, die nicht zu ihrem hübschen Lächeln passte. »Wäre die Waffe echt gewesen, hätte sie den Mann im Kittel erschossen.«

»Das ist der entscheidende Punkt. Der Revolver war sicher nicht echt.«

»Nur hat das die Frau vermutlich nicht gewusst.«

»Die Frau nicht. Aber der Hypnotiseur.«

Selina Yilmaz schüttelte den Kopf. »Ich verstehe nicht, worauf Sie hinauswollen.«

»Es gab seit Ende des 19. Jahrhunderts eine ganze Reihe von Hypnoseexperimenten, in denen Versuchspersonen vermeintlich gefährliche und strafbare Sachen machen sollten. Jemanden erschießen, vergiften, einem Menschen Säure ins Gesicht schütten, mit Drogen handeln. Oder die Probanden sollten sich selbst gefährden und zum Beispiel in eine Kiste mit Giftschlangen greifen. Die Ergebnisse zeigen alle dasselbe: Die Versuchspersonen wussten oder ahnten, dass sie unter Laborbedingungen handelten. Dass sie letztlich weder jemand anderen noch sich selbst gefährdeten. Sie waren keineswegs willenlos. Sie vertrauten schlicht darauf, dass nichts Schlimmes geschehen würde.«

»Verstehe«, sagte die Journalistin und sah überhaupt nicht überzeugt aus. Sie lächelte noch immer. Das Lächeln eines Menschen, dachte Christoph, der geduldig auf den richtigen Zeitpunkt zu warten wusste. Der bei jemandem an die Haustür klopfte. Und, falls nicht geöffnet wurde, verschwinden, nachts wiederkommen und durchs Kellerfenster einsteigen würde.

»Kommen wir zurück zu Ihrem Buch«, sagte sie.

14

Nie wieder.

Ansgar van Golderbloom tigerte durch sein Büro. Das Treffen mit dem Psychiater hatte ihn eine ganze Stunde gekostet. Eine Stunde, die er einen einflussreichen Unternehmensvorstand hatte warten lassen, dessen verkommener Sprössling sich bei einem nächtlichen Autorennen gewaltig mit der Geschwindigkeit und seinem Können verschätzt und nun ein Strafverfahren am Hals hatte.

Nie wieder.

Ansgar drehte Runde um Runde, aber weder verringerte sich seine Anspannung, noch verbesserte sich seine Laune. Er ging vorbei an seinem Schreibtisch, einem mächtigen Mahagonimöbel klassischer Prägung, das er aus dem Nachlass eines früheren Hamburger Bürgermeisters ersteigert hatte und das vor Jahrzehnten angeblich sogar in dessen Dienstzimmer im Rathaus gestanden hatte. Der Schreibtisch thronte vor dem bodentiefen Panoramafenster. Der fantastische Blick runter auf den Hafen hatte bisher noch jeden Mandanten beeindruckt. Der Weg durchs Büro führte ihn weiter zur Schrankwand, die er, passend zum Schreibtisch, aus dunklem Tropenholz hatte anfertigen lassen und in die sein sündhaft teurer Bodentresor und ein verschließbarer Aktenschrank integriert waren. Ein paar Schritte weiter kam die Sitzecke mit Glastisch, zwei edlen Ledersesseln und einem Ölgemälde an der Wand darüber. Das Bild war ein Original von Francis Levine. Es zeigte eine üppig gebaute junge Frau, die in der Frühlingszeit einen Kinderwagen durch einen Park schob, und hatte einen Wert im hohen sechsstelligen Bereich. Neben der

Tür befand sich eine kleine Minibar mit einer Auswahl exquisiter Cognacs, Whiskys und Gins. Nicht, dass er je während der Arbeitszeit Alkohol getrunken hätte – von dem schrecklichen Pálinka, den Dragan Draganescu ihm aufgedrängt hatte, mal abgesehen. Aber so mancher Mandant brauchte nach der ersten Beichte dringend einen guten Tropfen.

Genauso hatte er sich früher immer das Büro eines erfolgreichen Anwalts vorgestellt. Und voilà, hier stand er nun.

Gerade kam es ihm vor wie ein Requisit. Die aufwendige Ausstattung des falschen Films, in den sich sein Leben in den letzten Jahren schleichend verwandelt hatte.

Der Clanchef hatte ihn in der Hand, daran gab es keinen Zweifel. Einem Mann vom Schlag eines Dragan Draganescu reichte es nicht, einen Anwaltsvertrag zu unterzeichnen, sich nach getaner Arbeit zu bedanken und die Rechnung zu bezahlen. Dragan strebte nach absoluter Macht und Kontrolle. Deswegen hatte er in Ansgars Vergangenheit herumgeschnüffelt und die alten Geschichten vom Seilerhof ans Licht gezerrt.

Freiwillig würde Dragan ihn nicht mehr gehen lassen. Der nächste Fall wartete bereits in Gestalt von Dragans perversem Bruder Pjotr. Der nächste Geldkoffer war bestückt, die nächste Flasche Pálinka bereitgestellt. Hoch die Gläser! Auf die Freundschaft!

Ansgar hätte kotzen können.

Nie wieder.

Geschworen hatte er es. Am Grab seines toten Freundes Björn Welge, den er in die ganze Strichersache reingezogen hatte und den es das Leben gekostet hatte. Und er hatte es auf den Fünfzig-Mark-Schein geschrieben, den der perverse Banker ihnen bezahlt hatte, bevor die Sache komplett aus dem Ruder gelaufen und Ansgar nur knapp davongekommen war. Fünfzig Mark waren damals eine Menge Geld gewesen, und es hatte seit dieser furchtbaren Nacht in Frankfurt eine Vielzahl von Situationen gegeben, in denen er nichts zu essen gehabt, keine Bleibe aufgetrieben oder sich in einer beliebigen anderen Notlage befunden hatte. Den Schein hatte er nie angerührt.

Nie wieder Geld für Dinge annehmen, die ihm zutiefst zuwider waren. Sich nie abhängig machen von Menschen, deren Grundwerte ihm widersprachen. Nie wieder Unschuldige in seine Angelegenheiten reinziehen und in Gefahr bringen.

Für Ansgar war es ein steiniger Weg gewesen vom Frankfurter Stricherjungen bis zum Starverteidiger. Er war ihn angetreten aus der Überzeugung heraus, Recht und Gesetz verteidigen zu wollen.

Sein Blick fiel auf die Rolex an seinem linken Handgelenk. Eine Uhr zum Preis eines Kleinwagens. So ein Luxusteil gehörte ebenfalls zum Bild eines Staranwalts. Gerade kam sie ihm vor wie eine Handschelle. Er öffnete das Armband, nahm sie ab, wog sie in der Hand.

Dragans Schmeicheleien hatten ihn geblendet. Er hatte sich verlocken lassen von dem vielen Geld, das der Clanchef ihm bezahlte. In bar. Große Scheine in einem Lederkoffer. Nicht unwahrscheinlich, dass es sich um Schwarzgeld handelte. Indem er es annahm, half er Dragan unfreiwillig dabei, es zu waschen.

Ansgar war einen Pakt mit dem Teufel eingegangen und wunderte sich jetzt, dass der ein falsches Spiel spielte und nach seiner Seele griff.

Wie strunzdumm von ihm. Statt sich selbst die interessanten Mandate herauszusuchen, war er zum Ausputzer eines kriminellen Clanchefs geworden.

Er holte aus und warf mit voller Wucht. Die Rolex schlug nach kurzem Flug an der Wand über der Minibar ein und bohrte ein hässliches Loch in die Tapete.

Das Ich ist nicht der unumschränkte
Herrscher in seinem eigenen Heim.

Sigmund Freud

15

»Und du bist sicher, dass ich dich allein lassen kann?«

»Geh nur!«, sagte Christoph. Er nahm Eva in die Arme und streichelte ihr über den Rücken. »Ich drück dir fest die Daumen, dass viele Leute einen Haufen Geld in deinen Laden stecken wollen.«

Eva machte sich mit dem Auto auf den Weg. Christoph vergewisserte sich, dass Lucky entspannt auf seiner Kuscheldecke im Flur lag, ging weiter in die Küche, schnappte sich einen Rest Salat und eine Flasche Bier aus dem Kühlschrank und griff die dünne Ermittlungsakte, die ein Bote ihm vorhin in die Praxis gebracht hatte. Er trat von der offenen Küche ins Wohnzimmer, setzte sich an den breiten Tisch, trank einen Schluck, spießte ein Stück Paprika und eine Kirschtomate auf die Gabel, aß und schlug die Akte auf.

Ein krasser Fall. Karina Burkhart, eine Frau Ende dreißig, hatte ohne erkennbaren Anlass ihren Freund umgebracht. Er war vor dem Fernseher auf dem Sofa eingeschlafen, sie hatte ihm einen rotierenden Knethaken, mit dem sie vorher Hackfleisch zubereitet hatte, durchs Auge gestoßen. Das kreisende Metallteil hatte die hintere Wand der Augenhöhle durchstoßen und sich viele Zentimeter ins Gehirn des Mannes gefräst. Der von Hartz IV lebende Vierzigjährige war sofort tot gewesen.

Christopher entschied sich gegen eine zweite Gabel vom Salat. Und für einen weiteren Schluck Bier.

Genauso ungewöhnlich wie die Tat waren die Einlassungen der Frau gegenüber der Polizei. Sie hatte die Beamten selbst gerufen und unter Tränen beteuert, nicht zu wissen, warum sie soeben ihren Freund umgebracht habe. Verständlich, dass die zuständige Haftrichterin beim morgigen Anhörungstermin einen Psychiater dabeihaben wollte. Die Frau war höchstwahrscheinlich psychotisch, hatte ihren Partner in wahnhafter Verkennung getötet und war jetzt, da sie ihre Tat realisierte, vermutlich suizidgefährdet und somit ein klarer Fall für eine geschlossene Unterbringung in der Psychiatrie. Ein tragisches Verbrechen, begangen von jemandem, der nicht gewusst hatte, was er tat.

Er schlug die Akte zu, stand vom Tisch auf, wanderte durchs Zimmer und blieb an der Terrassentür stehen. Der kleine Garten lag komplett im Dunkeln. Eine Schicht Wolken bedeckte den Abendhimmel und trübte das schöne Frühlingswetter der letzten Tage. Regen würden sie laut Wetterbericht nicht bringen – aber sie reichten aus, um das Leuchten des Mondes und der Sterne vom Himmel zu tilgen.

Sein Blick verlor sich in der Finsternis hinter der Glasscheibe.

Er erschrak und fuhr zurück. Der Halogenstrahler an der Hauswand war angesprungen und flutete die kleine Rasenfläche mit fahlem Licht. Die Lampe wurde von einem Bewegungsmelder gesteuert. Sie diente der nächtlichen Abschreckung von Einbrechern und wurde oft von herumstreunenden Katzen oder vorbeifliegenden Fledermäusen ausgelöst.

Entdecken konnte er weder das eine noch das andere. Vermutlich hatte das plötzliche Licht das Tier, welches auch immer, gleich wieder verscheucht.

Er könnte einfach die Gardine zuziehen, hatte aber eine bessere Idee. Christoph griff sich die Bierflasche vom Tisch und löschte das Wohnzimmerlicht. Er stellte sich zurück an die Terrassentür, schaute in den beleuchteten Minigarten und ließ seine Gedanken spazieren gehen.

Bogdan Draganescu tauchte zuerst auf, natürlich. Chris-

toph sah dessen mordlüsternen Blick, mit dem er ihn angestarrt hatte, bevor er losgestürmt war, und sofort war dieses
lähmende Gefühl wieder da. Van Golderbloom glaubte nicht
an eine Kurzschlussreaktion. Ein durchsichtiges Manöver des
Anwalts, um von seiner eigenen Verantwortung abzulenken?
Oder war da etwas dran? Zumindest hatte der Bunkermörder
Minuten vor dem Ausraster seinen Bleistift angespitzt. Hatte
er da bereits den Entschluss gefasst, sich auf Christoph zu
stürzen? Hatten er und seine Spießgesellen tatsächlich einen
weitergehenden Racheplan gegen ihn geschmiedet für den
Fall, dass sein Gutachten Bogdan ins Gefängnis bringen würde? Hatte er mit seinen Ausführungen vor Gericht die Fami-
lienehre besudelt? Falls ja, war die Gefahr mit der Verurteilung Bogdans nicht gebannt.

Christoph atmete tief durch. Immerhin war der Anwalt am
Ende ihres Gesprächs zurückgerudert, schien selbst nicht mehr
von seiner Racheplantheorie überzeugt gewesen zu sein.

So oder so war es sinnlos, weiter darüber nachzugrübeln
und sich unnötige Sorgen zu machen.

Christophs linke Hand fing an zu zittern. Seine Bogdan-
Hand. Im Augenblick des Angriffs hatte sie ihren Dienst versagt, als es darum gegangen wäre, den heranstürmenden
Mörder aufzuhalten oder zumindest dessen Bleistift von seinem Hals fernzuhalten. Dafür zitterte sie jetzt immer dann,
wenn er an den Vorfall dachte. Der Schock steckte nicht nur
in seinem Kopf, sondern auch in der Hand. Na prima. Um sie
zu beschäftigen, tastete er mit den Fingern über das Ver-
bandspflaster an der linken Halsseite. Die Wunde tat kaum
weh. In einem oder zwei Tagen konnte der Verband weg. Es
würde allenfalls eine winzige Narbe zurückbleiben.

Und die Gewissheit, dass er denkbar knapp mit dem Leben
davongekommen war.

Das Licht im Garten schaltete sich automatisch wieder aus und ließ Christoph in kompletter Dunkelheit zurück. Er legte die zitternde Hand an die kühle Glasscheibe der Terrassentür.

Das könnte doch ein Anlass sein, sich tiefsinnige Gedanken über sein Leben zu machen, dachte er. Sein Leben, das zuletzt eine deutlich andere Richtung eingeschlagen hatte. Klar, er liebte Eva. Die Arbeit als unabhängiger Gerichtsgutachter ließ ihm viele Freiheiten. Und natürlich freute er sich auf das Baby.

Dabei hatten er und Eva das Nachwuchsthema eigentlich schon vor Jahren abgehakt. Es hatte nicht geklappt. Kein Drama. Christoph hatte sich auf seine Habilitation und Uni-Karriere, Eva auf ihr Modelabel gestürzt. Ihr Leben war weitergegangen. Dann war sie wenige Monate nach ihrem zweiundvierzigsten Geburtstag unerwartet schwanger geworden. Eva war überglücklich gewesen, und Christoph hatte kapiert, dass sie den unerfüllten Kinderwunsch nie so recht überwunden hatte.

Also alles gut?

Das ›aber‹ schob sich wie ein Grauschleier über sein derzeitiges und zukünftiges Leben. War es das, wovon er immer geträumt hatte? Wofür er studiert und jahrelang hart gearbeitet hatte?

Die Gartenlampe sprang erneut an. Christoph zuckte zusammen und schrie vor Schreck auf. Vor der Terrassentür stand eine dunkle Gestalt und starrte ihn an. Der Kopf des Fremden war nur Zentimeter von seinem eigenen entfernt. Ohne die Glasscheibe hätte er den Atem des Kerls im Gesicht gespürt.

Es dauerte Sekunden, bis sein Gehirn halbwegs wieder funktionierte. Und imstande war, den Anblick vernünftig zu verarbeiten. Christoph kannte den Mann, der auf der Terrasse stand.

Der Typ auf der anderen Seite der Tür grinste auf eine Weise, die er nur von einem einzigen Menschen kannte.

»Fish?«, fragte er.

Er packte den Griff und zog die Tür auf.

»Du bist es wirklich«, sagte er. Sein Herz schlug noch immer Trommelwirbel, verließ aber allmählich den dunkelroten Frequenzbereich.

»Hi, Alter. Die Freude ist ganz auf meiner Seite.«

Christoph traute seinen Augen nicht. Am liebsten hätte er den Mann auf der Terrasse gepackt, um sich zu vergewissern, dass er aus Fleisch und Blut war. Und keine Einbildung. »So was kannst du nicht bringen«, sagte er.

Fish war älter geworden, natürlich, aber nicht so sehr, wie dessen damaliger Lebenswandel und die seitdem vergangene Zeit es nahegelegt hätten.

Sein Äußeres ließ entgegen dem Spitznamen weniger an ein Wassertier als einen Straßenköter denken. Ausgebeulte und verdreckte Jeans, dazu ein Ganzjahrespullover von undefinierbarer Farbe, darüber ein Parka, dem Zustand nach ein Original aus den Achtzigerjahren. Seine dunklen Haare endeten irgendwo im Niemandsland zwischen Kopf und Schulter und schrien stumm nach Shampoo und Bürste. Die wilde Mähne bedeckte gut ein Drittel eines dünnen Gesichts mit rastlosen Augen, die überall und nirgendwo gleichzeitig hinblickten. Ein weiteres Drittel verschwand hinter ungebändigtem Bartwuchs.

Alles wie früher.

Ebenfalls geblieben war der Geruch. Sein alter Studienfreund verdankte seinen Spitznamen der Angewohnheit, ständig Fisherman's Friend zu lutschen. Die weißen Extrascharfen. Dem strengen Pfefferminzaroma nach, das Christoph entgegenströmte, hatte er die Gewohnheit über die Jahre beibehalten.

»Definiere ›so was‹!«, sagte Fish.

»Na was wohl? Nachts im Dunkeln vor meiner Terrassentür aufzukreuzen. Wenn nicht ich, sondern Eva dich entdeckt hätte – du hättest sie zu Tode erschreckt.«

Christoph konnte die Augen nicht von seinem alten Studienfreund lösen. Jetzt, wo der heftige Schreck verblasste, prasselte eine Vielzahl von Emotionen auf ihn ein. Freude über das Wiedersehen, klar. Und Ärger wegen des Schocks, den Fish ihm bereitet hatte. Dahinter kroch manches hervor, das deutlich schwerer zuzuordnen war. Dumpfe Gefühle. Vage Erinnerungen an eine lange vergangene Zeit.

»Eva!«, sagte Fish und riss die Augenbrauen in die Höhe. »Du hast sie also gekriegt. Und sie hat dich zu ihrem Adam gemacht.«

»Wir sind nicht verheiratet, wenn du das meinst.«

»Nicht? Wieso nicht? Kneifst du davor, ihr einen Antrag zu machen?«

»Aber wir bekommen bald ein Kind.«

»Mannomann. Was warst du für ein Lappen damals. Hatte ich nicht gesagt, dass aus dir mal was wird? Und jetzt sieh dich an!« Fish trat einen Schritt zurück, musterte ihn. »Ein Spießer mit Eigenheim und Professorentitel. Familienvater.« Er blickte an Christoph herunter. »Alter, sind das echt Filzpantoffeln?«

Er sparte sich eine Replik wegen seiner Hausschuhe. »Willst du reinkommen, oder was?«

»Lieber wär's mir, du würdest zu mir rauskommen«, sagte Fish. »Ich mag die frische Gartenluft. Außerdem können wir hier rauchen. Ach ja, du hast nicht zufällig Kippen? Oder 'n bisschen Dope?«

Noch so eine von Fishs alten Angewohnheiten. Rauchen wie ein Schlot. Am liebsten die Zigaretten von anderen. Und gern mit Cannabisbeigabe.

Kaum zu glauben, dass dieser Freak während der Studienzeit sein engster Freund gewesen war.

»Ich rauche seit mindestens zehn Jahren nicht mehr. Aber ...«

»Ja?« Fish streckte das Gesicht vor, wodurch der Pfefferminzgeruch sich deutlich intensivierte. »Mein Instinkt sagt mir, da geht noch was.«

»Eva hat vor ihrer Schwangerschaft gelegentlich geraucht. Vielleicht hat sie irgendwo was liegen. Zigaretten natürlich. Kein Gras.«

Er trat zurück in die Küche, wühlte sich durch Schubladen und fand tatsächlich eine angebrochene Packung Nil unter alten Papierservietten. Auch ein Feuerzeug war dabei.

»Willst du ein Bier?«, rief er nach draußen.

»Logo!«

Im Kühlschrank war keins mehr, aber in der Schublade daneben stand eine letzte Flasche. »Ist leider warm!« Er zog sie heraus, öffnete sie und trat zu Fish auf die Terrasse. Der riss ihm Bier und Kippen aus der Hand, hielt ihm die Zigarettenpackung unter die Nase. »Na komm. Lass mich nicht alleine quarzen. Um der alten Zeiten willen.«

»Also gut.« Christoph zündete erst ihm, dann sich eine an. Er zog rasch die Terrassentür zu, damit kein Qualm ins Haus drang. Der Rauch kratzte kurz im Hals und brannte in der Brust, doch danach war es gar nicht übel. Ein schummeriges Gefühl breitete sich in seinem Kopf aus. Ganz angenehm. Aber darunter drängten die Erinnerungen. Und Fragen.

»Was hast du nur getrieben?«, fragte er. »Du bist damals einfach verschwunden, von einem Tag auf den anderen. Niemand wusste, wo du warst. Ich habe mir echt Sorgen gemacht. Mann, ich dachte, du wärst tot.«

»Hat nicht viel gefehlt«, sagte Fish und nahm einen tiefen Zug. »Long Story. Die Kurzversion: Ich bin nicht mehr klargekommen. Alles ist aus dem Ruder gelaufen. Ich hab's nicht gepackt und hingeschmissen.«

»Irgendjemand meinte, du seist weggezogen und ins Ausland gegangen. Nach England oder so.«

Sein alter Kumpel zog erneut an der Kippe und blies eine Ladung Rauch in den Nachthimmel. »War 'ne krasse Zeit. Findest du nicht?«

Christoph nickte. »Wir haben viel gelernt und gearbeitet.«

Fish grinste sein Fish-Grinsen. »Ich meinte eigentlich das Feiern und die Drogen. Und natürlich unsere Forschung.«

»Ich habe heute einer jungen Reporterin ein Interview gegeben«, sagte Christoph. »Sie hat mir einen unserer alten Videofilme vorgespielt, den sie angeblich von einem anonymen Informanten erhalten hat. Sie hat nach Hypnoseexperimenten gefragt. Und jetzt stehst du vor meiner Tür. Komischer Zufall, oder nicht?«

»Junge Reporterin?«, sagte Fish und zwinkerte mit den Augen. »Attraktiv?«

»Na ja. Schon.«

»Und? Hast du sie …«

Er schob das Becken vor und zurück und intonierte ein leises Stöhnen.

»Natürlich nicht. Ich bin in einer festen Beziehung. Und glücklich. Und ich wäre dir dankbar, wenn du ausnahmsweise auf die ganz vulgären Sachen verzichten könntest.«

»Vielleicht steht sie auf dich«, sagte Fish. »Du siehst gut aus, hast Bücher geschrieben und mehr akademische Titel als ich Hemden zum Wechseln. Ich wette, da geht was. Gib's zu, Alter. Du hättest gern mit ihr gevögelt. So glücklich kann kein Mann sein, dass er nicht mal so zwischendurch …« Er wiederholte seine obszöne Beckengymnastik. »Und was weiß sie? Von damals?«

Er sprach das Wort ›damals‹ leise und geheimnisvoll aus, als wäre es ein geheimer Fluch, der einen alten Dämon aus der Vergangenheit heraufbeschwören könnte.

Christoph zuckte mit den Schultern. »Was sollte es da groß zu wissen geben? Sie dachte, du hättest deine rothaarige Freundin dazu gebracht, dich zu erschießen.«

»Vanessa! Ich erinnere mich gut an sie. Sie hat das halbe Haus zusammengestöhnt, immer wenn ich …« Fish hielt mitten im Satz inne. Er kniff die Augen zusammen. »Wie heißt diese Reporterin doch gleich?«, fragte er.

»Selina Yilmaz«, sagte Christoph. »Von der *Hamburger Tageszeitung.*« Er bückte sich, drückte seine halb aufgerauchte Kippe an einer Terrassenfliese aus. »Warum tauchst du hier auf nach all den Jahren? Warum heute, nachdem eine Reporterin mir mit diesen alten Hypnosesachen auf den Zahn gefühlt hat?«

Fish wandte sich ab, als hätte er die Frage nicht gehört. Oder als wollte er sie nicht hören. Er starrte in die Dunkelheit jenseits der Lichtinsel, in die der Wandstrahler den kleinen Garten verwandelte. »Was ist das an deinem Hals?«, fragte er.

»Ich wurde angegriffen. Von einem Angeklagten in einer Gerichtsverhandlung. Bogdan Draganescu. Vielleicht hast du von ihm gehört.«

»Der Bunkermörder«, sagte Fish und drehte sich zu ihm zurück. »Hör zu, Christoph!« Jeder Schalk war aus seinem Gesicht verschwunden. »Ich will dich nicht unnötig beunruhigen. Aber ich glaube, dass du gewaltig im Schlamassel steckst.«

16

Er musste einen elendigen Anblick bieten. Genau das spiegelte sich in Evas Gesicht. Halb besorgt, halb angewidert musterte sie das traurige Stillleben aus Bierflaschen, Kippen und der leeren Zigarettenpackung, in dessen Mitte Christoph im Licht des Halogenstrahlers an der Hauswand kniete.

»Was ist denn mit dir passiert?«, fragte sie. In ihren Tonfall mischte sich eine satte Portion Empörung.

»Ich habe … wir haben …« Fish war vor einigen Minuten gegangen. Christoph hatte sich an die Hauswand gesetzt und versucht, seine Gedanken zu sortieren. Er stemmte sich hoch, schwankte und musste sich an der Wand abstützen. Die Kombination von Alkohol und Nikotin war er nicht mehr gewohnt.

»Wir? Du hattest Besuch?«

»Fish«, sagte er und versuchte, die Sterne zum Stillstand zu bringen, die in seinem Kopf Karussell fuhren. »Vielleicht erinnerst du dich.« Er gab sich alle Mühe, sich zusammenzureißen. »Du hast ihn getroffen. Vor langer Zeit.«

»Allerdings erinnere ich mich.« Die Wut gewann in ihrer Stimme eindeutig die Oberhand. »Ich habe nie wieder einen so aufdringlichen Typen kennengelernt.«

»Er war hier. Stand plötzlich vor unserer Terrassentür.«

»Und du hattest nichts Besseres zu tun, als eine spontane Wiedersehensparty zu feiern?«

Christoph wusste nicht, was er sagen sollte. Seine linke Hand zuckte. Die Bewegung ging nahtlos in ein beständiges Zittern über.

»Und was wollte er?«, fragte Eva. »Oder war er nur darauf aus, unsere Terrasse in eine Raucherkneipe zu verwandeln?«

»Ich …« Er wandte sich zu ihr, fasste sie an den Schultern, sie ließ es zu. Er zögerte, ihr von seinem Verdacht zu erzählen. Dass Bogdans Angriff auf ihn mehr war als eine Kurzschlussreaktion. Dass sie möglicherweise in Gefahr waren und dass Fish etwas über die Hintergründe zu wissen schien. Er wollte Eva nicht mit Verschwörungstheorien beunruhigen. Sie war hochschwanger und hatte mit der Finanzierung ihrer Modefirma genug zu tun. Ach verdammt, das hatte er ganz vergessen. »Wie war deine Präsentation?«, fragte er schnell.

»Gut«, sagte sie. »Es gibt zwei Interessenten. Eine modebegeisterte Witwe, die mit ihrem Vermögen junge Unternehmer fördern will. Und einen ehemaligen Banker, der eine Familienstiftung vertritt und nach Investitionsmöglichkeiten sucht. Sie waren begeistert von den Entwürfen. Beide kommen morgen Abend in mein Atelier, um sich alles in Ruhe anzuschauen. Vielleicht sprechen wir dann schon über Geld.«

Er lächelte, konnte sich vorstellen, dass es bestenfalls bemüht aussah. Eva blieb ernst. Klar, sie war sauer auf ihn und hielt ihre eigene Freude zurück. Dabei waren das so tolle Nachrichten. »Ich freue mich echt für dich«, sagte er.

Ihr Gesichtsausdruck wurde milder. »Der Mist im Gerichtssaal hat dich übel mitgenommen.« Sie hob ihrerseits die Arme, umschlang ihn, zog ihn an sich, soweit ihr praller Bauch das zuließ.

Er lehnte den Kopf an ihren Hals. Seine Hand zitterte noch immer.

»Gehen wir rein?«, fragte sie.

»Ich räume schnell die Kippen weg.« Er löste sich aus der Umarmung, bückte sich und sammelte vier Zigarettenstummel von den Terrassenfliesen und seine leere Bierflasche.

Eva griff die zweite.

»Viel getrunken hat er ja nicht, dein Kumpel.« Sie hob die Flasche in die Höhe. Fish hatte sein Bier gar nicht angerührt.

Christoph zuckte mit den Achseln. »Der stand früher auch schon mehr auf Hochprozentiges.«

Sie traten zurück ins Wohnzimmer, entsorgten Flaschen und Kippen, Christoph wusch sich die Hände, Minuten später sanken sie auf die Wohnzimmercouch.

»Dieser Fish tut dir nicht gut«, sagte Eva.

Christoph nickte. »Da hast du wohl recht.« Er schmiegte sich an sie. »Ich habe dir nie viel von ihm erzählt«, sagte er. »Aber ich verdanke ihm eine Menge.«

»Wie meinst du das?«

»Damals, vor zwanzig Jahren, als wir uns auf der Millenniumsparty getroffen haben, war ich extrem gehemmt und depressiv. Ich kam mit dem Studium nicht zurecht. Mit dem Rest meines damaligen Lebens eigentlich auch nicht. Ohne Fish hätte ich es nicht geschafft. Ich wäre sang- und klanglos durchs Physikum gerasselt oder gar nicht erst angetreten. Keine Ahnung, was dann aus mir geworden wäre. Vermutlich wäre ich bei meinen Eltern angekrochen und hätte im Betrieb meines Vaters eine Ausbildung begonnen.« Er hob den Kopf, sah zu Eva hoch. »Dann wäre ich jetzt Klempner in einem Kaff im Sauerland.«

Eva lächelte. »Nun, zum Glück hast du die Kurve gekriegt, Herr Professor.«

»Fish hat mich damals gerettet. Und ist dabei selbst auf der Strecke geblieben.«

Eva streichelte ihm über den Kopf. »Davon hast du nie gesprochen«, sagte sie.

»Das meiste habe ich vergessen. Verdrängt trifft es vielleicht besser. Als es vorbei war, wollte ich nach vorne schauen, nicht zurück.«

Die Anspannung wich, sogar seine Zitterhand gab Ruhe. Mit der Ruhe kamen die Erinnerungen. Eva schien es zu spüren. »Wie wär's, wenn du mir jetzt davon erzählst?«

»Nein!«, entfuhr es ihm. Er wollte nicht weiter daran denken, geschweige denn darüber sprechen. Schämte er sich, weil er früher so ein Waschlappen gewesen war? Das wohl auch, dachte er. Aber da war noch etwas anderes. Etwas Unheimlicheres, für das er weder Worte noch Bilder hatte.

»Du musst furchtbar müde sein«, sagte er. »Ich bin es jedenfalls. Vielleicht reden wir ein andermal darüber?«

»In Ordnung.« Sie sah ihn an. Bestimmt spürte sie, dass die Sorge um ihren Schlaf nicht sein Hauptgrund war, das Gespräch zu beenden. Aber sie bohrte nicht nach.

Sie löschten das Licht, ließen nur eine kleine Nachtlampe für Lucky im Flur brennen. Evas Hund döste bereits vor sich hin. Sie stellte ihm eine Schale mit frischem Wasser an die Futterstelle neben seiner Kuscheldecke. Sie gingen hoch, machten sich bettfertig, küssten sich, wünschten sich eine gute Nacht. Beinahe wie immer, dachte Christoph, und doch war es anders zwischen ihnen. Kühler. Fremder.

Eva schlief innerhalb von Minuten ein. Christoph wälzte sich im Bett hin und her, wurde nicht müde und befürchtete, Eva mit dem Herumgewühle am Ende auch noch den Schlaf zu rauben. Irgendwann griff er sich sein Bettzeug, schlich die Treppe runter und legte sich auf die Wohnzimmercouch. Die war nicht sonderlich bequem, aber irgendwie entspannte es ihn, allein zu sein. Leider kamen die Gedanken in seinem Kopf trotzdem nicht zur Ruhe, im Gegenteil. Jetzt, wo er Evas Atemgeräusch nicht mehr neben sich hörte, schienen die aus allen Ritzen seines Gehirns zu kriechen. Als ob sein Unbewusstes die alten Geschichten erst im Schutz der Einsamkeit in Christophs Bewusstsein rieseln lassen wollte.

Frei ist, wer in Ketten tanzen kann.

Friedrich Nietzsche

17

SILVESTER 1999

Diese Party war der reinste Horror. Christophs Mitbewohnerin verschwand gleich nach der Ankunft in einer Traube überschwänglich plappernder Menschen und ließ ihn allein auf dem Flur stehen. Er kannte niemanden außer ihr. Der Weg Richtung Wohnzimmer war von Leibern verstopft, also flüchtete er in die kleine Küche. Direkt vor dem Büfetttisch umringten vier junge Frauen einen groß gewachsenen Typen mit blonden Locken und lauschten seinen sicher hochinteressanten Erzählungen. Auch kein Ort zum Bleiben. Er angelte sich einen Softdrink aus dem Kühlschrank, kehrte zurück in den Flur und folgte drei Neuankömmlingen ins Wohnzimmer. Er schien regelrecht abzuprallen an der basslastigen Musik und der Masse von Menschen und landete wie von selbst in der nächstgelegenen Zimmerecke neben einem Ledersofa, auf dem ein Pärchen knutschte, als würde in ein paar Stunden die Welt untergehen, und einer mit Papierschlangen dekorierten Stehlampe. Immerhin konnte er von hier in Ruhe die anwesenden Partygäste beobachten, ohne weiter aufzufallen. Lauter stylish gekleidete Leute, überwiegend Studenten wie er, schätzte er. Alle waren locker drauf, wippten im Takt der Musik, hielten Bierflaschen, Wein- oder Cocktailgläser in der Hand, rauchten Kippen und amüsierten sich prächtig.

Zum Kotzen. Jeder wummernde Basston aus den Lautsprecherboxen, jedes Lachen und jeder laute Gesprächsfetzen, die zu ihm drangen, schienen ihn ein Stück weiter an die Wand zu drücken. Er fühlte sich komplett fehl am Platz. Ein Alien, getarnt als grauer, unscheinbarer und uninteressanter Typ, der nach und nach mit der Tapete verschmolz. Dann lieber ein weiterer trübseliger Abend in seiner Studentenbude. Da fühlte er sich genauso einsam, musste aber zumindest nicht anderen Leuten beim Feiern zuschauen und sich in Grund und Boden schämen. Er überlegte, wie er sich unauffällig davonschleichen konnte, als sich eine Gestalt aus der Masse der Leiber auf ihn zubewegte und ihn ansprach.

»Ey, Alter, hast du Kippen?«

Ein schlaksiger Typ mit dunklen Locken, ungepflegtem Bart, braunen Augen und buschigen Augenbrauen, die eher zu einem Sechzigjährigen gepasst hätten. Er war etwas größer als Christoph, trug einen verwaschenen Pulli und eine schwarze Stoffhose mit aufgescheuerten Knien und verdrängte Christoph damit souverän vom Platz des am schlechtesten Angezogenen.

Christoph zog seine Gauloises und ein Feuerzeug aus der Hosentasche. Zumindest taugte er als Zigarettenspender. Der Schnorrer zündete sich eine an und zog an der Kippe, als wollte er den Rauch bis in die Haarspitzen saugen. Statt sich, wie erwartet, mit seiner Beute wieder davonzumachen, blieb er vor Christoph stehen und grinste.

»Und, was treibst du hier?«

»Wonach sieht es aus? Ich bin hier auf der Party und feiere ins neue Jahrtausend.« Christoph nahm sich eine von seinen Zigaretten.

»Nee, das tust du nicht.«

»Was sollte ich denn sonst gerade tun?«

»Das ist offensichtlich. Du hängst hier allein in der Ecke rum und nuckelst an deiner Bierflasche.« Der Typ beugte sich runter, betrachtete das Etikett. »Nein, falsch, nicht mal Bier.

Fanta.« Er sprach das Wort aus, als belegte das Getränk in seiner Rangliste einen Platz irgendwo zwischen Lebertran und Hundepisse. »Die Party findet ohne dich statt. Dort.« Er wies mit der Hand auf die Leute in der Mitte des Raums. Asche löste sich von seiner Kippe und segelte auf den Parkettboden, was ihn nicht weiter zu stören schien. »Also«, sagte er, »wie war doch gleich dein Name?«

»Christoph.«

»Okay. Ich bin Fish. Bist allein hier?«

»Meine Mitbewohnerin hat mich mitgeschleppt. Sie meinte, ich bräuchte Abwechslung vom Lernen.«

Fish nickte und musterte Christoph mit einem Blick, der ihn als eine Art hoffnungslosen Fall in Sachen Party brandmarkte. »Du gehörst aber nicht zu diesen Modedesign-Fuzzis wie die meisten hier, habe ich recht? Was studierst du?«

»Medizin«, sagte Christoph. »Versuche ich zumindest.« Tatsächlich hatte er sich mit größter Mühe durch das vorklinische Studium gequält. Und an die bevorstehende ärztliche Vorprüfung dachte er jetzt besser nicht.

»Also, Herr Doktor, folgender Plan: Als Erstes besorgen wir uns was Ordentliches zu trinken. Und dann lassen wir es krachen.«

Er zog Christoph zurück zum Büfetttisch in die Küche. Blondlocke hatte inzwischen die Hälfte seiner vier Groupies eingebüßt und versperrte nicht länger den Weg zum Essen und den alkoholischen Getränken. Neben Salatschüsseln und Tellern mit Fingerfood war eine gut sortierte Auswahl an Spirituosen aufgebaut. Fish griff eine edel aussehende Whiskyflasche heraus, schnappte sich mit der anderen Hand zwei Gläser, die von der Größe her eher für Wasser als für Hochprozentiges gedacht waren, bugsierte Christoph zurück ins Wohnzimmer zu ihrem vorherigen Platz an der Wand und schenkte ihnen ein. Die nur noch halb leere Flasche landete neben der Stehlampe auf dem Fußboden.

»Studierst du auch?«, fragte Christoph.

»Psychologie«, sagte Fish. Er zog die dunklen Augenbrauen hoch und betonte das Wort auf eine Weise, als handelte es sich um eine Geheimwissenschaft. Und nicht um ein Studienfach, vor dessen statistischen und naturwissenschaftlichen Anforderungen viele bereits im Vorstudium in die Knie gingen. »Aber das Studium ist eigentlich Nebensache. Vor allem interessiere ich mich für Mentaltechniken und Hypnose.« Er nippte an seinem Drink. »Guter Stoff.«

»Klingt interessant.« Auch Christoph nahm einen Schluck. Er kannte sich mit Whisky nicht aus, aber dieser schmeckte nicht schlecht.

»Ist der Hammer«, sagte Fish. »Stell dir vor, dein Gehirn ist die Hardware eines Computers. Mit Festplatte und Arbeitsspeicher, Prozessor und allem. Der ganze Rest ist Software. Und die kannst du nach Belieben programmieren, wenn du weißt, wie.«

Unsicherheit, Selbstzweifel und Versagensängste raus. Selbstbewusstsein und Zuversicht rein. Das klang zu schön, um wahr zu sein.

»Und das funktioniert?«, fragte Christoph.

»Hundertpro«, sagte Fish. »Grenzen gibt es nur in deinem Kopf. Es sind die schlechten Programme, die uns hemmen und blockieren. Wenn du sie auflöst und durch gute ersetzt, bist du frei. Dann kann dich nichts aufhalten.«

Fish hörte sich an wie einer dieser Motivationscoaches, der seinen begeisterten Zuhörern sagte, was sie hören wollten. Fühlt euch frei. Erfolg und Reichtum fangen im Kopf an. Bla, bla, bla.

»Du glaubst mir nicht, das sehe ich in deinem Gesicht. Falls du magst, hypnotisiere ich dich mal, dann erfährst du die Wirkung am eigenen Leib. Ein paar Sitzungen, und du bist ein neuer Mensch. Du wirst dich frei fühlen zu tun, was immer du willst.«

»Im Moment wäre ich schon froh, wenn ich mit dem Lernen besser zurechtkäme«, sagte Christoph.

Aber Fish war mit seiner Aufmerksamkeit woanders.

»Pass auf, ich beweise es dir«, sagte er und sah sich im Raum um, der sich in der Zwischenzeit weiter gefüllt hatte. Mit lauter schwatzenden, trinkenden, rauchenden Menschen, die sich frei und selbstbewusst fühlten.

»Okay. Wer ist der heißeste Feger auf dieser Party? Die ungekrönte Ballprinzessin?«

Da hatte Christoph sich schon lange festgelegt. Eine junge Frau, die sich mit ihrer Freundin am Rande einer größeren Gruppe angeregt unterhielt. Sie sah umwerfend aus in ihrem eng geschnittenen, knielangen roten Kleid. Aber es war weniger ihr Aussehen, das ihn faszinierte. Es war die Art, wie sie mit den Armen und Händen gestikulierte, wie sie beim Sprechen mit den Augen zwinkerte und sich ihre Mundwinkel immer wieder zu einem frechen Lächeln verzogen.

Sie war der Hammer. Selbstbewusst, charismatisch, herzlich und bestimmt sehr klug. Also so ziemlich das exakte Gegenteil von ihm. »Die Blonde da drüben in dem roten Kleid«, sagte er.

»Gute Wahl«, sagte Fish. »Das ist Eva, sie ist eine Kommilitonin der Gastgeberin. Und du würdest dich im Leben nicht trauen, sie anzubaggern, habe ich recht?«

Christophs betretenes Schweigen reichte wohl als Antwort.

Fish streckte ihm Daumen, Zeige- und Mittelfinger der rechten Hand entgegen. »Drei Minuten. Dann habe ich sie und ihre Freundin entweder zu einem Drink abgeschleppt oder …« Er verkniff Mund und Augen zu einem Ausdruck gespielter Scham.

»Oder was?«

»Na ja. Oder eben nicht. Auf jeden Fall wird es ein Spaß.«

Er zog Christoph mit sich und baute sich vor Eva auf. Es war ein schräger Anblick. Hier der dunkle, etwas schmuddelige Fish, dort die strahlende Eva. Eine Begegnung von Mond und Sonne. Sie unterbrach ihr Gespräch, sah zu Fish auf.

»Gibt's was?«

Fish schwieg und grinste. Vielleicht war das seine Masche, um Neugierde und Interesse bei den Frauen zu wecken. Christoph hätte es vollkommen genügt, Eva einfach noch ein wenig länger in ihre großen grünen Augen zu schauen und sich dann wieder zu verdrücken. Sie hatte eine kleine Narbe am Kinn, und ihre Nase hatte einen unscheinbaren Höcker, wodurch ihr Gesicht fast etwas verwegen aussah.

Aber Fish machte weiterhin keine Anstalten zu reden, und Christoph hielt das erwartungsvolle Schweigen nicht länger aus. Und sich einfach in Luft aufzulösen war keine Option. Er spürte, wie ihm das Blut ins Gesicht schoss. Also gab er sich einen Ruck. Bevor er zitternd und schamesrot vor den Frauen stand und sich gar nicht mehr rühren konnte. »Wir wollten uns nur kurz vorstellen«, sagte er. »Das ist Fish. Ich bin Christoph. Ich bin der Mitbewohner von …«

Fish stupste ihn in die Seite, brachte ihn damit zum Schweigen. »Du bist Eva, richtig? Deine Freundin muss Vanessa sein.«

Fish war offenbar bestens informiert. »Gratulation«, sagte er weiter. »Ihr habt gewonnen.«

Die beiden zogen die Augenbrauen hoch. Vanessa neugierig und interessiert, Eva voller Skepsis.

Fish musterte sie ohne die geringste Zurückhaltung. »Wir beide haben lange überlegt, wen wir auf einen Drink einladen sollen. Die Konkurrenz war groß, doch letztlich ist die Wahl auf euch gefallen. Also, wie sieht's aus? Trinkt ihr was mit uns?«

Vanessas Augen blitzten vor Entzücken, aber Eva schleuderte Fish einen Blick entgegen, der Christoph augenblicklich in ein Häufchen Asche verwandelt hätte.

»Kein Interesse«, sagte sie.

Fishs Gesicht reichte kaum aus für sein überbreites Grinsen. »Es ist natürlich eure freie Entscheidung. Aber ich kann nur dazu raten, diese Gelegenheit zu ergreifen. Wenn euch nicht nach Reden zumute ist, könnten wir auch gleich ... Knick, knack, ihr wisst schon. Ich hätte da ...«

Evas Hand klatschte in sein Gesicht und riss seinen Kopf herum. Fast wäre ihm das Whiskyglas aus den Fingern geglitten. Aber er grinste noch immer. »Wow«, sagte er. »Das wir uns so schnell näherkommen, hätte ich in meinen heißesten Träumen nicht erwartet.«

Christoph überwand die Schockstarre, die von ihm Besitz zu ergreifen drohte, nahm allen Mut zusammen. »Ich muss mich für ihn entschuldigen. Er hat keinerlei ...«

Wumm.

Sie hatte auch ihm eine geklatscht, weniger heftig, doch ebenso unmissverständlich.

»Dann nimm deinen bescheuerten Freund. Und verpisst euch!«

Eva warf ihnen einen letzten zornigen Blick zu, drehte sich um und stapfte davon. Ihre Freundin zögerte kurz, folgte ihr aber Richtung Küche.

Christoph fühlte sich wie versteinert. Er war entsetzt und fasziniert zugleich. Und natürlich würde er alles versuchen, um Eva und ihrer Freundin nie mehr unter die Augen zu treten. »Das war wohl nichts.«

»Sehe ich komplett anders«, sagte Fish. »Mir war vorher

klar, dass ich bei Eva nicht landen würde. Die steht eher auf so seriöse Typen wie dich. Aber wir haben es versucht, verstehst du? Scheiß auf die Grenzen im Kopf, scheiß auf die Hemmungen. Scheiß auf Eva. Wenn du eine Tussi anbaggern willst, dann tu es! Und wenn's nicht klappt, drauf geschissen. Hast du übrigens ihre Freundin Vanessa beobachtet? Mit der geht noch was, wirst sehen.« Er zeigte auf die halb leere Whiskyflasche, die auf dem Boden neben der Stehlampe auf sie wartete. »Komm, wenden wir uns den wirklich wichtigen Dingen zu.«

Sie leerten die Whiskeyflasche und rauchten. Fish redete sich in Rage, jonglierte mit Begriffen wie neurolinguistisches Programmieren, Autosuggestion, Mindset, Superlearning und etlichen anderen, bis Christoph der Kopf schwirrte. Irgendwann zog Fish eine kleine Blechdose aus der Hosentasche, öffnete den Deckel und hielt sie Christoph unter die Nase. Sie enthielt eine Handvoll weißer und blauer Pastillen. »Fisherman's Friend«, sagte er und tippte auf eine der weißen Pillen. »Diese Dinger ficken die Geschmacksknospen auf deiner Zunge. Aber die kleinen Blauen hier ...« Er zog mit spitzen Fingern eine hervor und steckte sie sich in den Mund. »Die ficken die Synapsen in deinem Gehirn.«

»Drogen?« Christoph zog das Gesicht von der Dose weg, als könnte allein der Anblick der Pillen ihn abhängig machen.

»MDMA. Ecstasy. Der Name ist Programm. Willst du eine?« Fish zog eine zweite Pille aus der Dose.

Rauchen war schlimm genug. Aber Drogen? Christoph schüttelte den Kopf.

Fish schmiss die zweite der ersten hinterher, verstaute die Dose wieder in der Hosentasche. »Habe ich schon erzählt, dass ich an einem Buch schreibe? Es geht um Hypnose und Techniken zur Selbstoptimierung. Wird ein Knüller.«

Er redete ohne Punkt und Komma. Der Alkohol- und Ecstasyrausch schien seine Pläne immer weiter zu beflügeln, und Christoph ließ sich gern mitnehmen auf die Reise voller spannender Gedanken und Ideen. Irgendwann trieb die nahende Mitternachtsstunde die Partygäste hinaus aus der Wohnung. Fish griff sich einen alten Parka aus einem wilden Haufen aus Jacken, Taschen und Rucksäcken, der im Flur unter der Garderobe aufgetürmt war. Christoph nahm seine Winterjacke.

Sie folgten dem Strom durchs Treppenhaus runter auf die Straße. Das Kopfsteinpflaster der Wohngasse war zu beiden Seiten mit parkenden Autos zugestellt. So blieb neben den Gehsteigen nur eine schmale Fahrspur zum Stehen und Gucken. Christoph und Fish hielten sich abseits von den kleineren und größeren Menschentrauben, die mit Sektgläsern bewaffnet in den bewölkten Hamburger Nachthimmel starrten oder ihre eigenen Raketen, Böller und Batterien entzündeten. Über der Häuserschlucht erstrahlte eine sich ständig wandelnde Kuppel aus bunten Lichtern, goldglänzenden Schweifen und silbernem Funkenregen, der Donner des Feuerwerks hallte zwischen den aufragenden Hauswänden wider und schien sich hundertfach zu verstärken.

Christoph hob sein Whiskyglas in die Höhe, sah zu Fish hinüber. Der zog einen Revolver aus der Innentasche seines Parkas.

»Scheiße, Mann!« Vor Schreck hätte Christoph beinahe die letzten Tropfen aus seinem Glas verschüttet. »Du kannst hier nicht mit einer Knarre rumlaufen. Pack das Teil weg.«

»Ich habe gesagt, dass wir es ordentlich krachen lassen. Also, wen soll ich als Erstes abknallen?« Er fuchtelte mit dem Revolver herum. »Diese arrogante Schnepfe?« Eva stand keine zehn Meter entfernt, ein Sektglas in der Hand, und betrachtete den berauschenden Lichtertanz am nächtlichen Himmel. Er zielte auf sie.

Auch in Christophs Kopf zündete ein Feuerwerk. Er musste handeln. Dieser Verrückte plante einen Amoklauf. Aber er fühlte sich wie gelähmt. Jetzt richtete Fish die Waffe auf ihn. Christoph stockte der Atem.

»Dich? Oder mich selbst?« Er steckte sich den Lauf in den Mund, riss die Augen weit auf und verdrehte sie wild. Wie ein Rindvieh, dem gerade ein Bolzen in den Schädel gejagt wurde.

»Um Gottes willen.« Christoph brachte kaum mehr als ein Flüstern zustande, das er bei dem Getöse selbst kaum hören konnte. »Tu es nicht, bitte! Steck das Ding weg!«

Die irren Augen rollten herum, fixierten Christoph, und für eine Sekunde war er sicher, dass Fish abdrücken und dessen verrückter Blick aus dem zerberstenden Schädel ihn für den Rest seines Lebens verfolgen würde.

Doch statt zu schießen, blinzelte Fish ihm zu. Sein Mund verzog sich zu einem breiten Grinsen. Er zog den Revolver aus dem Mund, hob ihn in die Höhe und feuerte drei Schüsse in den Nachthimmel. Christoph zuckte zusammen. Dreimal.

»Ist 'ne Schreckschusswaffe«, rief Fish. Er zielte erneut auf Christoph und drückte ab. Der Schuss ließ ihn ein weiteres Mal zusammenzucken. Fish hielt ihm den Revolver hin. »Auch mal?«, sagte er. »Willkommen im neuen Jahrtausend!«

18

Christoph fühlte sich wie ein Eindringling in dieser Pracht-
straße. Zu beiden Seiten erhoben sich majestätische Hausfas-
saden. Die Nachmittagssonne ließ die blütenweißen Anstri-
che glänzen und spiegelte sich in den ausladenden Fenster-
fronten. Zwischen hochgewachsenen Pappeln drängte sich
auf den wenigen Parkplätzen der Fuhrpark der Vermögen-
den: S-Klasse-Mercedes, 7er BMW, Porsche-Cabrio.

Hatte er sich in der Adresse geirrt? Oder hatte Fish ihn ver-
arscht? Hier konnte er unmöglich wohnen. Christoph ging
bis zur Eingangstür – das Wort war eigentlich eine Beleidi-
gung für das mächtige, mit Schnitzereien und Metallbeschlä-
gen verzierte Massivholzteil –, und tatsächlich fand er auf
dem glatt polierten Emaille-Klingelschild den gesuchten
Nachnamen. Vielleicht war der Name auch nur Verarsche.
Christoph trat noch einmal zurück, sah sich um. Er rechnete
fest damit, dass Fish hinter einem der Bäume hervortreten,
ihn angrinsen und minutenlang aufziehen würde, um ihn anschließend zu seiner versifften Studentenbude zu führen, irgendwo in einem Hinterhof im Hamburger Schanzenviertel.

Außer dass eine groß gewachsene Frau im schicken Kasch-
mirmantel aus dem nächstgelegenen Hauseingang trat, in ihrer teuer aussehenden Handtasche wühlte und eine der Mer-
cedeslimousinen ansteuerte, passierte nichts.

Christoph klingelte.

Fishs Stimme tönte aus dem Lautsprecher unterhalb der
Namensschilder.

»Komm rauf! Fünfter Stock.«

Das Treppenhaus stand der Eingangstür in Sachen Prunk und Protz in nichts nach. Christoph schritt über gebohnerte Treppenstufen, die Finger glitten an einem Handlauf aus edlem dunklem Holz entlang. Fish erwartete ihn oben in der Wohnungstür. »Bist spät dran«, sagte er.

»Es gab keinen passenden Parkplatz für meinen Porsche.«

Fish grinste, wohl eher aus Mitleid über den unbeholfenen Witz, und bat ihn hinein. Drinnen sah es aus, als wäre Fish hier auch nur zu Gast. Die Wände der Altbauwohnung waren gänzlich nackt. Drei Paar Turnschuhe, Fishs dunkler Parka und eine leichte Stoffjacke lagen mangels Schuhschrank und Garderobe auf dem Parkettboden.

Dafür war die Wohnung riesengroß. Allein der lang gestreckte Flur hatte mehr Quadratmeter als Christophs Studenten-WG. Und da waren Küche und Bad noch mitgerechnet.

»Ist nicht meins«, sagte Fish, dem Christophs ungläubiges Staunen nicht entgangen war. »Gehört meinem Dad.« Für den Bruchteil einer Sekunde schien er nur mit Mühe die Mundwinkel oben halten zu können. »Der lässt einen Haufen Kohle springen für die Illusion, dass ich mich nach seinen Vorstellungen entwickele.«

Christoph zog Rucksack, Schuhe und Jacke aus, legte alles ordentlich neben Fishs Sachen.

Der führte ihn in ein geräumiges Wohnzimmer mit deckenhohen Fenstern und Balkontür. Auch hier herrschte, was Möbel und Wandschmuck anging, gähnende Leere. Der einzige Einrichtungsgegenstand war ein gut zwei mal zwei Meter großer und einen halben Meter hoher Käfig, der sauber mit Streu ausgelegt war. Darin döste ein weißes Kaninchen.

»Bunny. Meine Mitbewohnerin. Ich habe ihr das schönste Zimmer überlassen, wie es sich für einen Gentleman gehört.« Fish führte ihn durch eine Flügeltür in den einzigen Raum der Wohnung, der nach Leben aussah. Nach Fishs Leben.

In der Zimmerecke lag auf dem kahlen Parkettboden ein zusammengeknüllter Schlafsack auf einer schlichten Matratze. Daneben stapelten sich unzählige Bücher und Berge loser Zettel. Auf einem kümmerlichen Schreibtisch drängte sich ein PC-Monitor mit Tastatur und Maus, auf dem Boden neben dem PC warteten schmutzige Teller, Besteck und Becher auf den überfälligen Abwasch. Die kalkweißen Wände waren mit Postern vollgeklebt: Jimi Hendrix, Janis Joplin, Kurt Cobain und Jim Morrison in typischen Starposen, daneben hingen eher unscheinbare, teils schwarz-weiße Bilder von Männern und Frauen, die Christoph nicht kannte. Eine moderne Musikanlage mit fetten Lautsprecherboxen beherrschte den hinteren Bereich des Raums, drum herum waren unzählige CDs verteilt. Es roch nach Zigarettenrauch, durchdrungen von süßem Marihuanaaroma.

»Krasse Wohnung«, sagte Christoph.

Fish zuckte mit den Schultern. »Sollen wir gleich beginnen?«

Deswegen war er schließlich hier. Fish hatte ihm angeboten, ihn zu hypnotisieren. Und ihm das Blaue vom Himmel versprochen, was die Effekte anging. Er nickte zögerlich.

»Pass auf!«, sagte Fish. »Wir machen einen Test. Zum Aufwärmen. Die Übung ist simpel und komplett harmlos. Danach entscheidest du, ob wir weitermachen.«

»Also gut. Was soll ich tun?«

»Stell dich einfach hierhin, Beine schulterbreit!« Fish bugsierte ihn in die Zimmermitte. »Schließ die Augen und konzentriere dich einen Augenblick aufs Stehen!«

»Wie soll denn das gehen?«

»Spür deine Fußsohlen auf dem Boden! Die Spannung in den Waden, die Beweglichkeit deiner Knie, die Kraft in den Oberschenkeln und so.«

Es funktionierte. Die Fußsohlen kribbelten, Christoph spürte sogar die Ränder der Socken am unteren Rand der Waden. Die Knie waren etwas weich. »Okay«, sagte er.

»Ich gebe dir einen leichten Schubs. Versuch, ihn abzufangen und das Gleichgewicht zu halten, ohne die Füße zu bewegen!«

Christoph nickte. Fish trat seitlich an ihn heran, legte die Hände an Christophs rechte Schulter und drückte. Er schwankte ein wenig zur Seite, aber es war kein Problem, stehen zu bleiben.

»Gut. Jetzt etwas fester.« Fish verstärkte den Druck, Christoph widerstand der Versuchung, einen Fuß nachzusetzen, um sich zu stabilisieren. Es ging auch so.

»Okay, noch fester.«

Christoph taumelte und trat zur Seite, andernfalls hätte ihn der erneute Schubs von den Füßen geholt. Er lachte, öffnete die Augen. »Endstation.«

»Kein Problem«, sagte Fish. »Nun kommt Stufe zwei. Steh bequem, schließ die Augen, spür in die Beine und so, wie zuvor!«

Christoph tat wie geheißen.

»Jetzt kommt's«, sagte Fish. »Heb den linken Arm seitlich hoch! Stell dir vor, neben dir ist eine Wand! Eine feste, aus Stein oder Beton. Versuch, die Wand mit der Hand zu spüren! Stütz dich an ihr ab!«

Etwas verrückt, sich an einer eingebildeten Wand abzustützen, aber okay. Christophs linke Handfläche fing an zu kribbeln. Es stellte sich eine Betonmauer vor, mit glatter, kühler Oberfläche, und wirklich! Je länger er sich der Vorstellung hingab, umso realer erschien es ihm. »Cool«, sagte er.

»Jetzt kommt wieder ein Schubs. Versuch, stehen zu bleiben!« Fish drückte ihm gegen die Schulter, und tatsächlich fühlte sich sein Stand deutlich stabiler an. Dank der imaginären Wand!

Fish versuchte es ein zweites und ein drittes Mal, mit steigender Intensität, erst beim vierten Stoß geriet Christoph ins Schwanken, und beim sechsten Versuch war es vorbei, und er musste die Füße bewegen.

»Das war's schon«, sagte Fish. »Eine Anfängerübung, um mit den Möglichkeiten der Imagination vertraut zu werden. Du standest um ein Vielfaches fester, ich brauchte richtig Kraft, um dich wegzuschieben.«

»Krass.«

»Wie gesagt, eine Anfängerübung. Wenn du erst begreifst, welche Macht in der Imagination steckt, gibt es keine Grenzen.«

Christoph nickte. Seine Skepsis war nicht gänzlich verschwunden. Aber er hatte die Wand wirklich gefühlt. Sie war nicht da gewesen, hatte lediglich in seiner Einbildung existiert. Und doch hatte sie ihn gestützt, ihm Kraft gegeben.

»Also«, sagte Fish. »Sag mir, was du erreichen willst.«

»Ich weiß nicht …«

»Nur los. Ich bin deine gute Fee, und du hast einen Haufen Wünsche frei. Schieß los!«

»Das Physikum«, sagte Christoph. »Die ärztliche Vorprüfung. Ich habe mir extra ein Urlaubssemester genommen, um mich vorzubereiten. Aber wann immer ich vor den Büchern sitze …« Er schüttelte den Kopf. »Absolute Leere. Ich kann mich nicht konzentrieren, daddele herum. Meistens endet es vor dem Fernseher. Wenn ich so weitermache, muss ich das Studium hinschmeißen.«

»Lernblockade, als Folge mangelnden Selbstbewusstseins und fehlender Zielstrebigkeit. Kriegen wir hin!«

Meinte der das ernst? Seit Wochen kämpfte Christoph täglich den immer gleichen Kampf gegen die Bücher und kam nicht einen Schritt voran. Und Fish wischte es mit einem simplen Kommentar zur Seite. So einfach konnte es unmöglich sein. Aber wenn doch …

»Was noch?«, fragte der.

»Ich bin schüchtern. Werde schnell rot, fange an zu zittern.«

»Dein Frauenproblem. Gleicher Kontext. Du zweifelst an dir und deinem Erfolg.« Fish nickte.

»Und ich schlafe mies. Ich lege mich abends ins Bett, komme aber nicht zur Ruhe und grübele stundenlang.«

»Folgender Plan«, sagte Fish. »Wir fangen sofort an. Ich hypnotisiere dich, installiere ein paar einfache Suggestionen, die wir in den nächsten Wochen verstärken. Vormittags lernst du, nachmittags kommst du zu mir!«

Christoph konnte es nicht fassen. Für diesen verrückten Kerl schien das alles kein Problem zu sein. Aber er nahm Fish dessen Begeisterung und Überzeugung ab. Der Typ strotzte nur so vor Selbstbewusstsein und kannte nicht den Hauch eines Zweifels. Vielleicht war er der lebende Beweis dafür, dass seine Methoden funktionierten.

»Eins möchte ich wissen«, sagte er. »Warum tust du das? Warum willst du mir helfen?«

»Aus dir kann echt was werden, Christoph Kerber. Du bist ein kluger Kopf, leider mit verkorkstem Selbstbewusstsein und mehr Schranken im Hirn als auf der Bahnstrecke zwischen Hamburg und München. Ich sehe dein Potenzial, und es reizt mich, es in dir zu entfalten. Aber natürlich habe ich auch etwas davon.«

»Und was?«

»Ganz einfach. Ich lerne. Ich probiere meine Techniken aus und verfeinere sie. So profitieren wir beide. Einverstanden? Dann schlag ein!« Fish streckte ihm die Hand entgegen.

Christoph schlug ein. Was hatte er zu verlieren?

19

»Dann los!«, sagte Fish. »Wir machen gleich weiter. Deine erste Hypnosesitzung.«

Fish zog seine Schlafmatratze in die Zimmermitte. Christoph legte sich drauf. Der Schlafsack diente als Kopfkissen.

»Was soll ich tun?«, fragte er.

»Nix«, sagte Fish. »Das ist das Tolle an der Hypnose. Du legst dich hin, ruhst dich aus! Den Rest mache ich.«

Wirklich entspannen konnte Christoph sich nicht. Er war zu neugierig, was geschehen würde. Er starrte an die hohe Zimmerdecke, die mit Stuck in Gestalt von Rosenblüten verziert war.

Fish kniete sich neben ihn. Er ließ seinen Zeigefinger vor Christophs Gesicht hin- und herschwingen.

»Betrachte die Spitze meines Fingers!«, sagte er. »Folge der Bewegung! Du wirst merken, dass der ganze Körper sich entspannt. Dass die Augen müde werden.«

Tatsächlich wurden Arme, Beine und Rumpf von Sekunde zu Sekunde schwerer. Sein Blick klebte an Fishs Fingerbeere, und es fühlte sich an, als hingen ihm auf einmal Bleigewichte an den Augenlidern. Christophs Bewusstsein veränderte sich. Seine Aufmerksamkeit, die sonst wie ein aufgescheuchter Fliegenschwarm mal hierhin, mal dorthin schwirrte, schien plötzlich stillzustehen und sich auf einen einzigen Punkt zu konzentrieren. Er konnte ihn spüren, diesen Punkt, als kraftvolles Zentrum, irgendwo hinter der Stirn, das im Takt seines Atems pulsierte. Wow, das fühlte sich richtig gut an.

»Nimm es an«, sagte Fish, als bemerkte er die Veränderung, die in Christoph vorging. »Aber klammere dich nicht daran. Ich zähle jetzt von zehn langsam rückwärts bis eins. Zehn.«

Fishs Stimme schien sich zu verändern, klang näher, eindringlicher und klarer. Dafür verschwamm das Bild des pendelnden Fingers vor seinen Augen. Die Intensität der Farben verblasste, und die Helligkeit variierte, als würde das Licht flackern. Dazu sausten grelle Leuchtstreifen durch sein Gesichtsfeld. Christoph mühte sich, die Augenlider offen zu halten und den Blick weiter zu fokussieren.

»Neun. Die Augen folgen der Bewegung meines Fingers«, sagte Fish. »Und der Geist folgt meiner Stimme. Du wirst merken, wie der Körper immer tiefer entspannt.«

Genauso war es. Christoph hatte das Gefühl, langsam in die Matratze zu sinken.

»Acht. Wenn du magst, schließ jetzt die Augen!«, sagte Fish.

Seine Augenlider klappten zu. Der Pendelfinger verschwand und mit ihm ein letzter Hauch von Anstrengung.

Fish zählte weiter. Als er bei eins ankam, schwebte Christoph in einem Zustand reinsten Wohlbefindens. Wunderbar.

»Ich möchte, dass du dich jetzt an den Ort begibst, an dem du üblicherweise lernst!«, sprach die Stimme. »Stell dir den Platz, die Tageszeit, das Licht, den Geruch des Ortes ganz genau vor!«

Im Geist betrat Christoph sein WG-Zimmer, das dem wenigen Platz zum Trotz meist gut aufgeräumt war. Rechts stand der Schreibtisch, daneben seine alte Schlafcouch und links das Bücherregal, vor dem er die Lehrbücher und Manuskripte aufgestapelt hatte. Das Tageslicht, das an den Wintervormittagen durch sein winziges Fenster über dem Schreibtisch fiel, war nicht der Rede wert, deswegen brannte auch tagsüber die

Schreibtischlampe. Ja, und der Geruch? Es war ein kleines Zimmer in einem alten Mietshaus, schlecht beheizt und nur auf Kosten der spärlichen Wärme zu belüften. Entsprechend muffig war die Luft.

»Kannst du es dir schon vorstellen? Nicht sprechen, nur nicken oder den Kopf schütteln.«

Christoph nickte.

»Okay. Dies ist der Schauplatz deiner Kämpfe und deines Scheiterns. Den verwandeln wir jetzt in einen Ort des Triumphs. Nimm in Gedanken eines der Fachbücher, egal welches, und schlag es auf!«

Er griff mit einer imaginären Hand in den imaginären Bücherstapel. Es wurde das Anatomiebuch. Band eins. Auf dem Buchdeckel war der knöcherne Schädel eines Menschen abgebildet. Er schlug es auf und landete bei den zwölf Hirnnerven. In einer Tabelle waren Verlauf und Funktion, in einer Abbildung die Lokalisation der Nerven im Schädelinneren schematisch dargestellt.

»Und jetzt lerne«, sagte Fish. »Ohne ins Detail zu gehen. Stell dir einfach vor, wie leicht es geht. Wie deine wachen Augen über Texte und Diagramme fliegen. Wie dein klarer Verstand das Wissen in sich aufnimmt. Wie dein Gedächtnis es zuverlässig speichert und dein fester Wille alles jederzeit wieder abrufen kann.«

Am Anfang war es nicht leicht. Christoph erwischte sich dabei, wie er über den Austrittspunkt des Vagusnervs an der Schädelbasis nachgrübelte. Er kam nicht drauf, und augenblicklich meldete sich die Angst. Das kannte er gut. Wenn er etwas in den letzten Monaten gelernt hatte, dann, sich meisterlich in eine regelrechte Panik reinzusteigern.

»Lass es!«, sagte Fish, der Christophs aufkommende Anspannung offenbar bemerkte. »Lass es los! Du übst jetzt keinen Stoff. Du trainierst das Gefühl des Erfolgs. Atme ruhig ein und aus. Dann versuch es erneut! Du schaffst es!«

Die Unruhe wich, und die wohlige Entspannung kehrte zurück. Er griff noch einmal nach dem Buch, schlug dieselbe Seite wieder auf, und diesmal ging es federleicht. Statt lateinischer Bezeichnungen und realer anatomischer Strukturen stellte er sich irgendwelche Fantasiewörter und Strichzeichnungen vor.

Wache Augen. Klarer Verstand. Zuverlässiges Gedächtnis. Fester Wille. Aus dir kann echt was werden, Christoph Kerber. Du bist ein kluger Kopf.

Er wusste nicht mehr, ob es Fishs reale oder seine eigene innere Stimme war, die zu ihm sprach. Aber sie war ehrlich, überzeugend. Er glaubte ihr. Vielleicht konnte tatsächlich etwas aus ihm werden.

20

Christoph stand zeitig auf am nächsten Tag, aß eine Schüssel Müsli, trank einen Kaffee und rauchte eine Zigarette. Er setzte sich an den Schreibtisch, zog wahllos eines der fetten Lehrbücher heraus – *Physiologie für Mediziner* – , schlug es auf und begann zu lesen. Die pure Freude war es nicht, und sein Interesse am Nierenstoffwechsel hielt sich in Grenzen. Aber sein Widerwille eben auch. Fast war es, als hockte er nicht allein an seinem Schreibtisch. Sondern als säße Fish neben ihm, schaute ihm über die Schulter und nickte ihm zu: Aus dir kann echt was werden, Christoph Kerber. Du bist ein kluger Kopf.

Waren es die Suggestionen aus der Hypnosesitzung vom Vortag? Oder schlicht die Tatsache, dass es jemanden gab, der an ihn glaubte? Ihn ermunterte?

Christoph wusste es nicht, und es war ihm auch egal. Er las Seite um Seite, und nach zwei Stunden war er mit dem Kapitel durch. Er kramte eines der Bücher mit den Multiple-Choice-Fragen über Nierenphysiologie hervor, ging sie durch, notierte seine Antworten auf einem Zettel, und eine weitere Viertelstunde später hatte er das Ergebnis schwarz auf weiß.

Er stand vom Schreibtisch auf. Sein Blick streifte den Furcht einflößenden Turm von Büchern – Anatomie, Biochemie, medizinische Psychologie und einiges mehr, samt Prüfungsfragen und Kurzkompendien. In den letzten Wochen hatte er stundenlang darauf gestarrt und sich von Minute zu Minute elender gefühlt. Ein hoffnungsloser Fall.

Und jetzt hatte er nach zwei Stunden Lernen über fünfund-
sechzig Prozent der Fragen richtig beantwortet. Mehr als genug zum Bestehen.

Es ging! Er konnte es! Er war kein hoffnungsloser Fall!
Hieß es nicht, jeder noch so steile Aufstieg beginne mit dem
ersten Schritt? Der Spruch war an Banalität nicht zu überbie-
ten, wenn man ihn auf einem Kalenderblatt oder in einer
Spruchsammlung las. Aber gerade gab es nichts, was es besser getroffen hätte. Er konnte gehen, das wusste er jetzt. Weil
er den ersten Schritt hinbekommen hatte, schaffte er auch
den Berg.

Fish, dieser verrückte Kerl mit seinen abgefahrenen Ideen
und hochtrabenden Zielen, hatte recht behalten. Es funktionierte.

Ein großartiges Gefühl breitete sich in ihm aus. Er setzte
sich zurück an den Schreibtisch und begann den Abschnitt
über Muskelphysiologie.

Später am Tag besuchte er Fish in dessen Wohnung. Er hatte
vier Kapitel geschafft und es zuletzt auf achtzig Prozent richtige Antworten gebracht. Ein Hammer.

Fish schien nicht sonderlich überrascht. »Klar hat es ge-
wirkt. Habe ich doch gesagt.«

Sie machten weiter. Mit jeder nachmittäglichen Hypnosesitzung konnte Christoph sich besser einlassen, steigerte am
folgenden Vormittag seinen Lernerfolg. Nach einer Woche
hatte er mehr Stoff gelernt als in den anderthalb Monaten davor. Fish beließ es nicht bei den Sitzungen. Er besprach Au-
diokassetten mit halbstündigen Hypnoseübungen und legte
Christoph nahe, sie sich abends vor dem Schlafengehen und
morgens nach dem Aufwachen anzuhören. »Um die Wirkung
zu vertiefen«, sagte er.

Der Erfolg hielt an. Nach vier Wochen war er sowohl mit Physiologie als auch Anatomie durch, weitere vierzehn Tage später überragte der Stapel durchgearbeiteter Bücher den mit den offenen. Der Gipfel war überschritten, er hatte noch zwei Monate Zeit bis zur Prüfung, und Christoph zweifelte nicht mehr daran, dass er sie bestehen würde.

21

»Professor Kerber?«

Christoph drehte sich herum. Frau Stahmer stand vor ihm. Unter ihm traf es besser. Die kleinwüchsige Frau aus dem Nachbarhaus reichte ihm gerade mal bis zum Bauchnabel. Sie hielt den Griff ihres Trolleys in der rechten Hand. Der Anzahl leerer Taschen und Stoffbeutel nach zu urteilen, die aus der Öffnung des Handkarrens herausquollen, hatte sie Großes vor heute Vormittag. In der Linken trug sie, dem sich anbahnenden schönen Frühlingswetter zum Trotz, einen Regenschirm. Einen langen schwarzen mit gebogenem Holzgriff.

»Frau Stahmer. Was kann ich für Sie tun?« Er verkniff sich einen Blick auf die Uhr. Er wusste auch so, dass er nicht viel Zeit hatte für einen Plausch mit der resoluten Rentnerin, wenn er pünktlich zum Haftprüfungstermin erscheinen wollte. Er winkte dem Taxifahrer zu, der in einigen Metern Entfernung in seinem Wagen saß und auf ihn wartete.

»Da ist gestern Nachmittag so ein Mann vor Ihrem Haus herumgeschlichen«, sagte sie. »Ich habe ihn vom Küchenfenster aus beobachtet.«

Es geht nichts über aufmerksame Nachbarn, dachte Christoph und nickte. »So ein dünner Typ mit wilden Haaren, mittelgroß, mit einem Parka bekleidet, nicht wahr? Das war ein alter Studienfreund von mir. Der ist später am Abend noch einmal wiedergekommen.«

Frau Stahmer verkniff das Gesicht und schüttelte den Kopf. »So hat er aber nicht ausgesehen«, sagte sie.

»Ach nein?« Jetzt wurde er doch hellhörig. Trotz knapper Zeit. »Wie sah er denn aus?«

»Groß und kräftig. Ganz finster hat er dreingeschaut.«

Eine Beschreibung, die auf ungefähr jeden vierten Menschen zutraf, dem er in Hamburg auf der Straße begegnete.

»Er hat Eva aus seinem Wagen heraus beobachtet.«

Christoph schmunzelte. Die alte Dame kannte Eva, seit die mit ihren Eltern vor über dreißig Jahren in das Haus gezogen war. Während die Nachbarin Christoph beharrlich mit Nachnamen und Titel ansprach, würde Eva für sie immer das kleine süße Nachbarsmädchen bleiben.

»Es war eines dieser großen Autos, die alle jetzt fahren, obwohl sie so viele Schadstoffe ausstoßen. Die Farbe war schwarz oder dunkelgrau.«

»Sie meinen einen SUV.«

Auf dem Gesicht der alten Dame bildeten sich grimmige Falten, und sie hob die Hand mit dem großen Regenschirm in die Höhe. Eine Erika Stahmer würde die beschauliche Wohnstraße notfalls allein gegen eine ganze Bande von Schlägertypen verteidigen.

»Toll, dass Sie so gut aufpassen«, sagte Christoph. »Aber ich denke, Sie müssen sich keine Sorgen machen.«

»Nachdem Eva das Haus verlassen hat, ist er ausgestiegen und hat herumgelungert.«

Christoph nickte. Er schob das mulmige Gefühl beiseite, bevor es sich bei ihm einnisten konnte. »Ich spreche mit Eva, okay? Aber jetzt muss ich zu einem dringenden Termin. Einen schönen Tag, Frau Stahmer.«

22

Wenn man darauf achtete, entdeckte man eine Menge dunkler SUVs auf den Hamburger Straßen. Was für eine Überraschung! Ein Typ im schwarzen Auto, der Eva und das Haus beobachtet hatte. Wahrscheinlich reiner Zufall, dachte Christoph. Überinterpretiert von einer misstrauischen alten Dame, die den halben Tag lang aus dem Küchenfenster starrte und sah, was sie sehen wollte. Nichts weiter.

Und trotzdem konnte er nicht anders, als immer wieder aus dem Seitenfenster des Taxis nach verdächtigen Fahrzeugen Ausschau zu halten.

Je länger die Fahrt dauerte, umso mehr wurde ihm eine zusätzliche Herausforderung bewusst. Vor gerade zwei Tagen war er blutend aus eben dem Gebäude herausgetragen worden, in dem in wenigen Minuten die Haftprüfung stattfinden würde. Christoph kannte die Symptome einer akuten Belastungsreaktion nach einem erlittenen Trauma. Sein Körper demonstrierte sie ihm eindrucksvoll. Seine linke Hand zitterte während der gesamten Taxifahrt. Die Haut unter dem Hemd fühlte sich überhitzt und schwitzig an, gleichzeitig war ihm kalt.

Er zwang sich zur Konzentration. Stieg aus dem Taxi. Zahlte. Atmete tief durch und betrat das Strafjustizgebäude. Er nahm seine Arbeitstasche in die linke Hand und unterdrückte so das Zittern. Alles halb so schlimm.

Die Haftprüfung fand in einem kleinen, fensterlosen Raum im zweiten Stock statt. Neben der Richterin Frau Dr. Mansfeld, einer robusten Mittfünfzigerin mit straff nach hinten gebürsteten grauen Haaren, saßen dort ein junger Staatsanwalt und Karina Burkhart samt Rechtsanwältin an schlichten, U-förmig angeordneten Tischen. An der Tür hatten sich zwei uniformierte Strafvollzugsbeamte postiert.

Die Richterin begrüßte die Anwesenden, ließ sich Namen und Alter der Beschuldigten bestätigen. Karina Burkhart, die Frau, die ihrem Freund einen rotierenden Knethaken durchs Auge ins Gehirn gejagt hatte, saß wie entseelt auf ihrem Platz. Mehr als ein Kopfnicken brachte sie nicht zustande, als die Richterin ihre Personalien vorlas. Die Frau war achtunddreißig, aber ihr verquollenes Gesicht, trübe, blassblaue Augen und stumpfe, struppige Haare ließen sie locker zwanzig Jahre älter aussehen.

»Ihre Verteidigerin hat Ihre Unterbringung in einer psychiatrischen Einrichtung beantragt«, sprach die Richterin weiter. »Wenn dieses Gericht der Einschätzung folgt, würden Sie, Frau Burkhart, von der Untersuchungshaft in ein Krankenhaus verlegt. Dort würden Sie voraussichtlich bis zur Gerichtsverhandlung bleiben.«

Erneut ein verhaltenes Nicken. Karina Burkhart hob fast unmerklich den Kopf. Die Frau war hochgradig verängstigt, das war offensichtlich. Sie schien kaum zu realisieren, was geschah. Christoph fühlte sich in seiner Einschätzung einer psychotischen Erkrankung bestätigt.

»Dankenswerterweise ist ein erfahrener Psychiater bei uns. Herr Professor Kerber.« Sie nickte Christoph zu. Die Beschuldigte schien die Ohren zu spitzen und machte Andeutung, zu Christoph aufzublicken, entschied sich aber doch für die Tischplatte. »Hatten Sie die Möglichkeit, die Akte zu lesen, und sind Sie zu einer Einschätzung gekommen?«

»Ja. Aber ich würde gern einige Minuten allein mit Frau Burkhart sprechen, um mir einen persönlichen Eindruck zu verschaffen«, sagte er.

Die Richterin blickte in die Runde, erntete zustimmendes Nicken.

Alle bis auf die beiden Wachleute verließen den Raum.

Christoph setzte sich neben die Frau, stellte sich noch einmal vor. Karina Burkhart schwieg.

»Haben Sie mich verstanden?«, fragte er so freundlich wie möglich. Die Frau hob den Kopf, erwiderte zögerlich den Blickkontakt. »Ich bin ja nicht taub«, sagte sie.

»Wissen Sie, wo Sie hier sind und warum?«

»Weiß nicht. Im Gericht? Oder gehört das hier noch zum Gefängnis?« Sie verknotete ihre Finger, senkte wieder den Kopf. »Ich habe Gunni umgebracht. Gunnar, Entschuldigung. Er heißt Gunnar Hinrichs. Er war mein Freund.«

Ihre Fingerknöchel färbten sich weiß.

»Sie erinnern sich daran?«

»Man hat mir Beruhigungstabletten gegeben«, sagte sie. »Ich kann keinen klaren Gedanken fassen.«

»Können Sie sich denn an irgendwas erinnern?«

Die Lippen der Frau zuckten, als suchten einzelne Worte den Weg aus ihrem Mund. »Es ist alles so verschwommen«, sagte sie. »Ich saß in der Küche, habe mit meiner Freundin Anni telefoniert, danach war ich auf Facebook und hab mir irgendwelche Sachen angeschaut. Und dann ...« Sie kniff die Augen zusammen, schien angestrengt nachzudenken. Der Rest ihres Satzes blieb irgendwo stecken.

»Vielleicht erzählen Sie mir etwas von Gunni«, sagte Christoph.

Erneutes Schweigen.

»Wie lange waren Sie schon ...«

»Er war ein Arschloch.« Sie spuckte die Worte aus, und auf einmal wirkte sie überhaupt nicht mehr sediert. Ihre Finger knackten.

»Was meinen Sie? Wie war er denn?«

»Er war faul, hat sich den ganzen Tag diese Zombiefilme reingezogen.« Der aufkommende Zorn vertrieb die Blässe aus ihrem Gesicht. »Er hat gefressen wie ein Schwein und gesoffen wie ein Ochse.« Sie ruckte auf ihrem Stuhl herum, schob beiläufig die Ärmel ihres grauen Pullovers hoch und entblößte Unterarme mit unzähligen, nebeneinander angeordneten Narben, die von lange verheilten Schnittverletzungen herrühren mussten. »Meine Freundin Anni hat oft gesagt, dass ich ihn mir vom Hals schaffen soll.«

Sie sah ihn an. »Vermutlich hat sie damit nicht gemeint, dass ich ihn …« Der kurze Anflug von Wut verebbte innerhalb einer Sekunde, stattdessen kamen Tränen. »O mein Gott.« Sie hob ihre Hände vors Gesicht und starrte sie an, als wären es die einer Fremden. »Ich bin doch keine Mörderin.«

23

Die Sache war schnell beschlossen: Karina Burkhart sollte
noch heute aus der Untersuchungshaft auf eine geschlossene
Station der forensischen Psychiatrie verlegt werden. Christoph würde die weitere Begutachtung übernehmen. Die Haftrichterin dankte ihm, und wenig später schlenderte er die
breite Treppe hinab Richtung Ausgang des Strafjustizgebäudes.

Ich bin doch keine Mörderin.

Christoph hatte ihr den Unglauben und das Entsetzen angesichts der eigenen Tat abgenommen. Sie hatte recht, sie war
keine Mörderin. Trotzdem hatte sie ihren Freund umgebracht. Sie war offenbar emotional labil und wies Symptome
einer Borderline-Persönlichkeitsstörung auf. Allein deswegen
war sie in der Psychiatrie hundertmal besser aufgehoben als
in der Untersuchungshaft. Wenn sie sich ihrer Tat bewusst
wurde, war sie sicher suizidgefährdet.

Wirklich schlau wurde er dennoch nicht aus der Frau. Ihr
Verhältnis zu ihrem Freund erschien ihm, gelinde gesagt,
zwiegespalten, schwankte vermutlich zwischen stumpfem
Gehorsam und Wut, die in seltenen Momenten an die Oberfläche schoss. Doch reichte das als Erklärung für diese abscheuliche Tat? Christoph wusste bisher nichts von ihrer Biografie, aber er ahnte eine Herkunft aus sozial randständigen
Bedingungen, geprägt von emotionaler Verwahrlosung und
psychischer, vielleicht auch physischer oder sexueller Gewalt.

Gab es einen Auslöser für diesen Affektdurchbruch? Vielleicht hatte ihr Freund sie unlängst geschlagen oder sexuell
bedrängt. Irgendetwas musste den Druckkessel an aufgestau-

ter Aggression zum Explodieren gebracht haben. Er würde es in den weiteren Gesprächen schon herausfinden und letztlich beurteilen müssen, ob sie aufgrund ihrer psychischen Labilität zum Tatzeitpunkt nur eingeschränkt schuldfähig gewesen war.

Seine linke Hand fing wieder an zu zittern, reflexhaft verstärkte er den Griff am Treppenlauf. Dann erst verstand er den Grund der erneuten Unruhe. Sein jetziger Weg aus dem Gebäude führte ihn am Großen Verhandlungssaal vorbei. Er könnte umdrehen, dachte er. Einen der unzähligen anderen Treppenaufgänge nehmen und über einen Umweg zum Ausgang gelangen.

Nein! Er wollte sich nicht von seiner Angst bezwingen lassen. Außerdem war es eine verhaltenstherapeutische Binsenweisheit, dass Vermeidungsverhalten bestehende Angstsymptome nur verstärkte.

Also tapfer sein und weiter. Dummerweise blieb es nicht beim Zittern. Seine Beine fühlten sich merkwürdig weich an, je näher er dem Saal kam. Dessen Tür war verschlossen, vermutlich wurde drinnen verhandelt.

Natürlich ließ auch Bogdans Stimme nicht lange auf sich warten. Wir machen dich fertig, hörst du?, echote es durch Christophs Kopf. Er versuchte es mit demonstrativer Gelassenheit: Nicht dagegen ankämpfen, es nicht krampfhaft unterdrücken, das verstärkte es nur. Sondern es hinnehmen oder sogar annehmen: Hi, Bogdan, alter Kumpel, auch wieder da. Warum begleitest du mich nicht ein Stück? Vorbei an der Tür, die nächste Treppe runter. Aber spätestens am Ausgang kannst du dich gern verpissen.

Tatsächlich trugen ihn seine Beine hinab bis ins Erdgeschoss und durch die Tür. Christoph trat aus dem Gerichtsgebäude, blinzelte in die Mittagssonne, registrierte erfreut, dass sowohl das Zittern als auch die Stimme verschwanden. Dafür entdeckte er einen dunklen SUV der Marke Mercedes mit Hamburger Kennzeichen, der abseits des Eingangsportals auf einem der offiziellen Parkplätze stand. Es saß niemand drin. Und er sah Selina Yilmaz, die unten an der Treppe wartete.

»Hallo, Professor Kerber.« Die Reporterin hatte sich diesmal weniger Mühe gegeben, ihre Attraktivität zu verbergen. Sie trug die langen Haare offen, hatte sich geschminkt, und Bluse, Sakko und Jeans waren deutlich figurbetonter als der Pulli und die Tuchhose vom Vortag. Sie hatte ein Parfüm aufgetragen, das schon beim Näherkommen eine verführerische Intensität entfaltete. Und sie lächelte ihn an. Auf eine Weise, die gerade noch als förmlich durchging.

»Hallo, Frau Yilmaz.« Sie reichten sich die Hand. Christoph traute dieser Reporterin nicht über den Weg. Und trotzdem geriet sein Lächeln herzlicher, als er wollte, bekam seine Stimme einen flirtenden Unterton. »Sie stellen mir doch wohl nicht nach?«

Vielleicht steht sie auf dich. Du siehst gut aus, hast Bücher geschrieben und mehr akademische Titel als ich Hemden zum Wechseln. Ich wette, da geht was.

Das hatte Fish zu diesem Thema beizutragen gehabt.

»Ihr Mitarbeiter hat mir gesagt, dass ich Sie hier abfangen kann. Haben Sie eine Minute? Ich wollte Sie etwas fragen.«

»Klar«, sagte er. »Gehen wir ein Stück zusammen?«

Sie traten vom Eingang des Gebäudes weg und fanden ein sonniges Plätzchen am Rande des Vorplatzes. Christoph behielt den SUV im Auge. Vom Fahrer war weiterhin nichts zu sehen. »Wie kommen Sie mit Ihrem Artikel voran?«, fragte er.

»Oh, sehr gut. Danke der Nachfrage. Ich kann Ihnen bald eine Rohfassung schicken. Dann können Sie Ergänzungen vornehmen, wenn Sie wollen.«

»Gern.«

»Aber der Grund, warum ich Sie sprechen will, ist ein anderer.«

»Ich bin ganz Ohr.«

»Es gibt Gerüchte von einem Video, das über die sozialen Medien verbreitet wird«, sagte sie. Absicht oder nicht: Sie sprach auf einmal deutlich leiser, hob bedeutungsvoll die Augenbrauen. »Es soll sich um eine Art Hypnoseanleitung handeln. Angeblich zur Stärkung des Selbstvertrauens. Tatsächlich scheint es eine perfide Suggestion zu sein, die Menschen zu gewalttätigem Verhalten ermuntert. Haben Sie darüber was gehört?«

»Nein«, sagte er. »Woher wissen Sie davon? Wieder ein geheimer Informant?«

Selina Yilmaz schüttelte den Kopf. »Ich komme gerade von einem Pressemeeting bei der Hamburger Polizei. Es gibt Berichte von Menschen, die das Video gesehen und verstört darauf reagiert haben. Ein Siebzehnjähriger hat es gemeinsam mit einigen Freunden angeschaut. Danach ist er ausgerastet, hat einen seiner Kumpel angegriffen und ihn gewürgt. Zum Glück ist einer der anderen dazwischengegangen. Eine junge Mutter ist von der S-Bahn-Wache angesprochen worden, weil sie ihren Kinderwagen extrem nah an die Bahnsteigkante geschoben hatte. Sie war offenbar verwirrt, hat aber später ebenfalls von diesem Video berichtet. Ein Mann Mitte zwanzig, der den Hypnosefilm gesehen hat, hat sich unmittelbar danach heftig betrunken und versucht, sich ein Messer ins Herz zu rammen. Es gibt eine ganze Reihe ähnlicher Zwischenfälle. Zum Glück ist bisher niemand ernsthaft zu Schaden gekommen.«

»Und dieses Video ist öffentlich zugänglich?«

Selina schüttelte den Kopf. »So einfach ist es nicht. Offenbar erhält man per Facebook, WhatsApp oder einer anderen Plattform eine Nachricht mit einem Link, über den man den Film für eine begrenzte Zeit streamen kann. Er lässt sich nicht herunterladen, nur online ansehen. Kurz darauf wird der Link wieder gelöscht. Deswegen gibt es bisher keine Kopie.«

»Hm. Klingt für mich wie der Plot eines Gruselfilms. Nicht nach einer reellen Gefahr.«

»Die Pressestelle der Hamburger Polizei hat die großen Tageszeitungen informiert und darum gebeten, vorerst nicht über das Video und die Zwischenfälle zu berichten. Sie sammeln Informationen, erstellen eine Risikoeinschätzung und wollen dann eine Presseerklärung herausgeben. Bis dahin halten wir still.«

»Warum diese Zurückhaltung? Befürchten die so etwas wie eine Massenhysterie?«

Die Reporterin neigte den Kopf zur Seite. »Panik, ja. Oder ein morbides Interesse. Es gibt sicher genügend Spinner, die neugierig sind auf einen solchen Trip.«

Christoph nickte.

Selina Yilmaz sah ihm nachdenklich in die Augen. »Was halten Sie von der Sache? Ist so etwas möglich?«

Christoph bemühte sich um ein ungezwungenes Lächeln. »Wie stellen Sie sich das vor? Sie klicken auf einen Link. Auf Ihrem Smartphone startet ein Video, und ehe Sie sichs versehen, zieht es Sie in seinen Bann. Sie können sich nicht mehr davon lösen, ob Sie wollen oder nicht. Eine geheimnisvolle Stimme pflanzt düstere Botschaften in Ihr Unbewusstes, und Sie werden zur willenlosen Gewalttäterin? Greifen jemanden an, verletzen sich selbst, rasten aus?«

Das Gesicht der Reporterin blieb todernst. »Ja, so ungefähr.«

»Vielleicht geht von der angeblichen Macht der Hypnose

einfach eine besondere Faszination aus. Wir gruseln uns vor der Möglichkeit, ein Hypnotiseur könnte uns zum willenlosen Befehlsempfänger machen. Dabei ist es wie bei vielen Dingen. Wir haben Angst vor dem Fremden, Namenlosen. Und verschließen die Augen davor, dass die eigentlichen Gefahren Teile unseres Alltags sind.«

»Welche Gefahren sollten das bitte schön sein?«

»Manipulierte oder zumindest unkritisch geteilte Informationen in den sozialen Medien. Propaganda und Meinungsmache. Die Demontage und Verunglimpfung der freien Presse. Und die schlichte Bequemlichkeit von Menschen, die lieb gewonnene Ansichten nicht infrage stellen wollen.

Unser freier Wille ist das Ergebnis einer fortwährenden bewussten Aufarbeitung der Informationen, die auf uns einprasseln. Wenn wir das schleifen lassen, sind wir gefährdet. Nicht von einem ominösen Hypnose-Video.«

»Da haben Sie wohl recht.« Selina nickte. »Aber nur teilweise.«

»Wieso?«

»Warum sollte es nicht beides geben? Unser freier Wille kann bedroht sein durch Unachtsamkeit und Bequemlichkeit. Und trotzdem könnte eine machtvolle und gefährliche Seite der Hypnose existieren. Das eine schließt das andere nicht aus.«

Christoph atmete schwer aus. »Ich habe meine Meinung zu diesem Thema seit unserem Gespräch gestern nicht geändert. Man kann Menschen zu vielem manipulieren oder drängen. Aber ich glaube nicht, dass ein Hypnose-Video, selbst wenn es gut gemacht ist, jemanden zu einem Mörder macht, der nicht vorher bereits ...«

Ein kalter Schauer fuhr ihm über den Rücken. Christoph sah Karina Burkhart vor sich, die mit ungläubigem Gesicht auf ihre Hände starrte. Hände, die ihrem Freund den rotierenden Knethaken eines Küchenmixers durchs Auge gerammt hatten. Ich bin doch keine Mörderin, hatte sie gesagt. Und erwähnt, dass sie unmittelbar vor der Tat mit ihrem Handy bei Facebook unterwegs gewesen war.

Christoph schluckte einen trockenen Kloß im Hals herunter. War es möglich, dass die Reporterin unrecht hatte, was die Folgen dieses Videos anging? Dass sehr wohl schon jemand ernsthaft zu Schaden gekommen war?

»Alles in Ordnung?« Selina Yilmaz hatte die Augenbrauen hochgezogen und schaute ihn an.

»Ja. Alles in Ordnung«, sagte er.

24

Fünf, vier, drei, zwei, eins …

Sitzt du noch immer bequem? Oder hast du dich hingelegt?

Du willst sie wirklich verlassen, die Verliererstraße, und stattdessen den Weg des Erfolgs, den Weg der Kraft beschreiten. Und du bist bereit, dafür das Notwendige zu tun.

Eine gute Entscheidung, die Anerkennung und Respekt verdient.

Folge meiner Stimme! Ich führe dich auf diesen Weg. Er bringt dich dorthin, wo du schon immer sein wolltest.

Nimm ein paar ruhige Atemzüge. Spüre, wie sich die Entspannung im Körper ausbreitet. In den Füßen, den Beinen. Im Becken, am Rücken, in Bauch und Brust. Weiter in den Fingern und Händen, den Armen und Schultern. Schließlich im Hals, am Nacken, hinten und oben am Kopf und im Gesicht. Spürst du es?

Gut.

Jetzt möchte ich, dass du ihn dir vorstellst, deinen Erfolg. So intensiv wie möglich.

Fantasiere eine konkrete Situation, oder erinnere dich an eine, die du erlebt hast. Du hast die freie Wahl, worum es dabei geht. Trittst du den neuen Job an, den du unbedingt haben willst? Begegnest du dem Menschen, für den du schon lange schwärmst oder in den du verliebt bist? Befindest du dich an deinem Traumort? Oder alles zusammen? Nur zu! In der Fantasie gibt es keine Grenzen.

Bist du so weit? Ja?

Falls sich Einwände und Zweifel melden, ist das okay. Wenn eine Stimme sagt, das wird doch sowieso nichts, das ist unrealistisch aus den und den Gründen, ist das in Ordnung. Beachte sie nicht weiter. Im Moment geht es nicht darum, wie realistisch deine Ziele sind. Es geht darum, wie sich der Erfolg anfühlt.

Jetzt intensiviere die Vorstellung. Male dir deine Erfolgsszene immer weiter aus, bediene dich nach Belieben aus dem Tuschkasten der Fantasie.

Wie fühlt er sich an, dein persönlicher Erfolg? Spürst du die unbändige Energie, die er in dir freisetzt?

Vielleicht ist es ganz ungewohnt für dich, weil die Stimme der Zweifel und Einwände bisher so übermächtig war.

Keine Sorge. Um die werden wir uns noch kümmern. Und sie endgültig zum Verstummen bringen, wenn nötig.

Aber fürs Erste möchte ich, dass du tief eintauchst in das Gefühl von Kraft und Erfolg. Bewahre es in dir, schließe es in dir ein. Es gehört dir, und niemand darf es dir je wieder wegnehmen.

25

Dort unten erblühte das Leben. Der weitläufige Rasen erstrahlte in sattem Grün. Die drei großen Birken an der Ostseite des Anwesens hatten bereits vor Tagen ihre Blätter entfaltet und streckten sie der Morgensonne entgegen. Die Eiche an der südlichen Grundstücksgrenze hielt sich diesbezüglich noch zurück, reckte einstweilen nur ihre kargen Stämme und Äste gen Himmel. So hatte Cornelius von seinem Balkon aus freie Sicht auf die mit Sträuchern und kleinen Bäumen dicht bewachsene Böschung, die jenseits des Grundstücks steil abfiel und unten nahtlos in den Sandstrand überging. Der Blick reichte weiter über die Elbe, die sich heute früh so lustlos Richtung Nordsee schob, als wäre sie ihres monotonen Daseins überdrüssig. Auf der anderen Flussseite lag das Airbusgelände mit seinen monströsen Montagehallen und der geländefressenden Hässlichkeit der bis zum Wasser reichenden Start- und Landebahn.

Die Eiche war riesig. Sie war es schon immer gewesen. Als kleines Kind hatte Cornelius unten am Stamm gestanden, nach oben in die Baumkrone geschaut und gedacht, dass er an dem Baum bis in die Wolken hinaufklettern könnte. Später war er tatsächlich bis in die höchsten Wipfel gekraxelt. Er hatte den Ausblick auf die vorbeifahrenden Frachter genossen, die damals noch wie echte Schiffe und nicht wie schwimmende Containerfestungen ausgesehen hatten, und mit seinem Luftgewehr auf Eichhörnchen und Tauben geschossen. So lange, bis sein Vater es ihm verboten hatte. Das Klettern, nicht das Schießen.

Inzwischen lieferte er sich mit der Eiche einen Wettstreit

darum, wer von ihnen länger durchhielt. Der letzte Herbst hatte ihm den Krebs gebracht, der sich seitdem durch seine Eingeweide und Knochen fraß, und das Einschlafen, Aufwachen, Gehen, Stehen und Sitzen, ja sogar das Essen und Kacken zu einer mühsamen und schmerzvollen Angelegenheit machte. Und der Herbst hatte mit seinen Stürmen zwei meterdicke Seitenarme der Eiche abknicken lassen. Der eine war komplett abgebrochen und hatte eine tiefe Kerbe in den Rasen geschlagen, der andere baumelte noch immer am Hauptstamm. Wenn eine kräftige Böe den Ast erfasste und hin und her schwenkte, sah es aus, als würde der Baum ihm zuwinken. Der stumme Gruß eines Gleichgesinnten. Die Eiche war von einem Pilz befallen, Stamm und Äste waren im Innern morsch wie die Knochen eines alten Mannes. Sie starb, war todgeweiht. Genau wie er. Der Unterschied: Dem Baum blieb noch etwas Zeit. Für Cornelius jedoch würde es heute enden. Das hatte er in der Nacht beschlossen, als er zum wiederholten Mal keinen Schlaf gefunden und vor Schmerzen stundenlang ins Kopfkissen gestöhnt hatte.

Er drehte sich herum, trat durch die offene Balkontür zurück ins Zimmer. Laurenz stand in der Mitte des Raums, neben dem riesigen Bett und der Armada an technischen Geräten, die das prächtige Esszimmer mit der wundervollen Aussicht in eine intensivmedizinische Krankenstation verwandelten. »Lass uns beginnen!«, sagte Cornelius. Das leise Schnaufen des Beatmungsgeräts schien seine Worte zu bekräftigen.

»Ich bin bereit, wenn Sie es sind.« Laurenz war mit Mitte dreißig weniger als halb so alt wie Cornelius und sah in seinem maßgeschneiderten Sportsakko, mit der gebräunten Haut und den ebenmäßigen schwarzen Haaren aus wie das pralle Leben. Er hielt einen kleinen blauen Plastikbecher in die Höhe. Fünfzehn Milligramm Natrium-Pentobarbital. Bereits fünf Milligramm waren tödlich für einen Mann von Cornelius' Größe. Aber in Fällen wie diesem ging man gern auf Nummer sicher.

»Gib schon her!« Cornelius trat einen Schritt vor und riss Laurenz den Becher aus der Hand, hob ihn in Höhe seiner Nase und roch an der klaren Flüssigkeit. Angeblich schmeckte das Zeug schlimmer als Katzenpisse. Deswegen das Metoclopramid, ein Medikament gegen Brechreiz, das er vor einer Viertelstunde aus einem ebensolchen Medikamentenbecher eingenommen hatte. Das fehlte gerade noch. Dass der eigene Magen seine letzte und ultimative Willensentscheidung zunichtemachte.

Wenn er das Zeug trank, war er in zehn Minuten tot. Und sein langjähriger Helfer und engster Vertrauter Laurenz hatte für den Rest seines Lebens finanziell ausgesorgt.

Cornelius würde nicht allein gehen. Er und der Baum waren nicht die einzigen Todgeweihten. Er sah hinunter auf das Krankenbett. Von dem Menschen, der dort unter einer dünnen Decke lag, war kaum mehr als eine leichenblasse, abgemagerte Hülle geblieben, künstlich am Leben erhalten von Maschinen und Infusionen. Ein Anblick, der ihm, trotz der vielen verstrichenen Jahre, immer aufs Neue ins Herz stach. Er beugte sich über die leblose Gestalt, streichelte ihr kurz geschorenes Haar, drückte ihr einen Kuss auf die trockene Stirn und schritt zurück zum Panoramafenster und der Balkontür.

»Sie beide werden für immer zusammen sein.« Laurenz trat neben ihn. »Gehen Sie in Frieden. Gemeinsam. Und in Gewissheit, dass ich Ihre Angelegenheiten in Ihrem Sinne zu Ende bringen werde.«

Cornelius nickte, lauschte dem Schnaufen des Beatmungsgeräts. Für ihn war dieses Geräusch inzwischen so vertraut wie das seines eigenen Atems. Beides würde gleich verstummen. Er hatte den Becher mit dem Natrium-Pentobarbital. Die Maschine einen Ausschaltknopf. Er würde Laurenz nach Hause schicken, die Videokamera einschalten, einen kurzen Text verlesen, dass es seine alleinige Entscheidung sei und so weiter, und dann hinein mit dem Zeug. Beatmungsmaschine ausschalten, sich neben die Menschenhülle unter die Decke legen und gemeinsam einschlafen. Und nie mehr erwachen. Das war der Plan.

Cornelius sah runter in den Garten auf den sterbenden Baum. Erst jetzt fiel ihm auf, dass die Eiche Tausende Blattknospen gebildet hatte. Sie würde, Pilzbefall und morschem Holz zum Trotz, in wenigen Tagen ein Meer aus Blättern entfalten, so als wäre es ein Frühling wie jeder andere. Die Singvögel schienen zu spüren, dass der Baum noch einmal zu neuem Leben erwachte. Sie schwirrten unermüdlich in den Zweigen umher, erfüllten die Luft mit ihrem Gezwitscher.

Bildete er es sich ein, oder winkte die Eiche ihm zum Abschied zu mit ihrem abgeknickten Ast? Ob auch sie so etwas wie Wehmut empfand? Angst hatte vor dem Tod? Oder das Ende allen Schmerzes und aller Quälerei herbeisehnte, so wie er?

Wohl kaum. Eher kam es ihm vor, als verhöhne ihn der Baum: Geh du nur, wenn du nicht mehr kannst, schien er ihm zuzuraunen. Aber ich bin hier noch nicht fertig.

Cornelius presste die Kiefer aufeinander. Sein alter Kumpel aus Kindertagen würde nicht verzagen und freiwillig das Feld räumen, solange nur ein Quäntchen Leben in ihm steckte. Und er einen letzten Rest beizutragen hatte zum ewigen Kreislauf von Leben und Sterben. Die Eiche würde es sich nicht nehmen lassen, ihre stillen Vorbereitungen der letzten Monate zur vollen Blüte zu treiben und die Welt ein letztes Mal daran teilhaben zu lassen.

Cornelius sah auf den Plastikbecher in seiner Hand. »Nein, nicht heute«, sagte er und drehte sich zu Laurenz herum. »Ich habe es mir anders überlegt.«

26

»Ich halte Sie auf dem Laufenden«, rief die Reporterin ihm beim Abschied hinterher. So schnell werden Sie mich nicht los. Mit Ihnen bin ich noch lange nicht fertig, meinte sie wohl eher.

In Christophs Kopf überschlugen sich die Gedanken. Gab es so ein Video wirklich? Er konnte es sich nicht vorstellen, besser: Er wollte es sich nicht vorstellen. Trotzdem würde er Karina Burkhart danach fragen. Es konnte das fehlende Puzzleteil sein, das eine psychisch labile Frau zu einer Mörderin hatte werden lassen.

Die dunkle Seite der Hypnose. So hatte Fish es damals genannt. Sein alter Studienfreund war fasziniert gewesen von den angeblich unbegrenzten Möglichkeiten der Hypnose. Konnte es ein Zufall sein, dass Fish nach über zwanzig Jahren aus dem Nichts erschien und geheimnisvolle Andeutungen von sich gab, gerade jetzt, wo dieses Video in den sozialen Medien auftauchte? Wohl kaum.

Christoph winkte ein Taxi heran, das ihn zu seiner Praxis fahren sollte. Er nannte die Adresse, machte es sich auf dem Rücksitz bequem und zog sein Mobiltelefon aus der Aktentasche. Eva hatte versucht, ihn anzurufen. Fünfmal. Zweimal hatte sie auf den Anrufbeantworter gesprochen. Christoph verschwendete keine Zeit mit dem Abhören der Nachrichten und rief zurück.

»Christoph! Endlich.«

»Ich war bis eben bei der Anhörung im Gericht und hatte mein Handy stumm geschaltet«, sagte er.

Eva schluchzte. Auf einen Schlag blinkten sämtliche Signallampen in Christophs Kopf. »Eva, was ist los? Ist etwas mit dem Baby?«

»Nein, nicht das Baby. Lucky ist tot.«

Der Hund. Christoph schluckte seine Erleichterung herunter.

»Ich habe ihn eben im Garten gefunden«, sagte Eva. »Er lag hinten am Zaun, neben dem Pflaumenbaum. Er hat noch gehechelt. Ich wollte ihn hochnehmen und zum Tierarzt bringen, aber er hat sich nur gekrümmt und gewunden. Er wollte nirgendwo mehr hin.«

»Der arme Lucky.« Er wusste, wie sehr Eva an ihrem alten Border Terrier hing, und auch er hatte den Hund im Laufe der Jahre ins Herz geschlossen. »Das tut mir so leid.«

»Ich bin einfach bei ihm geblieben«, sagte Eva. »Ich habe ihn gestreichelt, mit ihm gesprochen. Und nach ein paar Minuten hat er aufgehört zu …«

Atmen, hätte sie wohl sagen wollen. Aber erneutes Schluchzen erstickte ihre Stimme.

»Wo ist er jetzt?«, fragte er.

»Ich habe ihn mit reingenommen und auf seine Decke im Flur gelegt.« Eva schniefte. »Kannst du bitte nach Hause kommen?«

»Bin schon auf dem Weg«, sagte er. »Bis gleich.«

Christoph informierte den Taxifahrer über das geänderte Ziel.

Ausgerechnet jetzt, dachte er. Der Hund war alt gewesen, sehr alt. Und ihnen war klar gewesen, dass er früher oder später sterben würde. Lucky hatte einen schnellen, friedvollen Tod gehabt. An Altersschwäche. In Evas Händen.

Oder gab es eine andere Möglichkeit?

Da ist gestern Nachmittag ein Mann vor Ihrem Haus herumgeschlichen, hatte Frau Stahmer, die kleinwüchsige Nachbarin mit dem übergroßen Misstrauen, ihm gesagt. Sie hatte jemanden beobachtet. Was, dachte Christoph, wenn Evas Terrier nicht an Altersschwäche gestorben war. Was, wenn dieser Herumschleicher nachgeholfen hatte? Mit besten Grüßen von Bogdan Draganescu.

Der düstere Gedanke begleitete ihn auf dem Weg nach Hause. Eva empfing ihn an der Eingangstür, er schloss sie in die Arme. Lucky lag auf seiner Schmusedecke im Flur und sah aus, als würde er schlafen. Christoph hätte einiges dafür gegeben, dass es so wäre. Er kniete sich neben den toten Hund, streichelte ihm durchs Fell. Äußere Verletzungen konnte er nicht entdecken, aber das besagte natürlich nichts. Ein vergifteter Köder hinterließ keine sichtbaren Spuren. Um das nachzuweisen, müsste er den Hund zum Tierarzt schaffen und obduzieren lassen.

»Ich möchte, dass wir ihn im Garten begraben.« Eva hatte sich gefasst, sprach mit fester Stimme. »Gleich heute Abend, wenn ich vom Meeting nach Hause komme. Ich will das so schnell wie möglich hinter mich bringen. Hilfst du mir?«

Sie wäre nicht Eva, hätte sie sich nicht bereits darüber informiert, dass das Bestatten eines kleinen Hundes im eigenen Garten erlaubt war.

Christoph stand auf, nahm sie erneut in die Arme. Die Zeit reichte nicht, um Lucky heimlich untersuchen zu lassen, dachte er. Und Eva wollte er nicht unnötig beunruhigen. Auf einen bloßen Verdacht hin. »Klar helfe ich dir«, sagte er.

Keiner kann anders, als er ist. Der freie Wille ist eine Illusion. Die Annahme zum Beispiel, wir seien voll verantwortlich für das, was wir tun, weil wir es ja auch hätten anders machen können, ist aus neurobiologischer Perspektive nicht haltbar.

Professor Wolf Singer, Hirnforscher

27

Eva trug etwas Schminke auf, schmiss sich in Schale und fuhr am frühen Abend los. Das zweite Gespräch mit den Finanzleuten, die hoffentlich viel frisches Geld in ihre Modefirma investieren würden.

Christoph blieb der Job als Totengräber für Lucky. Er zog sich eine alte Jeans über, schlüpfte in ein paar ausrangierte Turnschuhe und bewaffnete sich mit einem Spaten und einem Zollstock. Sie hatten sich auf eine Stelle am hinteren Rand des kleinen Gartens als Luckys letzte Ruhestätte geeinigt. Christoph kam sich höchst merkwürdig dabei vor, im Schein der Gartenlampe ein etwa ein Quadratmeter großes Stück Rasen auszustechen und ein Loch zu buddeln. Aber klar war es seine Aufgabe, und er würde sie erledigen.

Die fünfzig Zentimeter, die das Tiergrab laut Bestimmung mindestens tief sein musste, brachten ihn ordentlich ins Schwitzen. Unter dem Gras wurde der Boden erst sandig, dann steinig, immer häufiger kratzte die Kante des Spatens über einen festen Brocken, den er mühselig herausstemmen musste.

Er unterbrach die Graberei, wischte sich eine Ladung Schweiß von der Stirn und stützte sich mit den Händen am Griff des Spatens ab. Halb besorgt, halb amüsiert stellte er sich vor, was ihre Nachbarin Frau Stahmer wohl denken würde, wenn sie ihn hier im Dunkeln graben sähe. Er musste einen schrägen Anblick bieten. Zum Glück versperrte eine mannshohe Hecke aus Kirschlorbeer die Sicht zum Nachbargrundstück, diesbezüglich brauchte er sich keine Sorgen zu machen.

Christoph sah Fledermäuse durchs dunkle Grau des Nachthimmels flitzen. Er hörte zwei Katzen sich gegenseitig das Revier streitig machen. Von der entfernt gelegenen Hauptstraße dröhnte das monotone Auf und Ab der Autos zu ihm herüber.

Immerhin half die nächtliche Schufterei an der frischen Luft, die Gedanken zu sortieren.

Etwas war im Gange, das spürte er allzu deutlich. Der Angriff im Gericht, die Andeutungen des Anwalts, das Erscheinen seines alten Studienfreundes. Die hartnäckigen Nachfragen dieser Reporterin, die Gerüchte vom Hypnose-Video – das waren die einzelnen Teile des Puzzles, mit dem er es zu tun hatte. Hinzu kam Luckys plötzliches Ableben. Die Symptome, die Eva ihm geschildert hatte, passten zu einer Vergiftung.

Christoph packte den Spaten mit beiden Händen und grub weiter. Und ebenso wie der Spaten stießen auch seine Gedanken immer wieder auf harten Widerstand.

Was konnte er tun? Ansgar van Golderbloom hatte seine Hilfe angeboten. Der Anwalt kannte den rumänischen Clan und könnte vielleicht noch mehr in Erfahrung bringen. Selina Yilmaz wusste mehr, als sie sagte. Und auch Fish schien zumindest etwas zu erahnen.

Das Problem: Wem konnte er trauen?

Der Zollstock zeigte dreiundfünfzig Zentimeter, somit war das Loch tief genug. Christoph hatte längst keine Lust mehr aufs Buddeln. Er steckte seinen Spaten in den Erdhaufen neben der Grube, schnaufte durch.

»Was wird denn das hier?«

Christoph zuckte zusammen und fuhr herum.

Fish stand hinter ihm. Im fahlen Licht der Halogenlampe sah er mit seinen lockigen Haaren und dem alten Parka aus wie ein Gespenst, das sich soeben aus der Zwischenwelt materialisiert hatte.

»Mann!« Christoph japste nach Luft. Aber er schluckte die weiteren Ermahnungen herunter. Insgeheim hatte er gehofft, dass Fish ihn erneut aufsuchen würde. Wenngleich sie sich auch gern auf Bier und Pizza beim Italiener die Straße runter hätten treffen können.

»Ich habe an der Tür geklingelt«, sagte Fish und lächelte. Die Unschuld in Person. »Hat keiner aufgemacht. Dann habe ich das Licht hier im Garten gesehen. Musst du heimlich eine Leiche verbuddeln oder was?«

»So in der Art. Es ist ein Grab für Evas Hund«, sagte er. »Lucky.«

Fish zog die Augenbrauen hoch. Als ahnte er, was Christoph bereits durch den Kopf spukte. »Der ist gestorben? Heute? War er denn krank?«

»Nur alt.«

»Hm«, machte Fish.

»Als du gestern hier warst, meintest du, ich würde gewaltig im Schlamassel stecken.«

Fish nickte. »Habe ich dich überzeugt?«

»Es gibt da ein ominöses Video«, sagte er. »Selina Yilmaz hat mir davon erzählt«.

»Diese Reporterin, mit der du unbedingt vögeln willst«, sagte Fish.

»Ich will nicht ...«

»Ruhig, Brauner!« Fish hob die Hände. »Ist doch egal. Also, noch ein Video. Und was ist damit?«

»Es enthält angeblich eine Art Hypnoseanleitung und wird über die sozialen Medien verbreitet. Ein paar Leute haben sich aggressiv verhalten, nachdem sie es angesehen haben.«

Eine Frau hat vielleicht ihren Freund umgebracht, dachte er. Aber das behielt er für sich.

»Überrascht mich nicht, dass so etwas existiert.« Fish senkte seine Stimme. »Wir haben es doch auch gemacht. Die dunkle Seite der Hypnose. Erinnerst du dich?«

»Nein. Bis gestern hatte ich sogar vergessen, dass es dich gibt.«

»Ich nehme das mal nicht persönlich«, sagte Fish.

»Seitdem kommen die Erinnerungen zurück, ja. An die Millenniumsparty. Und das Motivationstraining, mit dem du mir auf die Sprünge geholfen hast.«

Fish nickte. Er trat einen Schritt auf Christoph zu, machte ein ernstes Gesicht. Das kräftige Minzaroma seiner Pastillen stieg ihm in die Nase. »Aber wir haben weit mehr gemacht als Motivationstraining.« Fish starrte ihn an. »Auch daran erinnerst du dich wieder, habe ich recht? Wir haben sie zusammen ergründet, die dunkle Seite der Hypnose.«

28

»Wie weit würden Menschen gehen? Wo ist die Grenze?«

Sie saßen nebeneinander auf der Matratze in Fishs Zimmer, hörten The Doors, tranken Bier und rauchten Selbstgedrehte, die nur bei Christoph überwiegend aus Tabak bestanden. Fishs Augen funkelten.

»Hypnose hat eine dunkle Seite. Es ist möglich, Menschen so zu hypnotisieren, dass sie die irrsten Sachen machen.«

Christoph schüttelte den Kopf. Auch er hatte inzwischen einiges gelesen, überwiegend Bücher und Artikel, die Fish selbst ihm zur Verfügung gestellt hatte. Wann immer ihm die Prüfungsvorbereitung Zeit ließ und er nicht gerade bei Fish herumhing oder dessen Hypnosetapes hörte, verschlang er Fachlektüre. »Es gibt eine moralische Instanz«, sagte er, »die auch in Trance nicht außer Kraft gesetzt ist. Unter Hypnose macht niemand Dinge, die er nicht auch im Wachzustand täte. Da liegt die Grenze.«

»Das ist eine Einschränkung, die lediglich in den Köpfen vieler Menschen existiert, die Hypnose anwenden. Oder an sich anwenden lassen.« Fish schüttelte den Kopf, zog an seinem Joint und blies eine Rauchwolke Richtung Zimmerdecke. »Es gibt eine dunkle Seite. Eine machtvolle Seite. Aber die Leute können besser schlafen, wenn sie das ignorieren. Ich möchte sie studieren. Mit deiner Hilfe.«

Christoph zuckte mit den Schultern. »Selbst wenn es sie gäbe. Welchen Sinn macht es, die dunkle Seite zu erforschen? Wenn sie zu unmoralischen Handlungen anstiftet?«

»Wir sind Wissenschaftler. Wir untersuchen das Machbare und berichten darüber. Wir klären die Menschen über die Wahrheit auf. Was kann moralischer sein als die Wahrheit?«

»Und wie willst du das anstellen?«

»Wenn du magst, zeige ich es dir. Dazu muss ich dich nur hypnotisieren.«

Christoph zögerte. Die dunkle Seite der Hypnose. Menschen, die die irrsten Sachen machten. Das war nicht sein Ding. Aber natürlich war er neugierig. Und Fish einen Wunsch abschlagen mochte er auch nicht. »Also gut«, sagte er.

Sie versenkten ihre Kippen in einer alten Teedose, die Fish als Aschenbecher zweckentfremdet hatte. Fish zog die Matratze in die Zimmermitte, Christoph legte sich drauf, und Fish begann mit der Induktion. Ein inzwischen vertrautes Ritual.

Es ging schnell. Christoph glitt in die Trance wie in einen wohligen Schlaf. Aber er schlief nicht. Sein Geist war hellwach, fokussiert und konzentriert. Fishs vertraute Stimme begleitete ihn, führte ihn. »Du darfst dich einen Moment ausruhen«, sagte sie. »Ich bereite rasch etwas vor.«

Christoph schwebte in wohliger Entspannung wie in einer warmen Badewanne. Am Rande seiner Wahrnehmung bekam er mit, wie Fish das Zimmer verließ, zurückkam und irgendwelche Gegenstände verstellte. Es vergingen Sekunden, vielleicht auch Minuten, Christoph hatte kein Zeitgefühl, bis Fishs Stimme ihn wieder auflas. »Es ist so weit. Steh auf! Aber lass die Augen zu!«

Er fasste Christoph am Arm, half ihm hoch. »Ich habe den Küchentisch hergebracht«, sagte er. »Ich führe deine Hand. Spürst du den Tisch? Nur nicken, nicht sprechen!«

Christophs Finger berührten die Kante der Tischplatte. Er nickte.

»Auf dem Tisch liegt eine blaue Plastikwanne.«

Christoph ertastete den abgerundeten Rand der Waschschüssel. Er nickte erneut.

»Gut. In der Wanne liegt ein Stoffkaninchen. Ein Plüschtier.« Fish führte Christophs Hand. Seine Finger spürten weiches Fell, die Konturen eines kleinen Tierleibs, den Hals, einen zierlichen Kopf mit langen Ohren.

»Ein Stofftier, richtig?«

Christoph nickte.

»Es ist mit Schaumstoff gefüllt, in den Ohren steckt Pappe, damit sie ihre Form behalten. Hast du verstanden? Es ist alt und schmutzig, einige Nähte am Bauch haben sich gelöst. Ein hässliches Ding.«

Ein altes Stofftier, klar. Hässlich. Kaputt. Ohne Wert. Christoph nickte ein weiteres Mal.

»Gut. Ich lege dir ein Messer in die linke Hand. Ein kleines Küchenmesser, zum Schneiden von Gemüse. Nimm es! Und öffne dann die Augen!«

Christoph blinzelte. Er sah, was er sich vorgestellt hatte. Der runde Holztisch aus der Küche. Die blaue Plastikwanne. Darin lag ein plüschiges Ding. Das Stoffkaninchen. Das Fell war schmutzig grau und stumpf, eines der Ohren abgeknickt.

Fish stand direkt neben ihm. »Jetzt nimm das Messer! Und stich es hinein!«

Christoph packte den Griff, setzte die Messerspitze an das Fell.

Das Stoffkaninchen zuckte.

Christoph erschrak. Seine Hand fuhr zurück. Das ist kein Plüschhase. Das ist Bunny. Fishs Kaninchen, schoss ihm durch den Kopf.

»Es ist nur ein altes Stofftier, nichts weiter«, sagte die Stimme. »Du siehst es doch mit eigenen Augen.«

Christoph wurde schwindelig. Das Bild des Kaninchens vor seinen Augen verschwamm. Er sah ein Plüschtier mit ungepflegtem Fell, im nächsten Augenblick ein echtes Kaninchen, das reglos in der Plastikwanne kauerte. Betäubt vielleicht, aber lebendig. Aus Fleisch und Blut.

»Stich zu! Es ist in Ordnung.« Fishs Stimme zerrte an seinem Willen, schien seine linke Hand zu packen. Die schlanke Messerklinge senkte sich wie ferngesteuert hinab, berührte das Fell.

»Tu es!«

Die Worte hallten wie ein Echo durch Christophs Kopf. Er erstarrte. Sein Herzschlag pulsierte wild durch den Körper. Tränen füllten ihm die Augen und trübten die Sicht.

»Du sollst zustechen!« Fishs Stimme vibrierte, klang ungeduldig. Streng. Er musste ihr gehorchen. Oder nicht?

»Na los!«

Nein. Er konnte nicht. Er wollte nicht.

Die Hand mit dem Messer zitterte. Christoph schwankte, taumelte rückwärts, weg von dem Tisch, weg der Plastikwanne, weg von diesem Ding, das ebenso ein Stofftier wie ein lebendes Kaninchen sein konnte. Er wusste es nicht. Das Küchenmesser glitt ihm aus den Fingern. Seine Beine versagten den Dienst. Er spürte Fishs festen Griff, der ihn an den Schultern packte, den drohenden Sturz abfing und ihn zurück auf die Matratze sinken ließ. »Es ist gut«, sagte der. »Schließ die Augen! Atme! Entspann dich wieder. Schlaf ein paar Minuten.«

Schlafen, ja, das klang gut. Nur schnell weg aus diesem Albtraum. Es dauerte keine Sekunde, und er war weg.

Als er erwachte, saß Fish neben ihm, zog an einem Joint und nickte ihm zu.

»Willkommen!«, sagte er.

Sofort war die Erinnerung da. Christoph fuhr hoch. Sein Kreislauf protestierte, der Schwindel drängte ihn zurück in die Waagerechte, aber er stemmte sich auf die Füße, torkelte zum Küchentisch, stützte sich auf der Tischplatte ab. Die blaue Plastikwanne stand noch immer dort, daneben lag das Messer. Die Wanne war leer.

»Was war das für eine Scheiße?!«

Fish inhalierte genüsslich eine Ladung Rauch. »Ein Experiment, nichts weiter.«

»Ich sollte dein Kaninchen erstechen, verdammt noch mal!«

»Bunny?« Fish zog die Augenbrauen hoch.

»Da lag kein Stofftier drin.« Christoph hob die Wanne in die Höhe. Am liebsten hätte er sie quer durchs Zimmer geschleudert. »Es war echt. Es hat sich bewegt.« Er knallte die Plastikschüssel auf die Tischplatte.

»Das hast du gesehen? Bist du sicher?«

Der Schwindel, der beinahe abgeklungen war, meldete sich zurück. Christoph suchte erneut Halt an der Tischkante. »Ich ... ich weiß es nicht. In einem Augenblick war das Kaninchen aus Stoff. Im nächsten Augenblick war es lebendig.«

»Was du erlebt hast, war eine Unschärfe in der Realitätswahrnehmung. Einen, wie sollen wir es nennen ...« Fish schnippte mit dem Finger. »Den Bunny-Effekt. Genau! Eine super Bezeichnung.« Er nickte zufrieden.

»Und was soll das bitte sein?«

»Ganz einfach. Beim Bunny-Effekt kannst du nicht mehr unterscheiden, ob das, was du erlebst, Wirklichkeit ist oder Fantasie. Wie in einem Traum. Nur dass es kein Erwachen gibt. Das ist faszinierend.«

»Scheiße ist das.« Christoph atmete tief durch. »Nichts weiter.«

»Gehen wir mal davon aus, dass die echte Bunny in der Wanne gesessen hätte. Was würde das bedeuten?«

Christoph zuckte mit den Schultern. »Dass ich stärker war als dieser Suggestionsmist«, sagte er. »Ich habe nicht zugestochen. Stattdessen bin ich in eine Scheißohnmacht gefallen.«

Fish starrte Christoph an. »Das ist es, woran du dich erinnerst? Wirklich?«

»Was denn sonst?«

»Ich fürchte, du irrst dich.« Fishs Blick und seine Worte bohrten sich geradewegs in Christophs Verstand. »Du hast zugestochen, mein Freund. Erst hast du dich gesträubt, richtig. Warst nicht hundertprozentig überzeugt. Aber dann hast du es getan. Und anschließend das Messer fallen gelassen.«

»Nein, das … das kann nicht sein.« Christophs Gedanken fuhren Achterbahn, und er spürte, dass die Bewusstlosigkeit erneut nach ihm griff. Als würde sein Gehirn irgendeinen Notschalter aktivieren. Um ihn davor zu bewahren, komplett den Verstand zu verlieren. Hatte er Fishs Haustier abgeschlachtet? Ein niedliches kleines Kaninchen erstochen? Gott, der reine Wahnsinn. Er starrte auf seine Hände, suchte nach Blutspuren an den Fingern, wollte einfach nicht glauben, was Fish behauptete.

»Das ist die wahre Macht der Hypnose!« Fishs Gesicht glühte vor Begeisterung. »Wenn du sie erst mal so weit hast, kannst du ihnen eine falsche Wirklichkeit vorspielen. Oder eine falsche Erinnerung. Was immer du willst. Sie werden glauben, dass sie das Messer in ein Stofftier gebohrt haben, obwohl das Kaninchen echt war. Oder umgekehrt. Ganz egal.« Er ballte die Hände zu Fäusten. »Du kannst die Erinnerung sogar komplett löschen. Dann wissen sie nicht einmal mehr, dass sie ein Lebewesen abgestochen haben. Du zauberst die Wahrheit einfach aus deinem Hut. Wie ein weißes

Kaninchen.« Fish hob die Hände seitlich an den Kopf und wackelte mit den Fingern, als wären es die Löffel eines Hasen. »Der Bunny-Effekt, verstehst du?«

»Das darf nicht sein.« Christoph stammelte mehr, als dass er sprach. »Sag mir die verdammte Wahrheit. Habe ich Bunny nun erstochen oder nicht?«

Fish versenkte den Joint in der Teedose, stand auf, trat zu seinem Schreibtisch und öffnete eine Schublade. »Was du gesehen und abgestochen hast«, sagte er und griff mit der Hand ins Schubfach, »ist das hier.« Ein graues Bündel flog auf Christoph zu, prallte an seiner Schulter ab und purzelte über den Parkettboden. Es war ein Stoffhase. Der Bauch war aufgeschlitzt, aus der Öffnung quollen Schaumstoffflocken. Christoph starrte auf das Fellknäuel. War es tatsächlich das Tier aus der Wanne?

Er wollte unbedingt, dass es so war. Er bückte sich, hob den Stoffhasen auf, drückte an ihm herum.

»Das ist die dunkle Seite, die so gern verschwiegen wird«, sagte Fish. »Dass du Menschen mit Hypnose nach Belieben manipulieren kannst. Genau deswegen müssen wir sie erforschen. Und darüber berichten.« Er sah ihn an, mit festem Blick, dem Christoph kaum standhalten konnte.

Er hatte Mühe, aus dem Wirrwarr in seinem Kopf einen klaren Gedanken zu fassen. Aber zumindest eins wusste er: »Ich will das nicht!«

»Was meinst du?«

»Ich will nicht manipuliert werden«, sagte er, und mit jedem Wort schwoll die Wut in ihm an. »Dieser Bunny-Scheiß. Nicht zu wissen, was man tut und ob Erinnerungen stimmen oder nur Einbildung sind. Such dir dafür ein anderes Versuchskaninchen!« Er schmiss den Stoffhasen zu Fish zurück. Der fing das Tier aus der Luft.

»Kein Problem«, sagte er. »Ich wollte dir eh nur demonstrieren, worum es geht. Das weißt du jetzt. Komm, wir rauchen erst mal eine zusammen. Und dann besprechen wir in Ruhe die weiteren Experimente.« Er griff nach seinem Tabak.

»Nein«, sagte Christoph. »Es gibt keine weiteren Experimente.« Er fuhr sich mit den Händen durch die Haare. Er fühlte sich nicht gut. Verrückt, im wahrsten Sinne des Wortes. Fishs Hypnoseexperiment, dieser verdammte Bunny-Effekt, hatte irgendeine Schraube an einer empfindlichen Stelle seines Verstandes gelockert. Und sämtliche Erklärungen hatten sie nicht wieder festgedreht. Er wollte vor allem weg. Weg von diesem Ort, weg von Fish und dem Erlebnis, das wie ein Irrlicht durch seinen Geist spukte. »Ich möchte jetzt gehen«, sagte er.

Fish sah ihn verdutzt an. »Du bist verwirrt, mein Lieber. Das ist ganz normal, weil wir die Trance nicht regulär aufgelöst haben.« Er griff in seine Tabakpackung und zog mit geübten Fingern eine kleine Menge Gras-Tabak-Mische heraus. »Komm, ich drehe dir eine mit.«

»Nein. Ich meine es ernst.« Er schwankte zur Tür.

Fish kam hinter ihm her. »Okay, bleib cool, Alter! Schlaf dich aus! Und dann meldest du dich, ja?« Er öffnete die Flügeltür, geleitete Christoph durchs Wohnzimmer Richtung Flur. Vor der Balkontür stand der Kaninchenkäfig. Bunny hockte ruhig in einer Ecke ihrer Behausung und mümmelte vor sich hin.

29

Am Abend nach dem Kaninchenexperiment konnte Christoph nicht einschlafen und wälzte sich stundenlang auf seinem Schlafsofa herum. Seine Gedanken hatten sich zu einem unentwirrbaren Knoten verknäuelt. Es war verrückt: Fish behauptete, dass Christoph auf den kaputten Stoffhasen eingestochen habe. Er hatte den Einstich gesehen. Das Problem: Er erinnerte sich an etwas anderes. Das Tier in der Wanne hatte gezuckt. Es war echt gewesen. Und er hatte definitiv nicht zugestochen.

Täuschte ihn sein Gedächtnis? Hatte Fish ihn schlicht angelogen und das Leben seines Kaninchens riskiert, um herauszufinden, zu welchen Taten er ihn drängen konnte? Und führte er sein Experiment nun ungefragt fort, indem er versuchte, Christoph eine falsche Erinnerung zu suggerieren?

Falls ja, hatte er einen Irren in sein Leben gelassen. Nicht nur in sein Leben. In sein Gehirn! Fishs Stimme auf den Tonbändern war in den letzten Wochen zu einem alltäglichen Begleiter geworden, zu einer inneren Stimme, die ihn auf Schritt und Tritt begleitete, ihm Botschaften zuflüsterte, ihm Mut zusprach und ihn ermunterte. Die ihn abends in den Schlaf geleitete und morgens beim Aufwachen begrüßte.

Eine finstere Ahnung kroch aus seinen Eingeweiden hervor. Was hatte Fish noch mit ihm gemacht, wenn Christoph ihm in tiefer Trance ausgeliefert gewesen und das Tor zu seinem Unbewussten weit geöffnet war für subtile Botschaften und Einflüsterungen? Hatte Fish ihn programmiert? Hatte er ihn, ohne dass er es mitbekommen hatte, zu einem willigen Helfer geformt? Zu einem loyalen Gefolgsmann, um irgendeinen düsteren Plan in die Tat umzusetzen?

Wie weit würde Fish gehen, um seine Hypothesen über die dunkle Seite der Hypnose zu beweisen?

Christoph verspürte den übermächtigen Wunsch, seinen Freund loszuwerden. Ihn aus sich herauszuwaschen wie ein unsichtbares Gift, das durch seine Adern strömte. Leider konnte keine Dusche der Welt Fishs Stimme aus seinem Gehirn spülen.

Er hatte nicht die geringste Lust, sich die Einschlafmeditation anzuhören, schaltete stattdessen das Radio ein und quälte sich durch eine unruhige Nacht.

Am nächsten Morgen saß er wie gewohnt vor seinem Schreibtisch, griff nach dem Biochemie-Buch, schlug das Kapitel über den Fettstoffwechsel auf und begann zu lesen. Es war, als rannte er aus vollem Lauf gegen eine Wand. Es ging nicht. Er konnte keinen klaren Gedanken fassen, die Worte und Abbildungen auf der Buchseite ergaben nicht den geringsten Sinn.

Panik stieg in ihm auf. In zwei Wochen war die Prüfung. Er hatte den Großteil des Weges geschafft, keine Frage, aber der Endspurt lag noch vor ihm, und erst der brachte ihn ins Ziel. Christoph stand vom Schreibtisch auf, stapfte durch die Wohnung, trank einen zweiten Kaffee, rauchte zwei oder drei Zigaretten. Und griff zum Telefon.

30

Fish begrüßte ihn am Nachmittag an der Wohnungstür, als wäre nichts gewesen. Im Gegenteil. Er wirkte aufgekratzt wie lange nicht, seine Augen glühten vor Tatkraft. »Komm rein!«

Im Flur stapelten sich große Pappkartons und Verpackungsmaterial aus Plastik. »Ich habe Ausrüstung beschafft«, sagte er. »Du wirst staunen!«

Da hatte er recht. In der Mitte des vormals leeren Wohnzimmers thronte ein Liegesessel aus beigem Leder. Ein riesiges Teil mit Fußstütze und diversen Hebeln zum Einstellen der Sitzposition. Daneben stand ein Bürostuhl, auch der sah teuer aus.

»Setz dich mal rein«, sagte er.

Tatsächlich hielt der Sessel sein Versprechen in Sachen Bequemlichkeit. Christoph sank einige Zentimeter in das Polster, bevor er einen festen, aber angenehmen Widerstand spürte.

»Der Sessel ist perfekt für unsere Zwecke«, sagte Fish. »Man gerät fast von selbst in Trance, du wirst sehen.« Er wandte sich um. Auf halbem Weg zur Balkontür hatte er einen Camcorder auf einem Stativ aufgebaut. »Dies hier wird dein Arbeitsplatz sein«, sagte er.

Christoph schälte sich aus dem Sessel, beäugte die Kamera. »Mein Arbeitsplatz?«

»Du sollst meine Hypnosesitzungen filmen. Unsere Experimente festhalten, als Lehr- und Anschauungsmaterial.«

»Aber ich kann nicht gleichzeitig dort liegen und filmen!«

»Du filmst.« Fish verzog den Mund zu einem breiten Grinsen. »Dort liegen wird jemand anderes. Erinnerst du dich an Vanessa, die Bekannte von dieser Eva, die wir auf der Party getroffen haben? Ich habe doch gesagt, dass mit der noch was geht.«

Eine knappe halbe Stunde später klingelte es an der Tür.

Christoph wusste nicht, wie viel zwischen Fish und Vanessa lief. Aber ihm entging nicht der bewundernde Blick, den sie Fish zuwarf, als er ihr seine neue Ausrüstung zeigte und sich einen weißen Arztkittel überzog, den er sich offenbar ebenfalls neu zugelegt hatte. Wie sie an seinen Lippen hing, als er hochtrabend erklärte, was sie vorhatten. Wie sie es gar nicht abwarten konnte, sich endlich auf den Hypnosesessel zu legen. Christoph stellte sich hinter die Kamera, studierte die Tasten und Hebel, versuchte verschiedene Perspektiven und spielte mit dem Zoom. Schließlich startete er die Aufnahme.

Fish hob seinen Zeigefinger vor Vanessas Gesicht und begann mit der Induktion. Sie wirkte vertraut mit dem Ablauf, vermutlich hatten die beiden schon geübt.

31

»Die dunkle Seite der Hypnose«, sagte Christoph. »Der Bunny-Effekt.« Er schüttelte sich. Es war kalt geworden draußen im Garten. Seine verschwitzte Kleidung klebte auf der Haut. Es zog ihn zurück ins Haus und ins Licht. Weg von dem frisch ausgehobenen Grab für Evas Hund. Weg von Fish und den ungeliebten Erinnerungen.

Aber es gab zu viele Fragen. Vielleicht konnte Fish ihm einige beantworten.

Sein alter Studienfreund nickte mit verschwörerischem Blick. »Ich habe bereits damals gesagt, dass du mit Hypnose Menschen zu allem Möglichen bringen kannst. Grenzen gibt es nur in deinem Kopf.«

»Ich mache mir Sorgen«, sagte Christoph. »Um mich und Eva. Es ist nicht mehr nur der rumänische Clan, der hinter mir her ist. Auch diese Reporterin hat mich irgendwie auf dem Kieker. Falls sie oder irgendjemand anderes mich mit dem Hypnose-Video in Verbindung bringt und darüber schreibt, kann das meinen Ruf und damit meine berufliche Existenz gefährden.«

»Selina Yilmaz. Wenn du sie vernünftig flachlegst, legt sie sicher ein gutes Wort für dich ein.«

Christoph schluckte seine Empörung über den Kommentar herunter. »Sag mir die Wahrheit! Steckst du hinter diesem Video?«

»Ich?« Fish riss die Augen auf und hob die Hände in die Höhe, als wollte er den Verdacht auch physisch zurückweisen. »Das wüsste ich wohl, wenn's so wäre.«

Christoph nahm ihm die Bestürzung ab. »Entschuldigung. Aber ich musste dich das fragen.«

»Es ehrt mich, dass du mir das zutraust.« Fish deutete eine Verbeugung an, legte sich dabei theatralisch die Hand auf die Brust.

»Aber du weißt etwas über die Dinge, die gerade geschehen, habe ich recht? Steckst du da irgendwie mit drin? Weißt du, ob Eva oder ich in Gefahr sind?«

Kaum merklich kniff Fish die Augen zusammen. »Ich habe nur Ahnungen. Kein gesichertes Wissen.«

»Warum tauchst du gerade jetzt in meinem Leben auf? Und behaupte nicht, dass es reiner Zufall ist.«

»Nein.« Fish schüttelte den Kopf. »Zufall ist es nicht. Vielleicht habe ich geahnt, dass du meine Hilfe brauchst.«

»Deine Hilfe? Wobei?«

Fish zuckte mit den Schultern. »Weiß ich auch noch nicht. Erst einmal dabei, dich an früher zu erinnern.«

»Verdammt noch mal, Fish. Du sprichst in Rätseln. Wenn du mein Freund bist, sag mir einfach, was du weißt.«

»Ich bin dein Freund, Mann, das musst du mir glauben«, sagte er. »Und falls ich dir etwas Konkretes sagen könnte, würde ich es sofort tun.« Er rückte wieder dichter an Christoph heran. »Aber im Moment weiß ich nicht mehr als du.«

Sehr willensstarke Menschen sind überhaupt nicht frei, sondern von ihren Zielsetzungen Getriebene, mit deren Erreichen sie sich belohnen wollen. Es ist die Aussicht auf diese besondere Belohnung, nicht der freie Wille, der Menschen zu Höchstleistungen antreibt.

Professor Gerhard Roth, Hirnforscher

32

Christoph schälte sich unter seiner Decke hervor und stieg aus dem Bett. Es war kurz vor acht. Der Vorhang vor dem Fenster konnte das Morgenlicht nicht mehr aus dem Schlafzimmer fernhalten. Eva schlief noch. Eigentlich ungewöhnlich für diese Uhrzeit. Aber natürlich hatte sie beste Gründe. Neben Schwangerschaft und geschäftlichen Verhandlungen war es richtig spät geworden gestern Abend.

Eva sah reizend aus. Glücklich. Sie lächelte im Schlaf. Selig verbunden mit dem kleinen Wesen in ihrem Bauch, voller Vorfreude auf das Glück ihrer eigenen Familie, die sie sich mehr als alles andere wünschte.

Er verkniff es sich, ihr einen Kuss auf die Stirn zu hauchen, um sie nicht aufzuwecken, schlich stattdessen die Treppe hinunter. Im Flur stand noch Luckys Hundekorb. Die dazugehörige Schmusedecke war jetzt einen halben Meter tief im Garten verbuddelt. Sie hatten den toten Hund darin eingewickelt und in der Nacht zur letzten Ruhe gebettet.

Der Gedanke an den Terrier lockte das beklemmende Gefühl hervor, das seit einigen Tagen sein treuer Begleiter war und ihn beharrlich daran erinnerte, dass sein Leben mitnichten in Ordnung war. Dass sich über ihrer heimeligen Familienidylle etwas Gefährliches zusammenbraute.

Er zog eine Flasche Saft aus dem Kühlschrank, schenkte sich ein Glas voll, aktivierte Kaffeemaschine und Radio, griff sich das Tablet und setzte sich an den Küchentresen. Er rief seine E-Mails auf. Fünf oder sechs neue Nachrichten erschienen im Posteingang. Eine davon war von Selina Yilmaz. *Artikel* stand in der Betreffzeile. Christoph trank einen Schluck

Saft, tippte auf die Mail und überflog das knappe Anschreiben, in dem die Journalistin auf den beigefügten Artikelentwurf verwies. Er öffnete die Textdatei und begann zu lesen, nicht ohne Vorfreude, was die türkischstämmige Reporterin über sein Buch geschrieben hatte.

Bereits bei der Überschrift verschluckte er sich an einem Rest des Saftes. *Gefährliches Hypnose-Video hält die Polizei in Atem. Hamburger Psychiater wiegelt ab.*

Es war ein reißerischer Artikel, der auf die Existenz des Hypnose-Videos hinwies, eine Handvoll Zwischenfälle auflistete, die mutmaßlich mit dem Video in Verbindung standen. Und der den ›renommierten Hamburger Gerichtspsychiater Professor Kerber‹ erwähnte, der zur Frage der missbräuchlichen Verwendung von Hypnose vor Jahren ›zweifelhafte Experimente‹ durchgeführt habe und eine mögliche Gefährdung durch ein solches Video rundheraus abstreite. Die Andeutungen gipfelten in der Frage: ›Weiß der Psychiater mehr, als er zugibt?‹

Christoph widerstand der Versuchung, das Tablet quer durchs Wohnzimmer zu pfeffern. Zweifelhafte Experimente? Er hatte der Reporterin lediglich erzählt, sich während der Studienzeit mit Hypnose beschäftigt zu haben. Mehr konnte sie nicht wissen. Eigentlich.

Statt über sein Buch zu berichten, betrieb Selina Yilmaz seine öffentliche Hinrichtung. Der Tonfall des Textes in Verbindung mit der reißerischen Überschrift unterstellte ihm unverblümt, er habe etwas mit diesem Hypnose-Video zu tun und versuche nun verzweifelt, dessen Gefahr herunterzuspielen.

Er schnappte sich sein Mobiltelefon. Die Handynummer der Reporterin war noch darin gespeichert.

Sie ging sofort ran. »Guten Morgen, Professor Kerber«, sagte sie mit unverschämter Freundlichkeit.

»Was bezwecken Sie mit diesem Mist?«, platzte er heraus, und er musste sich zügeln, nicht gleich eine Schimpftirade hinterherzuschicken.

»Sie haben den Artikel gelesen.«

»Das ist Verleumdung«, sagte er. Ihm fiel ein, dass Eva noch schlief. Er drosselte seine Stimme und schloss die Tür zum Flur. »Sie beschädigen vorsätzlich meinen Ruf. Das werde ich mir nicht gefallen lassen.«

»Klar. Sie können gerichtlich gegen mich und die Zeitung vorgehen. Wenn Sie gewinnen, erscheint in einigen Wochen eine Richtigstellung. Wobei ich streng genommen nur Mutmaßungen anstellte und an keiner Stelle etwas Unwahres behaupte.«

»Sie wissen genau, wie der Text verstanden werden kann.«

»Mmh«, machte sie. »Vielleicht bekomme ich eine Rüge vom Presserat und eine Abreibung von meinem Chef. Und danach? Arbeite ich einfach weiter. Aber was ist mit Ihnen?«

Ich wäre am Arsch, dachte er. Sein guter Ruf war in Gefahr. Als freiberuflicher Gerichtsgutachter war er darauf angewiesen, von Richtern und Staatsanwälten beauftragt zu werden. Die würden es sich zweimal überlegen, ein Gerichtsverfahren mit einem psychiatrischen Gutachter von zweifelhaftem Ruf zu belasten, der für streitlustige Strafverteidiger vom Schlag eines Ansgar van Golderbloom gefundenes Fressen war. Wenn es richtig schlecht lief, könnte er sogar seinen Dozentenjob an der Uni verlieren und damit seinen Professorentitel. Alles, wofür er so lange gearbeitet hatte, war gefährdet. Von der finanziellen Bedrohung ganz abgesehen. In Kürze hatte er nicht nur sich, sondern eine Familie zu ernähren.

»Warum tun Sie das?«, fragte er.

»Es ist nur ein Entwurf«, sagte die Reporterin. »Dieser Artikel muss niemals erscheinen.«

Christoph atmete tief durch. Niemals erscheinen, das klang nach einem Ausweg. Einem Ausweg, der vermutlich einen Preis hatte.

»Was wollen Sie?«, fragte er.

»Die Wahrheit«, sagte sie. »Sie kennen den Mann im weißen Kittel. Den Hypnotiseur in dem Film, den ich Ihnen gezeigt habe. Das konnte ich Ihnen ansehen. Sagen Sie mir, wer das ist und woher Sie ihn kennen, dann landet der Artikel sofort im Papierkorb.«

Christoph atmete tief durch. »Und warum, bitte schön, wollen Sie das wissen?«

»Geht Sie nichts an.«

In Christophs Kopf überschlugen sich die Gedanken. »Okay«, sagte er. »Aber vielleicht besprechen wir das besser nicht am Telefon.« Nichts überstürzen. Nichts Unüberlegtes sagen. Zeit gewinnen, dachte er.

»Der Name würde mir vorerst reichen.«

»So einfach ist das aber nicht«, sagte er. »Es ist eine etwas längere Geschichte.«

»Also gut. Wann und wo?«

33

Christoph betrat das Café, das er für das Treffen mit Selina Yilmaz vorgeschlagen hatte. Es lag im Westen Hamburgs. Möglichst weit weg von zu Hause und ausreichend entfernt von der Praxis. Neutraler Boden. Er verspürte nicht die geringste Lust, die dreiste Reporterin noch einmal in seine Räume zu lassen.

Er schob den schweren Vorhang zur Seite, der den Eingangsbereich vom eigentlichen Innenraum abschirmte. Durch die Nähe zur Uni gastierte hier ein überwiegend junges Publikum. Es duftete nach Kaffee und frisch gebackenen Croissants. Einige Stehtische waren von Studenten belegt, die etwas über ihren Tablets und Handys ausbrüteten. In einer Sofaecke hatte sich ein Pärchen mit seinem Kleinkind eingerichtet. Das Baby hing in einem Tragetuch, das der Mann vor der Brust trug, und schien zu schlafen, während die Eltern sich ein üppiges Frühstück schmecken ließen und sich leise unterhielten.

Selina Yilmaz wartete auf ihn. Sie saß an einem Fenster tisch, vor sich eine Espressotasse, ein Wasserglas und die aktuelle Ausgabe der *Hamburger Tageszeitung*. Er setzte sich zu ihr an den Tisch, und sofort stieg ihm der intensive Duft ihres Parfums in die Nase. Nun, gegen derlei Verlockungen war er mehr als immun.

Sie nickte ihm zu. »Sollen wir gleich loslegen? Oder wollen Sie erst etwas bestellen?«

Christoph hatte auf der Fahrt hierher Zeit gehabt, um sich eine Strategie zurechtzulegen. Ein Heißgetränk oder ein Brötchen gehörten nicht dazu. »Ich werde Ihnen etwas erzählen von dem Mann in dem Video«, sagte er. »Aber nur unter einer Bedingung.«

Die Reporterin zog die Augenbrauen hoch. »Sie stellen Bedingungen? Sie haben eine Menge zu verlieren. Ich hingegen kann nur gewinnen. Ich habe so oder so eine gute Story.«

Christoph schwieg. Sie sahen sich an. Er fühlte sich alles andere als souverän. Seine linke Hand hielt er unter der Tischplatte verborgen, damit sie seine Unsicherheit nicht durch eine plötzliche Zitterattacke verriet. Die Reporterin konnte ihre Gefühle hinter einem ernsten Gesichtsausdruck deutlich besser verbergen. Aber er spürte, dass es ihr um mehr ging als um eine gute Story. Er hoffte es inständig. Nur dann hatte er eine Chance.

»Also, lassen Sie hören!«, sagte sie endlich.

»Was auch immer Sie oder Kollegen aus Ihrer Redaktion schreiben: Sie halten mich da komplett raus. Ich kann mir nicht erlauben, dass mein Renommee leidet.«

Selina wiegte den Kopf hin und her. »Einverstanden. Sie haben mein Wort.« Sie sprach mit einer Verbindlichkeit in der Stimme, die jede Vergewisserung überflüssig machte.

»Der Mann auf dem Video heißt Fish. Den Spitznamen hat er angeblich bekommen, weil er immer diese scharfen Mentholbonbons gelutscht hat. Wir haben uns vor über zwanzig Jahren auf einer Studentenparty kennengelernt. Er hat damals Psychologie studiert und mit Hypnose und Mentaltechniken herumprobiert. Er wollte ein Buch darüber schreiben.«

»Okay.« Sie machte ein gleichgültiges Gesicht. Aber er meinte zu spüren, wie ihre Anspannung wuchs. »Und Sie haben sich zusammengetan und gemeinsam experimentiert?«

»Zunächst einmal hat er mir geholfen, im Studium besser zurechtzukommen. Mit selbstwertstärkenden Suggestionen, positivem Denken und Entspannungstechniken. Wir haben uns in dieser Zeit angefreundet. Ich wurde für ihn eine Art Versuchskaninchen.«

Ein junger Mann mit langen blonden Haaren und Dreitagebart trat zu ihnen an den Tisch und wedelte mit einer Speisekarte. »Weißt du schon, was du trinken willst?«, fragte er.

Christoph bestellte einen simplen Filterkaffee und wartete, bis der Typ wieder abzog. »Aber eigentlich interessierte ihn etwas anderes«, sprach er weiter. »Fish nannte es die dunkle Seite der Hypnose.«

»Was meinte er damit?«

»Fish war davon überzeugt, dass er mittels Hypnose Menschen dazu bringen konnte, letztlich alles zu tun. Er war besessen von dieser Vorstellung.«

Die Reporterin nickte. »Und? Wie weit ist er gegangen? Sind Sie beide gegangen?«

»Sie haben es gesehen.« Christoph atmete tief durch. »Das Video. Er hat seine damalige Freundin hypnotisiert und sie dazu gebracht, auf ihn zu schießen.«

»Und Sie waren dabei?«

»Ja.« Er nickte. »Ich stand hinter der Kamera.«

»Und Sie haben sich nicht zufällig gefragt, ob das Ganze ethisch irgendwie problematisch ist?«

»Doch«, sagte er. »Ich hatte Zweifel. Aber ich wusste, dass es eine Schreckschusswaffe war. Und die junge Frau hat freiwillig mitgemacht.«

»Sofern man unter Hypnose eine Wahl hat«, sagte sie.

Christoph zuckte mit den Schultern. »Zu dem Thema kennen Sie meine Meinung.«

Sie nickte. »Wer war die Frau, die auf Ihren Freund geschossen hat?«, fragte sie.

»Ihr Vorname war Vanessa. Ich weiß nicht viel von ihr. Nicht einmal ihren Nachnamen.«

»Und Vanessa und dieser Fish waren ein Paar?«

»Fish hätte es vermutlich anders ausgedrückt. Weniger romantisch.«

»Verstehe.«

»Er meinte, dass sie sich extrem gut hypnotisieren ließ. Ich glaube, dass sie schlicht in ihn verliebt war, ihn bewundert hat und sich deswegen auf jedes noch so schräge Experiment eingelassen hat.«

»Und hat sie gewusst, dass es eine Schreckschusswaffe war?«

Christoph beugte sich vor. »Das weiß ich nicht hundertprozentig. Aber viel wichtiger war, dass sie Fish vertraut hat. Sie mag sich in tiefer Trance befunden haben, aber ihr moralischer Kompass blieb eingeschaltet. Sie hat gewusst, dass Fish nichts Unrechtes von ihr verlangen würde. Dass er weder sterben noch sie zu einer Mörderin machen wollte. Im Vertrauen darauf hat sie geschossen. Nicht aus blindem Gehorsam.«

Selina Yilmaz nickte. Er konnte ihr nicht ansehen, ob er sie überzeugt hatte. »Was können Sie mir noch erzählen über Ihren Freund?«

»Fish war nicht nur ein verrückter Vogel«, sagte Christoph. Er lehnte sich zurück, sah sich nach der Bedienung um. Jetzt hätte er gern sein Getränk gehabt. Oder zumindest eine Tasse zum Dran-Festhalten. Er hatte Fish und ihre gemeinsamen Erlebnisse verdrängt, soweit er gekonnt hatte. Aber in den letzten Tagen krochen die Erinnerungen aus den Löchern hervor, in denen er sie einst vergraben hatte.

»Fish war manisch-depressiv«, sagte er. »Das weiß ich jetzt.«

Selina zog die Augenbrauen hoch. »Was macht Sie da so sicher?«

»In den ersten Wochen nach unserem Kennenlernen strotzte er vor Kraft und Ideen«, sagte er. »Er war komplett überdreht. Es war mir kaum möglich, mich seiner Ausstrahlung zu entziehen. Aber das änderte sich. Zunächst schleichend, dann immer stärker.«

Der junge Mann kehrte an den Tisch zurück und stellte Christoph ein Tablett mit Kaffeetasse, Zuckerdöschen und Kaffeesahne vor die Nase. Er nahm seine Tasse zur Hand und probierte einen Schluck. Noch zu heiß.

»Fish ist damals in eine hefige Depression gerutscht. Er konnte das zunächst vor mir verbergen. Aber in der Zeit, als wir mit den Videoexperimenten begannen, wurde es schlimmer. Er wirkte ungepflegter, war reizbar und fahrig, nahm an Gewicht ab. Da wir uns fast jeden Tag sahen, habe ich es erst gar nicht bemerkt. Einige Male lag er noch im Bett, wenn ich nachmittags bei ihm aufschlug. Er kam zunehmend schlechter in die Gänge. Als ob dem Motor in seinem Inneren der Sprit ausgegangen wäre. Da er mit einem Wahnsinnstempo auf der Überholspur unterwegs war und sich immer wieder mit Drogen hochpushte, reichte der Schwung noch eine Weile.«

34

Fish ließ sich ungewöhnlich lange Zeit. Christoph klingelte ein zweites, schließlich ein drittes Mal und war bereits im Begriff, wieder abzuziehen, als endlich der elektrische Türöffner ansprang. Die Tür oben stand auf. Es war früher Nachmittag. Offenbar hatte er Fish aus dem Tiefschlaf geweckt, denn der wankte in Unterhose und T-Shirt durch den Flur. Sein Gesicht war blass, mit Ausnahme der tiefdunklen Ringe unter den Augen, die gereizt und übermüdet umherzuckten. »Komm rein!«, sagte er.

»Alles in Ordnung? Du siehst echt scheiße aus.«

»Ich freu mich auch, dich zu sehen.« Er fuhr sich mit den Händen durch die Haare und rieb sich die Augen, wodurch er nur noch fertiger aussah. »Ich habe bis zum frühen Morgen an meinem Buch gearbeitet. Gib mir zehn Minuten!« Er trottete ins Bad und verschloss die Tür.

Christoph hörte die Dusche. Er ging in die Küche, setzte Kaffee auf, trat wenig später mit frisch gefüllter Kanne und zwei Tassen ins Wohnzimmer. Ein stechender Geruch ließ ihn einen Blick in den Kaninchenkäfig werfen. Er stutzte. Bunny hockte benommen vor einem leeren Futternapf. Der Wasserspender war ebenfalls leer, und die Käfigstreu, eindeutig die Quelle des Gestanks, war seit Tagen nicht gewechselt worden.

Nun gut. Fish hatte sich offenbar intensiv in die Arbeit gestürzt und dabei nicht nur sich, sondern auch sein Kaninchen vernachlässigt. Christoph stellte Kaffee und Tassen auf den

Fußboden, füllte Futter- und Wassernapf auf, nahm das Kaffeegedeck und betrat Fishs Zimmer.

Auch hier stank es wie in einem Marderbau. Einem Marderbau, in dem heftig gekifft wurde. Er stellte Kaffee und Tassen neben die Computertastatur auf den Schreibtisch, riss das Fenster auf, kehrte zum Tisch zurück. Auf dem Computermonitor lief ein Bildschirmschoner in Gestalt eines pixeligen Aschenbechers, in dem ein einsamer Joint vor sich hin qualmte.

Christoph lauschte in den Flur. Aus Richtung Badezimmer erklang das monotone Geräusch fließenden Wassers. Nicht auszuschließen, dass Fish unter der Dusche eingeschlafen war.

Sein Blick wanderte zurück zum Computerbildschirm. Kurze Zeit widerstand er der Versuchung, dann siegte die Neugier. Er beugte sich vor den Monitor, griff nach der Computermaus. Der Bildschirmschoner verschwand. Auf dem Windows Desktop fand Christoph einen Ordner mit dem Namen *Hypnose*. Der enthielt drei Unterverzeichnisse, die mit *Recherche, Anleitungen* und *Buch* benannt waren. Er klickte auf *Buch* und öffnete das darin gespeicherte Textdokument.

Das Ergebnis war niederschmetternd. Fishs vermeintliches Monumentalwerk bestand aus der fett gedruckten Überschrift:

Hypnose und Mentaltechniken. Über Mögliches und Unmögliches

und einer gerade mal vier Seiten umfassenden losen Aneinanderreihung psychologischer Schlagwörter und Satzfragmente ohne erkennbaren roten Faden. Christoph schluckte, sein Herz schlug schnell und laut. Das Buchprojekt, von dem Fish stundenlang reden konnte und an dem er angeblich seit Monaten Tag und Nacht arbeitete – es existierte nicht. Oder allenfalls in seinem Kopf, als großspurige Fantasie.

Das Duschgeräusch verstummte. Christoph wusste nicht,

was er mit der heimlichen Entdeckung anstellen sollte. Er tat erst mal das Naheliegende, schloss die Dateien und Ordner, schob die Maus an ihren ursprünglichen Platz und schenkte Kaffee in die Tassen.

Christoph hörte Fish barfuß durch Flur und Wohnung tapsen. Der betrat, nur mit einem Bademantel bekleidet, sein Zimmer. Dank der Dusche sah er wieder mehr nach Mensch aus als nach Zombie. »Ich rieche Kaffee«, sagte er. Und: »Liegt hier irgendwo mein Tabak?«

»Alles in Ordnung mit dir?«, fragte Christoph.

»Alles paletti.« Fish leerte die dampfende Kaffeetasse mit wenigen Schlucken und schenkte sich sofort nach. »War 'ne kurze Nacht. Vanessa war bis morgens hier, anschließend habe ich wie ein Irrer gearbeitet. Ins Bett bin ich erst mittags.«

Das mit dem Arbeiten wie ein Irrer stimmte wohl nur, wenn man es wörtlich nahm, dachte Christoph. Fish drehte sich eine Zigarette, das gab Christoph Gelegenheit, ihn heimlich von der Seite zu beobachten. Dessen derangiertes Äußeres und Christophs Entdeckung am Computer ließen ihn den Freund auf einmal in einem anderen Licht erscheinen.

Fish war kein Übermensch, der alles im Griff hatte und sich in einem umfassenden Sinn von Zwängen und Hemmungen befreit hatte, wie Christoph gedacht hatte. Nein, sein Freund hatte offensichtliche Probleme. Er hatte an Gewicht verloren, nicht zuletzt, weil er sich überwiegend von Kaffee, Cannabis und Aufputschpillen ernährte. Sein viel gepriesenes Buchprojekt war kaum mehr als ein Hirngespinst. Und was war mit dem Psychologiestudium? Fish hatte kein einziges Mal von einer Vorlesung oder einem Seminar gesprochen, schien sich überwiegend in seiner Bude aufzuhalten. Es lag nahe, dass er sein Studium schleifen ließ. Konnte es sein, dass er überhaupt nicht an der Uni eingeschrieben war?

Fish war fertig mit Drehen, zündete seinen Joint an und nahm einen tiefen Zug. »Hast du auch so einen Bärenhunger?«, fragte er.

Ein Lieferdienst brachte Nudeln mit faserigem Fleisch, das als Hühnchen deklariert war. Sie saßen im Schneidersitz auf dem Fußboden, aßen direkt aus den Pappschachteln, tranken dazu Bier. Zum Nachtisch gab es Selbstgedrehtes.

Fish legte eine CD in seine Anlage. Nirvana live, das MTV Unplugged Album. Kurt Cobain knarzte schwer verständliche Lyrics, die nach Sinn- und Lebenskrise klangen, und die Luft füllte sich allmählich mit Tabak- und Cannabisrauch.

Christophs Blick wanderte durchs Zimmer und blieb an den Postern mit Popstars hängen, die die ansonsten weißen Wände dekorierten.

Eigentlich war Fish längst zu alt und gebildet für so eine teeniemäßige Wanddeko. Christoph hatte die Bilder schon Dutzende Male betrachtet und sich an ihren Anblick gewöhnt. Aber jetzt fiel ihm plötzlich etwas auf. »Tot«, sagte er. »Die sind alle tot.«

»Von wem sprichst du?« Fish blies beim Sprechen eine Wolke aus dickem Qualm Richtung Zimmerdecke.

»Die Leute auf deinen Postern. Kurt Cobain, Janis Joplin, Jim Morrison, Jimi Hendrix. Die anderen kenne ich nicht. Aber die vier sind tot.«

Fish rappelte sich hoch, stapfte durchs Zimmer und tippte auf ein Foto, das neben der Tür hing und einen ernst dreinblickenden Typen mit Bobhaarschnitt zeigte. »Brian Jones«, sagte er. »Gründungsmitglied der Stones. Und das da …«

Er schritt die Wand entlang. Über dem Schreibtisch hing ein unscheinbares Schwarz-Weiß-Bild, auf dem ein jugendlich aussehender Mann mit großer Nase, schmalen Lippen und einem Doktorhut auf dem Kopf zu sehen war. »Ernest

Cox. Ein Physikgenie und einer der jüngsten Doktoranden Oxfords. Tot.« Er ging weiter, tippte auf das Schwarz-Weiß-Foto einer schüchtern lächelnden Frau mit blonden Haaren. »Elisabeth Wilson. Eine Mathematikerin, sozusagen das weibliche Gegenstück zu Ernest Cox.« Fish blieb vor dem Zimmerfenster stehen, hob die rechte Hand und deutete mit dem Zeigefinger auf die restlichen Fotos. »Maximilian Popp, Parapsychologe. Alexandre Levy, Komponist und Pianist. Georg Trakl, Dichter. Thomas Bernhard Fichtl, Philosoph.«

Er senkte den Arm, zog an seinem Joint und wandte sich zu Christoph. »Das ist der Club 27.«

Christoph kam ebenfalls auf die Beine, stellte sich neben Fish und ließ den Blick über die Poster und Fotos streichen. »Davon habe ich gehört«, sagte er. »Das sind doch …«

»Berühmte Persönlichkeiten, die im Alter von siebenundzwanzig Jahren ums Leben gekommen sind«, führte Fish den Satz zu Ende.

»Ums Leben gekommen? Besser gesagt …«

»Sich umgebracht haben. Korrekt. Einige mit 'ner Überdosis. Kurt Cobain hat sich mit einer Schrotflinte den Kopf weggepustet, unter Drogeneinfluss. Bei Brian Jones und Jim Morrison weiß man es nicht genau.«

Erneut sah Christoph seinen Freund von der Seite an. Fish hatte sich in Fahrt geredet, gestikulierte, sein Gesicht gewann an Farbe, sein Körper an Spannung. Fast wieder der Alte.

»Elisabeth Wilson hat sich einen Stromschlag in der Badewanne verpasst, Maximilian Popp ist aufs Meer hinausgeschwommen und nicht zurückgekehrt.« Fish drehte den Kopf. Seine Augen glänzten, es lag eine Art Sehnsucht in diesem Blick, die Christoph ein eiskaltes Schauern über den Rücken rieseln ließ.

35

»Fish nahm die ganze Zeit über Lithium«, sagte Christoph. »Das ist ein Medikament zur Behandlung schwerer Stimmungsstörungen. Er hatte eine Tablettendose in seinem Badezimmerschrank, die habe ich durch Zufall entdeckt. Die Pillen haben nicht verhindert, dass er immer weiter abgerutscht ist.«

Selina Yilmaz leerte ihren Espresso und trank einen Schluck Wasser hinterher. »Sie haben mir eine Menge erzählt«, sagte sie. »Aber eine Sache nicht.«

Christoph nickte. »Ist mir bewusst.«

»Wie lautet Fishs echter Name?«

Christoph sah ihr lange in die Augen. »Ich sage Ihnen den Namen. Wenn Sie mir verraten, warum Sie hinter ihm her sind. Und mich überzeugen können, dass Sie ihm nicht schaden wollen.«

»Wie ich schon sagte. Das geht Sie nichts an.«

»Ich werde meinen alten Freund nicht ans Messer liefern.«

»Sie stehen also noch in Kontakt?«

»Das habe ich nicht gesagt.«

»Warum machen Sie dann so ein Geheimnis draus? Was haben Sie schon zu verlieren?«

Christoph antwortete nicht. Die Reporterin lehnte sich zurück, neigte den Kopf zur Seite, schien nachzudenken. Christoph mochte sich nicht ausmalen, welche düsteren Pläne hinter ihrer Stirn gerade Gestalt annahmen.

Sie stand auf. »Ich denke, wir sind fertig. Erst einmal.« Sie griff sich ihren Mantel, winkte der Bedienung zu.

»Moment«, sagte er. »Was ist mit diesem Artikel?«

»Wir werden sehen.«

Der Mann mit den blonden Haaren kam an ihren Tisch. Sie zahlten wortlos die Rechnung, traten schweigend vor die Tür. Der Himmel war wolkenverhangen, es wehte ein leichter Wind. Der Frühsommer hatte sich fürs Erste abgemeldet.

»Eines noch, falls es Sie beruhigt«, sagte die Reporterin. »Es geht mir nicht um eine Story. Es ist etwas Persönliches.«

»Das hatte ich mir gedacht. Aber ich bin nicht sicher, ob es mich beruhigt.«

36

Christoph sah sich nach einem Taxi um. Da das Café in einer Nebenstraße lag, standen die Chancen eher schlecht.

»Also dann«, verabschiedete er sich von Selina Yilmaz. Er war nicht wirklich schlauer nach ihrem Gespräch. Er wusste noch immer nicht, was sie wollte. Und wie weit sie gehen würde, um ihr Ziel zu erreichen. Immerhin, ihre letzte Bemerkung hatte zumindest nach einer Art Waffenstillstand geklungen.

Sie nickte ihm zu. »Auf Wiedersehen.«

Christoph wandte sich um. Und erstarrte. In etwa zwanzig Metern Entfernung, auf der gegenüberliegenden Straßenseite, stand ein schwarzer SUV der Marke Mercedes. Er erkannte eine Gestalt mit Sonnenbrille auf dem Fahrersitz.

Selina sah ihn von der Seite an. »Alles in Ordnung?«, fragte sie. »Sie sehen aus, als hätten Sie ein Gespenst gesehen.«

»Alles gut«, sagte er. Er versuchte, lässig zu klingen. Aber sein Herz schlug bis zum Hals. Seine linke Hand begann wie auf Kommando zu zittern. Er steckte sie in die Jackentasche.

»Wohin gehen Sie?«, fragte die Reporterin.

Christoph wies mit der Rechten Richtung Hauptstraße. Weg von dem schwarzen Wagen. »Dort ist ein Taxistand.«

»Fein. Ich begleite Sie ein Stück.«

Sie gingen einige Meter, dann hielt Christoph es nicht länger aus, drehte sich um und schaute zurück. Der SUV hatte sich aus der Parklücke bugsiert und bewegte sich in Schrittgeschwindigkeit die Straße entlang. In ihre Richtung.

»Ist es der schwarze Wagen da hinten?«, fragte die Reporterin, und Christoph ärgerte sich, wie leicht er für diese Frau zu durchschauen war.

Er schüttelte den Kopf. »Vermutlich nur Einbildung«, sagte er. Er hätte es gern selbst geglaubt.

Sie erreichten die Hauptstraße. Am Taxistand wartete ein einsamer Wagen auf Fahrgäste. Sie gingen darauf zu. »Ich lasse Ihnen den Vortritt«, sagte Christoph.

»Ich muss in die Redaktion. Nach St. Georg«, sagte die Reporterin. »Warum kommen Sie nicht mit? Sie können an Ihrer Praxis aussteigen.« Sie zog die Hintertür des Taxis auf. Der Fahrer, ein dunkelhäutiger Typ mit Baskenmütze auf dem Kopf, nickte ihnen zu.

Christoph blickte sich erneut um. Egal, wenn die Reporterin es mitbekam. Der massige Stadtgeländewagen hielt an der Einbiegung. Und wartete.

»Okay, danke«, sagte er und schob sich neben Selina Yilmaz auf die Rückbank des Taxis. Er nannte seine Praxisanschrift. Das Taxi fuhr los. Sie drehten sich gleichzeitig um. Durch die Heckscheibe sahen sie, wie der schwarze Wagen in die Hauptstraße abbog. Und ihnen folgte.

Christoph schluckte die anflutende Panik herunter. Die Reporterin sah ihn an. »Ihre Einbildung verfolgt uns«, sagte sie. »Haben Sie eine Ahnung, wer das ist?«

Er schüttelte den Kopf. »Nein.« Seine Stimme klang kloßig, und er spürte die hervorquellenden Schweißtropfen auf der Stirn.

Der Verkehr stockte vor einer nahenden Kreuzung. Christoph beobachtete die Ampel. Sie sprang von Grün auf Gelb.

»Treten Sie aufs Gas, bitte!«, rief er dem Taxifahrer zu.

Der Mann murmelte etwas Unverständliches. Aber er beschleunigte. Das Taxi brauste unter der dunkelgelben Ampel hindurch.

Sie reckten erneut ihre Köpfe in die Höhe und schauten zurück. Christoph stockte der Atem. Hinter ihnen stoppten die

Autos. Bis auf eines. Der schwarze Mercedes scherte nach links auf die Gegenfahrbahn. Der Motor heulte auf, und der SUV zog an den stehenden Autos vorbei und überwand die Kreuzung, Sekunden bevor die ersten Wagen von der Seitenstraße einbiegen und ihm in die Quere kommen konnten. Er hielt Abstand, hing ihnen aber weiter an den Fersen.

»Der ist hartnäckig«, sagte die Reporterin. »Ich könnte Ihnen helfen, den loszuwerden.«

»Wie wollen Sie das anstellen?«

»Da vorne!« Es lag keinerlei Angst, eher eine Art grimmige Entschlossenheit in ihrer Stimme. »Sehen Sie die U-Bahn-Station?« Gute fünfzig Meter vor ihnen wies ein viereckiges blaues Leuchtschild auf die Haltestelle hin. »Halten Sie sich bereit!«

»Was haben Sie …«, begann er zu fragen, aber Selina unterbrach ihn. »Sofort anhalten«, rief sie dem Fahrer zu. Sie befreite sich vom Gurt und kramte einen Zwanzigeuroschein hervor. Der Taxifahrer stieg in die Eisen, das abrupte Abbremsen des Wagens presste Christoph in den Gurt und Selina gegen den Vordersitz. Sie drückte dem verdutzten Mann den Geldschein in die Hand, noch bevor das Taxi endgültig stand.

»Raus jetzt, schnell!«

Christoph riss die Tür auf und sprang aus dem Wagen, die Reporterin drängte hinterher. Ihm behagte die Vorstellung eines Wettrennens überhaupt nicht. Im Auto hatte er sich trotz des Verfolgers halbwegs sicher gefühlt. Aber Selina Yilmaz ließ ihm keine Wahl. Und offenbar wusste sie, was sie tat. Hoffte er zumindest.

Eine Schlange aus Autos schob sich auf der linken Fahrspur unter gelegentlichen Hupgeräuschen am stehenden Taxi vorbei. Auch der dunkle SUV näherte sich. Aus dem Augenwinkel sah Christoph, dass er nicht wie die anderen Wagen die Spur wechselte, sondern direkt hinter dem Taxi abbremste. Ob der Fahrer aus dem Auto sprang und ihnen folgte, konnte er nicht sehen, denn er rannte der Reporterin hinterher, die auf ihren hochhackigen Schuhen ein beachtliches Tempo vorlegte, und tauchte in den überdachten Zugang der U-Bahn-Station ein.

Sie sprangen die Treppe hinunter, erreichten den Bahnsteig. Eine gute Handvoll Menschen stand dort und wartete auf den nächsten Zug. Laut elektronischer Anzeigetafel kam der in einer Minute.

Selina Yilmaz lief den Bahnsteig entlang. Am hinteren Ende, am Fuß einer zweiten Treppe, die rauf ins Tageslicht führte, kam er neben ihr zum Stehen.

»Auf den Zug warten oder wieder hoch?«, fragte sie.

Christoph schaute zurück. Falls der Mann ihnen folgte, war er noch nicht hier unten angelangt.

Aus der Tiefe des schwarzen Tunnels tauchte ein Licht auf, die U-Bahn rumpelte heran. Die quietschenden Bremsen und die sich öffnenden Türen erleichterten ihnen die Entscheidung.

Sie stiegen in den halb vollen Waggon, setzten sich. Ein Signalton erklang, eine rote Lampe über der Tür blinkte, sie schloss sich, und die Bahn fuhr los.

Christoph schnaufte durch. Sie hatten es geschafft. Der Plan der Reporterin hatte funktioniert.

»Geht es Ihnen gut?« Sie sah ihn besorgt an, und er konnte sich vorstellen, wieso. Sein Kopf war nass geschwitzt. Da er eigentlich gut in Form war, wohl eher aus Angst statt vor Anstrengung. Und er zitterte am ganzen Körper. Selina hingegen sah besser aus denn je. Ihre Augen blitzten, und ihr Gesicht glühte vor Vitalität. Als ob so eine Verfolgungsjagd genau ihr Ding wäre und sie erst auf Betriebstemperatur brächte.

»Geht schon«, sagte er und wischte sich mit dem Ärmel seiner Jacke über Stirn und Wangen, lockerte Arme und Beine. Tatsächlich ließ das Zittern nach, und er hoffte, einen weniger erbärmlichen Eindruck zu machen. »Ich renne sonst eher um die Alster oder auf dem Laufband im Fitnessstudio.« Er schnaufte durch, versuchte ein erleichtertes Lächeln. Im Ansatz funktionierte es sogar. »Haben Sie das Nummernschild lesen können?«

»Hamburger Kennzeichen, mehr habe ich leider nicht erkannt.« Sie sah ihn noch immer an. »Und Sie haben wirklich keine Ahnung, wer das war und was der wollte?«

Mich fertigmachen. Mich und meine Familie. Mit den besten Empfehlungen von Bogdan Draganescu, dachte er. Aber er schüttelte den Kopf.

»Sollen wir die Polizei rufen?« Der Tonfall ihrer Stimme nahm die Antwort vorweg. Was sollte er denen erzählen? Dass ein schwarzer SUV ihnen gefolgt war, eine rote Ampel überfahren und zeitgleich mit ihrem Taxi angehalten hatte?

»Das bringt wohl nichts«, sagte er. »Ich denke, ich fahre besser nach Hause, nehme eine heiße Dusche und trinke einen doppelten Espresso.«

37

Er war zu spät dran, das erkannte er an Evas Gesichtsausdruck, mit dem sie ihn zu Hause begrüßte. Auch die Umarmung fiel eher kühl aus. Und da war noch etwas: ein Anflug von Misstrauen, mit dem sie ihn betrachtete. Die Art, wie sie die Nase rümpfte. Als würde sie einen fremden Geruch an ihm wahrnehmen.

Angstschweiß vielleicht, dachte er. Oder trug er einen Hauch von Selinas Parfüm an sich?

»Alles in Ordnung mit dir?«, fragte sie.

Christoph hatte auf der Fahrt nach Hause Zeit zum Nachdenken gehabt. Und sich entschieden, Eva alles zu erzählen. Selbst auf die Gefahr hin, dass sie sich sorgte. »Es klingt sicher komisch«, sagte er. »Aber ich glaube, ich wurde verfolgt. Jemand ist hinter mir her, oder sogar hinter uns beiden.«

Sie trat einen Schritt zurück, sah ihm aufmerksam ins Gesicht. Auf eine Art und Weise, auf die er sich keinen Reim machen konnte. Es war weniger Besorgnis aufgrund seiner Worte. Eher, als ob etwas sie irritierte. Vermutlich wäre es das Beste, erst mal weiterzureden. Sie würde ihn schon verstehen. »Frau Stahmer sprach mich gestern Morgen an. Sie sagte, in der Straße habe ein dunkler Wagen geparkt. Ein SUV. Ein Mann habe sich unser Grundstück angeschaut. Sie meinte, du seist direkt an ihm vorbeigelaufen, als du mit Lucky Gassi warst.«

Die Erwähnung des Hundes trübte augenblicklich Evas Gesichtsausdruck. Sie zuckte mit der Schulter. »Frau Stahmer sieht alle naslang irgendwelche verdächtigen Gestalten. Das ist ihr wesentlicher Lebensinhalt.«

»Das weiß ich auch. Aber heute Vormittag saß ich mit einer Reporterin im Café, und als wir gehen wollten, wurden wir von jemandem verfolgt. Einem Mann in einem schwarzen SUV.«

»Du triffst dich mit einer Reporterin in einem Café?«, fragte Eva.

»Sie heißt Selina Yilmaz, schreibt für die *Hamburger Tageszeitung*. Sie hat mich wegen meines Buches interviewt. Anschließend sind wir zusammen in ein Taxi gestiegen. Und der Wagen ist hinter uns hergefahren.«

»Wieso teilst du dir mit ihr ein Taxi?«

»Darum geht es doch gar nicht. Ich glaube, dass die Dinge zusammengehören. Der Angriff auf mich vor Gericht. Luckys plötzlicher Tod. Jetzt dieses schwarze Auto. Und noch ein paar Dinge mehr.«

»Was hat Lucky auf einmal damit zu tun? Der war einfach alt.«

»Ich bin mir nicht sicher, ob da nicht jemand nachgeholfen hat.«

»Nachgeholfen? Du glaubst doch nicht wirklich ...«, setzte sie an, unterbrach sich aber selbst. Sie fuhr sich mit der Hand durch die Haare, schien nachzudenken. Was immer dabei herauskam: Ihr Gesichtsausdruck wurde deutlich milder.

»Ich habe das Auto vor unserem Grundstück auch gesehen, Christoph«, sagte sie. »Und diesen Mann. Er ist sogar hinter mir hergelaufen und hat mich angesprochen.«

Christoph riss die Augen auf. »Und was wollte er? Hat er dich bedroht?«

Eva schüttelte den Kopf und sah ihn an, in ihrem Blick mischte sich Sorge mit Skepsis. »Er heißt Michael Marckert. Und ist Inhaber einer Firma, die Gartenarbeiten durchführt. Wäre Frau Stahmer nicht so kurzsichtig wie ein Maulwurf, hätte sie das Firmenlogo auf dem Auto gesehen. Er wollte zu den Wiechmanns, hatte aber eine falsche Hausnummer. Nichts weiter.«

Christoph lief es heiß und kalt den Rücken runter. Eva glaubte ihm nicht. Schlimmer noch, sie hielt seine Sorgen für reinste Einbildung.

»Ich bin nicht paranoid, wenn du das meinst.« Die Worte waren raus, und im gleichen Moment war ihm klar, dass er mit solchen Sätzen Evas Eindruck nur verschlimmern musste.

Sie schüttelte den Kopf. »Vielleicht ist es einfach ein bisschen viel, oder? Lass uns nicht wegen etwas streiten, das Frau Stahmer gesehen haben will.«

Time-out, alles auf null. Und die Klappe halten. Das war wohl das Beste, dachte er. Bevor er sie mit seinen Gedanken weiter provozierte. Sie ließ sich von ihm in die Arme nehmen, und Christoph hätte sich gern eingeredet, dass zumindest zwischen ihnen alles wieder gut war. Leider fühlte es sich nicht so an.

Wir tun nicht, was wir wollen,
sondern wir wollen, was wir tun.

Professor Wolfgang Prinz, Hirnforscher

38

Diesmal war es kein Gerichtssaal, aber der Angreifer war da, das spürte er mit jeder Zelle seines Körpers. Er konnte ihn nur noch nicht sehen. Christoph stand am äußersten Rand einer kreisrunden Fläche von vielleicht zwei Metern Durchmesser. Der Boden vor ihm glänzte in einem undurchdringlichen Schwarz, das alles Licht verschluckte.

Er drehte sich um und stieß einen ersten Schreckensschrei aus, als ihm klar wurde, dass es hinter ihm jäh in die Tiefe ging. Ein unbedachter Schritt, und er würde von der Plattform stürzen. In irgendein dunkles Nichts.

So oder so – es gab es kein Entrinnen.

Die schwarze Oberfläche vibrierte. Sie war nicht fest, wie er gedacht hatte, sondern flüssig und dabei zäh wie Schweröl. Der Angreifer schwebte aus der Mitte des Kreises empor. Zunächst tauchte der Kopf aus der Flüssigkeit auf, der dunkle Matsch klebte darauf wie eine schmelzende Kapuze, dann folgten Hals, Schultern und der ganze Rest. Ein schwarzer Dämon, der Christoph seinen Arm entgegenstreckte und langsam auf ihn zutrat. Der Schleim floss in dicken Fäden von der Gestalt, entblößte eine Hand mit langen, dünnen Fingern und ließ die Konturen eines schmalen Gesichts erkennen. Die Finger griffen nach ihm.

Christoph wollte zurückweichen, aber sein suchender Fuß tastete nur gähnende Leere. Die Klauen schlossen sich um seine Kehle. Er riss die Arme in die Höhe, wollte den schwarzen Mann zurückstoßen, aber seine Hände hatten eigene Pläne und gehorchten ihm nicht. Statt den Angriff abzuwehren, legten sie sich ihrerseits um den Hals der Horrorgestalt. Und drückten zu. Das Gruselwesen kam dicht heran. Große Augen starrten ihn an, der Mund öffnete sich. »Wir machen dich fertig, dich und deine Familie«, sagte der Ölmann. Er und Christoph hielten sich weiter am Hals gepackt. Gemeinsam setzten sie sich in Bewegung. Halb schob Christoph den Kerl voran, halb zog der Christoph hinter sich her, ein stiller Tanz, der sie in die Mitte der dunklen Fläche führte. Mit jedem Schritt versanken sie tiefer im Morast. Die Schwärze nahm den Angreifer wieder in sich auf, und Christoph ging mit, es schien unvermeidlich. Die zähe Flüssigkeit wanderte an ihm hoch, umschloss Hüfte, Bauch und Brust, stieg bis zum Hals, schwappte in Mund und Nase, drückte auf die Augen. Die Hand des schwarzen Mannes an Christophs Hals würgte den Schrei ab, der ihm aus der Kehle fahren wollte.

Christoph schreckte hoch. Im ersten Augenblick bekam er tatsächlich keine Luft, sein Hals war wie zugeschnürt, der unterdrückte Aufschrei klemmte irgendwo im Kehlkopf fest. Nur ein Traum, sagte er sich und zwang sich zur Ruhe. Endlich löste sich der Krampf, er konnte atmen.

Er saß aufrecht im Bett. Die Dunkelheit im Schlafzimmer ließ ihn nur Konturen erkennen. Eva schlief neben ihm und atmete leise. Zum Glück hatte er sie nicht geweckt. Sie wandte ihm, anders als üblich, den Rücken zu und lag unmittelbar an der Bettkante. Sie suchte Abstand zu ihm. Was auf der Matratze ein guter Meter war, kam ihm emotional gerade unüberbrückbar vor.

Neben dem Bett stand ein Digitalwecker, der die Uhrzeit mit halb drei Uhr nachts bezifferte. Er überlegte, ob er sich gleich wieder hinlegen oder noch schnell auf die Toilette gehen sollte.

Unten polterte es.

Christoph zuckte heftig zusammen. Um ein Haar hätte er doch geschrien.

Noch vor zwei Tagen hätte er an den Hund gedacht, der gelegentlich nächtliche Wanderungen durch den Flur im Erdgeschoss unternommen hatte.

Aber Lucky war tot. Begraben im Garten.

Er lauschte. Draußen hatte der Wind merklich aufgefrischt. Vielleicht hatte eine Böe den Zweig eines Baumes auf dem Nachbargrundstück abgeknickt oder einen Eimer auf der Terrasse umgeworfen.

Nein. Das Geräusch war eindeutig aus dem Inneren des Hauses gekommen.

Er musste nachsehen. Keine Frage.

Seine Fantasie schlug Purzelbäume und jagte ihm den Puls in die Höhe. War der Typ, der ihn und die Reporterin verfolgt hatte, ins Haus eingebrochen? Vielleicht derselbe, der Evas Hund vergiftet hatte? Einer der Draganescus? Oder trieb Fish, seinen Beteuerungen zum Trotz, ein böses Spiel mit ihm?

Mindestens so drängend wie die Frage nach dem Wer war die nach dem Warum. Wollten die ihn und Eva in Angst und Schrecken versetzen, die nächste Stufe des Psychoterrors? Oder vollenden, woran Bogdan bei ihm im Gerichtssaal nur um ein Haar gescheitert war?

Wir machen dich fertig. Dich und deine Familie.

Klar, dass der Bogdan Draganescu in Christophs Kopf in so einer Situation nicht die Klappe halten konnte.

Er schälte sich aus dem Bett, schlich barfuß durchs Schlafzimmer, öffnete die Tür, trat in den schmalen Flur im Obergeschoss. Er vermied jedes Geräusch. Um Eva nicht zu stören, falls es sich um einen Fehlalarm handelte. Und um den oder die ungebetenen Gäste nicht zu alarmieren, wenn er mit seiner Vermutung richtiglag.

Sowohl die Handys als auch das Festnetztelefon lagen auf der Anrichte unten im Flur. Er könnte rasch runterschleichen, sein Mobiltelefon holen, die Schlafzimmertür verrammeln und die Polizei rufen. Und erst wieder hervorkommen, wenn die Beamten da waren.

Ein Riesentrubel. Und falls er sich täuschte? Eva war ohnehin aufgebracht und hielt ihn für überreizt. Und die Nachbarn, allen voran Frau Stahmer, würden wochenlang tratschen.

Unten blieb es weiterhin still. Also erst mal die Treppe runter und dann entscheiden, wie es weiterging. Er tapste los, erreichte den Treppenabsatz, trat in den Flur. Die kalten Fliesen unter den nackten Füßen jagten ihm einen zusätzlichen Schauer über den Rücken. Dafür gewöhnten sich seine Augen an die Dunkelheit, und er erkannte auf dem Flurschränkchen nicht nur sein Mobiltelefon, sondern auch eine große Schere. Er griff danach, hielt sie wie einen Dolch in der Hand.

Für alle Fälle.

Er erreichte die Nische mit der Garderobe. Nichts außer diversen Mänteln, Jacken und Taschen. Er schlich weiter, bemerkte auf der linken Seite eine Bewegung.

Er fuhr herum. Direkt vor der Wand kauerte eine dunkle Gestalt und starrte ihn an. Ein erneuter Schreck schoss ihm durch den Leib. Sein Gehirn brauchte einige Sekunden, um zu begreifen, dass er nur sich selbst sah. Der große Wandspiegel im Flur hing schräg gegenüber der Garderobe. Kein Grund zur Panik. Allerdings machten Spiegelbilder keine Geräusche.

Er blieb einen Augenblick stehen, um sich zu beruhigen. Und jetzt hörte er das Geräusch, das ihn aus dem Bett getrieben hatte. Ein kurzes, leises Klappern. Es war die Tür des Gästeklos.

Sie bewegte sich.

Nur minimal, ein paar Zentimeter vielleicht, aber das bildete er sich nicht ein. Er schlich voran, fühlte an den Fußsohlen den rauen Stoff des Teppichläufers, der dort die Fliesen bedeckte. Er packte den Griff der Schere fester. Und schob die Tür auf.

Im Bad war niemand. Und jetzt hätte er fast doch einen Laut von sich gegeben – vor Erleichterung.

Das kleine Fenster im WC war gekippt, und der auffrischende Wind spielte mit der angelehnten Klotür, drückte sie auf und zog sie wieder zu. Zeit, dem ein Ende zu bereiten. Um schleunigst ins warme Bett zurückzukehren.

»Was machst du hier?«

Jetzt schrie er doch. Er riss die Hand mit der Schere in die Höhe, wirbelte herum zu der Stimme, die hinter ihm erklang. Es war Eva, die dort im Dämmerlicht stand. Ihr Gesicht gefror vor Schreck. Sie wich vor ihm zurück, blieb mit dem Fuß an der Kante des Läufers hängen und stolperte rückwärts.

»Eva«, rief er. Er ließ die Schere fallen, sprang vor, fasste nach ihr und erwischte sie an den Schultern, gerade rechtzeitig, um einen Sturz zu verhindern.

»Um Gottes willen.« Eva japste. Sie wand sich aus seinem Griff, trat einen Schritt von ihm weg und hob beide Hände vor ihren Bauch. Sie hatte Angst vor ihm, wurde ihm klar. Sie wollte das Baby beschützen. Vor ihm.

»Warum schleichst du nachts mit einer Schere durchs Haus? Du hast mich zu Tode erschreckt.«

»Ich bin von einem Albtraum aufgewacht. Dann habe ich ein Geräusch gehört und wollte nachsehen«, sagte er. »Es war nur die Toilettentür. Und du hast mich übrigens auch erschreckt.«

»Im Gegensatz zu dir war ich unbewaffnet.« Sie schlug auf den Lichtschalter neben dem großen Wandspiegel. Christoph blinzelte gegen das helle Licht der Flurlampe an.

Eva stand vor ihm, mit kreideweißem Gesicht, vor Wut blitzenden Augen und noch immer schnaufend.

»Es … tut mir leid. Ich wollte nicht …« Er hob die Hände, um sie zu umarmen. Eva wich vor ihm zurück, ließ die Berührung dann aber doch zu, ohne sie zu erwidern.

»Ich … ich schlafe besser wieder unten auf dem Sofa«, sagte er.

Eva nickte stumm.

39

Christoph wälzte sich auf dem Sofa herum. Von seinem Schlafplatz aus konnte er quer durchs Wohnzimmer bis zur Terrassentür und hinaus in den Garten sehen. Die kleine Grünfläche war bevölkert von allerlei Schatten, die sein Verstand als die dunklen Konturen der Obstbäume und Sträucher erklären konnte. Das änderte nichts an dem schaurigen Gefühl, dass einige dieser Schemen lebendig wurden, sobald er die Augen schloss oder sich auf dem Sofa umdrehte und so dem Raum den Rücken zuwandte. In seiner Fantasie setzten die Schatten sich in Bewegung, schlichen an die Terrassentür und glotzten ihn aus tiefen, augenlosen Höhlen an.

Was für ein Unsinn, dachte er. Er stand noch einmal auf, schob den dünnen Ziervorhang vor die Terrassentür, legte sich wieder hin. Er versuchte, das mulmige Gefühl nicht weiter zu beachten, und zwang sich, die Augen zu schließen. Es gelang ihm, sich zu beruhigen. Doch statt der Gruselfantasien spukte nun jemand anderes durch seine Gedanken. Die Erinnerungen an die Zeit mit Fish ließen sich nicht so einfach aussperren.

25. MÄRZ 2000

»Was für ein Arschloch. Was für ein verdammtes Riesenarschloch!« So zornig hatte Christoph seinen Freund noch nicht erlebt. Fish war außer sich. Er schwenkte einen Brief in der Hand und tigerte durch die Wohnung. Die Wut hatte ihn zumindest vorübergehend aus der zuletzt übermächtigen Lethargie gerissen.

»Schlechte Nachrichten?«, fragte Christoph.

»Das Arschloch von meinem Vater dreht mir den Geld-hahn zu.«

»Dein Vater? Dem die Wohnung hier gehört?«

»Ja, genau der. Einen anderen habe ich nicht.« Er starrte auf das Papier. Als könnte er mit den Augen einen Feuerstrahl abfeuern und es damit einäschern. »Er fordert konkrete Er-gebnisse. Scheine, Klausurnoten, Vordiplom.«

Da das mit dem Entzünden offensichtlich nicht klappte, schleuderte er den Brief von sich. Das Papier segelte durch die Luft und landete in der Nähe des Kaninchenkäfigs. Christoph folgte dem Zettel mit den Augen. Und sah, dass der Käfig leer war. Der Hase war verschwunden.

»Wo ist Bunny?«, fragte er.

»Tot. Eingegangen.«

»Oh. Tut mir leid.«

Fish zuckte mit den Achseln. Mehr hatte er dazu nicht zu sagen. Er trat neben den Käfig. Hob den Brief seines Vaters wieder auf und knüllte ihn zusammen. »Was glaubt der ei-gentlich, was ich den ganzen Tag so tue.«

Das wusste Christoph ehrlich gesagt auch nicht. Studieren konnte es kaum sein. Buchschreiben auch nicht. Fish hing zu Hause rum, rauchte Unmengen an Gras und traf sich gele-gentlich mit Vanessa. Mehr nicht. Er war nur noch ein Schat-ten des Mannes, dem er auf der Millenniumsparty begegnet war.

Christoph tat das, was er die letzten Tage immer getan hat-te, wenn er am frühen Nachmittag bei Fish aufschlug. Er kochte Kaffee, lüftete Fishs Kifferhöhle, sorgte dafür, dass sein Freund etwas zu essen bekam – und fühlte sich hilflos. Fish verschloss sich vor ihm. Tat so, als wäre alles in Ordnung, lehnte jedes vorsichtige Angebot von Christoph ab, über sich zu sprechen, geschweige denn Hilfe anzunehmen. Und Christoph war zu feige, seinen Freund mit dem zu konfrontieren, was er längst wusste: dass Fish Psychopharmaka schluckte, dass sein viel gepriesenes Buchprojekt eine Luftnummer war und er auch sonst nichts auf die Kette kriegte.

Sie setzten sich in Fishs Zimmer, tranken Kaffee. Fish schaufelte sich eine Schale Müsli mit H-Milch rein. »Ist dein Vater auch so ein Wichser?«, fragte er. »Der seinen Sprössling mit maßlosen Erwartungen überfrachtet?«

»Eher das Gegenteil«, sagte Christoph.

»Wie meinst du das?« Er stellte die noch halb volle Müslischale neben sich auf den Boden und griff sich den Tabak.

»Er ist ein ziemlich stumpfer Typ. Gas- und Wasserinstallateur. Führt in dritter Generation einen Familienbetrieb im Sauerland, in der Nähe von Arnsberg. Ich sollte den Betrieb übernehmen, so wie er von seinem Vater. Dass ich studieren und von zu Hause wegwollte, lag außerhalb seiner Vorstellungskraft.«

»Klempner kannst du immer noch werden«, sagte Fish. Mit dem Grinsen auf dem Gesicht war er fast wieder der Alte. »Seelenklempner.«

»Sehr witzig.«

Er baute einen Joint, hielt ihn Christoph hin, der schüttelte den Kopf. »Ich habe in zwei Tagen Prüfung«, sagte der. »Da brauche ich einen klaren Kopf.«

»Vorbildlich.« Er zündete sich das Teil an und nahm einen Zug, der locker für sie beide gereicht hätte. »Du wirst es schaffen«, sagte er. »Mein Vater wäre sicher stolz auf dich. Wenn du sein Sohn wärst und nicht ich.«

»Wie ist er sonst so, dein Vater?«

»Er ist ein Arschloch.« Fishs Augen funkelten. »Oder hatte ich das bereits erwähnt?«

»Ist er selbst erfolgreich?«

»Neurochirurg, Doktor der Medizin, habilitiert. Jüngster Oberarzt der Geschichte und so.« Fish machte mit dem Zeigefinger eine kreisende Bewegung auf der linken Schläfe, als wollte er ein Loch in seinen Schädel bohren. »Er hat wichtige OP-Verfahren mitentwickelt und hält Patente auf ein paar von ihm erfundene chirurgische Instrumente. Aber den Großteil des Vermögens hat er geerbt. Als Spross einer hanseatischen Kaufmannsfamilie. Er ist das letzte steinreiche Arschloch aus einer Familie steinreicher Arschlöcher.«

Er machte eine wegwerfende Handbewegung. »Er ist ein Tyrann der schlimmsten Sorte. Er hat mich mit Geld und Erwartungen überhäuft. Das Geld habe ich genommen. Die Erwartungen konnte ich nie erfüllen. Natürlich sollte ich in seine Fußstapfen treten. Dass ich nur Psychologie und nicht Medizin studieren wollte, war nur eine in einer langen Reihe von Enttäuschungen, die ich ihm bereitet habe.« Fish lachte. Es sollte wohl verächtlich klingen, geriet aber eher hilflos.

»Als ich fünf war, hat er mir einen kleinen Hund geschenkt. Einen Beagle. Zur Belohnung, weil ich ein Jahr früher eingeschult wurde als die meisten anderen Kinder. Und als Ansporn für gute Noten. Der Welpe war mein Ein und Alles. Ich habe ihn Jerry genannt, nach der Comic-Maus, die immer schlauer und schneller war als der doofe Kater. Ich habe jede freie Minute mit Jerry verbracht.«

»Und? Hat der Plan deines Vaters funktioniert?«

»Ich erinnere mich genau an den letzten Schultag der vierten Klasse. Ich kam mit dem Grundschulzeugnis nach Hause, traf meinen Alten oben im Esszimmer. Es war ein sommerlicher Tag, die Sonne schien durch die offene Balkontür. Und ich überreichte ihm das Zeugnis. Sehr durchschnittliche Noten, eine bestenfalls halbherzige Gymnasialempfehlung. Vater war schwer enttäuscht. Er traktierte mich mit Vorwürfen. Dass ich ein Versager sei, dass ich ihm und der Familie Schande bereiten würde und all so was. Und dann griff er sich Jerry.«

Fish schluckte, saugte an seinem Joint. »Er meinte, ich hätte meine Zeit mit dem Hund verschwendet, statt mich um die Schule zu kümmern. Das könne so nicht weitergehen. Er werde dafür sorgen, dass ich mich auf das Wesentliche konzentriere.« Fish sah hoch. Ein alter, kindlicher Schmerz spiegelte sich in seinen Augen. »Vater schmiss meinen Hund vom Balkon. Jerry quiekte während des Flugs. Ich rannte an die Balkonbrüstung, sah ihn unten mit verdrehten Gliedern auf dem Rasen liegen.

Mein erster Impuls war, einfach hinterherzuspringen.« Fish schüttelte den Kopf, sah Christoph an. »Verstehst du? Ich war neun Jahre alt, aber schon damals habe ich gewusst, dass ich ihn damit am meisten treffen würde. Wenn ich sterbe. Und damit seine Illusion zerstöre, dass er seinen Sohn allein nach seinen Vorstellungen formen könnte.«

»Echt krass«, sagte Christoph.

»Allerdings. Aber ich habe mich nicht getraut zu springen. Und weißt du, warum?« Fish beugte sich vor. Seine Augenlider zuckten. »Es war nicht die Angst vorm Sterben. Nein. Ich hatte die verrückte Vorstellung, wenn ich mich umbringe, dann nur noch mehr Ärger von meinem Alten zu kriegen. Ist das nicht irre? Nicht einmal mein Selbstmord bot mir einen Ausweg und Schutz vor seinem Zorn.«

»Ja. Irre.«

»Mein Vater sah mich an, während ich an der Brüstung stand. Ich bin mir sicher, er spürte, dass ich mich ihm komplett ausgeliefert fühlte. Dass er mich absolut beherrschte. Über den Tod hinaus.«

»Furchtbar«, sagte Christoph. »Was hast du getan?«

»Was Kinder so tun, wenn sie hilflos sind. Ich habe geheult. Habe mich wochenlang im Schlaf eingepisst. Bin nachts hochgeschreckt. Und habe gelernt, ihm den braven Sohn vorzuspielen.«

»Wie das?«

»Indem ich ihm gab, was er wollte. Und alles andere verheimlichte. Gute Schulnoten habe ich ihm gezeigt. Bei schlechten Noten habe ich entweder seine Unterschrift nachgemacht oder ganze Arbeiten und Zeugnisse gefälscht und ihm vorgelegt. Wenn das nicht ging, habe ich mich rausgeredet und anderen die Schuld gegeben. Klassenkameraden, die mich gemobbt und vom Lernen abgehalten haben. Oder Lehrer, die mich auf dem Kieker hatten, weil ich aus einer angesehenen Familie stamme. Damit kriege ich ihn bis heute. Die eigene Schuld auf andere abwälzen – das ist genau sein Ding.«

»Echt heftig«, sagte Christoph. »Du musst ihn ganz schön hassen.«

»Ich versuche es, jeden Tag aufs Neue. Aber die Wut hält nie lange. Am Ende ist da immer nur Angst. Erbärmlich, nicht wahr?« Er sah hoch mit einem Ausdruck im Gesicht, den Christoph bei seinem Freund noch nie gesehen hatte. Fish schämte sich, wurde ihm klar. Bis zum tiefsten Grund seiner Seele.

»Nein, Mann!«, sagte Christoph. »Du hattest niemals eine Chance, es ihm recht zu machen.« Er dachte an Fishs Gerede von seinem Buch und seinem angeblichen Studium. Heikles Terrain. Aber Fish war ungewöhnlich redselig. Vielleicht kriegte er ihn dazu, auch darüber zu sprechen. »Was erzählst du ihm heute?«, fragte er. »Über dein Leben und dein Studium?«

Fish zuckte mit den Schultern. »Die erste Zeit habe ich ihm die Geschichte vom erfolgreichen Studenten aufgetischt. Gute

Klausuren, zufriedene Professoren. Seit das nicht mehr zu halten ist: schlechter Einfluss. Leute von der Uni, die mich zum Drogenkonsum verführen. Mir Flausen in den Kopf setzen und vom Studieren abhalten.« Er zog an seinem Joint, holte das Letzte aus dem winzigen Stummel heraus.

Es war ausgesprochen, puh. Christoph wagte kaum zu atmen. So ehrlich hatte Fish noch nie über sich gesprochen.

»Warum sagst du deinem Vater nicht die Wahrheit?«

Fish hustete eine Rauchwolke aus. »Unmöglich.«

»Was ist mit deiner Mutter? Weiß die, wie es wirklich ist? Wie es dir geht? Könnte die weiterhelfen?«

»Meine Mutter?« Fish blickte irritiert, als hätte Christoph gerade die denkbar abwegigste aller Fragen gestellt. »O Mann.« Er schüttelte den Kopf, presste die Lippen aufeinander. »Das ist eine noch traurigere Geschichte. Eine, die keiner hören will.«

»Ich würde sie schon hören wollen.«

Fish verzog die Augenbrauen. »Meine Mutter ist wenige Wochen nach meiner Geburt mit einem Auto gegen einen Brückenpfeiler gerast. Wie es hieß, mit voller Absicht. Da war sie gerade neunzehn Jahre alt.« Er ließ seine Kippe in die Teedose fallen. Sein Blick verlor sich irgendwo im Inneren des Blechgefäßes.

»O mein Gott. War sie … depressiv?«

»Es existieren unterschiedliche Geschichten darüber, wer sie in den Selbstmord getrieben hat«, sagte er, ohne den Kopf zu heben. »Wahlweise mein Vater, weil er zögerte, sie zu heiraten und mich als seinen Sohn anzuerkennen. Wahlweise ihre Brüder und ihr eigener Vater, die gegen die Beziehung waren und sie verstoßen haben.« Fish zuckte mit den Achseln. »Passen würde beides. So oder so war meine Mutter von lauter Arschlöchern umgeben.«

»Krasse Geschichte«, sagte Christoph. Er hätte gern mehr dazu gesagt, aber ihm fiel absolut nichts ein.

Fish nickte, presste die Lippen aufeinander. Er stand auf, wirkte wie betäubt und unschlüssig, was er tun sollte. Wohl vor allem nicht weiter über seine Familie reden, dachte Christoph. Fish griff sich die Müslischale und den improvisierten Aschenbecher. »Komm, räumen wir ein wenig auf. Vanessa kommt noch vorbei.«

40

Christoph erwachte von einem stechenden Schmerz, der von seinem Hinterkopf bis tief runter in die rechte Schulter zog. Er rappelte sich hoch. Es war taghell unten im Wohnzimmer, obwohl die Radiouhr gerade mal halb sieben zeigte. Der Vorhang vor der Terrassentür war eher dekorativ und hielt kaum Licht ab. Genauso wie das Sofa zum Draufsitzen und weniger als Schlafgelegenheit geschaffen war. Es war bereits seine zweite Nacht auf der Couch in dieser Woche, sein Nacken würde ihn den Tag über daran erinnern. Er rappelte sich hoch.

Die Erinnerungen an die früheren Treffen mit Fish spukten ihm durch den Kopf. Sie brachten keine Antworten auf Christoph drängendste Fragen: Was hatten die alten Geschichten mit den jüngsten Ereignissen zu tun? Wie hing Fish in der Sache drin? Und welche Rolle spielte bei all dem die Reporterin? Christoph dehnte seinen Nacken, rollte die Schultern. Leider bescherte ihm auch das keine neuen Erkenntnisse. Es linderte nicht einmal nennenswert den Schmerz.

Er stand auf, legte sein Bettzeug zusammen, nahm eine Ibuprofen und deckte den Frühstückstisch.

Eva kam eine halbe Stunde später im Morgenmantel die Treppe herunter. Auch sie wirkte angeschlagen. Die Ereignisse der letzten Tage und der wenige Schlaf, und all das am Ende ihrer Schwangerschaft, zollten Tribut. Christoph umarmte sie. Sie hing wie eine Puppe in seinen Armen.

Auch beim Frühstück blieb Eva schweigsam. Sie hatte sich Arbeit mit an den Tisch genommen und blätterte durch irgendwelche Vertragsentwürfe. Von ihrem halben Toast mit

Marmelade biss sie ein einziges Mal ab, ihren koffeinfreien Kaffee rührte sie gar nicht an.

»Es tut mir echt leid, das mit heute Nacht«, wiederholte er sich. »Ich wollte dich nicht erschrecken. Und erst recht nicht in Gefahr bringen.«

»Ich weiß.« Sie nippte an ihrem Kaffee. Knabberte am Toast. Und wandte sich wieder ihren Zetteln zu. Vermutlich brauchte sie etwas Zeit, dachte er. »Reden wir heute Abend? In aller Ruhe?«

Sie nickte, erneut ohne aufzublicken. Besann sich eines Besseren, sah endlich zu ihm hoch. »Ja, einverstanden.« Sie rang sich ein Lächeln ab.

Er nahm Teller und Tasse, stand vom Tisch auf. Und zögerte. Bei einer seiner Fragen konnte Eva ihm vielleicht weiterhelfen. Es war sicher kein idealer Moment, sie darauf anzusprechen, aber …

»Darf ich dich etwas fragen? Ist nicht dein Lieblingsthema«, sagte er.

»Na?« Sie hing mit der Aufmerksamkeit noch immer bei ihren Verträgen.

»Du meintest, dass du dich an Fish erinnerst«, sagte er. »An die Silvesterparty, bei der du ihn und mich getroffen hast.«

Eva hob den Kopf. Eine misstrauische Falte grub sich in ihre Stirn.

»Du hast dort lange mit einer jungen Frau gesprochen. Sie hieß Vanessa. Sie und Fish sind kurz nach der Party zusammengekommen. Erinnerst du dich an sie?«

»Du solltest dich nicht weiter mit diesem Fish beschäftigen«, sagte sie. »Ich habe es bereits gesagt. Er tut dir nicht gut.«

»Das habe ich nicht vergessen. Und ich werde mich von ihm fernhalten, versprochen. Sofern er überhaupt noch einmal auftaucht. Aber …«

»Aber was?«

»Diese Reporterin, von der ich dir erzählt habe …«

»Mit der du dich in einem Café getroffen und dir ein Taxi geteilt hast.« Die Falte auf Evas Stirn vertiefte sich. »Selina Yilmaz. Ich habe heute früh ihren Namen gegoogelt.«

Christoph stellte Tasse und Teller wieder auf den Tisch und setzte sich zurück auf seinen Stuhl. »Und?«

Sie zuckte mit den Schultern. »Sie hat einen Journalistenpreis gewonnen, weil sie unter großem Einsatz und quasi im Alleingang eine Schmiergeldsache aufgedeckt hat.«

Er nickte. »Ich glaube, sie ist ziemlich hartnäckig, wenn sie sich auf eine Sache eingeschossen hat.«

»Vielleicht wäre es gut, wenn du dich auch von ihr fernhältst.«

Dünnes Eis, dachte Christoph. Doch er hatte es betreten und würde nun ein paar Schritte darauf gehen müssen, bevor er es wieder verlassen konnte. Er bemühte sich um größtmögliche Zurückhaltung in der Stimme. »Sie interessiert sich für Fish. Und für Vanessa. Aber sie hat mir nicht verraten, warum. Du würdest mir sehr helfen, wenn du mir sagst, was du über Vanessa weißt.«

»Das ist zwanzig Jahre her.«

»Trotzdem. Versuch, dich zu erinnern. Bitte!«

»Puh.« Sie strich sich mit der Hand Haare aus der Stirn. »Wir waren nicht wirklich befreundet, haben uns rasch wieder aus den Augen verloren. Sie hat studiert. Politik oder Wirtschaft. Kein Wunder, dass sie sich auf deinen schrecklichen Freund eingelassen hat. Mit Männern hatte sie kein glückliches Händchen.«

»Ach nein? Wie meinst du das?«

»Sie ist, glaube ich, wiederholt an komische Männer geraten. Fish war da keine Ausnahme. Wenn ich mich recht erinnere, hatte sie sogar ein Kind. Von einem Typen, der sie sitzen gelassen hat.«

»Ach ja? Was war das für ein Typ? Und ihr Kind? Ein Junge oder ein Mädchen.«

Sie schüttelte den Kopf. »Ich habe wirklich keine Ahnung.«

»Versuch, dich zu erinnern!«

»Ich sagte doch bereits, dass ich …«

»Bitte!« Er packte Eva am Arm.

Sie zuckte zusammen. Sah erst auf seine Hand, hob dann den Kopf und schaute ihm ins Gesicht. »Sag mal, geht's noch? Merkst du eigentlich, was du hier machst?«

»Ich …« Christoph ließ sie los, stand auf und trat einen Schritt zurück. »Ich stelle dir ein paar Fragen.«

»Du bedrängst mich. Du bist wie besessen von diesen Themen. Von Fish, von dieser Reporterin, jetzt von Vanessa.« Sie sprang von ihrem Stuhl auf, ihr Gesicht färbte sich rot. »Wir erwarten ein Kind, Christoph. Warum habe ich das Gefühl, dass du mit dem Kopf ganz woanders bist?«

»Eva, bitte.« Er hob die Hände in die Höhe. »Es gibt überhaupt keinen Grund für Eifersucht.«

»Bitte was?« Eva sah ihn mit großen Augen an, schüttelte den Kopf. »Ich bin nicht eifersüchtig, Christoph. Ich mache mir bloß Sorgen. Um dich! Und wenn ich ehrlich bin auch um mich.«

Er musste schlucken. »Um dich? Wieso denn das?«

»Das fragst du ernsthaft? Du bist im Dunkeln durchs Haus geschlichen. Und hast mich zu Tode erschreckt, als du mit der Schere in der Hand vor mit standest. Ich habe das Bild die ganze Nacht nicht mehr aus dem Kopf gekriegt, ich will mir nicht ausmalen, was passiert wäre, wenn du nicht zur Besinnung gekommen wärst und zugestochen hättest. Oder ich über diesen blöden Läufer gestürzt wäre. Ich …« Sie kniff die

Augen zusammen, am Rand ihrer Lider bildeten sich Tränen. »Ich fühle mich mit dir nicht sicher.«

Evas Worte fühlten sich an wie eine Ohrfeige. Ein Schlag von der Art, die einen vor allem zur Besinnung bringen sollte. Hatte sie recht? Verrannte er sich in fixe Ideen und Verschwörungstheorien? Und waren ihm dabei Maßstab und Feingefühl so sehr abhandengekommen, dass sie Angst vor ihm haben musste?

Oder tat er in einer schwierigen Lage das Notwendige, um sie beide zu schützen? Vor einer womöglich realen Gefahr, der sie ausgesetzt waren?

Die bittere Wahrheit war: Er wusste es nicht. So oder so tat er gut daran, Eva nicht noch weiter zu beunruhigen. Nicht durch seine Ängste, so begründet die auch sein mochten. Und schon gar nicht durch sein Verhalten.

»Du hast recht, entschuldige«, sagte er. Am liebsten hätte er Eva in den Arm genommen. Doch das war gerade keine gute Idee, also hob er die Hände beschwichtigend in die Höhe. »Ich bin vielleicht … etwas überreizt im Moment.«

Eva sah ihn an. Und schwieg.

Das reichte ihr nicht.

»Ich schlafe schlecht«, sagte er. »Habe Albträume, meine Hand zittert immer wieder. Und ich erinnere mich an komische Dinge aus der Vergangenheit. Du hast recht. Es ist wirklich etwas viel. Aber ich weiß auch nicht, was ich dagegen tun kann.«

Sie nickte. Ihr Gesicht nahm einen milden Ausdruck an. »Ich habe mich gefragt, ob du mal mit Andreas sprichst. Er kennt uns lange, vielleicht kann er dir helfen. Ich würde auch mitkommen, wenn du willst.«

Evas Worte tropften in seinen Verstand. Und er brauchte ein paar Sekunden, bis er ihre Bedeutung begriff. Sie schickte ihn zum Psychiater. Klar, Andreas war ein guter und langjähriger Bekannter und ein geschätzter Kollege. Trotzdem eine befremdliche Vorstellung, ihn als Patient aufzusuchen. »Ich denke darüber nach, okay?«

»Ich erwarte, dass du ihn anrufst. Das ist mein voller Ernst. Du brauchst Hilfe von einer Art, die ich dir nicht geben kann.«

»Ist gut, versprochen.« Er trat auf sie zu, streichelte ihr mit der Hand übers Gesicht. »Ich liebe dich«, sagte er. Wenigstens dessen war er sich sicher.

41

Selina balancierte einen Pappbecher mit heißem Kaffee und eine Tüte mit zwei Frischkäse–Bagels in der einen, ihre Jacke, die Handtasche und einen Stapel Post in der anderen Hand.

Sie steuerte ihren Platz an. Es wurde höchste Zeit, den Kaffeebecher loszuwerden. Der brachte allmählich ihre Finger zum Glühen.

Ihr Chef Karl Lewitz öffnete die Tür seines Büros und trottete ihr entgegen. Offenbar hatte er auf sie gewartet. »Selina«, sagte er und schenkte ihr sein gutmütiges Lieber-Onkel-Karl-Lächeln.

Sie ließ die Brötchentüte auf ihren Schreibtisch fallen und befreite sich von dem elend heißen Trinkgefäß.

»Was gibt's?«, fragte sie.

Karl wies mit dem Kopf in Richtung seines Büros und ging voran. Also unter vier Augen.

»Es hat jemand angerufen«, sagte er, nachdem er die Tür geschlossen hatte. »Ein Anwalt, Ansgar van Golderbloom.«

»Der Strafverteidiger von Bogdan Dragancscu. Was wollte er?«

»Er will die Person sprechen, die die Vergewaltigerbande aufgespürt und zur Strecke gebracht hat. Er sagte, es sei sehr wichtig. Und er hat strengste Vertraulichkeit zugesichert.«

Selina nickte. »Was hast du ihm gesagt?«

»Ich habe ihm gesagt, dass wir die Namen unserer Investigativreporter aus guten Gründen geheim halten. Und dass ich sein Anliegen weiterleiten werde.« Karl zuckte mit den Schultern. »Deine Entscheidung.«

Karl Lewitz stellte sein Büro zur Verfügung. Selina beobachtete von ihrem Arbeitsplatz aus, wie ihr Chef den Anwalt höchstpersönlich in Empfang nahm und ihn durch den Redaktionsraum eskortierte. Ansgar van Golderbloom – das war fast ein Hauch von Prominenz in den heruntergekommenen Büros der *Tageszeitung*. Karl trottete mit ausgebeulten Jeans und aus dem Bund heraushängendem Knitterhemd in seinen Aldi-Turnschuhen vorweg, van Golderbloom stolzierte im teuren Maßanzug mit entsprechend edlem Hemd samt Krawatte und Einstecktuch hinter ihm her. Er trug eine schwarze Aktentasche bei sich. Die Ledersohlen seiner vermutlich maßgefertigten Edelschuhe klackerten über das ausgetretene Linoleum.

Sie verschwanden in Karls Büro. Selina wusste, dass ihr Chef den Anwalt als Erstes eine Verschwiegenheitserklärung unterschreiben ließ, die Karl extra vom Justiziar der Zeitung hatte aufsetzen lassen. Darin verpflichtete sich van Golderbloom gegen eine hohe Strafandrohung dazu, Selinas Namen unter allen Umständen geheim zu halten. Eine Vorsichtsmaßnahme, auf die Karl bestanden hatte.

Kurz darauf kam der Chefredakteur wieder heraus. Er winkte Selina zu sich, bat sie in sein Büro und ließ sie mit dem Anwalt allein.

Ansgar van Golderbloom war auch aus der Nähe eine Erscheinung. Er saß, ein Bein über das andere geschlagen, auf einem von Karls abgewrackten Besucherstühlen und brachte dabei das Kunststück fertig, gleichzeitig lässig und elegant auszusehen. Er musterte sie aus hellwachen blauen Augen, aus denen eine kühle Intelligenz sprach. Seine grauen Haare waren picobello frisiert. Etwas altmodisch mit Seitenscheitel. Der allerdings passte perfekt zu dem feinen, ebenfalls penibel gepflegten Oberlippenbart. Dieser Anwalt schien mehr Zeit in Kosmetikstudios zu verbringen als alle Frauen aus Selinas Bekanntenkreis zusammen.

Van Golderbloom erhob sich von seinem Platz, als Selina den Raum betrat. Er nickte und reichte ihr die Hand zur Begrüßung.

»Sie sind also …«

»Selina Yilmaz.« Sie erwiderte den Händedruck.

»Die Frau, die im Alleingang die Escort-Bande hochgenommen hat«, sagte er. »Mein Kompliment für Ihren Mut und Ihre Entschlossenheit.«

»Danke.«

Selina griff sich Karls Stuhl – auf dem hatte sie schon immer mal sitzen wollen – schob ihn hinterm Schreibtisch hervor und setzte sich drauf.

Auch der Anwalt nahm wieder Platz.

»Was wollen Sie?«, fragte sie.

»Vielleicht beruhigt es Sie zu wissen, dass ich gerade im Begriff bin, das Anwaltsgeheimnis zu brechen.«

»Sehe ich beunruhigt aus?«

»Nicht im Geringsten.« Van Golderbloom schmunzelte. »Also, Frau Yilmaz. Oder darf ich Selina zu Ihnen sagen?«

»Überlasse ich Ihnen.«

»Also, Selina. Sie haben vor sechs Monaten Ihren ersten Artikel über die Draganescus geschrieben. Eine volle Breitseite. Groß aufgemacht in der Sonntagsausgabe. Sie haben darin Bogdans illegale Geschäfte aufgedeckt. Ihn als wankelmütigen und impulsiven Charakter beschrieben. Und ihm und seinen Brüdern eine Mitschuld am Tod seiner Zwillingsschwester gegeben.«

Selina neigte den Kopf. Und schwieg.

»Eine uralte Geschichte aus den Siebzigerjahren. Gründungsvater Fiodor hatte vier Kinder. Dragan, Bogdan und

Pjotr sowie Elena als einzige Tochter. Elena ist schwanger geworden. Von einem deutschen Arzt, der nicht zum Clan gehörte. Sie wurde daraufhin verstoßen und auf Druck ihres Vaters und ihrer Brüder in den Selbstmord getrieben.«

»Sie haben meinen Artikel gründlich gelesen. Gratulation.«

»Soweit ich weiß, war das eines der ältesten und am besten gehüteten Familiengeheimnisse des Clans. Davon hätte eigentlich niemand etwas wissen dürfen.«

Selina nickte.

»Vermutlich hat Ihr Artikel Bogdan dermaßen unter Druck gesetzt, dass ihm beim Treffen mit seinem Cousin Silvio die Nerven durchgegangen sind. Wahrscheinlich ging Bogdan davon aus, dass Silvio vertrauliche Informationen an die Presse durchgestochen hat. Und hat ihn deswegen umgebracht.«

Ansgar machte eine neue Pause beim Sprechen. Er hoffte wohl noch immer darauf, dass sie eines seiner Stichworte aufgreifen und einfach losplaudern würde. Weit gefehlt.

»Jetzt kam Ihr Artikel über die Escort-Bande. Der Mann, den Sie angeschossen haben, ist Pjotr Draganescu. Der jüngste Bruder von Bogdan und Dragan.«

Selina schwieg weiter. Dieser Anwalt wollte etwas von ihr. Früher oder später würde er schon rausrücken mit seinem Anliegen.

Ansgar van Golderbloom faltete die Hände und stützte die Ellbogen auf seine Knie. »Sie haben innerhalb eines halben Jahres die Nummern zwei und drei in der Hierarchie des Clans aus dem Weg geräumt und die ganze Familie öffentlich in Verruf gebracht. Ich würde meinen, Dragan, die Nummer eins, hat allen Grund, sich Sorgen zu machen.«

»Sie werden es wissen. Schließlich arbeiten Sie für ihn.«

»Ich arbeite für ihn.« Er nickte. »So würde Dragan es wohl ausdrücken. Und ja, er macht sich Sorgen. Große Sorgen.«

Für einen winzigen Augenblick schien sich eine Art Schatten auf das Pokerface des Anwalts zu legen. Langsam wurde es interessant.

»Hören Sie, Ansgar!«, sagte sie. »Wenn Sie mir etwas sagen wollen, sagen Sie es. Wenn Sie mich etwas fragen wollen, fragen Sie. Aber kommen Sie bitte zur Sache.«

»Ich möchte wissen, für wen Sie arbeiten«, sagte der Anwalt.

»Sie kennen meinen Chefredakteur. Karl Lewitz. Wir sitzen in seinem Büro.«

Ansgar schüttelte den Kopf. »Nicht Ihr Redakteur. Ihr Informant. Ich kann mir beim besten Willen nicht vorstellen, dass Sie rein zufällig die Führungsriege der Draganescus dezimieren«, sagte er. »Von wem erhalten Sie Ihre Informationen? Silvio kann es nicht sein. Der ist seit sechs Monaten tot.«

Selina schmunzelte. »Auf diese Frage erwarten Sie nicht ernsthaft eine Antwort, oder?«

»Kennen Sie Ihren Informanten? Oder bekommen Sie die Hinweise anonym?«

»Kein Kommentar.«

»Ich will ganz offen zu Ihnen sein, Selina.« Ansgar stellte die Füße nebeneinander, beugte sich zu ihr vor. »Dragan ist ein extrem gefährlicher Mann, der buchstäblich über Leichen geht. Es dürfte ihm nicht schwerfallen, Ihre Identität herauszufinden. Vermutlich kennt er sie bereits. Immerhin haben sowohl Pjotr als auch die anderen Männer aus der Vergewaltigerbande Sie gesehen. Er wird das nicht auf sich sitzen lassen.«

»Sie wollen mich ernsthaft vor ihm warnen? Wenn Sie tatsächlich ein Herz für die Wehr- und Schutzlosen haben, warum liefern Sie Dragan nicht selbst ans Messer? Wie wäre es, wenn Sie mir brisantes Material über ihn zuspielen? Ich garantiere maximale Vertraulichkeit.«

»Ich wünschte, ich hätte genügend Belastendes gegen ihn in der Hand. Leider ist das nicht der Fall. Zumindest noch nicht«, sagte Ansgar. Er lehnte sich wieder zurück. »Dragan erpresst mich.« Erneut legte sich ein Schatten auf sein Gesicht. Diesmal blieb er. »Er weiß Dinge aus meiner Vergangenheit. Es würde mich ruinieren, wenn die ans Licht kämen.«

»Okay. Und weiter?«

»Ich sehe nur eine Möglichkeit, mich von ihm zu befreien. Und da kommt Ihr Informant ins Spiel. Ich möchte mich mit ihm verbünden, mit ihm zusammenarbeiten, um Dragan zur Strecke zu bringen. Wie heißt es so schön? Der Feind meines Feindes ist mein Freund.«

Selina verschränkte die Arme vor der Brust, wohl wissend, welches Signal sie damit sandte. »Wieso sollte ich Ihnen vertrauen?«

»Weil ich mein Leben gerade in Ihre Hände lege. Deswegen.«

»Tun Sie das? Muss mir entgangen sein.«

»Ich komme zu Ihnen in Ihre Redaktion. Unterschreibe eine Erklärung. Verrate Ihnen vertrauliche Informationen über meinen Mandanten. Wenn das rauskäme …« Er atmete hörbar aus. »Dann wäre ich nicht nur als Anwalt geliefert. Dragan würde mich umbringen.«

Selina nickte. Das klang fast überzeugend. Aber auch nur fast. »Ebenso gut könnte Dragan Sie hergeschickt haben. Sie erschleichen mein Vertrauen, enttarnen meine Identität und die meines vermeintlichen Informanten – und liefern uns beide ans Messer, um Dragan milde zu stimmen. Wie klingt das?«

Zu Selinas Überraschung lachte ihr Gegenüber. Es war ein bitteres Lachen und balancierte haarscharf an der Schwelle zur Verzweiflung. Es hatte etwas entwaffnend Ehrliches.

»Auf jeden Fall muss ich mir keine Sorgen machen, dass Sie Dragan unterschätzen.« Ansgar bückte sich zu seiner Aktentasche hinunter, die er zwischen den Beinen des Stuhls platziert hatte, öffnete sie und zog eine Klarsichthülle hervor. »Diese alte Geschichte, wegen der Dragan mich in der Hand hat.« Er reichte ihr die Hülle. Darin erkannte sie Kopien von Zeitungsseiten und ein paar bedruckte Zettel. »Lesen Sie das«, sagte er. »Ich gebe Ihnen Informationen über mich, die außer mir und Dragan niemand kennt. Ich gehe damit ein hohes Risiko ein. Aber vielleicht vertrauen Sie mir dann. Und denken noch einmal über mein Anliegen nach.«

Täuschte sie sich? Oder wurden Ansgars Augen gerade feucht? Dieser Anwalt drückte emotional auf die Tube, dachte sie. Er beugte sich erneut hinunter, schloss seine Tasche. Als er wieder aufrecht saß, hatte er sich in den aalglatten Advokaten zurückverwandelt. Er schämte sich seiner Gefühle, wurde ihr klar. Er wollte nicht, dass sie ihn so sah. Auch das bestätigte seine Glaubwürdigkeit.

Sie nickte. »Ich denke darüber nach. Versprochen.«

Ereignisse geschehen, Handlungen werden ausgeführt,
doch es gibt keinen individuellen Tuenden
oder Handelnden, der sie ausführt.

Buddha

42

Christoph verließ die Aufnahmestation der forensischen Abteilung des Klinikums Nord. Hinter ihm schloss sich die letzte der insgesamt drei Schleusen, die mit schweren Panzertüren, Gegensprechanlagen und Videoüberwachung dafür sorgten, dass niemand, der es nicht durfte, diese Einrichtung verließ.

Gerade hatte er mit Karina Burkhart gesprochen. Über deren schwieriges Leben, unglückliche Partnerschaften, insbesondere ihre Beziehung mit Gunnar, den sie weiterhin liebevoll Gunni nannte, und die Stunden und Minuten unmittelbar vor der Tat. Sie war ihm vergleichsweise gefasst vorgekommen, konnte geordnet auf seine Fragen antworten und zeigte, anders als bei ihrem ersten Gespräch während der Haftprüfung, weder Ärger noch Verzweiflung. Sie wirkte wie abgeschnitten von ihren Emotionen, wozu vermutlich die Beruhigungsmittel beitrugen, die ihr hier in großzügiger Menge verordnet wurden.

Christoph spazierte über das parkartige Krankenhausgelände Richtung Ausgang. Er warf einen skeptischen Blick zum Himmel. Die Bewölkung nahm merklich zu und würde laut Wetterbericht spätestens am Abend ordentlich Regen bringen. Aber vorerst war es trocken.

Er zog sein Mobiltelefon aus der Jackentasche, wählte die Nummer der Telefonzentrale im Strafjustizgebäude und ließ sich mit der für den Fall zuständigen Richterin verbinden.

»Hier spricht Professor Kerber«, sagte er, als sich Dr. Mansfeld am anderen Ende der Leitung meldete.

»Herr Professor.« Die Richterin klang glaubhaft erfreut. »Was kann ich für Sie tun?«

»Es geht um Karina Burkhart.« Christoph vergewisserte sich, dass niemand in der Nähe war, der das Gespräch mithören konnte. »Die Frau, die ihren Freund mit dem Küchenmixer umgebracht hat. Ich komme gerade aus der psychiatrischen Klinik, habe fast zwei Stunden mit ihr gesprochen.«

»Und? Können Sie schon etwas mitteilen, das Licht in die Sache bringt?«

»Sie hat sicher eine Persönlichkeitsstörung. Keine Psychose. Sie ist deutlich aggressionsgehemmt, hat wenig Zugang zu ihren Gefühlen, kann kaum über sich nachdenken. Und sie ist zeitlebens an Partner geraten, die sie schlecht behandelt und ausgenutzt haben. Sie hat nie gelernt, sich angemessen zu behaupten. Ihr Vater war Alkoholiker, sie beschreibt ihn als schweigsamen, eher ängstlichen Mann, an den sie sich als Kind geklammert hat. Ihre Mutter war ein regelrechter Drachen, sofern ihre Schilderungen stimmen. Unterschwellig, teils offen aggressiv, ungeduldig und vorwurfsvoll.«

»Okay«, sagte Dr. Mansfeld. »Und wie wird so jemand zur Mörderin?«

»Vermutlich ein Impulsdurchbruch.« Christoph erriet am Schweigen der Richterin, dass ihr das als Erklärung zu dünn war.

»Es ist möglich, dass sie beeinflusst worden ist. Und das ist der Grund meines Anrufs.«

»Beeinflusst? Von wem?«

»Es gehen Gerüchte um von einem Video, das über soziale Netzwerke verbreitet wird und das eine Art Anleitung enthält. Es klingt vielleicht ein wenig verrückt, aber es könnte …«

»Sie meinen das Hypnose-Video?«

»Sie haben davon gehört?«

»Schalten Sie am besten das Radio ein oder sehen Sie in die

Online-Meldungen. Da wird gerade von nichts anderem berichtet.«

Christoph hatte am Morgen nach seinem Gespräch mit Eva kurz in die Nachrichten gesehen. Da war es um die aktuellen Klimapläne der Bundesregierung, ein Treffen der Nato-Außenminister und einen aus einem Wildpark entlaufenen Wolfsrüden gegangen. Kein Wort über das Video. Offenbar hatte die Presse in der Zeit, die er mit Karina Burkhart verbracht hatte, ihr Schweigen gebrochen. Eine Frage beschäftigte ihn dabei am drängendsten und ließ seine Eingeweide gefühlt auf die Größe eines Kieselsteins zusammenschrumpfen: Hatte Selina Yilmaz ihren verleumderischen Artikel veröffentlicht und damit die Axt an seinen guten Ruf angelegt und gleich mal kräftig zugeschlagen? Der bisherigen Reaktion der Richterin konnte er das nicht entnehmen. »Das muss in den letzten beiden Stunden passiert sein«, sagte er.

»Gut möglich. Ich habe gerade von einem Kollegen davon erfahren. Offenbar gab es eine Reihe merkwürdiger Vorfälle in Zusammenhang mit dem Video.« Dr. Mansfeld zögerte einen Augenblick. »Das ist doch Humbug. Oder ist so etwas tatsächlich möglich?«

Christoph schluckte. Sein Hals fühlte sich trotzdem trocken an. »Bis vor Kurzem hätte ich das vehement abgestritten. Inzwischen bin ich mir nicht mehr sicher.« Ein kleiner, gemeiner Gedanke flitzte durch seinen Kopf: Hatte er die dunkle Macht der Hypnose schlicht verleugnet? Um vergessen zu können, dass er sie am eigenen Leib erfahren hatte? Fish hatte ihn dazu gebracht, Dinge zu tun, die er nicht tun wollte. Und sich an Sachen zu erinnern, die möglicherweise gar nicht geschehen waren. Der Bunny-Effekt. Christoph wusste bis heute nicht, ob er auf den Stoffhasen eingestochen hatte. Oder ob das echte Tier in der Wanne gesessen hatte und nur knapp dem Tod entgangen war. Es war verrückt.

»Und was hat Karina Burkhart mit diesem Video zu tun?«, fragte die Richterin und riss ihn aus seinen Gedanken.

»Sie hat es möglicherweise gesehen«, sagte Christoph. »Unmittelbar vor der Tat. Sie hat mir erzählt, dass sie in der Küche gesessen hat und mit ihrem Handy auf Facebook unterwegs war. Sie hat sich einige Videos angeschaut. Sie meinte, dass sie irgendwann wie aus dem Schlaf hochgeschreckt sei und sich gewundert habe, wie viel Zeit vergangen sei. An den Inhalt der Filme kann sie sich aber nicht erinnern, behauptet sie.«

Er ließ der Richterin eine oder zwei Sekunden, um die Infos zu verdauen, bevor er weitersprach. »Ich wollte Sie bitten, das Handy als mögliches Beweismittel zu sichern und technisch untersuchen zu lassen. Angeblich lässt sich dieses Video nur online ansehen und nicht herunterladen, aber vielleicht findet sich doch etwas.«

»Ich kann Ihnen nicht versprechen, dass was Verwertbares herauskommt. Aber natürlich lassen wir das Handy sicherstellen und untersuchen. Ich leite das an den ermittelnden Staatsanwalt weiter.«

»Danke.«

Sie beendeten das Gespräch, und Christoph rief sofort die Nachrichtenseiten auf. *Hamburger Tageszeitung, Spiegel, Bild* – sosehr sich die Medien in den letzten Tagen bei der Berichterstattung über das Hypnose-Video zurückgehalten hatten, so zündeten sie jetzt ein umso größeres Feuerwerk.

Allen voran die *Hamburger Tageszeitung*. Auf deren Online-Seite gab es kein zweites Thema. Detailliert wurden die bisherigen Zwischenfälle aufgelistet, die mutmaßlich mit dem Video in Verbindung standen. Ein Psychiater und angeblicher Hypnosespezialist aus Berlin ließ sich mit den Worten zitieren, dass der freie Wille eines Menschen in hypnotischer Trance quasi außer Kraft gesetzt sei. Das hätte Fish kaum anders ausgedrückt. Erkenntnisse über den oder die Urheber des Videos gebe es bisher nicht. In einem rot umrahmten Aufruf wurde ausdrücklich davor gewarnt, das Video anzuschauen, wenn es einem in den sozialen Medien angeboten werde. Stattdessen möge man die Polizei über eine eigens eingerichtete Hotline informieren.

Christoph überflog die Artikel und entspannte sich allmählich. Sein Name tauchte an keiner Stelle auf. Selina Yilmaz hatte ihre Drohung bisher nicht wahr gemacht.

43

Die drei Baumfäller rückten der alten Eiche mit Motor- und Handsägen, Seilen, Karabinerhaken, Winden und allerlei sonstigen Kletterutensilien zu Leibe. Als Erstes hatten sie den abgeknickten Seitenarm vom Stamm abgetrennt, anschließend alle kleinen und mittleren, von frischen Blattknospen übersäten Äste und Zweige entfernt. Von dem einst prächtigen Baum ragte nur noch das nackte Skelett in den Vormittagshimmel. Nach den drei Arbeitern würde definitiv niemand mehr auf der Eiche herumklettern.

Tja, alter Junge, dachte Cornelius, ich habe unseren Wettkampf gewonnen. Wer hätte darauf gewettet? Ein Sieg, errungen mit unfairen Mitteln, zugegeben. Er hatte einige Mühe aufwenden müssen, um so kurzfristig Baumfäller aufzutreiben, die gegen eine entsprechend stattliche Bezahlung auch ohne amtliche Fällgenehmigung ans Werk gingen.

Aber war es nicht immer so? Die Starken bestimmten die Spielregeln.

Cornelius verfolgte das geschäftige Treiben der drei Männer unten im Garten. Er stellte sich das Wurzelwerk des Baumes vor, das sich weitläufig metertief im Boden verzweigte. Selbst jetzt, nachdem die Arbeiter ihr jede Aussicht auf ein baldiges Frühlingserwachen genommen hatten, würde die Eiche nicht aufgeben. Dazu mussten die Baumfäller schon den Hauptstamm absägen und den kümmerlichen Rest mit Stumpf und Stiel aus der Erde reißen.

Cornelius trat vom Balkon zurück ins lichtdurchflutete Zimmer, schloss die Flügeltür, was den Lärm der Kettensägen und das unsägliche Gebrüll der Männer auf ein erträgliches

Maß reduzierte. Was blieb, war das gleichmäßige monotone Schnaufen der Beatmungsmaschine. Er stellte sich neben das Krankenbett, betrachtete die darin liegende Gestalt. Deren abgemagerter Brustkorb hob und senkte sich im Takt des Respirators.

Cornelius zog sein Mobiltelefon aus der Hosentasche, drückte eine Festwahltaste. Laurenz meldete sich, bevor das erste Klingelsignal verklang. »Ja, Herr Professor?«

»Sage den Baumfällern, sie sollen aufhören und verschwinden! Dann komm zu mir hoch!«

»Die sind noch nicht fertig, Herr Professor. In ein oder zwei Stunden ist der Stamm gefällt und …«

»Ich mag es genau so, wie es jetzt ist. Die sollen einpacken und gehen. Unverzüglich.«

»Gut. Ich sage gleich Bescheid.«

Cornelius legte auf und schritt durch den Raum, mit aufrechtem Haupt, das Kreuz durchgedrückt, die Hände hinter dem Rücken gefaltet. Und doch geriet es eher zu einem müden Schlurfen. Es führte ihn zu einem kleinen Tisch, um den drei Ledersessel platziert waren.

Dort lag sein Tablet neben einem Kaffeegedeck und einem Teller mit frisch aufgeschnittenen Apfel- und Mangostücken. Er aktivierte das Display, aufgerufen war die Online-Ausgabe der *Hamburger Tageszeitung*.

Die Schlagzeile samt Begleittext hatte er mehrfach gelesen, kannte beides inzwischen auswendig. Der Bericht über das Hypnose-Video, das über die sozialen Medien verbreitet wurde und Menschen zu Mördern machte, hätte ihn unter normalen Umständen für etliche Stunden den dumpfen Schmerz vergessen lassen, der durch seine Eingeweide wummerte.

Cornelius lächelte. Es fühlte sich ungewohnt an im Gesicht. Es gab ihm Kraft.

Der Krebs, der ihn allmählich dahinraffte, wuchs seit einem oder zwei Jahren unbemerkt in ihm. Aber es gab ein weiteres Geschwür, das älter und tiefer in ihm wucherte und das nicht seinen Körper, sondern seine Seele zerfraß. Eigentlich hatte er sich lange damit abgefunden, die offenen Rechnungen nicht mehr einzutreiben. Doch inzwischen hatte er den süßen Nektar der Gerechtigkeit gekostet. Das machte Appetit und gab ihm die Kraft, trotz stärkster Schmerzen weiterzumachen. Er würde es durchziehen. Bis zum Ende.

Draußen verstummte das Geräusch der Motorsägen. Gut, dachte Cornelius. Es ist noch nicht zu Ende mit uns, mein alter Freund. Lassen wir uns noch ein wenig Zeit beim Sterben.

Es klopfte an der Tür, und Laurenz trat ein. Schwarzer Anzug, weißes Hemd, schwarze Krawatte – sein Vertrauter sah aus wie aus dem Ei gepellt, lediglich an seinen Lederschuhen klebten etwas Erde und Grashalme von seinem Ausflug in den Garten.

»Herr Professor?«

»Sie müssen einen wichtigen Botengang für mich erledigen, Laurenz!«, sagte er.

Der freie Wille: Vor der Vernunft ist er nicht
zu erweisen, aber doch muss man ihn fordern,
sonst hört alle Selbstverantwortung auf.

Wilhelm Busch

44

Christoph saß im Taxi, das ihn zur Praxis bringen sollte, als das Display seines Handys zum Leben erwachte. Er zuckte unwillkürlich zusammen, als er sah, wer ihn anrief.

Er ging trotzdem ran. Wegducken machte hier wenig Sinn.

»Hallo, Frau Yilmaz«, sagte er. »Wie ich sehe, gilt Ihre Schweigevereinbarung mit der Polizei nicht mehr.«

»Seit heute Vormittag, ja«, sagte sie. »Die Innenbehörde hat ihre Presseerklärung herausgegeben, spricht eine Warnung aus und bittet um Mithilfe der Bevölkerung. Aber deswegen rufe ich Sie nicht an.«

»Sondern?«

»Ich habe es. Das Hypnose-Video.«

Christoph musste schlucken. »Woher?«, fragte er.

»Jemand hat es mitgeschnitten und an unsere Redaktion geschickt. Ich habe die Datei mit dem Video gerade auf mein Tablet gespielt und werde es mir gleich ansehen. Wenn Sie wollen, können Sie dabei sein. Hier oder bei Ihnen in der Praxis, ist mir egal. Ich richte mich nach Ihnen.«

»Wo ist der Haken?«

»Den gibt es nicht«, sagte sie. »Ich werde schnellstmöglich über das Video schreiben und bin natürlich an Ihrer fachlichen Einschätzung interessiert. Aber ich werde Sie nicht erwähnen oder zitieren, wenn Sie das nicht wollen. Neugierig?«

Nun saß Selina Yilmaz doch noch einmal in Christophs Büro. Sie hatten erneut die Stühle zusammengeschoben. Christoph versuchte, der Reporterin nicht näher zu kommen als eben nötig, um gute Sicht auf den kleinen Bildschirm des Tablets zu haben. Trotzdem saß sie dicht genug, dass ihm ihr Parfüm in die Nase schlich.

»Ich starte den Film.« Sie beugte sich zu ihrem Tablet hinunter, zögerte und wandte sich an Christoph. »Falls irgendwas, na ja, komisch wird, während wir das anschauen …« Sie schmunzelte auf eine Weise, als würde sie eigentlich genau das erhoffen. »Was tun wir dann?«

Christoph grinste zurück. »Fest in den Arm kneifen hilft vielleicht. Machen Sie schon an!«

Das Video begann. Es knisterte im Lautsprecher, auf dem Display erschienen Kopf und Oberkörper einer Gestalt, vermutlich eines Mannes. Die Person saß im Schatten, sodass nur die Umrisse, aber keine Details des Gesichts, der Frisur oder Oberbekleidung zu erkennen waren. Wie der mysteriöse Bösewicht in einem alten Agentenfilm. Der Schattenmann faltete die Hände vor der Brust.

Und begann zu sprechen.

Bist du ein Verlierer? Kommst im Leben zu kurz, fühlst dich abgehängt?
Dann habe ich eine gute Nachricht: Du kannst das ändern.
Jetzt gleich. Willst du das?
Ja?
Ich bin nicht überzeugt. Deswegen frage ich noch mal:
WILLST DU DAS WIRKLICH ÄNDERN?

Es war eine männliche Stimme, eher tief, mit einem schneidenden Unterton. Und eindeutig nicht die von Fish. Christoph war erleichtert. Sein alter Studienfreund steckte nicht hinter dem Video. Zumindest war er nicht der Sprecher.

Selina stoppte die Wiedergabe, sah ihn an. »Erkennen Sie die Stimme?«, fragte sie. »Ist es dieser Fish?«

»Eindeutig nein«, sagte Christoph.

Sie nickte, schien ihm zu glauben. Vermutlich hatte sie ihm die Wahrheit ohnehin am Gesicht abgelesen.

Selina tippte erneut auf das Display. Und es ging weiter.

WILLST DU DAS WIRKLICH ÄNDERN?

Okay.

Wenn du sicher bist …

Und nur dann …

machen wir weiter.

Die erste Lektion dauert nur wenige Minuten. Sie ist die wichtigste. Wenn du dich darauf einlässt, gehst du bereits die ersten Schritte auf der Gewinnerstraße.

Also: Setz dich entspannt hin! Nimm ein paar tiefe Atemzüge und spüre in deinen Körper hinein! Ist es bequem?

Gut. Jetzt zähle ich langsam rückwärts von fünf bis eins. Versuche, dich allein auf das Zählen zu konzentrieren!

Fünf.

Höre meine Worte! Lass dich von ihnen führen. In einen Zustand angenehmer Entspannung.

Vier … drei …

Vielleicht spürst du es bereits. Als Gefühl von Schwere oder auch Leichtigkeit in den Füßen, den Waden, den Oberschenkeln. Als Wärme oder angenehme Kühle, die sich von den Händen über die Arme und Schultern allmählich in dir ausbreitet. Dein Bauch, dein Rücken und dein Nacken, sogar dein Gesicht, alles entspannt. Wohlige Gleichmut erfüllt dich.

Es war merkwürdig, beinahe unheimlich. Obwohl Christoph sich vornahm, den Film mit objektiver Nüchternheit zu betrachten, konnte er sich dessen Einfluss nicht entziehen. Die

Hypnose griff nach ihm. Und er hielt brav die Hand hin. Es war wie ein alter Reflex. Die Stimme schlich an seinem Willen vorbei mitten hinein in sein Gehirn und nistete sich dort ein, als bediente sie sich verborgener Pfade, die Fish vor über zwei Jahrzehnten in sein Unbewusstes gegraben hatte.

Das war eine Ewigkeit her. Aber etwas in ihm schien sich sofort daran zu erinnern. Wie ein altes Programm in der Tiefe seines Geistes, das nur auf den richtigen Startcode gewartet hatte, um loszulegen.

Christoph wollte es nicht. Und doch wurde sein Körper schwer, stellte sich ein Gefühl wohliger Entspannung ein.

… zwei … eins. Fertig.

Gut gemacht. Du befindest dich in einem Zustand leichter Trance. Eventuell bemerkst du es nicht einmal, aber das macht nichts. Die Trance wirkt bereits. Dein Denken, dein Fühlen, deine Körperfunktionen beruhigen sich. Atme weiter! Folge meinen Worten!

Und jetzt stell dir einen Menschen aus deinem Leben vor. Nimm einfach denjenigen, der dir als Erstes in den Sinn kommt. Mal dir im Kopf aus, wie er oder sie aussieht, spricht, sich bewegt. Wie ist deine emotionale Beziehung zu diesem Menschen? Gibt es Gefühle von Sympathie oder sogar Liebe? Den Wunsch nach Nähe? Oder magst du die Person eigentlich nicht, ärgerst dich über sie? Steht sie dir bei etwas im Weg?

Lass dich einfach ein auf die Gefühle, die derjenige oder diejenige genau jetzt in dir wachruft.

Gut.

Und nun stell dir vor, wie es wäre, diesen Menschen zu töten!

Christoph erschrak heftig. Das Ganze gewann eine Intensität, mit der er nicht gerechnet hatte. Bilder tauchten in seinem Inneren auf. Erinnerungen an eine verregnete Nacht draußen an der Alster, in der Fish ihn um ein Haar endgültig um den Verstand gebracht hätte.

Christoph wollte die Bilder nicht. Er wollte sich nicht erinnern und verspürte den drängenden Impuls, die Vorführung abzubrechen. Oder sich zumindest fest zu kneifen, wie er es der Reporterin im Scherz empfohlen hatte. Aber die Stimme sprach weiter, fragte ihn, ob er die geballte Kraft spüren wolle, die in ihm stecke. Sie zählte von fünf rückwärts die Zahlenreihe herunter. Und nahm ihn einfach mit.

Sitzt du noch immer bequem? Oder hast du dich hingelegt?

Du willst sie wirklich verlassen, die Verliererstraße, und stattdessen den Weg des Erfolgs, den Weg der Kraft beschreiten. Und du bist bereit, dafür das Notwendige zu tun.

Eine gute Entscheidung, die Anerkennung und Respekt verdient.

Folge meiner Stimme! Ich führe dich auf diesen Weg. Er bringt dich dorthin, wo du schon immer sein wolltest.

Nimm ein paar ruhige Atemzüge. Spüre, wie sich die Entspannung im Körper ausbreitet. In den Füßen, den Beinen. Im Becken, am Rücken, in Bauch und Brust. Weiter in den Fingern und Händen, den Armen und Schultern. Schließlich im Hals, am Nacken, hinten und oben am Kopf und im Gesicht. Spürst du es?

Gut.

Jetzt möchte ich, dass du ihn dir vorstellst, deinen Erfolg. So intensiv wie möglich.

Fantasiere eine konkrete Situation oder erinnere dich an eine, die du erlebt hast. Du hast die freie Wahl, worum es dabei geht. Trittst du den neuen Job an, den du unbedingt haben willst? Begegnest du dem Menschen, für den du schon lange schwärmst oder in den du verliebt bist? Befindest du dich an deinem Traumort? Oder alles zusammen? Nur zu! In der Fantasie gibt es keine Grenzen.

Christoph folgte den Anweisungen der Stimme. Er konnte nicht anders. Er entspannte sich, und neue, zum Glück schöne Bilder sprudelten aus der Tiefe hervor. Der Tag im Mai des Jahres 2000 fiel ihm ein, als er am frühen Nachmittag das Schreiben vom Landesprüfungsamt aus dem Briefkasten gefischt und darin gelesen hatte, dass er das Physikum bestanden hatte. Und das erste Date mit Eva im Sommer desselben Jahres. Sie hatten sich zufällig auf dem Uni-Campus wiedergetroffen, Christoph hatte sich ein Herz gefasst und sie angesprochen. Die nächste Erinnerung war die an die feierliche Verleihung der Habilitation direkt nach seiner Antrittsvorlesung vor fast hundert Freunden und Arbeitskollegen. Das war vier Jahre her. Ein verregneter Morgen vor neun Monaten fiel ihm als Letztes ein. Damals war Eva mit glücklich glasigen Augen aus dem Badezimmer getreten und ihm in die Arme gefallen.

Hier hätte das Hypnose-Video enden können. Tatsächlich verstummte die Stimme und ließ Christoph mit seinen schönen Erinnerungen für einen Moment allein.

45

Fünf, vier, drei, zwei, eins …

Du hast ihn gekostet, den Geschmack von Glück, Kraft und Erfolg, nicht wahr? Du hast deinen persönlichen Triumph erlebt. Als Erinnerung, oder als Fantasie.

Ich verspreche dir, dass du fast alles, was du dir erträumst, auch in Wirklichkeit erreichen und bewahren kannst.

Der entscheidende Unterschied zwischen Traum und Realität? In der Vorstellung gibt es keine Grenzen, keine Regeln, an die du dich halten musst. Nur die im eigenen Kopf. In der Wirklichkeit existieren reale Widerstände, die du überwinden musst, um deine Ziele zu erreichen.

Meist sind es Menschen, die dir im Weg stehen. Menschen, die dich emotional oder materiell ausnutzen. Die dich dazu bringen, zurückzustecken und dich ihren Zielen unterzuordnen. Sie wollen nicht, dass du erfolgreich bist. Sie neiden es dir, weil sie sich dann selbst klein und schwach fühlen.

Du kennst einen solchen Menschen, habe ich recht? Der stark ist, weil du schwach bist. Der mächtig ist, weil du ohnmächtig bist.

Stelle dir diese Person jetzt vor, ganz konkret, so als stünde sie direkt vor dir. Und keine Angst! Es ist reine Fantasie, darin hat die Person keine Macht über dich. So groß und übermächtig sie dir auch sonst vorkommen mag.

Stelle sie dir vor. Gönne ihr einen Auftritt auf deiner inneren Bühne. Lass sie sprechen, sich bewegen, ihr übliches Repertoire abspulen. Sieh ihr dabei zu, in der festen Gewissheit, dass es deine Bühne ist und dass du jederzeit den Vorhang fallen lassen kannst.

Lass sie auf dich wirken. Diese Person, die dich daran hindert, deinen Weg des Erfolgs zu beschreiten. Den Weg, der dir zusteht, der nur auf dich wartet. Nimm wahr, welche Gefühle diese Person in dir auslöst.

Ist es Angst? Traurigkeit? Ohnmacht? Vielleicht auch nur ein diffuses Unbehagen. Nimm das Gefühl einfach wahr. Gib ihm Raum und spüre hinein. Dies ist sie. Deine schwache, hilflose, ängstliche Seite. Ja, so fühlt sie sich an.

Wenn du sie überwinden willst, musst du dich deiner besten Waffe bedienen.

Ich meine deine Wut. Deinen gerechten Zorn, den du entfesseln musst, um sämtliche Hindernisse aus dem Weg zu räumen.

Vielleicht hast du keine gute Meinung von deiner Wut. Hältst sie für schlecht oder böse und glaubst, dass du sie unterdrücken und vor anderen verbergen musst.

Lass dir sagen: Du irrst dich gewaltig. Deine Wut ist dein Freund. Sie ist dein wichtigster Verbündeter, deine Kraftquelle und dein schärfstes Schwert auf dem Weg zum Erfolg. Befreie sie. Und sie wird dich befreien!

Möchtest du das? Möchtest du das wirklich?

Ich meine es ernst. Es ist nicht zu spät, auszusteigen und die Sitzung hier sofort zu beenden.

Aber wenn du weitermachst, helfe ich dir, deine Wut zu entfesseln. Sie ein für alle Mal zu befreien aus dem engen Käfig, in dem sie eingesperrt ist.

Entscheide dich. Jetzt.

Ich zähle langsam von fünf rückwärts bis eins. Wenn du dann noch dabei bist, öffnen wir ihn gemeinsam, diesen Käfig.

Fünf.

Vier.

Drei.

Bist du wirklich entschlossen weiterzumachen? Falls nicht, schalte jetzt ab.

Zwei, eins.

46

Die Stimme führte Christoph in die Gegenwart. Wer oder was stand seinem Glück im Weg, fragte sie, und es dauerte keine Sekunde, bis aus seinem diffusen Bedrohungsgefühl eine konkrete Person auftauchte.

Wir machen dich fertig!

Er sah den Menschen leibhaftig vor sich, der seine Existenz bedrohte und den Weg versperrte, den er sich so mühsam erarbeitet hatte.

Dich und deine Familie, hörst du?

Mit ihm hatte alles begonnen. Bogdan Draganescu. Der Mann, der ihm im Gerichtssaal einen Bleistift in den Hals gerammt und seinen Fluch in den Kopf gepflanzt hatte.

Er spürte Bogdans unheimliche Macht und seine eigene Angst, die seit der Verhandlung in ihm ein Eigenleben führte. Daraus stieg, ganz langsam und ermuntert von der Stimme, Zorn auf. Wut sei die beste Waffe, sagte sie, und ja, er wollte sie entfesseln, er wollte sie aus dem Käfig befreien und seinen Feind mit aller Gewalt bekämpfen, die in ihm steckte.

Ob er weitermachen wolle, fragte die Stimme.

Unbedingt!

47

… zwei, eins.

Du bist noch dabei. Eine gute Entscheidung.

Du hast dir die Person vorgestellt, die dir im Weg steht auf deinem Weg zum Erfolg, und dich den Gefühlen gestellt, die dieser Mensch in dir auslöst. Allein das zeugt von Mut und Entschlossenheit. Aber um dich wirklich zu befreien, musst du einen weiteren, einen letzten Schritt gehen.

Vielleicht hast du Angst vor diesem letzten bedeutenden Schritt.

Angst zu haben ist keine Schande. Und trotzdem: Diese Angst war es, die dich bisher daran gehindert hat, dich endgültig von deinem Unterdrücker zu befreien.

Lass dir eines sagen: Du musst nicht sofort dein Schwert ziehen und deinem Unterdrücker den Kopf abschlagen.

Wir besiegen ihn Schritt für Schritt. Auf diese Weise kriegst du es hin, du wirst sehen.

Stell dir als Erstes eine Kleinigkeit vor! Einen Giftpfeil. Das kann eine spitze Bemerkung sein, eine winzige Gemeinheit, eine unscheinbare Tätlichkeit. Wichtig ist, dass es von dir ausgeht. Und deinen Widersacher an einem empfindlichen Punkt trifft. Trau dich! Es wird dir gefallen.

Und mach dir keine Sorgen wegen der Reaktion. Die Person steht auf deiner Bühne. Du hast die absolute Kontrolle über die Situation. Es ist deine Fantasie. Du kannst tun, was immer du willst.

Hat er gesessen, der Giftpfeil?

Meinen Glückwunsch! Du hast dich gewehrt. Vielleicht zum ersten Mal. Hat es sich gut angefühlt?

Dann weiter. Du hast jede Menge Pfeile im Köcher, große und kleine. Zieh einen weiteren heraus und schieße ihn ab, wenn du willst. Und dann noch einen. Und noch einen.

Christoph hielt sich nicht lange mit Pfeilen auf. Er schwang sofort die große Fantasiekeule. Er sprang vor dem heranstürmenden Bogdan Draganescu zur Seite, riss die Arme hoch und packte den Rumänen mit der einen Hand an den Haaren, mit der anderen im Nacken. Mit demselben Schwung, mit dem der Bogdan im echten Leben über den Tisch gehechtet war und Christoph mitsamt Stuhl umgeworfen hatte – während er ihm zeitgleich den Bleistift in den Hals gebohrt hatte –, knallte jetzt dessen Schädel auf den massiven Eichentisch. Die Hypnosestimme hatte nicht zu viel versprochen. Christoph hatte die Kontrolle. Er konnte steuern, was passierte, er hatte Bogdan wahrlich im Griff. Und es fühlte sich gut an, befreiend, und es war noch lange nicht vorbei. Er zog den Kopf seines Peinigers an den Haaren in die Höhe und ließ ihn erneut auf die Tischplatte krachen. Hob ihn wieder an, hämmerte ihn zurück, wieder und wieder. Der Schädel des Rumänen knackte wie eine Kokosnuss, Blut spritzte bei jedem Aufprall durch die Luft. Auf dem Tisch breitete sich ein feuchtroter Fleck aus. Nach kurzer Zeit schien der Schädel nur noch aus Bruchstücken zu bestehen, zusammengehalten von der dünnen Kopfhaut.

Christoph zog den Kopf ein weiteres Mal in die Höhe. Und stutzte. Die Haare hatten sich verändert. Nicht nur waren sie jetzt blutgetränkt, auch ihre Farbe und Festigkeit hatten sich gewandelt, von lichtem Grau zu struppigem Schwarz. Auch der Schädel kam ihm insgesamt kleiner vor. Er betrachtete, was vom Gesicht übrig geblieben war – und erschrak heftig. Viel war nicht mehr da, aber diese Ruine gehörte eindeutig nicht zu Bogdan. Es waren die nur noch schwer erkennbaren Konturen von Fish.

Christoph ließ los, und der Kopf plumpste mit einem letzten widerlichen Geräusch auf die Tischplatte. Er trat einen Schritt zurück. Auch der Körper, der halb auf, halb unter dem Tisch lag, war jetzt der von Fish. Er trug seinen alten Parka.

Christoph hatte gerade seinem Studienfreund den Schädel zertrümmert. Das hatte er nicht gewollt.

Es ist nicht wahr, sagte er sich, nur Fantasie. Er hatte es begonnen, er konnte es stoppen. Also los!

Er riss die Augen auf, atmete tief und zwang sich, zusammen mit der Luft die äußeren Eindrücke in sein Bewusstsein strömen zu lassen. Tatsächlich verblassten die inneren Bilder ein wenig. Stattdessen sah er die Wände seines Büros, das inzwischen zur Hälfte eingeräumte Bücherregal und den kleinen Tisch mit dem Tablet-PC, auf dem noch immer das Hypnose-Video lief. Neben ihm saß die Reporterin. Sie lauschte mit geschlossenen Augen dem Hypnotiseur, der unentwegt weitersprach:

Es gefällt dir, deinen Widersacher in die Schranken zu weisen, habe ich recht? Ihn leiden zu lassen für all das, was er dir angetan hat? Dann nur zu, mach weiter, so lange du willst. So lange, bis er keine Macht mehr hat. Zerstöre ihn, wenn nötig. Befreie dich von ihm. Nichts und niemand wird dich mehr aufhalten können auf dem Pfad zum Erfolg. Denke immer daran: Grenzen gibt es nur in deinem Kopf.

48

Die Stimme des Hypnotiseurs verstummte. Die dunkle Gestalt verharrte für einige Sekunden auf dem Bildschirm, dann war der Film zu Ende.

Endlich. Am liebsten wäre Christoph aufgesprungen, zum Fenster gehastet, hätte es aufgerissen und Lunge und Kopf mit frischer Luft geflutet. Er wollte die Bilder herausblasen, die dieses verfluchte Video ihm ins Gehirn gepflanzt hatte. Er hatte Bogdan fertiggemacht. Hatte all seine verdammte Angst in mörderische Wut umgewandelt. Doch dann war etwas passiert. Als ob seine Gewaltfantasie eine alte Erinnerung an Fish …

Nein, stopp!, sagte er sich. Es wurde nicht besser, wenn er diesen Hirntrip wiederholte. Und aufstehen und zum Fenster stürmen ging gerade nicht, denn neben ihm saß Selina Yilmaz. Die Reporterin sah aus, als hätte sie ein erholsames Nickerchen gemacht. Sie blickte ihn erwartungsvoll an. Also begnügte er sich damit, tief ein- und wieder auszuatmen und sich mit der Hand über das Kinn zu fahren.

»Und?«, fragte sie. »Sind Sie irgendwie ferngesteuert? Muss ich mir Sorgen um meine Sicherheit machen?«

Christoph erwiderte den Blick der Reporterin, probierte ein Schmunzeln. »Ich kann mich gerade noch beherrschen.«

Ihre Mundwinkel zuckten. Die Andeutung eines Grinsens. »Und was halten Sie von dem Video?«

»Es ist gut gemacht«, sagte Christoph. Er schlüpfte dankbar in die Rolle des Experten. Da fühlte er sich um Welten sicherer. »Die Stimme nimmt den Zuhörer wie beiläufig an die Hand, verspricht Dinge, die jeder gern hätte, und leitet dazu an, sich das gewünschte Ergebnis plastisch vorzustellen. Eine gebräuchliche Technik, die auch außerhalb der Hypnose angewendet wird. Für sich genommen nicht spektakulär.

Aber dann: Wenn man angebissen hat, wird man immer weiter reingelockt. Die wiederholten Aufforderungen, sich aktiv für oder gegen das Weitermachen zu entscheiden, verstärken die Bindung zum Hypnotiseur und unterlaufen den eigenen Willen. Man hatte ja eine Wahl. Soll man zumindest denken. Der Sprecher verführt dazu, moralische Hemmungen zu lockern, mit dem Verweis, dass sich ja alles nur in Gedanken abspiele. Die aggressiven Fantasien werden subtil verstärkt, und am Ende gibt der Hypnotiseur die implizite Erlaubnis, sie auszuleben.«

Für einen Augenblick blitzte das Bild von Fishs zerschmettertem Schädel vor Christophs innerem Auge auf.

»Echt krank.« Er fuhr sich mit den Händen übers Gesicht. »Und gefährlich.«

»Das funktioniert wirklich? Das macht Menschen zu Mördern?«

»Wie war es bei Ihnen?« Christoph konnte nicht widerstehen, ihr diese Frage zu stellen. »Haben Sie sich jemanden vorgestellt, auf den Sie Ihre Pfeile abgeschossen haben?«

Sie nickte. Lächelte. »Ich hatte schon immer eine lebhafte Fantasie. Aber ich würde deswegen niemanden umbringen.«

»Sie nicht«, sagte Christoph. »Vermutlich niemand, der psychisch halbwegs stabil ist.«

Die Reporterin zog die Augenbrauen hoch. »Und die anderen? Die Instabilen?«

»Die vielleicht schon.« Er presste die Lippen aufeinander. Ihm behagte nicht, was ihm immer klarer wurde. Nicht nur über dieses Video. Sondern über sich selbst. »Menschen mit massiven Aggressionskonflikten zum Beispiel, unter deren

Oberfläche es brodelt, die aber bisher zu gehemmt waren. Patienten mit Impulskontrollstörung, bei denen ein kleiner Funke ausreicht, eine heftige Explosion auszulösen. Oder solche mit gestörter Realitätswahrnehmung, die sich in ihren wahnhaften Projektionen und Racheimpulsen bestätigt und bestärkt fühlen könnten.«

Selina Yilmaz schluckte. »Und es gibt vermutlich etliche, auf die das zutrifft?«

Christoph nickte. »Über zweieinhalb Prozent der Allgemeinbevölkerung erfüllen die Diagnosekriterien einer Borderline-Störung, bis zu drei Prozent die einer dissozialen Persönlichkeitsstörung. Dazu kommen ein Prozent Patienten mit Schizophrenie und bis zu drei mit einer bipolaren Störung. Das sind Zigtausende von Menschen allein in Hamburg. Klar sind die längst nicht alle gefährdet und gefährlich, aber bei manchen könnte das Video auf fruchtbaren Boden fallen.«

»Dann haben Sie Ihre Meinung geändert? Und halten Hypnose nicht für so harmlos, wie Sie vor einigen Tagen behauptet haben? Es gibt sie doch, diese dunkle Seite, von der Ihr Studienfreund immer gesprochen hat?«

»Ich glaube, dass die hypnotische Trance hierbei nur ein verstärkender, aber nicht der entscheidende Faktor ist.«

»Wie meinen Sie das?«

»Vielleicht ist es vergleichbar mit anderen impliziten Botschaften, die in der Öffentlichkeit verbreitet werden. So wie Hassparolen und verbale Tabubrüche populistischer Politiker. Die fordern auch niemanden zu manifester Gewalt auf. Aber sie öffnen mit ihren Worten Räume im Denken und Fantasieren. Räume, die aus guten Gründen einem Tabu unterliegen. Ein Großteil derjenigen, die das hören, ist empört. Doch bei manchen fallen diese Botschaften auf fruchtbaren

Boden. Menschen, die so voller Wut auf alles und jeden sind, dass sie eine unterschwellige Ermunterung dankbar annehmen. Die fühlen sich aufgefordert. Und handeln. Wenn solche Botschaften einen im Zustand hypnotischer Trance erreichen, wirken sie vielleicht besonders stark. Aber grundsätzlich ist für so etwas keine Hypnose nötig.«

»Okay«, sagte sie. »Es braucht einen Irren. Und jemanden, der bei diesem Irren die passenden Knöpfe drückt.«

»So könnte man es sagen.«

»Nun gut.« Selina Yilmaz schnappte sich das Tablet, steckte es in ihre Tasche, setzte sich aufrecht hin und sah ihn an. »Und verraten Sie mir jetzt den wahren Namen Ihres Studienfreundes Fish?«

Christoph stutzte über den raschen Themenwechsel, schüttelte den Kopf. »Meine Haltung hat sich nicht geändert. Vorher muss ich sicher sein, ihn nicht ans Messer zu liefern.« Er erwiderte den Blick. »Warum sind Sie hinter ihm her?«, fragte er.

Sie zuckte mit den Schultern. »Wie ich bereits sagte: Das geht Sie nichts an.«

Christoph nickte. »Die Frau auf dem Video, die von Fish hypnotisiert wurde. Sie ist Ihre Mutter, habe ich recht?«

»Wie bitte?« Ihr Gesichtsausdruck blieb geschäftsmäßig, aber das Blut floh aus ihrem Gesicht und verriet ihm, dass er ins Schwarze getroffen hatte.

»Vanessa«, sagte er. »Sie sind ihre Tochter, nicht wahr?«

Die Reporterin kniff die Augen zusammen. »Wie kommen Sie darauf?«

»Meine Frau war damals lose mit ihr befreundet. Sie hat mir erzählt, dass Vanessa alleinerziehende Mutter eines Kindes war. Von einem Mann, der sie …«

»Hören Sie auf. Sie haben recht.« Was ihr gerade noch an

Farbe im Gesicht fehlte, floss nun in doppelter Menge zurück. Es war unverkennbar ein heikles Thema. Und ungewohnt für sie, von jemandem unvermittelt konfrontiert zu werden. Das kannte sie sonst wohl nur andersherum.

»Ist sie der Grund, warum Sie hinter Fish her sind?«

Sie sah ihn an. Ihre Kiefermuskeln bebten, so fest presste sie die Zähne aufeinander. »Bleibt das hier unter uns?«

»Ich schreibe sicher keinen Zeitungsartikel darüber.«

Nun musste sie doch schmunzeln. »Tut mir leid, wenn ich Sie mit dem Artikelentwurf unter Druck gesetzt habe«, sagte sie. »Vielleicht beruhigt es Sie zu wissen, dass ich nie vorhatte, ihn zu veröffentlichen.«

»Ja. Das beruhigt mich.«

»Also …« Die Reporterin stützte die Hände auf die Tischplatte, verknotete die Finger ineinander. »Vanessa, meine Mutter, war noch keine achtzehn, als sie mich zur Welt gebracht hat. Mein Vater hat sich wenige Monate später auf Nimmerwiedersehen in die Türkei davongemacht und mir lediglich seinen Nachnamen hinterlassen. Ich war sieben, als das Video entstanden ist, auf dem Ihr Studienfreund meine Mutter hypnotisiert und dazu gedrängt hat, auf ihn zu schießen. Sie hat zu dieser Zeit studiert. Politikwissenschaften. Damals, im Frühjahr des Jahres 2000, hat sie sich plötzlich verändert. Von einem Tag auf den anderen.«

»Inwiefern?«

»Meine Mutter wurde verrückt. Laienhaft ausgedrückt. Eines Nachmittags Ende März kam sie heim und stand nur noch neben sich. Statt mich zu begrüßen, nach der Schule zu fragen und Essen zu kochen, setzte sie sich an den Küchentisch und starrte stumm in die Luft. Stundenlang. Ich hielt es anfangs für ein Spiel, aber von Minute zu Minute wurde es unheimlicher. Sie hat einfach nicht mehr reagiert, nicht einmal, als ich anfing zu weinen und sie anflehte, mit mir zu sprechen. Irgendwann bin ich rausgerannt und habe bei den Nachbarn geklingelt, die haben dann den Notarzt gerufen. Meine Mutter kam in die Psychiatrie und ich in eine Pflegefamilie.«

Selina Yilmaz sah auf ihre Hände hinab. Ihre Finger waren ineinander verkrallt, die Knöchel hatten sich weiß gefärbt. Sie löste die Finger und parkte die Hände auf ihren Knien. »Ich weiß bis heute nicht genau, was ihr zugestoßen ist. Sie selbst konnte nie darüber sprechen, weder mit mir noch mit den Ärzten. Die Psychiater meinten, so eine Psychose könne auch mal von einem Tag auf den anderen auftreten. Aber ich habe das nie geglaubt. Irgendetwas muss vorgefallen sein. Und ich bin überzeugt, dass Ihr Studienfreund etwas damit zu tun hat.«

»Haben Sie einen Verdacht?«

Sie zuckte mit den Schultern. »Sie haben mir von Ihren Hypnoseexperimenten erzählt. Vielleicht hat meine Mutter diese Versuche schlecht vertragen.«

»Mmh, schon möglich. Ich weiß nicht, was Fish und Ihre Mutter sonst noch alles angestellt haben.«

»Und deswegen muss ich wissen, wer er ist. Nur so bekomme ich meine Antworten.«

»Warum gerade jetzt?«, sagte Christoph. »Die ganze Geschichte ist zwanzig Jahre her. Wie sind Sie gerade jetzt auf mich gekommen?«

»Das Video, in dem Fish meine Mutter hypnotisiert. Es wurde mir zusammen mit Ihrem Buch anonym zugespielt. Ich habe Ihnen das Video gezeigt, Ihre Reaktion beobachtet. Den Rest konnte ich mir zusammenreimen.«

Christoph nickte. Eine Frage beantwortet, eine neue aufgeworfen. »Also gut«, sagte er. »Fishs richtiger Name ist Anton Friedrich Winter.«

Selina Yilmaz schloss für einen Moment die Augen. Sie glänzten, als sie sie wieder öffnete. »Und wissen Sie, was aus ihm geworden ist?«

Christoph schüttelte den Kopf. »Wir haben uns im Frühjahr 2000 aus den Augen verloren.« Er überlegte, ob er ihr von den jüngsten Begegnungen mit Fish erzählen sollte. Aber ein diffuses Unbehagen hielt ihn ab. Es gab noch zu vieles, das er nicht verstand. »Sein Vater ist ein bekannter Neurochirurg, der inzwischen recht alt sein dürfte. Professor Winter. Vielleicht ist der noch am Leben und kann Ihnen mehr berichten.«

Die Reporterin beugte sich zu ihm, legte ihre rechte Hand auf seine linke, lächelte. »Ich danke Ihnen. Sie haben mir sehr weitergeholfen.«

Willensfreiheit ist keine Tatsache,
sondern ein Gefühl.

Oswald Spengler

49

Bereits im Treppenhaus spürte Selina, wie ihr die Kontrolle über die Gesichtsmuskeln entglitt. Aber ein wenig würde sie noch durchhalten müssen. Also presste sie die Lippen aufeinander, atmete flach durch die Nase. Unten angekommen, streckte sie Hals und Rücken durch, trat durch die Haustür ins Freie und ging gemessenen Schritts den Bürgersteig entlang. Falls der Psychiater oben am Fenster stand und ihr hinterhersah, sollte er nicht mitbekommen, wie sehr ihr dieses Treffen zugesetzt hatte.

Nach gut fünfzig Metern war sie außer Sichtweite. Keine Sekunde zu früh. Es brach einfach aus ihr heraus. Sie beugte sich vor, stützte die Hände auf die Knie und japste nach Luft. Es fühlte sich an, als würde ihr ein mächtiger Krampf durch die Eingeweide schießen. Aber es war kein Krampf. Es waren nur Gefühle, nichts weiter. Die sie jetzt, scheiße noch mal, unter Kontrolle bringen würde.

Atmen. Tief, zehnmal ein und aus, sagte sie sich und fing auch gleich damit an. Und sich dabei auf den Solarplexus konzentrieren. Selina glaubte nicht an den ganzen Chakra-Unsinn, aber die Atemtechnik zur Emotionskontrolle funktionierte gut. Jaron, ihr Krav-Maga-Lehrer, hatte sie ihr als Neunjährige beigebracht, kurz nachdem sie bei ihm mit dem aus Israel stammenden Kampftraining begonnen hatte. Sie war ein zorniges, verzweifeltes, mit dem Leben überfordertes Mädchen gewesen. Jaron hatte nichts gewusst von Selinas Mutter, die von einem Tag auf den anderen verrückt geworden war. Er hatte keine Ahnung gehabt von ihren Ersatzeltern, die zwar das Pflegegeld der Behörde dankbar angenommen, sich aber ansonsten wenig um sie gekümmert hatten. Jaron hatte intuitiv gespürt, was mit ihr los war. Er sprach sie an, als sie beim Schnuppertraining blind vor Wut auf einen für sie viel zu schweren Sandsack eindrosch, nahm sie an die Seite und kniete sich neben sie.

»Konzentriere dich«, flüsterte er ihr ins Ohr. »Bündele deine Wut genau hier.« Jaron tippte mit dem Finger auf eine Stelle zwischen Bauchnabel und Brustkorb. »Und jetzt atme, zehnmal ein, zehnmal aus. Wenn du fertig bist, ist die ganze Wut da drinnen gespeichert. Wie in einer Batterie.«

Er wartete, bis sie mit Atmen fertig war, dann führte er sie an den viel zu großen Boxsack zurück, half ihr, die optimale Distanz, Schulterstellung und Fußhaltung einzunehmen. »Pack die ganze Wut in den Schlag! Alles auf einmal.« Er umfasste ihre Finger mit seiner Riesenhand, schloss sie zur Faust, brachte ihren Arm in die richtige Position. »Jetzt!«

Ihre Hand war nach vorne geflogen.

Damals war es ein Sandsack gewesen, diesmal ein roter Plastikmülleimer der Hamburger Stadtreinigung, der in Brusthöhe an einem Laternenpfahl hing und mit der Aufschrift *Bitte füttern!* um Abfall bettelte. Als Kind hatte sie mit der geschlossenen Faust zugeschlagen. Jetzt tat sie es mit der offenen Hand, sodass es statt der zerbrechlichen Fingerknöchel ihr fester Handballen war, der gegen den spröden Kunststoff krachte, dessen Oberfläche aufplatzen ließ und ihm eine eindrucksvolle Delle verpasste.

Besser. Der Zorn war merklich schwächer. Auf einen Schlag. Selina sah sich um. Ein älterer Mann mit Hut und Mantel stand in einiger Entfernung. Er hatte sie offenbar beobachtet, beließ es aber bei einem Kopfschütteln und schlurfte weiter. Sonst hatte niemand ihren kleinen Wutausbruch beachtet.

Sie atmete ein letztes Mal tief ein und aus. Es war ein Fußweg von zwanzig Minuten bis zu den Redaktionsräumen. Noch war es trocken, den aufziehenden dunklen Wolken zum Trotz. Sie marschierte los. Die Bewegung an der frischen Luft tat ihr gut.

Diese Hypnoseanleitung hatte ihre Aggressionen hochgekocht wie eine aufschießende Gasflamme das Wasser in einer Glaskaraffe. Sie war cool geblieben. Hatte sich nichts anmerken lassen von dem Druck, der sich in ihr aufgebaut hatte, als sich ihre Wut zu konkreten Fantasien verdichtet hatte. Der sie fast zum Platzen gebracht hatte, als der Psychiater sie mit Fragen zu ihrer Vergangenheit gelöchert hatte.

Selina musste schmunzeln. Im Gegensatz zu ihr hatte Kerber seine Gefühle deutlich schlechter verbergen können. Das Video hatte auch ihn merklich mitgenommen, er hatte schwer um seine Fassung gerungen. Immerhin hatte er ihr endlich verraten, was sie wissen wollte.

Eine knappe halbe Stunde später betrat sie die Redaktionsräume. Sie hatte wieder gute Laune. Sie war vermutlich die Erste ihrer Zunft, die das Hypnose-Video gesehen hatte, entsprechend würde die *Tageszeitung* exklusiv darüber berichten. Sie hatte den Text ihres Artikels bereits im Kopf vorformuliert. Wenn sie sich gleich ans Schreiben machte, konnte der noch am Nachmittag online gehen. Sie stapfte an ihren Kollegen vorbei, erwiderte den einen oder anderen Gruß, winkte Karl durch dessen offene Bürotür zu und kam an ihren Arbeitsplatz.

Auf ihrem Schreibtisch lag ein braunes Paket. Ohne Absender. Sie riss es auf.

50

Endlich zu Hause, dachte Christoph, gerade rechtzeitig vor dem einsetzenden Regen. Er zog Jacke und Schuhe aus und stieg die Treppe hoch in den ersten Stock. Seine Beine fühlten sich schwer und müde an. Der Tag hatte ihn emotional ausgewrungen. Eva saß an ihrem alten Sekretär im Arbeitszimmer. Vor ihr stand ein aufgeklapptes Laptop, daneben hatte sie Kontoauszüge und Steuerunterlagen gestapelt. Bürokram war nicht ihr Ding. Ein notwendiges Übel ihrer Selbstständigkeit als Modedesignerin, das sie sich mit der geplanten Kooperation vom Hals schaffen wollte, um sich stärker dem kreativen Teil zu widmen. Damit das klappte, musste sie leider vorher ihren Papierkram auf Vordermann bringen.

»Hallo, Schatz«, sagte er und streichelte ihr über den Kopf. War es ihre Konzentration auf die ungeliebte Tätigkeit oder noch immer der Nachhall ihres letzten Streits? In jedem Fall machte sie keine Anstalten, ihre Arbeit zu unterbrechen und ihn zu begrüßen.

Er ließ sie allein, bereitete sich unten einen Espresso zu, setzte sich mit Tasse und Tablet an den Wohnzimmertisch und überflog die Nachrichten. Das Hypnose-Video war nach wie vor das bestimmende Thema. Die meisten Artikel hatte er bereits gelesen. Neu waren ein Exklusivinterview mit einem Kölner Medienwissenschaftler, der sich eifrig darum bemühte, die sozialen Medien gegen den pauschalen Vorwurf der ungefilterten Verbreitung gefährlicher Inhalte zu verteidigen, sowie der Bericht über einen Lastwagenfahrer, der im Süden Hamburgs mit seinem Sattelzug durch eine geschlossene Ortschaft gebrettert und erst auf dem Betriebsgelände eines Baumarktes zum Stehen gekommen war – nachdem er mit dem Lkw die Seitenwand einer Lagerhalle gerammt hatte und durch die darin deponierten Gartenmöbel gepflügt war. Eine mögliche Verbindung zum Hypnose-Video werde geprüft. Die *Hamburger Tageszeitung* trommelte kräftig mit und brüstete sich damit, als Erste das Video zugespielt bekommen und gesichtet zu haben. Selina Yilmaz hatte mit ihrem Artikel keine Zeit verloren. Sie beschrieb die Aufmachung des Videos und die einzelnen Abschnitte und erwähnte ihn, ohne seinen Namen zu nennen, mit den Worten: *Renommierter Hamburger Psychiater sieht Gefahrenpotenzial bei psychisch labilen Menschen.*

Damit konnte er gut leben.

Eva kam die Treppe herunter. Er schloss die Nachrichtenseite, legte das Tablet weg, stand vom Tisch auf und trat ihr entgegen. Sie sah blass aus, angestrengte Falten kräuselten ihre Stirn.

»Hey, hast du dich durchgewühlt?« Er wollte sie umarmen, aber sie blieb mit verschränkten Armen vor ihm stehen. »Hör mal«, sagte er, »das mit gestern Nacht und heute Morgen ...«

»Schon okay«, sagte sie. »Hast du deinen Psychiaterfreund Andreas angerufen wegen eines Termins?«

»Ich ...« Verdammt, dachte er. Das hatte er komplett vergessen. »Ich hatte viel zu tun. Aber ich rufe ihn gleich morgen an.«

Evas rückte weiter von ihm ab, kniff die Augenlider zusammen. »Du hast es mir versprochen.«

»Tut mir leid. Ich war heute Vormittag in der forensischen Klinik, später hat mich diese Reporterin angerufen wegen des Hypnose-Videos, das durch die Presse geistert.«

»Dafür hattest du also Zeit.«

»Da braut sich was zusammen. Es gibt eine Reihe merkwürdiger Zwischenfälle im Zusammenhang mit diesem Video. Ich habe es mir heute ansehen können. Selina Yilmaz hat ...«

Eva hob die Hände in die Höhe, brachte ihn zum Schweigen. »Ich verstehe dich nicht.« Ihre Augen füllten sich mit Tränen, aber der Rest ihres Gesichts nahm einen umso festeren Ausdruck an. »Ich habe dir gesagt, dass du mir Angst machst. Wir sind uns einig, dass du durcheinander bist wegen dieser Gerichtssache. Und dass du Hilfe brauchst. Doch statt Andreas anzurufen und einen Termin zu vereinbaren, wie du es mir versprochen hast, sorgst du für noch mehr Aufregung.«

»Vielleicht könnte ich …«

»Nein.« Eva schüttelte den Kopf. »In wenigen Tagen kommt unsere Tochter zur Welt. Da muss ich mich sicher fühlen und brauche jemanden an meiner Seite, auf den ich mich hundertprozentig verlassen kann.«

»Aber du kannst dich auf mich verlassen. Ich würde nie etwas tun, das dir oder unserem Kind schadet. Im Gegenteil. Ich versuche doch nur, uns zu beschützen.« Vor einer Gefahr, die er selbst nicht verstand. Die gleichwohl höchst real war. Aber davon brauchte er jetzt gar nicht anzufangen. Er streckte die Arme nach ihr aus. Sie verschränkte ihre vor der Brust.

»Ich erwarte, dass du dir professionelle Hilfe suchst«, sagte sie. »Das ist keine Bitte, sondern eine Bedingung. Ich will, dass du dich von Andreas untersuchen lässt.«

»Aber …«

»Ich habe vorhin lange mit Sandra telefoniert und ihr alles erzählt. Sorry, ich wusste mir nicht mehr zu helfen. Sie hat mir angeboten, bei ihr zu schlafen. Ich habe das abgelehnt. Aber ich werde sie jetzt anrufen und ihr sagen, dass ich es mir anders überlegt habe. Für heute Nacht. Ich muss einen klaren Kopf bekommen. Und du vielleicht auch.«

Nein, Eva. Bitte tu das nicht!, schrie es in seinem Inneren. Das konnte doch nicht wahr sein. Eva stand vor ihm, er liebte sie, hatte beste Absichten – und trotzdem erreichte er sie nicht. Er wollte sie in den Arm nehmen, festhalten und nie wieder loslassen. Aber er kannte sie gut genug, um zu wissen, dass sie eine Entscheidung getroffen hatte, von der er sie vorerst nicht abbringen würde.

Er presste die Lippen zusammen. Eine unbeherrschte Äußerung würde es nur schlimmer machen, ihn als Nervenbündel dastehen lassen und Eva darin bestärken, zu ihm auf Abstand zu gehen.

»Nein«, sagte er mit der ruhigsten Stimme, die er hinbekam. »Du wirst nicht gehen.«

Eva zog die Augenbrauen hoch, neigte kampfeslustig den Kopf zur Seite.

»Ruf deine Freundin an und bitte sie, herzukommen und dir hier beizustehen«, sprach er weiter. »Dies ist dein Zuhause. Du brauchst es gerade mehr als ich.« Er nickte, um seinen Entschluss zu bekräftigen. »Ich werde in der Praxis schlafen. Morgen treffen wir uns zum Reden. Wenn du das willst. Und ja, ich rufe Andreas an wegen eines raschen Termins.«

Sie musterte ihn etliche Sekunden, und er sah an ihren Augen, wie es in ihr arbeitete. Wie Angst, Zweifel, Sorge und Hoffnung miteinander rangen, ohne dass es einen klaren Sieger gab. »Danke«, sagte sie schließlich.

Er trat einen Schritt auf sie zu, wahrte ausreichenden Abstand, um sie nicht zu bedrängen. »Ich … ich habe verstanden, dass du mir misstraust. Aber dafür gibt es wirklich keinen Grund. Und du sollst wissen, dass ich dich liebe. Und dass ich dich nicht verlieren will. Um nichts in der Welt.«

Eva schluckte. Die Härte verschwand gänzlich aus ihrem Gesicht. Sie nickte, blieb aber räumlich auf Abstand.

»Ich packe mir ein paar Sachen zusammen«, sagte er. »Sobald Sandra auf dem Weg ist, bin ich weg.«

51

Ansgar trat aus dem Fahrstuhl, zog den Wohnungsschlüssel aus seiner Aktentasche – und steckte ihn gleich wieder dahin zurück. Den Schlüssel brauchte er nicht. Die Wohnungstür stand offen.

Das war ungewöhnlich. Er spielte im Kopf eine Reihe von Erklärungsmöglichkeiten durch. A: Er hatte am Morgen vergessen abzuschließen. B: Die Putzfrau war heute da gewesen und hatte aus Versehen die Tür offen gelassen.

Beides unwahrscheinlich. Übrig blieb die weniger erfreuliche Möglichkeit: Jemand Fremdes hatte sich widerrechtlich Zutritt zu seiner Wohnung verschafft. Und es nicht für nötig erachtet, den Besuch zu verbergen, als er wieder verschwunden war. Oder er befand sich noch immer da drinnen.

Jetzt wurde Ansgar doch unruhig. Im Stillen ärgerte er sich, dass er in seinem Zuhause, anders als in der Kanzlei, nicht schon lange eine Alarmanlage hatte einbauen lassen. Aber darum würde er sich später kümmern.

Erst mal musste er nachsehen.

Er schob die Tür so weit auf, dass er durch den Spalt schlüpfen konnte. Im Flur sah es aus wie immer, wenn der Besuch der Putzfrau mehr als drei Tage zurücklag. Und er sich nicht die Mühe gemacht hatte, den einen oder anderen von der Straße hereingetragenen Dreckkrümel vom Parkettboden zu fegen und die kleine Auswahl an Schuhwerk ordentlich zusammenzustellen.

Die Türen zum Bad, zur Küche, zum Schlaf- und Arbeitszimmer waren wie gewohnt geschlossen, lediglich die zum

Wohnzimmer stand sperrangelweit auf und markierte so den Weg des Einbrechers.

Er schlich durch den Flur, verfluchte die Ledersohlen seiner Schuhe, mit denen sich kaum geräuschlos auftreten ließ, erreichte das Wohnzimmer. Allzu große Angst hatte er nicht. Eine unmittelbare Gefahr für sich hielt er für unwahrscheinlich. Jeder Einbrecher mit Verstand hätte während der Diebestour die Wohnungstür hinter sich verschlossen, um nicht unnötig auf sich aufmerksam zu machen. Dasselbe galt für jemanden, der ihm nach dem Leben trachtete. Folgerichtig waren der oder die Einbrecher längst wieder verschwunden. Oder es handelte sich um einen Idioten, und mit dem würde er es schon aufnehmen. Also weiter.

Im Wohnzimmer war niemand. Und trotzdem erstarrte er, trotzdem packte ihn die nackte Angst wie eine eiserne Faust und ließ seinen Atem stocken.

In der Mitte des Esstisches steckte ein Messer. Kein normales aus der Küche, sondern so ein martialisches Butterfly-Teil. Die gruselig lange Klinge spießte mehrere Blätter bedruckten Papiers auf die hölzerne Tischplatte. Ansgar wusste, worum es sich handelte, bevor er den Raum durchquert und die Texte und Bilder aus der Nähe betrachtet hatte. Es war die aktuelle Ausgabe der *Hamburger Tageszeitung,* und sie verkündete eine klare Botschaft. Wie auch immer Dragan Draganescu es herausgefunden hatte: Der rumänische Clanchef wusste, dass Ansgar sich mit der Reporterin getroffen hatte.

Wir haben so viel Mühe gehabt zu lernen, dass die äußeren Dinge nicht so sind, wie sie uns erscheinen – nun wohlan! Mit der inneren Welt steht es ebenso!

Friedrich Nietzsche

52

Ein Wetter, bei dem man keinen Hund für die Tür scheuchte. Immerhin hatte Eva ihm das Auto überlassen. Die dunklen Wolken am Himmel gaben Vollgas, und die Scheibenwischer des VW Golf hatten größte Mühe, die Windschutzscheibe vom strömenden Regen frei zu halten. Der Weg zur Praxis führte Christoph an der Ostseite der Alster entlang. Zu Stoßzeiten schoben sich hier Tausende Autos im Schneckentempo auf der vierspurigen Straße Richtung Innenstadt, vorbei an schicken Eiscafés und Restaurants mit großzügigen Terrassen und dazugehörigem Segel- und Ruderbootsverleih.

Jetzt waren die Straßen leer, und die Welt da draußen verschwand hinter einem grauen Schleier.

Christoph bog rechts ab und näherte sich der Kennedybrücke. Das Bauwerk trennte die Binnen- von der Außenalster und bot an Tagen und Nächten, in denen es keine Bindfäden regnete, einen tollen Ausblick sowohl auf den sich Richtung Nordwesten erstreckenden äußeren Teil des Gewässers als auch auf den ans Stadtzentrum angrenzenden Binnenteil. Doch heute verschluckten Regen und Abenddämmerung alles, was mehr als ein paar Meter entfernt lag.

Sein Herz schlug schneller.

Schon merkwürdig, dachte er. Er war oft hier, überquerte die Brücke regelmäßig zu Fuß, auf dem Rad, im Taxi oder im eigenen Auto. Aber heute war es anders. Die Ereignisse der letzten Tage hatten die verborgenen Schichten seines Gedächtnisses angebohrt und unliebsame Erinnerungen hervorgebracht. Und diese Brücke spielte darin eine Hauptrolle. Hier hatte sich damals das Finale abgespielt.

Christoph hörte das Läuten eines Telefons. Er brauchte ein paar Sekunden, bis er begriff, dass es nicht sein Handy war, dem er einen neuen Klingelton verpasst hatte. Es war ein Geräusch aus der Vergangenheit.

27. MÄRZ 2000

Christoph schreckte aus dem Schlaf. Der Festnetzapparat stand auf dem Nachttisch neben seinem Bett. Er ging ran. »Ja?«

»Ich brauche deine Hilfe.«

Christoph setzte sich aufrecht ins Bett und sah auf seine Armbanduhr: drei Uhr dreiundvierzig. Das erklärte die Dunkelheit im Zimmer und seinen verschlafenen Zustand. Von draußen trommelten Regentropfen wie Hunderte kalte, nasse Finger gegen das kleine Fenster über dem Scheibtisch. »Weißt du eigentlich, wie spät es ist?«

»Klar, Alter! Mitten in der Nacht.«

»Verdammt.« Christoph fuhr sich mit den Händen durchs Haar. »In fünf Stunden beginnt meine Prüfung.« Er knipste die Nachttischlampe an, blinzelte ins Licht und stemmte sich gegen die Schwerkraft, die ihn mit aller Macht zurück in die Waagerechte ziehen wollte.

»Was ist denn los?«, fragte er.

»Es ist so weit. Der Zeitpunkt, an dem ich definitiv deine Hilfe brauche. Kann ich auf dich zählen oder nicht?«

Erst jetzt, wo Licht und aufrechte Körperhaltung die Müdigkeit verscheuchten, fiel ihm der ungewöhnliche Tonfall auf. Fishs Worte waren frech und aufdringlich wie eh und je, aber seine Stimme war schwer und schleppend. Als ob ihn das Sprechen größte Mühe kostete. Etwas stimmte nicht. Sein Freund war in Not.

»Okay. Wo bist du?«

»Kennedybrücke. Ich will, dass du herkommst.«

»Das ist nicht dein …« Christoph schluckte den Rest des Satzes herunter. Doch. Natürlich war es sein Ernst. Sein Freund verlangte nichts weiter von ihm, als mitten in der Nacht im Regen durch die halbe Stadt zu fahren. Wenige Stunden vor der Prüfung, auf die er sich monatelang vorbereitet hatte und von der maßgeblich seine Zukunft abhing. »Du machst dort keinen Mist, oder?«

»Komm einfach her! Dann erkläre ich dir alles.«

Christoph verdrängte den Gedanken an die Prüfung und den fehlenden Schlaf. Sein Freund brauchte ihn, allein das zählte. Ohne ihn hätte er es nie so weit gebracht.

Er stand auf, zog sich an, griff sich im Flur seine dicke, wasserfeste Jacke, holte sein Rad aus dem Keller und fuhr los. Es regnete in Strömen, zudem war es deutlich kälter als erwartet. Auf der gesamten Fahrt sah er keinen einzigen Fußgänger oder Radfahrer, und selbst die Autofahrer, die zu nächtlicher Stunde an ihm vorbeirasten, schienen es eilig zu haben, schnell wieder irgendwo ins Trockene zu gelangen. Christoph war komplett durchnässt, als er nach guten zwanzig Minuten die Kennedybrücke erreichte.

Er erklomm die Zufahrt zur Brücke, erreichte das Plateau. Das Licht der Straßenlaternen und der vorbeihuschenden Autoscheinwerfer spiegelte sich in den glänzend nassen Asphaltflächen und ließ ihn die Umrisse einer einzelnen Gestalt erkennen, die dort oben am Geländer stand.

Christoph stieg vom Rad, stellte es ab, wischte sich mit der Hand Regenwasser und Schweiß aus dem Gesicht und trat zu seinem Freund.

Er erkannte auf den ersten Blick, dass Fish vollkommen durch den Wind war. Im blassen Streulicht wirkte sein dünnes

Gesicht wie eine Totenmaske. Er sah aus, als hätte er seit Tagen nicht geschlafen und außer Drogen und Alkohol nichts zu sich genommen. Er stand leicht gebeugt, angelehnt an das Geländer, und selbst das schien ihn kräftemäßig zu überfordern. Seine sonst unbändigen Haare klebten wie ein alter Feudel auf dem Kopf. An seinem Kinn klaffte eine Platzwunde, an deren Rändern glänzte frisches Blut. Entweder die Folge einer Tätlichkeit, die er provoziert hatte, dachte Christoph, oder eines Sturzes im Vollrausch. Fish war eine Ruine von Mensch. Jegliche Lebendigkeit schien sich in die Augen zurückgezogen zu haben – und feierte dort, dem desolaten körperlichen Zustand zum Trotz, eine umso wildere Party. Sein Freund hatte die Lider weit aufgerissen, sein Blick zuckte rastlos hin und her.

»Was …« Christoph musste einen gewaltigen Kloß runterschlucken, bevor er die Frage aussprechen konnte. »Was treibst du hier.«

Die wilden Augen zuckten zur Seite. »Es ist so weit«, sagte Fish. »Heute muss es enden. Jetzt.«

»Ich habe keine Ahnung, was du meinst.« Ein Lastwagen donnerte neben ihnen über die Brücke. Christoph musste schreien, damit Fish ihn verstehen konnte.

»Heute ist mein Geburtstag.«

»Glückwunsch«, sagte Christoph. »Ich habe leider weder Kerze noch Kuchen dabei.«

»Konntest du nicht wissen. Ich bin jetzt siebenundzwanzig. Reif für den Club.« Sein Blick huschte zum Geländer und runter zum Wasser, das aufgrund des Regens bestenfalls als diffuse dunkle Fläche zu erahnen war.

Christophs Unbehagen verdichtete sich zu einem konkreten Gefühl. Einem richtig miesen. Der Club 27. Sie hatten darüber gesprochen. Künstler und Wissenschaftler, die sich in diesem Alter das Leben genommen hatten.

»Du willst sterben? Warum denn das?«

Fish lachte. Es klang, als ob sein Verstand bereits über das Geländer gesprungen wäre.

»Alles ist vorbei. Die Kohle auf meinem Konto. Das Geld meines Alten. Es ist aufgebraucht bis auf den letzten Cent, und er hat mir endgültig die Unterstützung aufgekündigt. Da helfen auch keine Lügengeschichten, gefälschten Zeugnisse oder erfundenen Sündenböcke mehr.« Er verzog den Mund zu einem irren Grinsen. »Die Zuneigung meines Vaters reichte genau bis zu meinem siebenundzwanzigsten Geburtstag. Genauso wie mein Lebenswille. Keinen Tag länger.«

Christoph zuckte mit den Schultern. »Du suchst dir einen Job. Oder nimmst einen Studienkredit auf. Es wird einen Weg geben.«

Fish schüttelte den Kopf. »Du verstehst es einfach nicht.« Er schlurfte an Christoph ran, kam ganz nah, legte ihm die Arme auf die Schulter. Fish verströmte einen unangenehmen Geruch. Nach Straße, nach Schweiß und Alkohol. Seine aufgerissenen Augen bestanden fast nur aus Pupillen. Zwei riesige schwarze Löcher, die Christoph direkt in die tiefsten Abgründe einer kranken Seele blicken ließen. »Ich habe es schon lange geplant«, sagte Fish. »Ich habe mich darauf vorbereitet. Und dich auch.«

Er nestelte mit seinen dünnen Fingern an Christophs Jackenkragen herum.

»Du erwartest nicht im Ernst von mir, dass ich tatenlos zusehe, wie du da hinunterspringst.«

»Nein, das erwarte ich nicht.« Fishs Hände packten Christoph am Kragen. Die riesigen schwarzen Augen griffen nach seinem Willen. »Allein schaffe ich es nicht. Du wirst mich runterstoßen.«

»Was?« Christoph wurde schummerig. Ob vom Gestank,

dem fehlenden Schlaf, der unwirklichen Atmosphäre hier oben auf der Brücke oder dem irren Blick, mit dem sein Freund ihn festhielt. Was noch unheimlicher war: Auf eine irrwitzige Art konnte er Fish verstehen, ergab der verrückte Plan einen Sinn: Durch die Hand eines anderen zu sterben, war für Fish die ultimative Art, sich am verhassten Vater zu rächen, ohne sich ihm stellen und weiteren Zorn auf sich laden zu müssen. Der reinste Wahnsinn.

»Das werde ich ganz bestimmt nicht tun«, sagte er.

»Doch, wirst du!« Fish trat rückwärts Richtung Brückengeländer, zog Christoph mit sich. Der wollte das nicht. Aber seine Beine bewegten sich von allein.

»Du verdankst mir alles, Christoph. Du bestehst dein Physikum. Wenn du es drauf anlegst, wirst du Eva für dich gewinnen. Du bist stark, selbstbewusst und mutig geworden, hast eine große Zukunft vor dir. Du wirst Erfolg haben, beruflich wie privat, da bin ich mir sicher. Dein Erfolg ist genauso mein Erfolg. Denn du bist meine Schöpfung. Mein Meisterwerk. Du wirst tun, was ich dir sage!«

Die Worte rieselten in Christophs Verstand. Fish war komplett übergeschnappt. Als wollte er sich die selbstmörderische Rache am Vater als ultimativen Triumph seiner Hypnoseforschung verkaufen. Eine wahnwitzige Mischung aus Depression und Größenwahn, hochgepuscht und potenziert durch Schlafentzug und tage- und nächtelangen Alkohol- und Drogenkonsum.

»Vergiss es!«, hörte er sich sagen. »Ich will das nicht.« Waren es noch ausgesprochene Worte? Oder nur seine Gedanken?

Fish kam mit dem Kopf bis auf wenige Millimeter an Christoph heran. Die Regentropfen, die an ihren Gesichtern herunterliefen, vermengten sich an ihren Nasenspitzen. »Ich bin dein Wille. Ich bin dein Verstand.«

Das Brückengeländer stoppte Fishs Rückwärtsbewegung, Christoph stieß mit Bauch und Becken gegen seinen Freund und spürte, dass der etwas unter dem Parka trug. Er blickte an Fish hinunter.

»Ein Bleigurt«, sagte der. »Wie Taucher ihn tragen. Du wirst mich hinunterstoßen. Du wirst es tun, weil ich es will. Weil ich es dir sage. Dies ist mein letzter ultimativer Triumph. Ich werde fallen, aufs Wasser aufschlagen und in die ewige Dunkelheit sinken. Ich werde sterben mit der Gewissheit, etwas wahrhaft Großes geschaffen zu haben.«

Fish ließ Christoph los. Er griff hinter sich ans Geländer, stemmte sich rückwärts in die Höhe.

Christoph hätte sich abwenden können, sich umdrehen und weglaufen. Oder er hätte sich an die Fahrbahn stellen und eines der Autos, die noch immer im Minutentakt über die Brücke brausten, zum Anhalten bringen können.

Aber er blieb stehen. Sein Körper gehorchte ihm nicht. Er hob seine Arme in die Höhe, packte Fishs Schultern und unterstützte ihn dabei, sich auf die Brüstung zu setzen.

Nein! Christoph wollte die Kontrolle zurück. Sein Geist tastete wie mit klammen Fingern nach etwas, woran er sich festhalten konnte. Um sich dieser Stimme entgegenzustemmen, die Ungeheuerliches von ihm verlangte.

»So ist es gut«, sagte sie. Fish hockte auf dem Geländer. Ihn trennten nur ein fester Schubs und gute drei Meter Fallhöhe von der kalten Wasserfläche. »Jetzt gib mir einen Stoß und vollende, was wir geschaffen haben.«

Alles verschwamm. Der Anblick seines Freundes, der ihn noch immer anstarrte, in stiller Erwartung des ersehnten Endes, das ihn in seiner irren Vorstellung von der absoluten Macht der Hypnose bestätigen sollte.

»Nein«, schrie Christoph. Er konnte keinen Menschen

töten, wollte es nicht, selbst wenn der es geradezu herbei-
flehte.

»Doch! Du kannst es!«, drängte die Stimme.

Christophs Arme zuckten, er schwankte, auch Fish verlor
das Gleichgewicht, geriet ins Straucheln. Alles drehte sich, die
Welt verschwand hinter einem Schleier von Regen und Dunkelheit. Christoph spürte die nahende Ohnmacht, und er
sehnte sie herbei, sie würde ihn erlösen aus dem Horror-
traum, würde ihn beenden, diesen Kampf, den er nicht gewinnen konnte.

Seine Beine versagten den Dienst, Christoph sackte zusammen, der Asphalt sauste auf ihn zu, aber es war bereits dunkel,
als er aufprallte.

53

Christoph fand einen Parkplatz vor der Praxis. Er griff seine Reisetasche, stieg aus und sah zu, dass er sich vor dem Regen in Sicherheit brachte. Er schaffte es vergleichsweise trocken ins Treppenhaus, nahm den Fahrstuhl in den dritten Stock und betrat die Büroräume.

Als Erstes knipste er sämtliche Lampen an. Die leise Hoffnung, zusammen mit der Dunkelheit auch seine düstere Stimmung zu erhellen, begrub er nach wenigen Sekunden. Er fühlte sich elender als je zuvor.

Auf dem Fußboden seines Arbeitszimmers richtete er sich mit der mitgebrachten Isomatte und einem Schlafsack eine provisorische Schlafstätte her und hatte keine Zweifel, dass dies die übelste Nacht seines bisherigen Lebens werden würde.

Er hätte sich zumindest noch ein Bier von der Tanke mitnehmen sollen, fiel ihm ein. Davon wäre er vielleicht ein wenig müde geworden.

Dafür war es jetzt zu spät. Christoph trat ans Fenster. Der zunehmende Sprühregen hatte sämtliche Fußgänger von der Straße vertrieben und verwandelte die Lichtkegel, die die Autos vor sich herschoben, in einen wilden Funkenregen. Freiwillig würde er nicht mehr dort hinausgehen. Das Wetter passte perfekt zu seiner Stimmung, und beides erinnerte ihn unangenehm an diese schreckliche Nacht auf der Kennedybrücke vor zwanzig Jahren.

Seine innere Not hatte ihn damals ohnmächtig werden lassen. Vielleicht nicht die schlechteste Strategie, wenn das eigene Unbewusste einem erst mal eine Auszeit verordnete. Das Problem: Irgendwann wurde man wieder wach.

Damals war er patschnass und im Dunkeln auf dem breiten Fußweg zu sich gekommen. Er rappelte sich auf, sah sich hektisch um, rief nach seinem Freund, doch von Fish war nichts zu sehen oder zu hören. Er rannte zum Brückengeländer und beugte sich darüber, versuchte, in dem verschwommenen Grau aus Regen und aufgewühltem Wasser etwas zu erkennen. Aber da war nichts. Er lief wie ein Irrer die Zufahrt hinunter. Über eine seitlich gelegene Fußgängertreppe führte ein Weg runter zum befestigten Uferbereich unterhalb der Brücke. Dort angekommen starrte er erneut auf die unruhige Wasserfläche: weiterhin keine Spur von Fish.

Müdigkeit, Erschöpfung und Verzweiflung griffen nach ihm. Verdammt, was sollte er tun? Die Polizei rufen? Er wusste nicht einmal, was überhaupt geschehen war. Ein weiterer Bunny-Effekt. Seine Erinnerung an die letzten Sekunden vor der Ohnmacht war noch verschwommener als die Sicht, die sich ihm hier zu nächtlicher Stunde im strömenden Regen bot. Wie sollte er das einem Polizisten erklären?

War Fish gesprungen? Oder hatte er seinen Freund gar von der Brücke gestoßen, wie der es gefordert hatte? Falls ja, lag Fish jetzt tot am schlammigen Grund der Alster. Ebenso gut konnte der zur Besinnung gekommen und einfach nach Hause gegangen sein. Oder er war weitergezogen, hatte Alkohol und Pillen nachgetankt und lag nun berauscht an irgendeiner Straßenecke.

Christoph hatte damals nicht gewusst, ob Fish noch lebte. Aber er hatte sich an diese Möglichkeit geklammert. Er hatte sich sein Fahrrad geschnappt, war in der Morgendämmerung nach Hause gefahren und hatte sich nach diversen vergeblichen Versuchen, Fish per Telefon zu erreichen, unter die heiße Dusche gestellt. In den kommenden Stunden hatte er sich einen oder zwei Liter Kaffee reingeschüttet, war um neun Uhr pünktlich zur Prüfung erschienen und hatte die folgenden Tage mit einer Jahrhunderterkältung im Bett verbracht. Nachdem er halbwegs davon genesen war, hatte er vor allem nach vorne schauen und das ganze Drama mit Fish so schnell wie möglich hinter sich lassen wollen. Das hatte gut funktioniert. Solange, bis Fish zwanzig Jahre später unvermittelt vor seiner Terrassentür aufgetaucht war.

Ein kalter Schauer auf dem Rücken holte Christoph zurück in die Gegenwart. Vielleicht war ein heißer Tee eine gute Idee, dachte er. Er wollte sich vom Fenster wegdrehen und Richtung Küche aufmachen. Eine Bewegung unten auf der Straße hielt ihn ab.

Christoph zuckte zusammen. Auf dem Bürgersteig stand eine dunkle Gestalt im Regen. Sie sah direkt zu ihm hoch.

Es war Fish, unverkennbar in seinem alten Parka. Er winkte Christoph zu.

54

Christoph verspürte den drängenden Impuls, einfach so zu tun, als hätte er seinen Studienfreund nicht gesehen. Und stattdessen den Plan mit dem heißen Tee umzusetzen.

Aber Fish hing tief in der Sache drin, das war klar. Selbst wenn der sich bisher nicht in die Karten schauen ließ. Und Christoph war mehr denn je auf Antworten angewiesen.

Also warf er sich seine Jacke über, schlüpfte in die Schuhe, zog die Praxistür hinter sich zu, eilte das Treppenhaus runter und trat vor die Tür. Der Regen traf ihn wie ein nasser Waschlappen ins Gesicht.

»So spät bei der Arbeit?«, sagte Fish. »Oder hat Eva rausgekriegt, dass du scharf bist auf diese Reporterin, und dich rausgeschmissen?«

Der Kommentar seines alten Kumpels und das dazugehörige freche Grinsen hatten ihm gerade noch gefehlt. »Was willst du? Du tauchst in den unmöglichsten Augenblicken auf, stiftest Unruhe und hinterlässt jedes Mal mehr Fragen als Antworten. Darauf kann ich heute echt verzichten. Lass mich einfach in Ruhe, wenn du nichts zu sagen hast außer deinen üblichen Frotzeleien!«

»Du bist zu mir runtergekommen. Schon vergessen?«

»Du lungerst hier vor meiner Praxis herum. Was erwartest du? Dass ich dir einen Blumentopf auf die Rübe schmeiße?«

»Wahrscheinlich sinnlos, dich um Zigaretten anzuhauen, stimmt's?«

»Verpiss dich! Es sei denn, du gibst mir Antworten.«

»Antworten, ja? Hilf mir doch bitte mit den passenden Fragen auf die Sprünge. Dann will ich sehen, was ich tun kann.

Ernsthaft. Komm, wir drehen eine Runde, während wir plaudern!«

Fish ging einfach los, bog in eine Nebenstraße ab, die in wenigen Gehminuten zum Ufer der Außenalster führte.

Christoph folgte ihm. Einen mieseren Zeitpunkt für einen Spaziergang hätte Fish sich nicht aussuchen können. Aber er versprach die ersehnten Antworten. Und wenn der Preis dafür war, sich einmal komplett nass regnen zu lassen – geschenkt. Sein Studienfreund legte ein ordentliches Tempo vor.

»Okay, ganz einfach zum Mitschreiben«, rief Christoph. »Wer ist für dieses Hypnose-Video verantwortlich und warum? Sind die Rumänen hinter mir und Eva her? Wer hat die Reporterin auf mich gehetzt? Ach ja, und wer hat Evas Hund vergiftet?«

»Du kennst die Antworten auf all diese Fragen bereits«, sagte Fish, ohne sich zu ihm umzudrehen. »Und der Terrier ist wohl eher an Altersschwäche gestorben.«

»Was hast du gesagt?« Christoph packte Fish von hinten am Arm und zwang ihn, stehen zu bleiben.

»Dass Evas Hund an Altersschwäche gestorben ist.«

»Ich habe dir gegenüber nie erwähnt, dass Lucky ein Terrier war.«

»Keine Ahnung, woher ich das weiß.« Fish wand sich aus Christophs Griff und lief weiter. »Vielleicht habe ich ihn bei meinem ersten Besuch durch die Terrassentür gesehen.«

Christoph blieb ihm dicht auf den Fersen. Am Ende der Straße tauchte das befestigte Alsterufer aus dem Regendunst auf, dahinter die dunkle Wasserfläche.

»Da hat er im Flur gelegen«, sagte Christoph. »In seinem Korb. Du hast ihn nicht sehen können. Du konntest es also nicht wissen. Es sei denn … Jetzt bleib endlich stehen, verdammt noch mal!«

Sie kreuzten den Wanderweg, der rund um die Außenalster führte. Es war überwiegend ein Sandweg, aber hier, am Südende des Gewässers, war er asphaltiert. Die Strahlen der wenigen Straßenlaternen drangen kaum bis zum Boden. Vor ihnen erhob sich die Kennedybrücke als dunkler Schatten.

Fish blieb endlich stehen. Am Oberrand einer kurzen, steilen Böschung, die unten am Wasser endete. Er blickte auf die Alster hinaus, deren Oberfläche durch den Sprühregen wie von dünnem Nebel bedeckt schien.

Irgendwann drehte er sich zu Christoph um, sah ihn an. Lange. Schweigend. Aus seinem klatschnassen Haar lösten sich unentwegt Wassertropfen und liefen als kleine Rinnsale an dem schmalen Gesicht hinunter.

»Du warst es!«, sagte Christoph. Sein ganzer Körper kribbelte.

Ein weiterer langer, intensiver Blick. Fish nickte. »Ich habe versprochen, dir zu helfen, die Wahrheit herauszufinden. Nun, jetzt weißt du sie.«

»Du hast Bogdan angestiftet, mich anzugreifen? Diese Reporterin auf mich gehetzt? Und hast Evas Hund umgebracht? Wirklich?«

»Diesen alten Hund zu töten, war das Einfachste. Ein Stückchen Fleisch, ein rasch wirkendes Gift, und zack war's das mit dem kleinen Kläffer. Und Selina Yilmaz stürzt sich auch blind auf jeden Köder, den man ihr vor die Füße wirft. Ich wäre gern dabei gewesen, als sie erstmals das Video gesehen hat, auf dem ich Ihre Mutter hypnotisiere.«

»Und Bogdan?«, fragte Christoph. »Was hast du mit dem zu schaffen?«

Fish sah ihn an wie ein Lehrer einen begriffsstutzigen Schüler, dem die Antwort auf die einfachste aller Fragen nicht einfiel.

Aber Christoph hatte die Antwort. Die einzelnen Puzzleteile ergaben allmählich Sinn. »Die traurige Geschichte von deiner Mutter, die keiner hören will«, sagte Christoph. »Du hast sie mir damals erzählt. Deine Mutter ist Elena Draganescu, Bogdans Zwillingsschwester, die wenige Wochen nach deiner Geburt mit dem Auto gegen einen Brückenpfeiler gerast ist. Bogdan ist dein Onkel.«

Fish nickte mit hochgezogenen Augenbrauen. Siehst du, geht doch, schien sein Blick zu sagen. »Als angeklagter Mörder hatte er nichts zu verlieren. Es war leicht, ihn dazu zu bringen, dir einen ersten heftigen Schlag zu verpassen. Und dich ins Straucheln zu bringen. Dass er dich mit seinem Stift beinahe umbringt, war allerdings nicht vorgesehen. Da ist er etwas übers Ziel hinausgeschossen.«

»Was ist mit dem Hypnose-Video? Du hast die Anleitung dafür geschrieben, richtig? Damals, als wir uns kennengelernt haben.«

»Was macht dich da so sicher?«

»Dein Lieblingssatz. Er verrät dich. Du hast ihn oft benutzt, und das Video endet damit. Denke immer daran: Grenzen ...«

»... gibt es nur in deinen Kopf.« Fish sprach den Satz zu Ende. Die Worte rieselten durch Christophs Verstand wie das kalte Regenwasser über seine Haut. Er hatte geahnt, das Fish hinter all dem steckte, wurde ihm klar. Eigentlich vom Augenblick ihrer ersten Begegnung an, vor ein paar Tagen abends auf der Terrasse.

»Diese Anleitung ist mein Meisterwerk«, sagte Fish. »Der ultimative Beweis für die dunkle Seite der Hypnose.«

»Warum zum Teufel tust du das, Fish?« Er trat einen Schritt auf ihn zu. »Wir waren Freunde, verdammt. Ich habe dir nie geschadet, im Gegenteil. Ich wollte dir helfen.«

»Sieh dich doch an!« Fish verzog die Mundwinkel zu einem bitterbösen Grinsen. »Du hast dir die Ballprinzessin geschnappt. Du hast dein Studium durchgezogen und Karriere gemacht. Scheiße noch mal, du hast ein Buch geschrieben. Klingelt da vielleicht was?«

»Ich habe all das verwirklicht, von dem du immer geträumt hast.«

Fish nickte. »Und wem hast du das zu verdanken? Wer hat dein Potenzial erkannt? Wer hat dir geholfen, der zu werden, der du heute bist?«

Vor allem Eva, dachte Christoph. Mit ihrer Lebensfreude, ihrer zugewandten Art und ihrer positiven Energie hatte sie ihm geholfen, das dunkle Kapitel mit Fish abzuschließen. Und seinen eigenen Weg zu gehen.

Aber das war nicht das, was Fish hören wollte. Klar hatte der ihm geholfen, an sich zu glauben und die Prüfung zu bestehen. Doch durch das schreckliche Schlusskapitel hatte er letztlich einen Haufen Scherben hinterlassen.

»Du hast mir so vieles zu verdanken«, sagte Fish. »Vielleicht alles, was dich heute ausmacht.«

»Selbst wenn du neidisch bist, gibt dir das nicht das Recht, mein Leben zu zerstören. Das ist es doch, was du willst?«

Fish sah ihn lange an. Unzählige Wassertropfen rannen ihm übers Gesicht. Dann schüttelte er den Kopf. »Nein«, sagte er. »Ich gönne dir jedes Quäntchen deines Glücks, das kannst du mir glauben. Ich will nur eine einzige Sache von dir. Das, was ich schon damals wollte.«

»Das kann nicht dein Ernst sein«, sagte Christoph.

»Schau mich genau an! Sehe ich aus, als würde ich scherzen?«

»Damals warst du schwer depressiv, vielleicht psychotisch, und zerfressen vom Hass auf deinen Vater.«

»Was spielt das schon für eine Rolle. Töte mich. Oder ich zerstöre dein Leben«, sagte Fish. »So einfach ist das.«

»Geh verdammt noch mal in die Schweiz und lass dir einen Giftcocktail mischen, wenn du um jeden Preis sterben willst.«

»Das ist nicht dasselbe. Ich will, dass du es tust.«

»Vergiss es! Du hast mich damals auf der Kennedybrücke nicht dazu gebracht. Und das wird dir heute auch nicht gelingen.«

»Damals? Was macht dich so sicher, dass du mich nicht von der Brücke gestoßen hast?«, fragte er.

»Es hieß, du seist aus Hamburg weggezogen. Außerdem stehst du vor mir. Das macht mich sicher.«

»Was«, sagte Fish, »wenn du mich doch gestoßen hast? Wenn ich einfach nicht genug Blei am Körper hatte, um abzusaufen? Oder wenn irgendein beschissener Schutzreflex mich dazu gebracht hat, ans Ufer zu schwimmen?«

Nein, das konnte nicht sein, dachte er. Dazu wäre er nicht fähig gewesen. »Ich habe dich gesucht«, sagte er. »Nach dir gerufen, immer und immer wieder.«

»Ihr bekommt ein Kind, nicht wahr?« Fish neigte den Kopf zur Seite und schielte ihn an. »Ein kleines Mädchen. Es wird sicher entzückend sein. Bestimmt hat es Evas Augen, vielleicht ihr Lächeln. Das Evalächeln, nicht wahr?«

»Lass Eva und meine Tochter aus deinem perversen Spiel.«

»Ihr werdet wundervolle Eltern sein, kein Zweifel. Du ein tüchtiger, liebevoller Vater. Eva eine aufmerksame, herzliche Mutter. Sicher wird sie gut auf euren kleinen Engel aufpassen. Wenn er im Sandkasten buddelt. Auf der Schaukel sitzt. Sie wird die Kleine keine Sekunde aus den Augen lassen. Damit ihr ja nichts passiert.«

»Nein!« Er trat einen Schritt auf Fish zu, ballte die Hände

zu Fäusten, hob sie in die Höhe. »Du wirst weder Eva noch unserer Tochter etwas antun. Dazu bist du nicht fähig.«

»Du hast nicht den Hauch einer Ahnung, wozu ich fähig bin.« Fishs Augen verengten sich zu schmalen Schlitzen. »Oder nein. Ich denke, inzwischen weißt du es. Was für eine schreckliche Vorstellung, dass Eva dich eines Tages anruft, mit tränenerstickter Stimme, um dir mitzuteilen, dass eurem geliebten Kindchen etwas zugestoßen ist. Ein schlimmer Unfall. Dabei hatte sie es doch nur eine Sekunde aus den Augen gelassen ...«

»Ich werde die Polizei rufen.« Christoph wusste selbst, wie armselig sein Versuch war, Fish von seinem Plan abzubringen, noch bevor der antwortete.

»Vergiss es. Die haben rein gar nichts gegen mich in der Hand. Außer den Anschuldigungen eines Psychiaters, der, nun ja, durch unglückliche Umstände gerade ein wenig durch den Wind ist. Nein. Es gibt nur einen Weg.« Fish trat ihm entgegen, umfasste Christophs erhobene Fäuste und zog sie zu sich. Fishs Hände waren kalt und nass wie die einer Wasserleiche. »Du kannst es zu Ende bringen, hier und jetzt. Oder wirst für immer mit der Angst leben, dass ich zurückkehre und eure schnuckelige Familienidylle in eine Hölle verwandele.«

Christoph packte Fish am Kragen des Parkas. Er dachte gar nicht darüber nach. Er schubste ihn die kurze, vom Dauerregen aufgeweichte Uferböschung hinunter, die knapp oberhalb der Wasserlinie endete. Fish grinste und wehrte sich, aber bestenfalls halbherzig. Christoph verpasste ihm einen letzten festen Stoß. Fish trat rückwärts ins Leere, taumelte und fiel. Im letzten Moment bekam er Christophs Arm zu fassen und riss ihn mit. Beide stürzten. Fish tauchte als Erster ins dunkle Wasser der Alster, rücklings, noch immer grinsend, Christoph landete auf ihm. Nasse Kälte umschloss ihn. Fish hielt Christoph weiter fest. Der ruderte mit den Beinen, seine Füße suchten auf dem weichen Untergrund nach Halt. Er bohrte die Spitzen seiner Schuhe in den Schlamm, rappelte sich hoch, tauchte mit Kopf und Oberkörper aus dem Wasser.

Die Alster war hier nicht tief, reichte ihm gerade bis zur Hüfte, aber im Gegensatz zu Christoph fand Fish keinen festen Stand. Er hing in Rückenlage unter Wasser, etliche Zentimeter trennten Mund und Nase von der rettenden Atemluft. Christophs Hände ertasteten Fishs Schulter, er packte zu und drückte mit aller Kraft. Fishs Kopf und Oberkörper blieben untergetaucht. Durch die trübe Flüssigkeit sah Christoph das Gesicht seines alten Studienfreundes. Fish starrte ihn an. Er leistete keinen Widerstand, im Gegenteil. Er streckte die Arme zur Seite und neigte den Kopf nach hinten. Er empfing den Tod mit offenen Armen.

Sie verharrten im Wasser. Fish rührte sich nicht, und in Christophs Geist kehrte eine merkwürdige Stille ein, eine einzige große Leere, frei von allen Gedanken und Gefühlen. Er hätte ewig so stehen bleiben können. Doch nach unzähligen Sekunden fuhr plötzlich ein wildes Zucken durch Fishs Leib. Dessen Geist hatte sich längst mit dem Sterben abgefunden, aber der Körper leistete letzte Gegenwehr.

Die Muskelkrämpfe verebbten. Christoph ließ los, hob die Arme aus dem Wasser. Fish schwebte dicht unter der Oberfläche, das bleiche Gesicht ihm noch immer zugewandt. Ein winziges Luftbläschen löste sich aus dem Mund, stieg empor und zerplatzte an der Wasseroberfläche. Fish sank in die Tiefe, sein verschwommener Umriss verschmolz mit dem trüben Wasser. Sein Freund verschwand.

Christoph starrte in die Brühe. War das wirklich geschehen? Er hatte doch nicht …

Nein. Das konnte nicht sein, durfte nicht sein. Namenloses Entsetzen packte ihn und füllte die Leere, die sich gerade noch so angenehm angefühlt hatte. Seine Beine gaben nach, er torkelte, fiel und tauchte erst mit dem Oberkörper, dann mit dem Kopf ins Wasser, schlug mit den Armen um sich, richtete sich wieder auf, drehte sich herum. Ein Rest seines sich auflösenden Verstandes kapierte, dass dort das Ufer war und er an Land kriechen konnte, selbst mit Armen und Beinen, die sich in Weichgummi verwandelt hatten.

Er schaffte einen oder zwei schwere Schritte durchs Wasser, erreichte die Uferböschung und zog sich hoch. Seine klatschnassen Klamotten pressten ihn wie Bleigewichte zu Boden. Nein, es waren nicht die Kleider, es war die Last seiner Tat, die ihn niederdrückte, das aufkeimende Wissen, dass dies kein schlechter Traum war, keine Einbildung. Es war die Erkenntnis, dass keine Macht der Welt ungeschehen machen konnte, was er getan hatte.

Er hatte Fish …

Umgebracht.

Das Wort dröhnte in seinem Schädel, das brutale Echo der Endgültigkeit, mit der er seinen alten Freund unter Wasser gedrückt und ertränkt hatte.

Christoph hob Kopf und Oberkörper, starrte zurück. Der Anblick der trüben Alster verschwamm, weil ihm unentwegt Wasser in die Augen lief.

Er hatte ihn getötet. Und wie auch immer er in den nächsten Minuten, den nächsten Stunden, ja für den Rest seines Lebens darüber denken würde, es war geschehen und ließ sich nicht rückgängig machen.

Gott, was hatte er getan?

Eisige Kälte kroch durch seine Haut in den Körper, schlagartig begann er zu zittern.

Er drehte sich herum und stützte sich mit den Händen auf dem sandigen Boden ab.

Er dachte an Eva, seine liebe, teure Eva, die ihm in den nächsten Tagen eine Tochter schenken würde und die er heiraten wollte.

Dazu würde es nicht mehr kommen. Ihre gemeinsamen Träume, all ihre Wünsche an eine glückliche Zukunft waren zusammen mit Fish versunken. Eva würde ihn verstoßen. Seine Tochter würde ohne ihn aufwachsen. Ohne ihn. Den Mörder.

Seine rechte Hand ertastete den Reißverschluss der Jacke, zog ihn herunter und arbeitete sich bis zur Innentasche vor, griff das Mobiltelefon. Es war nass geworden, hatte den Badeausflug aber offenbar ohne bleibenden Schaden überstanden. Er beugte sich vornüber, um das Display vor dem Regen zu schützen. Die Finger zitterten, und er brauchte drei Anläufe, um die Nummer zu wählen.

»Polizeinotrufzentrale«, meldete sich eine Frauenstimme am anderen Ende.

»Hier spricht …«

Seine Stimme brach unter der Last der Worte, die seine ungeheure Tat in die Welt tragen würden. Trotzdem musste es raus. Es gab kein Zurück.

»Hier spricht Professor Christoph Kerber. Ich habe gerade einen Menschen getötet.«

Die Freiheit existiert, und auch der Wille existiert;
aber Willensfreiheit existiert nicht, denn ein Wille,
der sich auf seine Freiheit richtet, stößt ins Leere.

Thomas Mann

55

In einer Shishabar war Ansgar noch nie gewesen. Der Raum
war klein, dunkel und verraucht. An den niedrigen Tischen
saßen Männer türkischer Abstammung auf Kissen oder in
tiefen Sesseln, steckten die Köpfe zusammen, tranken trüb
aussehende Flüssigkeiten aus kleinen Tonschalen und zogen
genüsslich an ihren Wasserpfeifen. Ansgar registrierte eine
Reihe misstrauischer Blicke mit eindeutiger Botschaft: Hier
traf sich eine eingeschworene Truppe, Fremde waren nicht
erwünscht. Schon gar nicht Typen seines Schlags.

Sei's drum.

Er sah nur zwei Frauen an den Tischen, beide eher jünger,
beide trugen prächtige bunte Kopftücher. Selina war keine
von ihnen. Er vergewisserte sich, dass er die Eingangstür ordentlich geschlossen hatte, und schritt zu einem Tresen im
hinteren Teil des Raums. Dort stand ein älterer Türke mit
runzeligem Gesicht. Er hatte eine traditionelle muslimische
Wollmütze auf dem Kopf, unter dem gestickten Stoff lugten
dünne graue Haare hervor. Der Wirt nickte ihm so höflich zu,
wie es ein Mindestmaß an Gastlichkeit gebot. »Was kann ich
für Sie tun?«

»Ich bin mit Selina Yilmaz verabredet. Sie meinte, ich solle
hier nach ihr fragen.«

Der Mann kniff die Augenlider zusammen und starrte ihm
mit einer Art väterlichen Misstrauens unverhohlen ins Gesicht. Als könnte er so etwas erfahren über Gesinnung und
Absichten dieses wie geleckt aussehenden Besuchers im teuren Maßanzug. Langsam verstand Ansgar, warum Selina den
Ort als Treffpunkt vorgeschlagen hatte. Hier war es für sie ein

Heimspiel. Sie kannte den Wirt, vielleicht war er sogar ihr Vater oder Onkel. Er und vermutlich etliche weitere Stammgäste würden ihr ohne Zögern beistehen falls nötig. Beneidenswert, dachte er. Weniger gut war, dass die Reporterin in ihm jemanden sah, vor dem sie sich schützen musste.

Der Türke brummte etwas Unverständliches, nickte und verschwand in einem unscheinbaren, hinter einem Vorhang aus schwerem rotem Tuch verborgenen Durchgang neben dem Tresen. Kurz darauf erschien er wieder. Er hielt den Vorhang für ihn auf und nickte ihm zu. »Selina wartet auf Sie.«

Die Reporterin saß auf einem schwarzen Klappstuhl aus Plastik an einem dazu passenden kleinen runden Tisch in einer fensterlosen Kammer am Ende eines schmalen Flurs. Die Wände waren mit Regalen zugepflastert, in denen sich Kisten und Dosen verschiedenster Größen, mehrere ausrangierte Shishapfeifen und allerlei sonstiger Krimskrams stapelten.

»Danke, dass Sie sich die Zeit nehmen«, sagte er beim Eintreten.

»Klang ja recht dringend.« Vor ihr standen ein halb voller Kaffeebecher und eine offenbar zweckentfremdete Untertasse, in der eine Zigarette vor sich hin glimmte.

Ansgar stellte sich neben sie, öffnete seine Aktentasche, zog zwei durchsichtige Plastiktüten daraus hervor und hielt sie in die Höhe. Wie ein Anwalt in einem Spielfilm, dachte er. Sie sehen Beweisstück A in meiner rechten, Beweisstück B in meiner linken Hand. In seinem Fall waren das eine Zeitung und ein Butterflymesser.

»Ich hatte Besuch«, sagte er. »Kurz nachdem ich bei Ihnen in der Redaktion war. Dieses Messer steckte in meinem Wohnzimmertisch. Die aktuelle Ausgabe der *Tageszeitung* war damit aufgespießt.«

Er legte beides auf den Tisch, wischte eine nicht geringe Anzahl von dunklen Krümeln ungewisser Herkunft von der Sitzfläche des zweiten Plastikstuhls und setzte sich drauf. »Dragan macht Ernst. Er weiß, dass ich bei Ihnen war, und findet das erwartungsgemäß überhaupt nicht gut. Ich kenne ihn. Das Messer war eine unmissverständliche Warnung. Das nächste landet in keinem Möbelstück. Sondern in meiner Brust.«

»Übel.« Selinas Augen weiteten sich. Sie griff sich ihre Zigarette, nahm einen Zug und legte sie zurück auf den Rand der Untertasse. »Haben Sie das bei der Polizei angezeigt?«

Ansgar schüttelte den Kopf. »Ich bin mir sicher, dass Dragans Männer keine verwertbaren Spuren hinterlassen haben. Natürlich könnte ich meinen Verdacht äußern. Die Geschichte würde niemals ausreichen, um Dragan hinter Gitter zu bringen. Doch sobald der davon Wind bekäme, wäre es um mich geschehen.«

Er sah Selina an. »Was ist mit Ihnen? Sind Ihnen merkwürdige Dinge zugestoßen? Ich befürchte, dass auch Sie in Gefahr sind.«

Sie schüttelte den Kopf. »Mir nicht. Aber Christoph Kerber, der Psychiater, könnte Ihnen so manche Geschichte erzählen. Ich war mit ihm unterwegs, als er von jemandem verfolgt wurde. Zum Glück konnten wir den abschütteln.«

»Hm.« Ansgar fuhr sich mit der Hand übers Kinn, registrierte beiläufig die rauen Bartstoppeln, die aus der üblicherweise glatt rasierten Haut sprossen. Es war ein langer Tag gewesen. »Und die waren wirklich hinter Kerber her und nicht hinter Ihnen?«

Selina zuckte mit den Achseln. »Letztlich weiß ich es nicht.«

Ansgar nickte, keiner sagte etwas.

Die Reporterin brach das Schweigen, bevor es unangenehm

wurde. »Wollen Sie was trinken? Tee, Kaffee, Wasser? Mein Onkel führt ein paar richtig gute Liköre und Schnäpse. Sorry, dass ich nicht gleich gefragt habe.«

»Vielen Dank.« Ansgar winkte ab. »Ich bin nicht zum Trinken hier.« Er beugte sich vor, vermied es, mit seinen Anzugärmeln die schmierige Tischplatte zu berühren. »Also, Selina. Meine Karten liegen offen vor Ihnen, und ich bin, entschuldigen Sie den Pokerjargon, ›all in‹ gegangen. Und habe gleichzeitig mein Blatt aufgedeckt. Ein Zurück gibt es nicht. Ich wäre Ihnen also dankbar, wenn Sie mir einen Blick in Ihre Karten erlaubten. Ich bin überzeugt, dass wir uns gegenseitig unterstützen können.«

Selina ließ sich Zeit mit ihrer Antwort. Sie nahm einen Schluck Kaffee und einen weiteren Zug von ihrer Zigarette, blies den Rauch Richtung Zimmerdecke, wo er eine billige Deckenlampe umwaberte. »Also gut«, sagte sie, ohne ihn anzublicken. »Ich werde offen zu Ihnen sein. Es gibt diesen Informanten tatsächlich.«

Ansgar versuchte, sich seine Erleichterung nicht anmerken zu lassen. »Wer ist er?«

Selina presste die Lippen aufeinander. »Nun, das weiß ich leider nicht. Es ist eine lange Geschichte.«

»Nur zu. Ich habe heute nichts Wichtiges mehr vor.«

»Ich hatte es nicht leicht als Kind. Das ist eigentlich maßlos untertrieben. Aber drüber zu jammern ändert es ja auch nicht.« Sie hob den Blick. »Meine leibliche Mutter wurde schwer krank, als ich sieben Jahre alt war. Ich wuchs in einer Pflegefamilie auf. An meinem vierzehnten Geburtstag kam ein Einschreiben, das auf mich ausgestellt war. Ich wusste damals nicht mal, was ein Einschreiben war. Aber ich musste es persönlich in Empfang nehmen und sogar unterschreiben, dass ich es bekommen hatte.«

»Was war drin?«

»Ein Sparbuch. Es war auf mich ausgestellt. Und wies ein Guthaben von zehntausend Euro auf.«

Ansgar pfiff durch die Lippen.

»Meine Pflegeeltern glaubten an einen Scherz. Als wir bei der Bank nachfragten und die Existenz des Kontos und des Guthabens bestätigt wurde, dachten sie, ich hätte was ausgefressen. Oder mich prostituiert. Egal. Damit fing es an.

Von da an wurden jeden Monat fünfhundert Euro auf das Konto gebucht. Der Betrag erhöhte sich von Jahr zu Jahr. Als ich das Abi in der Tasche hatte und auf die Journalistenschule ging, waren es sage und schreibe fünfzehnhundert Euro pro Monat. Sie könnten sich vorstellen, dass ich Hemmungen hatte, das Geld anzurühren. Aber natürlich tat ich es.

Ich begann mein Volontariat bei der *Hamburger Tageszeitung*. Die kämpfte damals verzweifelt ums Überleben. Karl Lewitz stand kurz vor dem Rauswurf.

Damals kam der erste Umschlag. Ohne Absender. Es waren Kopien von Kontoauszügen und Vertragsunterlagen darin. Und Ausdrucke von E-Mails. Ich konnte mir erst keinen Reim darauf machen, aber als ich mir die Unterlagen genauer ansah, wurde es klar. Die Dokumente belegten illegale Schmiergeldzahlungen an den bekannten Chefarzt eines Hamburger Krankenhauses. Es wurde meine erste Story. Sie schlug mächtig ein. Der Mediziner hatte ein Strafverfahren am Hals und verlor den Job. Karl behielt seinen. Ich bekam einen.«

»Es war vermutlich nicht der letzte Umschlag.«

Selina schüttelte den Kopf. »Inzwischen sind es fünf.«

»Nur damit ich es richtig verstehe«, sagte Ansgar, »Sie erhalten brisante Unterlagen von einem geheimen Informanten, den Sie nicht kennen. Sie machen sich an die Arbeit, recherchieren, schreiben, veröffentlichen und vernichten die Existenz der Menschen, die Sie in Ihren Artikeln anprangern. Zugegeben von solchen, die es auch verdient haben.«

Selina antwortete nicht.

»Haben Sie sich je gefragt, warum er das tut? Warum Ihr geheimnisvoller Freund Sie so lange unterstützt? Und vor allem: Wer er ist?«

Sie schwieg etliche Sekunden. »Natürlich«, sagte sie dann. »Ich habe bei der Bank nachgefragt. Das Konto wurde treuhänderisch von einem Notar eröffnet und geführt. Ich habe zigmal mit dem gesprochen und versucht, den Namen meines Gönners aus ihm herauszuquetschen – vergeblich.«

»Welcher Notar ist es?«, fragte Ansgar. »Vielleicht kenne ich ihn und kann meine Beziehungen spielen lassen. Es gibt diverse Kollegen, die mir einen Gefallen schulden.«

»Der heißt Dr. Martin Ackermann. Und ist vor etwas über einem Jahr verstorben. Soweit ich weiß, eines natürlichen Todes.«

»Verflixt.«

»Ja. Sackgasse«, sagte Selina. »Selbstverständlich habe ich nach Verbindungen zwischen den verschiedenen Storys gesucht, die der Informant mir zugespielt hat. Dass zweimal Männer aus dem Draganescu-Clan involviert waren, ist mir durchaus aufgefallen. Das ist aber auch alles.«

Sie griff ihren Becher, nippte am Kaffee. »Die Wahrheit ist: Ich habe bis heute keine Ahnung, wer es ist. Und ob er – oder sie – eigene Ziele damit verfolgt. Falls dem so ist, war es bisher zumindest eine Win-win-Situation.«

»Wenn Ihr Auftraggeber Ihnen brisantes Material über die Draganescus zuspielt, wird er auch wissen, in welche Gefahr er Sie bringt.«

»Ich kann ganz gut auf mich aufpassen.«

»Offensichtlich unterschätzen Sie Dragans Gefährlichkeit und Skrupellosigkeit.«

»Nun. Wir werden sehen.«

Ansgar beugte sich weiter vor, stützte sich mit den Armen auf die Platte des Plastiktisches. Die Ärmel seiner Jacke waren ihm inzwischen egal. Der Anzug musste sowieso in die Reinigung. Und er musste am Leben bleiben, wenn er ihn weiterhin tragen wollte.

»Hören Sie, Selina, es steht mir nicht zu, Ihnen irgendwelche Ratschläge zu geben.«

»Aber?« Selina legte die Stirn in Falten. »Eigentlich möchten Sie mir trotzdem ein paar Ratschläge geben?«

»Nein … Ja … Ich weiß nicht.« Ansgar schüttelte den Kopf. Er griff sich an den Hals und lockerte den Knoten seiner Krawatte. »Wissen Sie, ich war immer ein Kämpfertyp, so wie Sie einer sind. Das war absolut nötig. Ich bin früh von zu Hause abgehauen, habe als Jugendlicher jahrelang in Frankfurt auf der Straße gelebt. Da lernt man zu kämpfen. Oder man geht vor die Hunde. Ich habe Ihnen einige Dokumente über die Zeit damals gegeben. Wenn Sie sie gelesen haben, wissen Sie, was ich meine.«

Selina nickte. »Ihr Freund ist gestorben, damals im Hotelzimmer, als Sie beide sich gegen den perversen Banker gewehrt haben. Sie haben überlebt.«

»Der wirkliche Kampf fing da erst an«, sagte Ansgar. »Mir wurde nichts geschenkt. Weder mein Abitur noch mein Juraexamen, schon gar nicht mein Status als Strafverteidiger. Das Problem dabei war: Ich habe nie mit dem Kämpfen aufgehört. Für Menschen hatte ich genau drei Schubladen: Sie waren entweder Gegner, unfreiwillige Helfer oder strategische Verbündete. Mehr gab es nicht. Kein Raum für Freundschaft. Oder Vertrauen.«

Selina blieb bei ihrem ernsten Gesicht. Eine Fassade, hinter die er nicht blicken konnte. »Nun«, sagte die Journalistin, »Sie reden in der Vergangenheitsform von sich. Haben Sie Ihre Einstellung geändert?«

»Mehr oder weniger ja.« Er senkte den Kopf. »Selina, wenn Sie sich mit jemandem wie Dragan anlegen, brauchen Sie Freunde. Oder zumindest Verbündete.«

Sie nickte. »Ich habe etwas Besseres.« Sie drehte sich herum, beugte sich zu ihrer Umhängetasche hinunter, die an einem der Regale lehnte, und zog einen Schnellhefter aus dunkelblauer Pappe daraus hervor.

»Einen guten Informanten.« Sie legte den Hefter auf den Tisch und schlug ihn auf. Er war prall gefüllt mit dicht bedruckten Zetteln.

»Was ist das?«, fragte Ansgar.

»Es wurde mir heute Nachmittag zugespielt, per Boten in die Redaktion meiner Zeitung.«

Er griff nach dem Hefter, blätterte durch die Seiten, sah Bankunterlagen, ausgedruckte E-Mails und Verträge. Der Anblick trieb seinen Puls in die Höhe.

»Es sind interne Dokumente aus dem engsten Umfeld von Dragan Draganescu«, sagte Selina. »Ich fresse einen Besen, wenn das den deutschen Steuerbehörden bekannt ist. Es geht um horrende Summen.«

Ansgar starrte auf den Pappordner. Es war zu schön, um wahr zu sein. Vor ihm lag das Ticket in die Freiheit. »Und das tragen Sie so einfach mit sich herum?«

Selina zuckte mit den Schultern. »Wo wäre es denn besser aufgehoben?«

Er strich mit den Fingern über die Enden seines Schnurrbarts. »Wir gehen damit zur Polizei. Jetzt gleich. Packen komplett aus und fordern umfassenden Zeugenschutz. Sobald

Dragan und seine wichtigsten Leute verhaftet sind, sind wir in Sicherheit.«

»Mit der Konsequenz, dass wir bis dahin aus dem Verkehr gezogen sind.« Sie schüttelte den Kopf. »Das werde ich bestimmt nicht tun. Ich bin nicht jemand, der still rumsitzt und abwartet, während andere die Arbeit erledigen. Beim besten Willen nicht.«

»Sie werden überhaupt nichts mehr tun, wenn Dragan Sie in die Finger kriegt.«

»Ich denke darüber nach, okay?« Ihr Gesichtsausdruck sagte, dass sie sich bereits dagegen entschieden hatte.

»Lassen Sie sich nicht ...« Ansgars Handy brummte in der Innentasche seiner Jacke. Er richtete sich auf. »Entschuldigen Sie. Nicht viele Menschen haben diese Handynummer. Aber bei denen, die sie haben, ist es in der Regel wichtig.« Er zog sein Telefon hervor, ging ran und lauschte einen Moment.

»Professor Kerber«, sagte er. »Was kann ich für Sie tun?«

56

Christoph stand am Ufer der Alster, das Handy in der Hand, und ließ sich vom Regen begießen. Nässe und Dunkelheit durchdrangen ihn, alles war diffus, finster und schrecklich kalt. Es sollte einfach nur aufhören. Würde es aber nicht. Etliche Minuten vergingen. Nur mit größter Mühe konnte er sich aus seiner Erstarrung lösen, sich sogar ein paar sachliche Gedanken machen. Und musste einen weiteren Anruf tätigen. Die ersten sechs Primzahlen. Eins, zwei, drei, fünf, sieben und elf. Die Vorwahl null eins sieben fünf hatte er sich gemerkt, weil er dieselbe hatte. Er hätte besser gleich den Anwalt angerufen statt die Polizei, aber dafür war es jetzt zu spät. Seine Finger zitterten. Er hoffte inständig, dass van Golderbloom ans Telefon gehen würde, und ein Hauch von Licht blitzte in seinem Inneren auf, als der Strafverteidiger ihn begrüßte.

»Ich … ich habe ziemlichen Mist gebaut«, sagte er.

»Okay.« Der Anwalt klang nicht gerade erfreut über Christophs Anruf. Konnte er ihm nicht verübeln. »Was ist passiert?«

»Ich habe jemanden in der Alster ertränkt.«

Es vergingen einige Sekunden. Zeit, die van Golderbloom offenbar benötigte, um den Satz zu verdauen und sich darüber klar zu werden, dass Christoph ihn nicht verarschte.

»Sind Sie noch dort?«

»Ich stehe hier am Alsterufer. Westseite. Unterhalb der Kennedybrücke. Ja.«

»Und wo ist der, den Sie … ertränkt haben?«

»Verschwunden. Untergegangen.«

»Okay.« Van Golderblooms Stimme bekam einen entschlossenen Unterton. »Punkt eins: Sind Sie sicher, dass er tot ist? Oder könnten Sie ihn aus dem Wasser ziehen und wiederbeleben?«

»Mausetot. Er treibt seit über einer Viertelstunde unter Wasser. Außerdem würde ich ihn kaum wiederfinden.«

»Gut, abgehakt. Punkt zwei: Hat Sie jemand gesehen?«

In einiger Entfernung erklangen mehrere Martinshörner, die sich rasch näherten.

»Kommen die zu Ihnen?«, fragte der Anwalt, der das Geräusch durchs Telefon ebenfalls gehört haben musste.

Christoph nickte. Es dauerte ein paar Sekunden, bis er kapierte, dass sein Gesprächspartner ihn nicht sehen konnte. »Das ist die Polizei. Ich habe dort angerufen.«

»Sie haben … was? Nun gut, nicht zu ändern. Was haben Sie denen gesagt?«

»Dasselbe wie Ihnen. Dass ich jemanden umgebracht habe.«

»Mehr nicht?«

»Meinen Standort. Meinen Namen. Die haben mich aufgefordert, hier zu warten.«

»In Ordnung. Hören Sie mir genau zu. Die nächsten Minuten entscheiden möglicherweise darüber, ob Sie den Rest Ihres Lebens in Freiheit oder hinter Gittern verbringen. Haben Sie das verstanden?«

»Ich habe verstanden.«

»Gut. Wenn die Polizei kommt, werden die Sie vorläufig festnehmen.«

Christoph schluckte.

»Die werden Sie löchern mit Fragen. Die werden wissen wollen, was passiert ist. Warum Sie die Polizei angerufen haben. Die werden Sie unter Druck setzen und Ihnen Angst machen. Verstanden?«

»Verstanden.«

»Geben Sie sich unbeteiligt. Bleiben Sie freundlich. Leisten Sie auf keinen Fall Widerstand. Sie nennen Ihren Namen, wenn Sie gefragt werden, auch Ihr Geburtsdatum und Ihre Wohnanschrift. Dazu sind Sie verpflichtet. Wenn die Sie durchsuchen oder Ihnen Blut abnehmen wollen, lassen Sie das zu. Wenn die Ihre Papiere oder Ihr Handy einkassieren wollen, dann erlauben Sie das, okay?«

»Okay.«

»Stellen Sie sich darauf ein, dass die Sie mitnehmen und ins Polizeipräsidium bringen, das ist der Dienstsitz der Mordkommission. Und jetzt das Wichtigste: Das Einzige, was Sie sonst noch sagen werden, ist mein Name: Ansgar van Golderbloom. Und dass ich Ihr Rechtsvertreter und auf dem Weg zu Ihnen bin. Okay?«

Die Sätze des Anwalts vermischten sich in seinem Kopf immer mehr zu einem wirren Brei. Es fiel ihm zunehmend schwerer, sich zu konzentrieren.

»Haben Sie mich verstanden?«

»Ja.« Christoph gab sich einen Ruck. »Ich habe Sie verstanden.«

»Gut. Sie sagen Ihren Namen, Sie sagen meinen Namen. Und dann sagen Sie überhaupt nichts mehr!«

»Sie meinen …«

»Ich sagte nichts. Und ich meinte nichts. Jedes überflüssige Wort würde Ihnen schaden. Also setzen Sie sich in eine Ecke und bleiben stumm wie ein Fisch.«

Christoph zuckte zusammen, als Ansgar den Namen seines toten Freundes aussprach.

»Was noch wichtig ist: Unterschreiben Sie nichts, was die Ihnen vorlegen. Und Sie haben das Recht, einen Angehörigen über Ihre Festnahme zu informieren, aber auch davon rate ich dringend ab. Die Polizei hört das Gespräch höchstwahrscheinlich mit, und die Gefahr ist groß, dass Sie etwas ausplaudern, das die gegen Sie verwenden.«

Die Gedanken krochen im Zeitlupentempo durch Christophs Kopf. Aber er glaubte, verstanden zu haben, worauf es ankam. Was auch immer das bringen sollte. Er hatte Fish umgebracht. Das konnte er nicht mehr zurückdrehen. Und dafür würde er büßen müssen. »Danke«, sagte er.

»Ich mache mich auf den Weg ins Polizeipräsidium und treffe Sie dort, okay? Bewahren Sie die Nerven, Professor Kerber.«

57

Christoph blieb nicht lange allein mit seiner Verzweiflung. Und er staunte, was er mit dem Anruf bei der Polizei in Bewegung gesetzt hatte. Ein erster blaulichtbewehrter Streifenwagen brauste durch den Regen heran, bremste an der nahe gelegenen Straße. Zwei mit Polizeilederjacken bekleidete Beamte sprangen heraus und hielten auf ihn zu. Innerhalb weniger Minuten gesellten sich die Besatzungen zweier weiterer Fahrzeuge dazu, kurz darauf erschien ein Rettungswagen. Zeitweilig war Christoph von fünf Uniformierten umringt. Einige Polizisten suchten das Ufer ab, begutachteten die von der Nässe aufgeweichte Böschung und starrten angestrengt auf die diesige Alster hinaus, als könnte ihnen das die Frage beantworten, was genau hier eigentlich geschehen war. Die Antwort kannte allein Christoph, und der nannte brav seinen Namen, händigte Portemonnaie und Mobiltelefon aus, ließ eine Leibesvisitation über sich ergehen und teilte ansonsten lediglich mit, dass er seinen Anwalt, Ansgar van Golderbloom, informiert habe und auf dessen Anraten keine weiteren Angaben machen werde.

Da seine Kleidung komplett durchnässt war und sein Badeausflug mit Fish etliche Spuren im Uferbereich hinterlassen hatte, zählten die Polizisten natürlich eins und eins zusammen und vermuteten das vermeintliche Mordopfer dort draußen im Wasser. Ohne zusätzliche Unterstützung würden sie nicht weit kommen. Mit Booten und Tauchern allerdings wäre es nur eine Frage der Zeit, bis sie Fishs Leiche finden würden.

Nach einigen Minuten tauchte ein dunkler Audi an der

Straße auf, ihm entstieg ein Mann mittleren Alters in dünner Regenjacke, der mit seinem kantigen Gesicht und den grauen Haaren wie ein Steuerberater aussah, sich jedoch als Jan Tilmann vorstellte, Oberkommissar beim Kriminaldauerdienst.

Christoph wiederholte beharrlich den Spruch, den van Golderbloom ihm eingebläut hatte. Der Kripobeamte musterte ihn etliche Sekunden lang. Was auch immer er sah – es veranlasste ihn, Christoph zunächst in Ruhe zu lassen und mit einem der Uniformierten die Köpfe zusammenzustecken.

Kurz darauf kam er zu Christoph zurück. »Herr Professor Kerber, Sie sind vorläufig festgenommen. Wie Sie bereits wissen, haben Sie das Recht zu schweigen. Einen Anwalt haben Sie ja schon kontaktiert.«

Er wies mit der Hand auf einen der Streifenwagen am Straßenrand. »Kommen Sie mit.«

58

Das Vernehmungszimmer im Polizeipräsidium war ein karger Raum mit grauen Wänden und grauem Linoleumboden. Der ebenfalls graue Tisch war am Fußboden festgeschraubt, die einzigen, wenn man so sagen wollte, Farbkleckse waren drei Stühle mit Bezügen aus schwarzem Lederimitat. In einer der Ecken hing eine Kamera mit Mikrofon an der Decke.

Christoph fühlte sich von Sekunde zu Sekunde mieser. Er war nass und fror, aber das war die kleinste seiner Sorgen.

Die größte? Was sollte er Eva sagen? Verabredet hatten sie, spätestens morgen miteinander zu telefonieren, um zu retten, was zu retten war. Er hatte keine Zweifel, dass Eva mit ein wenig Abstand eingesehen hätte, dass ihre Eifersucht und ihr Misstrauen ihm gegenüber haltlos gewesen waren. Es hätte kaum mehr gebraucht als seine Aufrichtigkeit, um die Eisschicht, die sich zwischen ihnen gebildet hatte, wieder zum Schmelzen zu bringen. Aber jetzt? Eva hatte gesagt, dass sie ihn nicht wiedererkenne. Nun wusste er, was sie damit gemeint hatte. Er erkannte sich auch nicht wieder. Wenn er ihr erzählte, was geschehen war, was er getan hatte …

Unvorstellbar.

In dem Moment, als er Fish unter Wasser gedrückt hatte, hatte er in der Überzeugung gehandelt, seine Familie zu beschützen. Tatsächlich hatte er sie vernichtet. Und damit mehr Schaden angerichtet, als Fish es in all seiner Bösartigkeit je hätte tun können. Vielleicht, schoss ihm durch den Kopf, war sogar genau das Fishs Absicht gewesen. Sein eigentlicher Racheplan, über den eigenen Tod hinaus.

Nach quälenden Minuten des Grübelns wurde die Tür aufgestoßen, und Ansgar van Golderbloom trat ein. Ihm auf den Fersen folgte der grauhaarige Oberkommissar, der seine Regenjacke abgelegt hatte. Darunter trug er ein dunkles Sakko. Tilmann hielt eine dampfende Kaffeetasse in der Hand.

Wie auch immer van Golderbloom das hinkriegte: Selbst zu dieser späten Stunde sah er aus wie aus dem Ei gepellt. Haare, Anzug, Krawatte, alles saß perfekt an diesem Mann. Im Gegensatz zu Christoph, dessen vom Wasser durchweichte Jeans und Oberbekleidung an ihm klebten wie eine viel zu nasse und kalte zweite Haut.

Van Golderbloom trat zu ihm. Während der Anwalt ihm bei der Begrüßung in der Praxis nicht einmal die Hand gegeben hatte, geriet es jetzt beinahe überschwänglich. »Christoph«, sagte er und drückte ihm fest auf die Schulter, »gut, dich unversehrt zu sehen.«

Christoph war zu verdutzt über die Vertrautheit und das plötzliche Du, um reagieren zu können. Er blieb einfach sitzen und beobachtete, wie van Golderbloom ein strenges Gesicht aufsetzte und sich zum Oberkommissar umdrehte.

»Was soll das bitte?«, fragte er.

Tilmann hob die Augenbrauen. »Was meinen Sie?«

»Ist das nicht offensichtlich? Mein Mandant befindet sich in Ihrer Obhut und Verantwortung. Und er trägt nasse Kleidung am Leib.« Er zielte mit dem Zeigefinger auf die Tasse in Tilmanns Hand. »Er ist unterkühlt. Sehen Sie nicht, wie er zittert? Und Sie lassen sich einen heißen Kaffee schmecken.« Er presste die Lippen aufeinander, schüttelte den Kopf. »Das ist eine grobe Verletzung Ihrer Fürsorgepflicht. Ich hoffe, seine Frau bringt ihm trockene und warme Kleidung mit.«

Van Golderbloom ließ das entstehende Schweigen einige Sekunden wirken, bevor er nachsetzte. »Er hat sie doch wohl angerufen? Haben Sie ihn denn nicht über seine Rechte belehrt?«

Tilmann murmelte etwas Unverständliches.

Der Anwalt schnaufte voller Empörung. »Unglaublich. Darauf kommen wir später zurück. Wenn Sie mich jetzt bitte mit meinem Mandanten allein lassen.«

Der Oberkommissar warf van Golderbloom einen waffenscheinpflichtigen Blick zu, sagte aber nichts. Und ging raus.

Der Anwalt sah sich im Raum um, wies mit dem Kopf in Richtung der Ecke mit der Videokamera.

»Beobachten die uns?«, fragte Christoph.

Van Golderbloom nickte. »Vermutlich schon. Eigentlich ist das verboten, wenn wir unter vier Augen sprechen. Und was auch immer sie zu sehen oder hören bekommen, dürfen sie vor Gericht nicht verwenden. Trotzdem werden wir uns hier auf das Nötigste beschränken.«

Christoph war eh nicht nach Reden zumute.

Der Anwalt setzte sich auf einen der freien Stühle. »Haben Sie sich an meine Empfehlung gehalten?«, fragte er.

»Ja.«

»Gut. Das ist das Wichtigste, und dabei bleiben wir auch bis auf Weiteres. Das Sprechen überlassen Sie in jedem Fall mir.«

»Könnte ich nicht …«

»Nein! Nichts, was Sie sagen, würde Ihre Situation verbessern. Aber fast alles würde sie verschlechtern. Wir müssen abwarten, ob die was gegen uns in der Hand haben. Allein danach richtet sich das weitere Spiel. So weit klar?«

Christoph nickte. »Ich hoffe, Sie wissen, was Sie tun.«

»Ich weiß genau, was ich tue, glauben Sie mir.« Van Golderbloom winkte Richtung Kamera und machte mit Daumen und Zeigefinger ein Okay-Zeichen.

Es verging keine Minute, und Tilmann kehrte zu ihnen zurück. Er hatte ein Handtuch und einen zweiten Pappbecher dabei. »Hier, für Sie«, sagte er. Christoph nahm das Handtuch in Empfang, der Kaffeebecher landete auf dem Tisch. »Wird er aussagen?«, fragte der Oberkommissar.

Van Golderbloom schüttelte den Kopf. »Es gibt nichts auszusagen. Professor Kerber ist müde, er friert und ist unterzuckert. Er hat Ihre Gastfreundschaft lange genug genossen. Wenn Sie also einverstanden sind, würde ich ihn gern hinausbegleiten.«

Tilmann grinste. »Ich habe Herrn Professor Kerber vorläufig festgenommen.«

Ansgar verzog keine Miene. »Ist mir bekannt. Und was bitte schön werfen Sie ihm vor?«

»Es besteht der Verdacht auf ein Tötungsdelikt.« Der Polizist schnappte sich den letzten freien Stuhl, drehte ihn so, dass er verkehrt herum drauf sitzen konnte – mit der Rückenlehne zwischen sich und dem Anwalt.

»Aha«, sagte van Golderbloom. »Und haben Sie irgendwelche Beweise für Ihre Anschuldigung? Stichhaltige Indizien oder zumindest Hinweise, die es rechtfertigen, einen geschätzten Mediziner und Gerichtsgutachter festzusetzen?«

»Für mich sieht es so aus, als hätte Ihr renommierter Professor Scheiße gebaut und im ersten Schreck die Polizei gerufen. Und jetzt versucht er, mithilfe eines überbezahlten Anwalts den Kopf aus der Schlinge zu ziehen.«

»Nun, leider ist Ihre Privatmeinung hier nicht von Belang. Was sagen die Fakten? Haben Sie eine Leiche? Oder zumindest eine vermisste Person? Belastbare Zeugenaussagen, eine Tatwaffe? Ein Motiv? Irgendwas?«

Tilmann kniff die Lippen zusammen. »Wir arbeiten dran.«

»So wie ich das sehe, sprechen die Fakten eine eindeutige Sprache. Sie haben nichts außer dem verwirrten Anruf eines unbescholtenen Mannes, der für einen Augenblick nicht Herr seiner Sinne war. Klar können Sie ihn belangen. Seine Dummheit hat einen Polizeieinsatz ausgelöst. Geschenkt. Aber das rechtfertigt nicht eine vorläufige Festnahme und schon gar keinen Haftbefehl. Das wissen Sie. Und das wird Ihnen jeder Staatsanwalt dieser Republik bestätigen.«

Ansgar reckte sich auf seinem Stuhl noch ein wenig mehr in die Höhe. »Ich verlange und erwarte die sofortige Freilassung meines Mandanten.«

»Das können Sie vergessen«, sagte Tilmann.

»Wenn Sie das nicht selbst entscheiden können, fragen Sie Ihren vorgesetzten Schichtleiter. Oder besser gleich den zuständigen Staatsanwalt.«

»Wir können ihn nach Polizeirecht für vierundzwanzig Stunden in Gewahrsam behalten. Darauf wird er sich einstellen müssen. Um diese Zeit bekomme ich keinen Staatsanwalt mehr ans Telefon.«

Van Golderbloom zog sein iPhone aus der Innentasche seines Anzugs. »Wer ist zuständig heute Nacht? Kai Ammelung? Hendrick Rieper? Ich kann die beiden auch gleich selbst anrufen. Wir treffen uns gelegentlich zum Pokern.«

Der Dauerbeschuss zeigte allmählich Wirkung beim Kripobeamten. Tilmanns ohnehin blasses Gesicht verlor den letzten Rest Farbe, und seine stockgerade Sitzhaltung geriet in Schieflage. »Es bleibt dabei. Ihr Mandant bekommt frische Klamotten, etwas zu essen und zu trinken und wird hierbleiben. Die Ermittlungen dauern an. Morgen früh informiere ich die Staatsanwaltschaft.« Wirklich überzeugt klang der Polizist nicht mehr.

»Wollen Sie mich verarschen?« Van Golderbloom sprang vom Stuhl hoch. Eine Zornesfalte grub sich in seine Stirn. »Sie beabsichtigen, meinen Mandanten ohne jede Grundlage und unter eklatanter Verletzung Ihrer Fürsorgepflicht eine ganze Nacht festzuhalten, nur weil Sie Ihren zuständigen

Staatsanwalt nicht bei seinem Feierabendlikör stören wollen? Der Mann ist ein anerkannter Gerichtsgutachter und hat bereits mit mehr Richtern und Staatsanwälten zusammengearbeitet, als Sie es in Ihrer Polizeikarriere je tun werden. Erst recht, wenn Sie weiter solche Böcke schießen.«

»Ich kann mich nur wiederholen. Es besteht der Verdacht auf ein Tötungsdelikt.«

»Das wäre das erste mir bekannte Tötungsdelikt ohne Täter, Opfer und Zeugen. O nein, es besteht lediglich der dringende Verdacht auf eine Riesendummheit. Mein Mandant hat eine begangen. Und Sie sind gerade im Begriff, ebenfalls eine zu begehen. Und ich kann Ihnen versichern, das wird für Sie nicht folgenlos bleiben. Ihre Entscheidung, Herr Oberkommissar. Tun Sie das Richtige!«

59

Selina hätte einiges dafür gegeben zu erfahren, was Ansgar van Golderbloom und der Psychiater besprochen hatten. Leider hatte der Anwalt sofort nach Beginn des Telefonats das Zimmer verlassen, sodass sie außer Kerbers Namen nichts mitbekommen hatte. Knappe zehn Minuten später war er zurückgekommen, hatte etwas von einem Notfall gemurmelt. Er hatte sie eindringlich gebeten, es sich mit dem Gang zur Polizei noch mal zu überlegen, er werde sich im Verlauf des Abends bei ihr melden und sie solle vorsichtig sein. Dann hatte er sich Mantel und Tasche gegriffen und war abgerauscht.

Steckte Kerber in Schwierigkeiten? Hatte er etwas angestellt?

Ein kalter Schauer lief ihr den Rücken herunter. Vor wenigen Stunden hatten sie zusammen das Hypnose-Video angesehen. Reihte Christoph Kerber sich ein in die wachsende Gruppe von Menschen, die von diesem Film infiziert worden waren? Ausgerechnet er, der Hypnosespezialist?

Nun, falls es so war, würde sie es schon erfahren.

Sie schlug den Schnellhefter auf und vertiefte sich in die Unterlagen, die der Anwalt unbedingt der Polizei übergeben wollte. Ihre Augen überflogen Tabellen mit Zahlen, Kopien von Kontoauszügen, handschriftlich verfasste Verträge und in Kleinstschrift ausgedruckte E-Mails. Zweifellos hätte die für Wirtschaftskriminalität zuständige Abteilung der Kripo ihre wahre Freude daran – es sah gewaltig nach schwarzen Kassen, fingierten Immobiliengeschäften und Geldwäsche aus, und in den meisten der Dokumente tauchte der Name auf, der den Puls jedes Hamburger Staatsanwalts in die Höhe trieb: Dragan Draganescu.

Van Golderbloom hatte recht, was die Brisanz dieser Unterlagen anging: Sie trafen den Clanchef mitten ins Herz. Natürlich würde sie die Papiere der Polizei zuspielen. Aber vorher würde sie eine Hammerstory daraus machen.

Sie klappte den Papphefter zu. Sie könnte ihn zurück in ihre Umhängetasche packen, schnell bei der Redaktion vorbeigehen und den Ordner im dortigen Safe verschließen. Da wäre er vorerst in Sicherheit. Oder gab es eine bessere Möglichkeit? Nach kurzer Bedenkzeit verstaute sie den Hefter in einem der Wandregale, zwischen dicken Leitzordnern mit alten Steuerunterlagen.

Sie knipste das Licht aus, durchquerte den Miniflur und trat durch den Vorhang in den Gastraum.

Der war weiterhin gut gefüllt. Von Landsleuten, die sich an den Tischen tummelten, mehr noch von dem satten Dampf ihrer Shishas.

Ahmet stand mit einem Geschirrhandtuch bewaffnet hinter der Theke und trocknete einen Schwung Teegläser.

»Vielen Dank, dass ich deine vermiefte Abstellkammer benutzen durfte. Es war fast wie früher.« Sie zwinkerte ihm zu.

»Nur, dass du kein Schulkind mehr bist, das ein ruhiges Plätzchen für die Hausaufgaben sucht.«

Sie sprachen türkisch miteinander. Selina hatte die Sprache erst als Teenager gelernt, als Teil ihres damaligen Versuchs, sich mit ihrem abwesenden Vater auseinanderzusetzen. Damals hatte sie Ahmet kennengelernt. Der sanftmütige Mann hatte nicht nur in der türkischen Gemeinde Sprachunterricht für Jugendliche mit türkischen Wurzeln angeboten, sondern auch ein offenes Ohr für deren Sorgen und Nöte gehabt.

Er lächelte auf seine unverwechselbar herzerwärmende

Art. »Du passt doch gut auf dich auf, Mädchen?«, sagte er. »Oder hast du inzwischen jemanden, der auf dich aufpasst?«

»Manche Dinge erledige ich am liebsten selbst. Ich muss los.« Sie umschlang ihn mit den Armen und drückte ihm einen Kuss auf die vom Bartwuchs kratzige Wange.

Diverse Köpfe drehten sich zu ihr und verfolgten ihren Weg durch die Bar hinaus zur Tür. Die Shishabar lag in einer unscheinbaren Nebenstraße nahe dem Hauptbahnhof. Die versteckte Lage war Ahmet ganz recht, hielt sie doch einen Teil der unangenehmen Laufkundschaft fern, die allabendlich den Stadtteil unsicher machte.

Draußen war es unerwartet frisch. Sie checkte ihr Handy, steckte es weg, zog den Reißverschluss ihrer Jacke hoch bis zum Hals und stapfte los. Die Gehwegplatten und der Asphalt der Straße glänzten vom Regen der letzten Stunden, aber zumindest von oben war es jetzt trocken.

Mit jedem Schritt schwanden die warmen Gedanken an Ahmet, stattdessen fing ihr kühler Verstand wieder an zu arbeiten. Offensichtlich war sie aus einem härteren Holz geschnitzt als dieser Anwalt, aber unvorsichtig war sie deswegen nicht. Sie hatte die wichtigsten Unterlagen über Dragans krumme Geschäfte bereits vorhin in der Redaktion durch den Scanner gejagt und die Dateien im Cloudspeicher der Zeitung abgelegt. Sie würde Karl eine Nachricht schreiben und ihn über die Existenz der Daten informieren, entschied sie. Nur für alle Fälle.

Sie näherte sich einem im Schatten liegenden Hauseingang, und in ihrem Kopf leuchtete eine Warnlampe auf. Die Straße war menschenleer, die deutlich belebtere Hauptstraße noch mindestens fünfzig Meter entfernt. Intuitiv drehte sie sich um.

Von hinten näherte sich ein Fahrzeug. Nicht irgendeins. Ein dunkler SUV. Jetzt ging zur Lampe auch die Sirene an. Ohne zu zögern, machte sie kehrt und rannte los. Zurück in die Richtung, aus der sie gekommen war. Ahmets Bar bot den besten Schutz. Sie musste nur schnell sein und an dem Auto vorbeikommen, bevor …

Der Wagen bremste, die Beifahrertür wurde aufgerissen, eine kräftige Gestalt sprang heraus. Selina war fast vorbei, aber der Kerl war einen Schritt schneller. Er trug eine dunkle Lederjacke und eine Wollmütze auf dem Kopf, war gute zwei Meter groß, kräftig gebaut und offensichtlich mit Situationen wie dieser bestens vertraut. Er stellte sich ihr in den Weg.

Auch hinter sich hörte sie jetzt Schritte. Im Hauseingang hatte also ebenfalls jemand gelauert. Die einzige Fluchtmöglichkeit führte an diesem Schrank vorbei. Zeit zum Nachdenken blieb ihr nicht. Sie verließ sich auf ihre Instinkte, täuschte eine Seitwärtsbewegung an. Tatsächlich lockte sie den Kerl nach rechts, er streckte die Hände nach ihr aus. Ihre Chance. Sie drehte nach links, rannte an den Armen und dem Zweimeterrumpf vorbei, doch der Kerl war trotz seiner Größe mächtig schnell. Er fuhr herum, packte zu und erwischte zwar nicht sie, aber ihre Tasche. Die feste Lederschlaufe zog brutal an ihrer Schulter, stoppte sie abrupt aus vollem Lauf und riss sie nach hinten. Ein muskelbepackter Arm schlang sich um ihren Hals und drückte zu. Zu beiden Seiten tauchten weitere Gestalten auf. Hände griffen sie an der Schulter und an der Hüfte und hoben sie mühelos in die Höhe. Schreien konnte Selina nicht, dazu fehlte die nötige Luft, also blieb nicht mehr, als mit den Armen und den Beinen um sich zu schlagen und zu treten und den Körper zu verbiegen. »Ruhig, Schätzchen, dann passiert dir nichts.« Die Worte erklangen dicht an ihrem Ohr. »Wir bringen dich zu jemandem, der dich unbedingt kennenlernen will.« Sie stieß mit voller Wucht ihren Kopf in Richtung der Stimme und hoffte, dass die Kopfnuss dem Kerl neben ihr mindestens genauso wehtat wie ihr selbst.

60

Ansgar van Golderbloom geleitete Christoph aus dem Polizeipräsidium. Er hielt den Pappbecher mit Kaffee in der Hand, den der Oberkommissar ihm im Vernehmungszimmer gegeben hatte. Leider war der nicht einmal mehr lauwarm.

»Entschuldigen Sie, dass ich Sie geduzt habe«, sagte der Strafverteidiger. »Das ist ein alter Trick. Tilmann sollte glauben, dass uns mehr verbindet als ein reines Anwalt-Klienten-Verhältnis. Und dass ich alle Register ziehen würde, um einen guten Freund wie Sie dort herauszuboxen.«

»Hat ja bestens funktioniert.« Die gläserne Tür des breiten Eingangsportals schloss sich hinter ihnen. Christoph blieb stehen, reichte dem Anwalt die Hand, der sie sofort ergriff. »Ich bin wirklich dankbar für Ihre Hilfe.«

»Gern geschehen.« Ansgar nickte. »Schließlich habe ich was gutzumachen.«

Sie setzten sich in Bewegung. »Ich rufe uns ein Taxi.« Van Golderbloom klemmte sich an sein Handy und bugsierte ihn über eine breite Zugangstreppe zum Vorplatz des Polizeihauptquartiers. Christoph wandte sich zurück. Hinter ihnen schraubte sich das imposante fünfstöckige Gebäude in den nächtlichen Himmel. Christoph wusste, dass es von oben betrachtet die Gestalt eines zehnstrahligen Sterns hatte, der eigentlich Offenheit und Bürgernähe symbolisieren sollte. Gerade kam ihm der Bau vor wie eine monströse Krake, der er mit größter Not entkommen war und die nun ihre mächtigen Arme nach ihm ausstreckte.

Er war frei. Trotzdem fühlte er sich hundeelend. Das frostige Gefühl, das wie eine eiskalte Hand seine Eingeweide gepackt hielt, hatte ebenso wie die butterweichen Knie einen einfachen Grund: Seine Lage war weiterhin hoffnungslos. Selbst wenn der Anwalt ihn hier herausgeholt und ihm etwas Zeit verschafft hatte.

»Was soll ich jetzt tun?«, fragte Christoph.

»Als Erstes erzählen Sie mir haarklein, was passiert ist. Am besten fangen Sie gleich damit an, während wir auf das Taxi warten.« Ansgar zuckte die Achseln. »Und dann fahren Sie nach Hause. Nehmen Sie eine heiße Dusche. Trinken Sie einen doppelten Cognac. Sprechen Sie mit Ihrer Frau. Lassen Sie sich von ihr trösten.«

»Ich übernachte heute in der Praxis.« Er schüttelte den Kopf. »Ich habe einen Menschen umgebracht. Ich habe unser Leben und unsere Zukunft ruiniert. Ich glaube kaum, dass meine Frau mich trösten wird.«

»Jetzt hören Sie mir mal zu.« Ansgar steckte sein Handy weg und packte Christoph mit der rechten Hand an der Schulter. »Ich weiß noch nicht, was vorhin an der Alster passiert ist und warum. Aber solange die Polizei keine Leiche und keine Zeugen findet, droht Ihnen der einzige Ärger von Ihrem eigenen Gewissen.«

»Die werden ihre Leiche bekommen. Sie muss unterhalb der Wasseroberfläche weggetrieben sein, es gibt starke Strömungen in der Alster. Doch nach ein paar Tagen treiben Wasserleichen durch die entstehenden Fäulnisgase wieder an die Oberfläche.«

Ansgar nickte. »Trotzdem bleibt die Sache mit den Beweisen. Fingerabdrücke und DNA-Spuren werden die dann kaum mehr finden.« Christoph schüttelte den Kopf. Am liebsten hätte er sich für immer in eine dunkle Ecke verkrochen.

»Wenn Sie einverstanden sind, begleite ich Sie in Ihre Praxis«, sagte der Anwalt. »Dort erzählen Sie mir genau, was passiert ist, okay?«

61

Das Taxi brachte sie dorthin zurück, wo Christophs verhängnisvoller Abend begonnen hatte. In der Praxis angekommen, schnappte er sich seine Reisetasche, verschwand im Badezimmer, schälte sich aus den Klamotten und trocknete sich gründlich ab. Die heiße Dusche musste warten, bis der Anwalt wieder gegangen war. Leider hatte er keine komplette Garnitur an Ersatzkleidung, sondern lediglich frische Unterwäsche, Socken und ein T-Shirt eingepackt. Immerhin. Darüber zog er seinen Pyjama.

Van Golderbloom hatte Kräutertee aufgebrüht. Sie setzten sich an den kleinen Tisch in der Küche. Christoph zog sich zusätzlich den Schlafsack über die Beine und drehte die Heizung bis zum Anschlag hoch. Irgendwann musste ihm doch wieder warm werden.

Er erzählte die ganze Geschichte. Angefangen bei den nächtlichen Begegnungen mit Fish, weiter mit den wichtigsten Details aus ihrer gemeinsamen Vergangenheit über Fishs Erpressungsversuch und dessen Geständnis, hinter dem Hypnose-Video zu stecken, bis zur entsetzlichen Tat. Der Anblick von Fishs Gesicht, das langsam vor ihm in der Tiefe verschwand, hatte sich ihm ins Gedächtnis eingebrannt. Wie ein Schandmal, das ihn von nun an für immer an den Augenblick erinnern würde, an dem er zum Mörder geworden war.

Der Anwalt fragte mehrmals nach, hörte die meiste Zeit aber einfach zu. Als Christoph nichts mehr zu sagen hatte und schweigend Löcher in die Luft starrte, beugte er sich vor und sah ihm offen ins Gesicht. »Hören Sie, Professor Kerber! Christoph. Um die juristischen Details kümmern wir uns, falls weiter gegen Sie ermittelt oder Anklage erhoben wird. Aber jenseits aller Paragrafen möchte ich Ihnen sagen, dass dieser Kerl Sie massiv in die Enge getrieben hat. Aus meiner Sicht ist das ein Fall irgendwo zwischen Notwehr und Tötung auf Verlangen. Wenn die Leiche nicht auftaucht oder die Beweise gegen Sie nicht ausreichen, müssen Sie sich ernsthaft überlegen, ob Sie wegen so eines Arschlochs die nächsten zehn bis zwanzig Jahre hinter Gittern verbringen wollen. Oder ob es ein Geheimnis bleibt, zwischen Ihnen und mir. Und Sie zu Ihrer Frau zurückkehren und Sie beide Ihre Tochter großziehen.«

Christoph sah den Anwalt an. Diesmal war es keine gespielte Vertraulichkeit, um jemanden zu beeindrucken. Kein Theater. Van Golderbloom meinte jedes Wort genau so, wie er es sagte.

Christoph schöpfte etwas Hoffnung. Vielleicht – und das war ein verschwindend kleines Vielleicht, ein winziger Spalt in der gewaltigen Felswand, die er auf sich zurasen sah und die ihn unter sich begraben würde –, vielleicht gab es einen Ausweg. »Zumindest Eva muss ich davon erzählen«, sagte er.

Der Anwalt neigte den Kopf zur Seite. »Wenn Ihre Frau damit zurechtkommt und es ihrerseits für sich behält, meinetwegen. Falls die Sache vor Gericht käme, könnte Sie sich als Ihre Ehefrau auf das Zeugnisverweigerungsrecht berufen.«

»Wir sind nicht verheiratet«, sagte Christoph. »Ist das ein Problem?«

Van Golderbloom presste die Lippen aufeinander. »Ohne Trauschein müsste sie aussagen. Und dann entweder die Wahrheit sagen und Sie belasten. Oder lügen und damit selbst eine Straftat begehen. Falschaussage vor Gericht. Dafür sind auch schon Menschen ins Gefängnis gegangen.«

»Mist«, sagte Christoph.

»Sie bringen sie damit unnötig in die Bredouille. Ich an Ihrer Stelle würde mir gut überlegen, ob Sie die Sache nicht doch für sich behalten können. Um Ihrer Frau und Ihrer Familie willen.«

Christoph nickte. Sein Kopf fühlte sich schwer an, am liebsten hätte er ihn auf die Tischplatte sinken lassen und dort abgelegt. »Ich denke darüber nach.«

»Und noch etwas: der Name Ihres Studienfreundes …«

»Fish.«

»Ich meine, der richtige Name.«

»Sein wirklicher Name lautet Anton Friedrich Winter.«

»Okay, möge er in Frieden ruhen«, sagte der Anwalt. »Ich denke, wir brauchen jetzt beide ein wenig Schlaf und Sie vorher noch eine heiße Dusche. Wir können morgen telefonieren und uns in den nächsten Tagen treffen, wenn Sie wollen. Und falls die Polizei sich meldet, rufen Sie mich sofort an, ja?«

Ihre Blicke trafen sich. Vor gerade vier Tagen hatte Ansgar ihm als Gegner vor Gericht gegenübergestanden, dachte Christoph. Als aalglatter, arroganter und eiskalter Rechtsverdreher, der alle Prozessbeteiligten mit seinen teils messerscharfen, teils rüpelhaften Einwänden zur Weißglut gebracht hatte. Jetzt kannte er die andere Seite des Ansgar van Golderbloom. Und er konnte sich gerade keinen besseren Verbündeten vorstellen.

»Danke«, sagte er.

62

Ansgar trat vor die Tür. Es war spätabends und tatsächlich höchste Zeit, ins Bett zu kommen. Die Straße mit den gepflegten Bürgersteigen war menschenleer, der Schein der Straßenlaternen spiegelte sich auf dem feucht glänzenden Gehweg. Er marschierte los und verwarf den Plan, das nächstbeste Taxi zu nehmen. Die Bewegung tat gut, ebenso die frische Luft. Die Erlebnisse des Psychiaters wühlten ihn auf, wurde ihm klar. Auf eine Weise, die er schwer fassen konnte. Er konnte sich vor Anfragen kaum retten und prüfte normalerweise überaus gründlich die Erfolgschancen und Verdienstmöglichkeiten, bevor er ein Mandat annahm. Bei Christoph Kerber hatte er sich geradezu aufgedrängt.

Wollte er etwas wiedergutmachen, weil er sich schuldig fühlte nach Bogdans Angriff vor Gericht? Nein. Schuldgefühle waren nicht sein Ding. Es war etwas anderes, wurde ihm klar. Der Fall des Psychiaters erinnerte ihn an seine eigenen Leichen im Keller in Gestalt seines damaligen Freundes Björn und des pädophilen Bankers, der vor Jahrzehnten in einem Frankfurter Schmuddelhotel unter nie geklärten Umständen ums Leben gekommen war. Dragan Draganescu hatte gründlich herumgewühlt, Ansgars Leichen an die Oberfläche gezerrt und bedrohte nun alles, was er sich aufgebaut hatte. Vielleicht wollte er schlicht dazu beitragen, dass dem Psychiater ein ähnliches Schicksal erspart blieb.

War das also geklärt. Er musste noch die Reporterin anrufen, fiel ihm ein. Er holte sein iPhone hervor, wählte ihre Nummer. Nach langem Klingeln erklang eine automatische

Mailboxansage. Er legte wieder auf. Merkwürdig, dachte er. Selina war keine Frau, die abends nicht ans Handy ging.

Neben ihm hielt ein Wagen, Ansgar drehte sich herum. Kein Taxi. Ein dunkler SUV. Die hintere Tür schwang auf, und ein bekanntes Gesicht grinste ihm entgegen. Der Hüne auf der Rückbank hatte sich eine blutige Nase geholt, an seinen Nasenlöchern klebte eine rote Kruste.

»Hallo, Dori«, sagte Ansgar. »Diesmal am falschen Ende der Faust gestanden? Willst du mir nicht deine Kumpels vorstellen?« Ihm gelang perfekt sein gewohnt herablassender Tonfall. Reine Show. Tatsächlich schlug ihm das Herz bis zum Hals.

Dragan Draganescus Mann fürs Grobe hielt eine Pistole mit Schalldämpfer auf dem Schoß, deren Lauf er in Ansgars Richtung schwenkte. Vorne auf dem Fahrer- und Beifahrersitz kauerten zwei fast baugleiche Gorillas, die Ansgar nicht kannte, und übertrafen sich gegenseitig im Grimmig-Gucken.

Es gab keinen Zweifel am Ernst der Lage. Wegrennen und um Hilfe rufen war keine Option. Es sei denn, er wollte, dass Dori ihm eine Kugel ins Bein jagte. Das einzig Tröstliche war, dass der Chefgorilla ihn offenkundig nicht auf offener Straße erschießen sollte. Vielleicht würden sie ihn mitnehmen und irgendwo verschwinden lassen. Oder – und daran klammerte er sich – Dragan wollte mit ihm reden. Wenn dem so war, hatte er eine Chance.

Dorian zuckte nicht einmal mit der Augenbraue. Er stieg aus dem Wagen, noch immer die Waffe im Anschlag, nickte mit dem Kopf in Richtung der geöffneten Autotür. »Los, rein mit dir!«, sagte er.

63

Christoph stellte die leeren Teetassen in die Spüle, griff sein Handy von der kleinen Abstellfläche neben dem Herd, löschte das Licht und trat in den Flur. Die Erschöpfung zerrte wie eine Bleiweste an ihm, sein Gehirn fühlte sich an wie ausgewrungen. Dank Tee und aufgedrehter Heizung war ihm zumindest einigermaßen warm. Er verwarf den Gedanken an eine heiße Dusche. Stattdessen würde er gleich die Isomatte auf dem Boden des Arbeitszimmers ausrollen, in den Schlafsack krabbeln und sich dem Schlaf überlassen – sofern der sich seiner erbarmte und ihn holte. Alles Weitere hatte Zeit bis morgen. Er machte nochmals kehrt, schritt durch die jetzt dunkle Küche an den bollernden Heizkörper unter dem Fenster und drehte ihn herunter. Dabei blickte er runter auf die Straße.

Und sah, wie Ansgar van Golderbloom erkennbar widerwillig an einen dunklen SUV herantrat, der neben ihm gehalten hatte. Ein kräftiger Mann stieg aus, und selbst auf die Entfernung konnte Christoph die Pistole erkennen, die der Kerl in der Hand hielt. Er dirigierte Ansgar damit zum Auto und zwang ihn einzusteigen.

Der Anblick verscheuchte jegliche Müdigkeit und das Bedürfnis nach Schlaf und Erholung. Christoph sprang durch die Küche, hastete durch den Flur und riss die Wohnungstür auf. Erst im Treppenhaus fiel ihm auf, dass er lediglich Socken an den Füßen und seinen Pyjama am Körper trug, aber das war jetzt zweitrangig. Er öffnete die Haustür.

Der SUV nahm gerade Fahrt auf. Leider konnte er das Nummernschild nicht erkennen.

Christoph starrte auf sein Mobiltelefon, das er noch immer in der Hand hielt. Er würde die Polizei anrufen, zum zweiten Mal an diesem Abend, und eine Entführung melden, mehr konnte er nicht tun. Oder doch?

Ein Minivan näherte sich aus der Richtung, aus der auch das Entführerauto gekommen sein musste. Christoph trat auf die Straße, stellte sich quer zur Fahrtrichtung und wedelte mit den Armen. Der Minivan bremste, erst zögerlich, dann energisch, und kam etliche Meter vor Christoph zum Stehen. Es war eines dieser elektrobetriebenen bronzefarbenen Großraumtaxis, die seit geraumer Zeit auf festgelegten Routen durch Hamburg schlichen. Er rannte auf das Auto zu. An der rechten Fahrzeugseite öffnete sich eine Schiebetür, er sprang hinein.

Am Steuer saß eine Frau. Sie war um die vierzig, hatte hochgesteckte Haare und ein sympathisches Gesicht, in dem sich Überraschung und Neugierde die Waage hielten. »Haben Sie …« Die Fahrerin musterte ihn von oben bis unten, auf ihrer Stirn bildete sich eine skeptische Falte. »Haben Sie gebucht?«

»Das ist ein Notfall.« Durch die Frontscheibe des Wagens sah er, dass der dunkle Stadtgeländewagen die Kreuzung am Ende der Straße erreicht hatte und an einer roten Ampel hielt. Die gerade auf Grün umsprang.

»Ein Mann ist entführt worden. In dem SUV da vorne. Wir müssen ihn verfolgen.«

Die Falte auf der Stirn der Frau vertiefte sich. »Ich weiß nicht, ob ich …«

»Fahren Sie los, ich flehe Sie an!«

Das Entführerauto setzte sich in Bewegung, bog in die Hauptstraße ab.

Ein Anflug von Abenteuerlust blitzte in den Augen der Fahrerin auf. »Also gut.« Sie drückte auf einen Knopf inmitten ihrer Armaturen, die Schiebetür schloss sich, und die Falte verschwand von ihrer Stirn. »Da vorne rechts?«, fragte sie.

»Halten Sie sich fest. Ich verlasse mich darauf, dass wir die Guten sind.«

»Versprochen.« Das Elektrotaxi ging gut ab, fast hätte es Christoph nach hinten auf einen der Sitze geschleudert. Aber er hielt sich an der Verkleidung fest, die den Fahrersitz vom restlichen Innenraum abtrennte. Die Fahrerin schaffte die Ampel, bevor die wieder auf Rot umsprang, steuerte ihr Taxi in eine scharfe Rechtskurve, schwenkte rüber auf die Busspur in der Mitte der vierspurigen Straße. Das E-Mobil beschleunigte beinahe geräuschlos. »Dass Ihnen nicht kalt ist. Ohne Schuhe und im Pyjama.«

Christoph brachte sein Handy in Stellung und schaffte es beim zweiten Versuch, den Notruf zu wählen. Er hielt das Telefon ans Ohr und schaute sofort wieder nach vorn.

»Der da?«, fragte die Fahrerin. Sie saß kerzengerade an ihrem Platz, das Lenkrad fest in beiden Händen.

»Genau!« Die Entführer fuhren etwa hundert Meter voraus, in normalem Tempo, vermutlich, um nicht aufzufallen. Dank der freien Busspur holten sie rasch auf.

»Notrufzentrale?« Diesmal war es eine Männerstimme.

»Hier spricht Christoph Kerber. Ich muss eine Entführung melden.«

»Was ist passiert?«, fragte die Stimme.

»Der Entführte heißt Ansgar van Golderbloom und ist ein bekannter Rechtsanwalt. Er wurde vor meiner Praxis in der Warburgstraße mit einer Pistole bedroht und in einen schwarzen SUV der Marke Mercedes gezogen. Wir fahren hinter ihnen her. In einem Moia-Taxi. Gerade sind wir auf der ...«

Er starrte aus dem Fenster auf der Suche nach einem Straßenschild.

»An der Verbindungsbahn. Richtung Altona«, rief die Fahrerin ihm zu.

»Hab's verstanden«, sagte der Mann in der Notrufzentrale. »Wie lautet das Kfz-Kennzeichen des Entführerfahrzeugs?«

»Daran arbeiten wir noch.«

»Da vorne wird's wuselig.« Die Frau am Steuer musste abbremsen, weil die Busspur endete und vor der nächsten Kreuzung in die normale Fahrspur einschwenkte.

Der Verkehr stockte, und der SUV verschwand etliche Meter vor ihnen in einem Pulk von Autos.

»Verdammt. Ich sehe sie nicht mehr«, sagte die Fahrerin.

64

Die Fahrt endete nach einer gefühlten halben Stunde. Dorian hatte Ansgar bei Fahrtantritt einen Stoffsack über den Kopf gestülpt, und obwohl ihm das Atmen durch den Stoff zunehmend schwergefallen war, hatte es ihn in gewisser Weise eher beruhigt. Er sollte nicht sehen, wohin sie ihn brachten. Und das machte nur Sinn, wenn sie vorhatten, ihn auch wieder gehen zu lassen. Ansgar wurde am Arm gepackt und aus dem Auto gezerrt.

Sie führten ihn über einen Weg, der sich unter den Schuhsohlen nach Schotter oder Kieselsteinen anfühlte. Anschließend ging es durch eine Tür ins Innere eines Gebäudes und weiter eine Treppe runter, am Ende drückte sein Aufpasser ihn auf einen Stuhl und fesselte seine Hände hinter dem Rücken an die Stuhllehne. Dann endlich zog er ihm den Sack vom Kopf.

Es war ein kahler Raum ohne Fenster. Vermutlich im Keller eines leer stehenden Gebäudes. An der Decke hing eine alte Halogenröhre, das grelle Licht offenbarte unzählige feuchte Flecken und Stellen mit grünem Pilzbefall an den ansonsten nackten Wänden. Die einzige Tür war aus massivem Metall und stand offen.

Neben ihm saß Selina Yilmaz auf einem Stuhl, sie war ebenfalls gefesselt. Ansgar biss sich auf die Lippen. Schlimm genug, dass Dragan ihn hatte entführen lassen. Aber der jungen Frau hätte er es gern erspart, dem Mann in die Finger zu geraten, den sie mit ihren Artikeln mehr als einmal empfindlich getroffen hatte. »Alles klar so weit?«, fragte er. Sie nickte.

Dorian und ein zweiter Gorilla hatten sich neben der Tür

postiert und schauten grimmig. Sie mussten nicht lange untätig herumstehen. Gorilla Nummer drei betrat den Raum, dicht gefolgt von dem Mann, dem sie diesen unfreiwilligen Ausflug zu verdanken hatten.

Ansgar wurde bewusst, dass er Dragan Draganescu noch nie stehen oder gehen gesehen hatte. Das Oberhaupt des Clans hatte ihn stets an einem Tisch sitzend empfangen, und jetzt ahnte er, warum. Dragan war komplett außer Form, dem großspurigen Gerede vom früheren Boxchampion zum Trotz. Seine dünnen Beine hatten offenbar Mühe mit dem massigen Leib. Bereits der kurze Weg die Treppe herunter schien ihn an die körperliche Belastungsgrenze zu bringen. Der Rumäne schnaufte, seine Stirn glänzte vom Schweiß. Vielleicht, dachte Ansgar, hatten sie Glück, und ein Herzinfarkt raffte ihn dahin, bevor er sich ihnen widmen konnte. Aber Dorian hatte mitgedacht und seinem Boss einen Stuhl bereitgestellt. Dragan setzte sich ihnen gegenüber, ließ sich von Dorian ein Taschentuch reichen und wischte sich damit übers Gesicht.

»So, da wären wir«, sagte er, noch immer nicht ganz bei Atem. »Traurig, dass es so enden muss, Ansgar. Wir waren doch Freunde und hätten es bleiben können. Aber du hast mich hintergangen. Oder irre ich mich?«

»Freunde erpressen sich nicht mit alten Geschichten.«

Dragan ging nicht weiter darauf ein, wandte sich an Selina. »Und hier haben wir die Reporterin, die mir und den Meinen das Leben schwer macht. Merkwürdig. Sie sehen lange nicht so gefährlich aus, wie ich Sie mir vorgestellt habe.«

»Binden Sie mich los. Dann ändert sich Ihr Eindruck.«

Dragan grinste. »Ich denke, auf diese Demonstration können wir gut verzichten. Von Ihnen erwarte ich nur zwei winzige Kleinigkeiten.«

»Und die wären?«

»Einem meiner Geschäftspartner sind vor Kurzem einige bedeutsame Unterlagen abhandengekommen. Die hätte ich gern zurück. Und ich habe eine Ahnung, dass Sie wissen, wo sie sich befinden.« Er beugte sich auf dem Stuhl vor, soweit es sein mächtiger Bauch zuließ. »Ach ja, und wo wir gerade so nett am Plaudern sind, verraten Sie mir doch auch gleich, wer Ihr Auftraggeber ist.«

Jetzt war es Selina, die grinste. Die junge Frau hatte echt Nerven, dachte Ansgar. Sie bot dem Clanchef die Stirn. Und hatte es offenbar geschafft, die Unterlagen vor ihm zu verstecken. Ob das gut oder schlecht war für sie und ihre Gesundheit, würde sich bald herausstellen.

»Vielleicht lesen Sie es ja eines Tages in der *Hamburger Tageszeitung*«, sagte die Reporterin. »Soweit ich weiß, wird die auch ins Gefängnis geliefert.«

Dorian sah seinen Chef an, und der kniff die Augen zusammen und nickte. Offenbar gab es für Dragans Lieblingsschläger bei diesem Zeichen nur eine begrenzte Auswahl an Handlungsoptionen. Er holte aus. Selina drehte reflexhaft den Kopf zur Seite und schloss die Augen, doch statt ihr zog Dorian Ansgar die Rückseite seiner Pranke übers Gesicht.

Der Schlag traf ihn völlig unerwartet. Sein Kopf flog zur Seite und riss den übrigen Körper mit, um ein Haar hätte der Treffer ihn mitsamt Stuhl zu Boden geworfen. Sein Mund füllte sich mit Blut, der Rest seines Kopfes mit Sternen, und in all dem Gefunkel wurde Ansgar klar, dass ihm in diesem Spiel die Rolle des Prügelknaben zufiel. Dragan brauchte Selina und ihr Wissen, ihn brauchte er nicht. Wenn die Journalistin weiterhin so cool blieb, würde es für Ansgar eine schmerzhafte Angelegenheit werden.

Die Sternschnuppen beruhigten sich. Er schluckte eine satte Portion seines eigenen Bluts herunter, tastete mit der Zunge durch den Mund und über die Zahnreihen, stellte erleichtert fest, dass noch alles an seinem Platz war.

»Vielleicht helfe ich Ihrem Gedächtnis auf die Sprünge«, sagte Dragan zu Selina. Er lehnte sich zurück, schlug seine dünnen Beine übereinander. »Ihr erster Artikel in der *Tageszeitung*, Ihre erste, wie sagt man bei Ihnen, Story deckte Schmiergeldzahlungen eines Medizingeräteherstellers an den Direktor einer Hamburger Klinik auf, der daraufhin den Job verlor. Und den Weg frei machte für einen anderen Mediziner, der mit seinem Ex-Chef noch ein paar alte Rechnungen offen hatte. Und der einige Monate später, als der Presserummel abgeklungen war, dessen Job bekam. Klingelt da was?«

Die Reporterin reagierte nicht.

»Später der Artikel über Bogdan, meinen lieben Bruder«, sprach Dragan weiter. »Sie haben ihm mächtig Feuer unterm Arsch gemacht. Das Ergebnis kennen Sie. Danach die Sache mit der Escort-Bande, der zufällig ein weiterer Bruder von mir, Pjotr, angehörte. Dem Guten haben Sie die Eier weggeschossen. Und als Nächstes kommt die große Schwarzgeldgeschichte, mit der Sie mir den Todesstoß versetzen wollen. Streiten Sie es nicht ab. Ich weiß, dass Sie die Unterlagen haben.«

Dragan ballte die rechte Faust. »Glauben Sie, mir ist nicht klar, was da gespielt wird?« Seine Stimme grollte vor Zorn.

Dorian schien zu ahnen, dass er der Wut seines Chefs in Kürze erneuten Ausdruck verleihen musste, und drückte das Kreuz durch. Selina zeigte keine erkennbare Reaktion. Ansgar schluckte eine Ladung frischen Bluts herunter, das sich unentwegt in seinem Mund sammelte.

Aber offenbar war Dragan nach Weiterreden zumute. Er senkte seine Faust. Dorian entspannte sich wieder. Und Ansgar auch.

»Mir fällt nur ein einziger Mensch ein, der die Dreistigkeit, die Mittel, den Mut und das Durchhaltevermögen hat, mir auf diese Weise den Krieg zu erklären. Dem es nicht genügt, seine Gegner einfach zur Strecke zu bringen. Sondern der sie in aller Öffentlichkeit hinrichten lässt und sich daran ergötzt. Deswegen braucht er Sie. Eine Reporterin, die für ihn Ermittler und Henker in einer Person ist.« Dragan fixierte Selina mit seinem Blick, suchte offenbar in ihrem Gesicht und ihrer Körperhaltung nach einer Bestätigung seines Verdachts. Wenn dem so war, hatte er sich die falsche Gegnerin ausgesucht. Er biss sich an Selina die Zähne aus.

»Dieser Mann glaubt, noch eine offene Rechnung mit mir zu haben. Eine alte Geschichte, die mir und meinen Brüdern anhaftet wie ein Parasit, den man nicht loswird.«

Selina schwieg beharrlich, aber Ansgar wusste, worauf Dragan hinauswollte. »Eure tote Schwester«, sagte er.

Dragan schwenkte rüber zu Ansgar, und der sah die Chance, sich vom reinen Prügelknaben zu Dragans Gesprächspartner hochzuarbeiten.

»Wie hieß die doch gleich? Eleni?«

»Ihr Name war Elena«, sagte der Rumäne. »Sie war ein hübsches, lebensfrohes Mädchen. Der strahlende Stern der Familie und der Liebling unseres Vaters. Sie hat einen Mann kennengelernt. Einen Deutschen. Ein Arzt mit guter Herkunft und schlechtem Charakter. Der hat sie geschwängert und sich dann geziert, sie zu heiraten. Seine hoch angesehenen Eltern wollten kein Enkelkind von einem Zigeunermädchen, er selbst hatte vor allem seine Karriere im Kopf und hat sich von ihr abgewandt. Das hat ihr das Herz gebrochen.«

»Ich kenne eine andere Version der Geschichte.« Selina ergriff das Wort. »Darin geht es um drei Brüder, die ihrer Schwester vorgeworfen haben, mit ihrer Liebe zu dem Deutschen und der Schwangerschaft die eigene Familie zu entehren. Und die sie deswegen in den Tod getrieben haben.«

»Eine dreckige Lüge!« Dragan knurrte wie ein wütendes Raubtier. »Die nicht dadurch wahrer wird, dass sie in der Zeitung gestanden hat.«

Die Wut schien seinen Beinen ungeahnte Kraft zu verleihen. Dragan sprang vom Stuhl auf und baute sich mit seiner ganzen Leibesfülle vor Selina auf. Die Anstrengung trieb ihm die Röte ins Gesicht. »Der Selbstbetrug eines hasserfüllten, rachsüchtigen Menschen, der mich und meine Familie zerstören will, statt seine letzten Tage zu genießen. Oder endlich zu krepieren.«

»Ich kenne meinen Informanten nicht«, sagte Selina mit fester Stimme. »Die Hinweise erhalte ich anonym per Post. Aber wenn Sie jemanden im Sinn haben, nennen Sie mir den Namen. Dann werde ich schon etwas herausfinden. Und ich habe keine Ahnung, von welchen Unterlagen Sie sprechen.« Sie sah zu Ansgar herüber, ihr Gesicht blieb eine ausdruckslose Maske. »Wenn Sie den da verprügeln, ändert das gar nichts.«

Den da. Das klang nicht nett. Vermutlich wollte sie Dragan vorgaukeln, dass ihr sein Schicksal herzlich egal war. In der Hoffnung, dass er dann auf weitere Prügel verzichtete.

Falls das der Plan war, ging er nicht auf. Dorians Faust sauste heran, traf Ansgar frontal ins Gesicht. Dem Schmerz und dem Geräusch nach bohrte sie sich glatt durch seinen Schädel.

Ansgars Stuhl kippte, und diesmal reichte die Wucht für einen kompletten Niederschlag. Er fiel nach hinten. Seine gefesselten Hände zuckten beim vergeblichen Versuch, den Sturz irgendwie abzufangen. Er krachte auf den Boden, begleitet von einem lauten Knacken, das von der Stuhllehne oder seinem brechenden Rückgrat stammen mochte. Seine Finger wurden unter dem Stuhl eingequetscht. Sein Hinterkopf schlug hart auf den Betonboden, und für eine Sekunde hoffte er, dass er bewusstlos würde und von weiterem Schmerz erlöst wäre.

Leider blieb er wach. Ein Albtraum. Er lag auf dem Rücken. Unmengen von Blut strömten ihm aus Mund und Nase in den Rachen und machten das Atmen schwer. Dorian zog ihn samt Stuhl wieder in eine aufrechte Position. Das Luftholen ging besser. Dafür drehte sich alles.

»Ich glaube, dass jedes Wort von Ihnen gelogen war.« Ansgar hörte Dragan zu Selina sprechen, hinter einer Wand aus dröhnendem Schmerz. »Nun, ich gebe Ihnen noch eine Gelegenheit, zur Wahrheit zurückzufinden. Aufwecken!«

Das letzte Wort galt wohl ihm.

Es vergingen einige Sekunden, dann ergoss sich ein Schwall kalten Wassers über Ansgars Kopf und knipste ihn wieder an. Er riss die Augen auf. Dorian stand vor ihm, in der Hand einen Plastikeimer, aus dem ein Rest Flüssigkeit tropfte.

»Aha. Ansgar van Golderbloom weilt erneut unter uns«, sagte Dragan. »Gut so. Ich brauche dich noch.«

Dorian stellte den Eimer auf den Boden, kniete sich neben Ansgar, löste ihm die Fesseln von den Händen, knotete seine rechte Hand sogleich wieder hinten an die Stuhllehne und zog den linken Arm nach vorn.

Dragan watschelte heran. »Weißt du, Ansgar, ich bin wirklich enttäuscht von dir. Als mein Freund hast du versagt. Und bei der Kleinen da hilfst du mir auch nicht weiter. Was soll ich nur mit dir machen?«

Da hatte er offenbar konkrete Vorstellungen. Er griff in die Innentasche seiner Jacke und zog ein Etui aus schwarzem Leder daraus hervor. Er klappte es auf, darin befand sich ein schlankes Skalpell, nicht größer als ein Kugelschreiber. Die leere Lederbox ließ er wieder in der Jacke verschwinden. Die Klinge hob er in die Höhe, sie blitzte im Licht der Deckenlampe. »Dorian, hast du das Verbandszeug?«

Der Angesprochene nickte und zauberte zwei Päckchen Mullbinden und eine Handvoll Kompressen hervor.

»Es ist ganz einfach.« Dragan tapste weiter auf Ansgar zu, richtete sich mit seinen Worten jedoch an die Reporterin. »Ich gebe Ihnen eine letzte Chance, die Wahrheit zu sagen. Doch warten Sie nicht zu lange.«

Er würde weiter bluten, dachte Ansgar. Aber Selina sollte die Schmerzen spüren. Dorian riss das Hemd an Ansgars linkem Arm auseinander, packte ihn an Hand und Unterarm. Ein Schraubstock war nichts dagegen. Dragan setzte das Skalpell am Handgelenk unterhalb des Daumens an. Er stach tief in die Haut und zog die Klinge mit einer einzigen fließenden Bewegung etliche Zentimeter hoch Richtung Ellbogen. Ansgar spürte keinen Schmerz. Aber ihm wurde augenblicklich schwindelig angesichts des Bluts, das im Takt seines Herzschlags aus der aufgeschnittenen Arterie pulsierte.

Mein Gott. Bei der Menge blieben ihm Sekunden, vielleicht wenige Minuten. Dann wäre er verblutet. Zum ersten Mal, seit er in diesem Scheißzimmer saß und Prügel bezog, verpuffte sein Sarkasmus. Er würde hier sterben. Egal, was Selina sagte, Dragan würde ihn keinesfalls verschonen. Die Gewissheit höhlte seinen Verstand aus und lähmte seine Gefühle.

Neben sich hörte er Selina aufstöhnen.

Dragan trat einen Schritt zurück, gerade rechtzeitig, bevor der erste rote Schwall vom Unterarm auf den Boden floss und seine braunen Lederschuhe in Mitleidenschaft gezogen hätte. Der Clanchef hatte alle Zeit der Welt. Er nahm von Dorian ein neues Taschentuch entgegen, reinigte sein Skalpell mit der gebotenen Gründlichkeit von Ansgars Blut und ließ das nun rot gefärbte Tuch auf den Boden fallen. Die Klinge behielt er in der Hand.

Er wandte sich an Selina. »Die meisten schaffen nicht mehr als eine Minute«, sagte er. »Und wir müssen bedenken, was unser Freund schon mitmachen musste.«

Er trat vor Selinas Stuhl, neigte den Kopf zu ihr herunter. »Sagen Sie mir, was ich wissen will, dann wird mein lieber Cousin ihn verbinden und die Blutung stoppen.«

Ansgar drehte den Kopf. Das tat weh und verstärkte den Schwindel. Sag Dragan, was du weißt!, schrie die Angst in ihm. Oder erfinde irgendwas, das ihn besänftigt. Aber lass mich nicht krepieren. Bitte!

Heraus kam etwas komplett anderes. »Sagen Sie nichts. Dragan lügt.« Zusammen mit den Worten spritzte eine frische Ladung Blut aus seinem Mund.

Nie wieder. Das hatte er sich vor langer Zeit geschworen. Er hatte den Schwur erneuert, und jetzt zahlte er dafür mit seinem Leben. Er hätte sich gern eingeredet, dass es das Opfer wert war. Die traurige Wahrheit war, dass er seine Seele an den erstbesten Teufel verkaufen würde, der ihm anböte, ihn zu retten. Trotzdem sprach er laut weiter. »Er wird mich so oder so verbluten lassen. Wir helfen diesem Scheusal nicht.«

Selina erwiderte seinen Blick. Wut und Entschlossenheit waren aus ihrem Gesicht gewichen. Sie war leichenblass. Als würde nicht ihm, sondern ihr das Blut aus dem Körper fließen. Sie schüttelte den Kopf. »Ich kann das nicht«, flüsterte sie. Und lauter: »Ich sage Ihnen, was Sie wissen wollen. Aber zunächst stoppen Sie die Blutung.«

»Vergiss es, Schätzchen«, sagte Dragan. »Sprich jetzt oder lass ihn krepieren. Deine Entscheidung.«

»Die Dokumente sind in der Redaktion der *Tageszeitung*«,

sagte Selina. »Dort steht ein großer Wandsafe neben dem Kaffeeautomaten. Es ist ein blauer Ordner. Ich hatte bisher keine Gelegenheit hineinzuschauen.«

Ansgars Herz stolperte, und für eine Sekunde war er überzeugt, dass es das gewesen war. Aber das Herz fing sich und schlug weiter. Noch.

»Und schon wieder eine Lüge.« Dragan fletschte die Zähne und schien sich nur mit äußerster Selbstbeherrschung davon abhalten zu können, sich auf die junge Frau zu stürzen. »Natürlich hast du hineingeguckt und weißt um die Brisanz, genau wie dein Freund hier. Und dein Auftraggeber. Also: Wer ist es?«

»Stoppen Sie die Blutung!«, sagte Selina mit gepresster Stimme.

Ansgar hatte Mühe, den Kopf oben zu halten. Der sank ihm immer wieder auf die Brust herab, sodass er auf die Blutpfütze blicken musste, die sich unter dem Stuhl ausbreitete. Aber auf Dragans Antwort war er nun doch neugierig. Es war der letzte Strohhalm, der ihm blieb. Er zwang seinen Kopf in die Höhe.

Dragan tapste zu Ansgar zurück, offensichtlich bemüht, nicht in die Blutlache zu treten. Ihre Blicke trafen sich.

»Bitte!«, sagte Ansgar.

»Fahr zur Hölle«, zischte Dragan. Seine rechte Hand fuhr in die Höhe, das Skalpell blitzte auf. Ansgar spürte nicht mehr als einen leichten Druck an der Kehle und einen warmen Schauer auf der Brust, dann sank sein Kopf erneut herab. Das Letzte, was er sah, war der gewaltige Blutschwall, der aus seinem aufgeschlitzten Hals sprudelte.

»Wir sind hier fertig«, hörte er Dragan zu den Männern sagen. »Bereitet der Kleinen ein schnelles Ende.«

65

Dragan Draganescu hatte Ansgar mit dem Skalpell die Kehle aufgeschlitzt. Der Anwalt starb. Selina konnte nichts dagegen tun. Sie konnte nur dabei zusehen, wie der letzte Rest Blut, der in ihm steckte, in einem einzigen Schwall aus dem grausigen Spalt an seinem Hals schwappte. Sein Kopf sank auf die Brust, seine Schultern zuckten, dann hing er nur noch leblos auf dem Stuhl. Allein die hinter der Lehne gefesselte rechte Hand verhinderte, dass er von der Sitzfläche hinab in die Blutlache rutschte. Auch sie würde nicht lebend aus diesem Betonloch herauskommen, das war gewiss. Der Clanchef hatte ihren Tod beschlossen und befohlen. Dragan war hier fertig und überließ seinen Männern die Drecksarbeit. Der Helfer, den er mit Dorian angesprochen hatte, zog eine Pistole aus dem Hosenbund.

Selina drängte die Welle von Angst und Entsetzen beiseite. Sollten diese Mörder es doch versuchen. Sie würde sich nicht kampflos abknallen lassen. Dragan setzte sich Richtung Tür in Bewegung. Unschwer zu erkennen, dass er mit seinem fetten Leib nicht gerade sicher auf den dünnen Beinen stand. Selina holte Schwung und riss Kopf und Oberkörper nach vorn. Ihr Stuhl kippte vor, ihre Füße setzten auf dem Boden auf. Sie beugte sich weit vor. Die Hände waren mit der Lehne verknotet, da war nichts zu machen, aber ihre Beine waren frei und erlaubten ihr kleine Tippelschritte. Sie hielt auf den Clanchef zu. Neben sich hörte sie Dorian seine Pistole entsichern und durchladen. Doch ehe der schießen konnte, hatte sie Dragan erreicht und rammte ihm ihren Kopf und die darüber aufragende Stuhllehne in die Seite. Das Oberhaupt der

Draganescus gab einen Laut von sich, der alles andere als machtvoll und Furcht einflößend klang. Er taumelte, ruderte mit den Armen durch die Luft, seine Beine knickten weg, und er prallte mit Schulter und Kopf gegen die seitliche Wand.

Etwas knackte. Selina hoffte inständig, dass es sein Hals, zumindest seine Schulter oder ein Arm war. Dragan sank neben der Mauer zu Boden. Eine gute Gelegenheit für einen Nachschlag: Selina ließ sich samt Stuhl auf ihn fallen. Der Clanchef stöhnte.

Aus den Augenwinkeln sah sie Dorian, der die Pistole hochriss. Er zögerte, vermutlich aus Angst, versehentlich seinen Chef zu treffen. »Packt sie, verdammt«, schrie er den beiden anderen zu.

Es krachte, und Selina zuckte zusammen. Eine Sekunde dachte sie, dass Dorian das Risiko eingegangen war und doch gefeuert hatte. Aber es war kein Schuss gewesen, sondern die Metalltür, die mit gewaltigem Schwung aufflog. Mehrere rote Laserpunkte flitzten über den Boden und die Wände, einer von ihnen fand Dorians breite Stirn, und im selben Moment klaffte dort ein blutiges Loch. Ein Teil seines Schädelinhalts klatschte hinter ihm an die Mauer und bildete ein widerlich fleischfarbenes Klecksbild. Der Lärm des Schusses hallte von den Wänden wider, der Muskelmann sank in sich zusammen, seine Pistole polterte auf den Beton.

Schwarz gekleidete, mit schweren Westen und Visierhelmen geschützte Männer stürmten den Raum. »Polizei!«, wurde gerufen, »Keine Bewegung!« und »Waffen runter!« Einer der beiden verbliebenen Kerle hörte entweder schlecht oder wollte es darauf ankommen lassen. Er feuerte einen Schuss ab, der neben der Metalltür im Wandputz landete, und wurde daraufhin von Polizeikugeln durchsiebt. Der

Dritte zog die naheliegende Konsequenz – und hob die Arme in die Höhe.

Damit war es vorbei. In das verhallende Echo der Schüsse mischten sich laute Rufe der Einsatzkräfte. Beamte umringten den dritten Muskelmann, nahmen ihm die Waffe ab.

Selina fühlte sich wie betäubt, die Eindrücke prasselten auf sie ein. Kräftige Hände packten sie, halfen ihr hoch, lösten die Fesseln. Weitere Polizisten beugten sich über Dragan, drehten ihn auf den Bauch. Einer drückte ihm ein Knie in den Nacken, ein zweiter fixierte seine Hände mit einem Kabelbinder auf dem Rücken.

Zwei Beamte waren bei Ansgar, der blass und schlaff auf dem Stuhl hing. Sie befreiten ihn von den Fesseln, hoben ihn an und legten ihn neben die Blutpfütze auf den Boden, warfen ungeduldige Blicke Richtung Tür.

Dort erschien ein Notarzt in Begleitung zweier Sanitäter, die Rettungskräfte drängten in den Raum, schoben sich an den Bewaffneten vorbei und eilten direkt zu Ansgar. Der Arzt beugte sich über ihn, untersuchte ihn, sah hoch. Und schüttelte den Kopf.

Einer der Sanitäter kam zu Selina, fasste ihren Arm. »Kommen Sie, ich bringe Sie raus.« Er bugsierte sie Richtung Tür. Neben ihr wälzte sich Dragan Draganescu wie ein dicker Käfer auf dem Boden. Drei Beamte stellten ihn auf die wackeligen Beine.

Für einen Moment stand er Selina gegenüber. Der Clanchef hatte Schweißtropfen auf der Stirn, aus seiner Nase rann Blut, sein Gesicht war eine verzerrte Grimasse voller Wut und Schmerz. Sogar jetzt, schwer angeschlagen und im festen Griff dreier Polizisten, sah Dragan noch gefährlich aus.

Selinas Mund war so trocken, als hätte sie einen Berg Kreide gegessen, aber irgendwie bekam sie ausreichend Spucke zusammen. Sie rotzte Dragan eine satte Ladung mitten ins Gesicht.

Das Gesicht des Clanchefs lief tiefrot an. Er versuchte, die Arme loszureißen, und in der Tiefe seines mächtigen Brustkorbs entstand ein Geräusch, das vermutlich ein zorniges Brüllen werden sollte. Aber die Beamten reagierten geistesgegenwärtig. Innerhalb des Bruchteils einer Sekunde brachten sie Dragan wieder zu Boden und fixierten ihn dort.

Selina wandte sich ab. Der Sanitäter führte sie eine Treppe hoch, durch einen kurzen Flur und raus aus dem Raum. So wie Ansgar war auch sie mit einem Sack auf dem Kopf hier angekommen, jetzt sah sie zum ersten Mal das Gebäude, in dessen Keller Dragan sie und Ansgar hatte bringen lassen. Es war ein altes Kaufhaus oder Bürogebäude, offenkundig verfallen und leer stehend, das hinter ihr in den nächtlichen Himmel ragte. Die Fenster in den unteren Stockwerken waren mit Brettern verrammelt. Der Vorplatz musste früher mal als Parkfläche für Mitarbeiter oder Kunden gedient haben.

Jetzt reichte er kaum, um der Flotte an Einsatzfahrzeugen genügend Platz zu bieten.

Selina zählte drei kleine Polizeibusse, ein halbes Dutzend Streifenwagen, einen Rettungs- und einen Notarztwagen und ...

Ein Moia-Taxi. Das Elektromobil wirkte inmitten der Blaulichtautos wie ein Koikarpfen in einem Haifischbecken. Und sie sah einen vertrauten Menschen. Christoph Kerber stand, bekleidet mit einem Pyjama, vor dem bronzefarbenen Wagen. Er eilte ihr entgegen. Auf Socken. Der Psychiater blieb vor ihr stehen, schien an ihrem Gesicht die Antwort auf die Frage ablesen zu können, die ihn offenkundig am meisten beschäftigte. Er fragte dennoch: »Wo ist Ansgar?«

Ein passender Moment, um in Tränen auszubrechen, Kerber in die Arme zu fallen und mit schluchzender Stimme einen Teil der schrecklichen Ereignisse aus sich heraussprudeln zu lassen.

Aber das war nicht das Holz, aus dem sie geschnitzt war. Ihr Gesicht blieb ernst, die Augen trocken, sie schüttelte den Kopf, und es war Christoph Kerber, der schluchzte und seine Tränen nicht zurückhalten konnte.

Die Idee eines freien menschlichen Willens ist mit wissenschaftlichen Überlegungen prinzipiell nicht zu vereinbaren. Wissenschaft geht davon aus, dass alles, was geschieht, seine Ursache hat, und dass man diese Ursache finden kann. Für mich ist unverständlich, dass jemand, der empirische Wissenschaft betreibt, glauben kann, dass freies, also nicht determiniertes Handeln denkbar ist.

Professor Wolfgang Prinz, Hirnforscher

66

Christoph war der Held des Tages. Er hatte zusammen mit der Moia-Fahrerin die Polizei und das Sondereinsatzkommando zur Kaufhausruine geführt. Dank ihnen hatten die Beamten Dragan aus dem Verkehr ziehen und zumindest Selina Yilmaz vor dem sicheren Tod retten können.

Eva hatte er erst am nächsten Morgen informiert. Sie hatte entsetzt, schockiert und unendlich erleichtert reagiert. Sie waren sich in die Arme gefallen und hatten sich für mindestens eine Viertelstunde nicht losgelassen. Natürlich hatte sie ihn ins Haus und später am Abend zurück in ihr gemeinsames Bett gelassen. Die Missstimmung der vergangenen Tage war kein Thema. Er spürte ihre Wärme, genoss ihre Nähe und hörte beim Einschlafen ihren Atem. Und schlief in der Nacht wie ein Baby.

Eva ließ ihn ausschlafen am nächsten Morgen. Christoph erwachte gegen neun Uhr und stand gleich auf. Er fühlte sich erholt und ausgeruht wie lange nicht mehr. Sogar die befürchtete Erkältung blieb aus. Unten war der Frühstückstisch gedeckt, Eva begrüßte ihn mit einem Kuss und frischem Kaffee.

Radio und Internet überschlugen sich mit Meldungen über die jüngsten Vorfälle rund um die Draganescus und deren Oberhaupt. Sie ließen keine Zweifel, dass von dem einst einflussreichen Familienclan nichts übrig bleiben würde, von dem eine Bedrohung ausgehen konnte. Was auch immer Fish und die Rumänen an finsteren Plänen gegen ihn ausgeheckt hatten, war definitiv vorbei.

Trotzdem blieb seine Stimmung mies.

Der eine Grund war der tote Anwalt. Dragan Draganescu

hatte ihm die Kehle durchgeschnitten, er war vor Selinas Augen verblutet, der Notarzt hatte nichts mehr für ihn tun können.

Der andere Grund trieb am Boden der Alster. Einsam, im Dunkeln, unbemerkt vom Rest der Welt. Jetzt, da der Anwalt tot war, fühlte Christoph sich mit dem Wissen um seine furchtbare Tat verlorener denn je. Er hatte Ansgars Rat befolgt und Eva nichts von seinem Geheimnis erzählt. Vielleicht war er schlicht zu feige. Vielleicht wollte er sie nicht vor die Wahl stellen, im Fall einer Gerichtsverhandlung für ihn zu lügen und selbst eine Straftat zu begehen oder die Wahrheit zu sagen und ihn ans Messer zu liefern.

So oder so: Sie hatten sich gerade wieder berappelt, das wollte er nicht aufs Spiel setzen. Eva brauchte jetzt alle Kraft und allen Rückhalt, den er ihr geben konnte.

Er musste allein da durch, und er trug schwer an der Last. Sein Geist war in ständiger Habachtstellung. Jede Sekunde konnte sein Mobiltelefon oder die Türglocke klingeln. Oberkommissar Tilmann würde dort stehen, mit ernstem Gesicht und flankiert von zwei Uniformierten. »Professor Kerber, wir müssen Sie bitten, uns zu begleiten. Sie sind verhaftet wegen Mordes an Anton Friedrich Winter.«

Am Vormittag suchte er seinen Psychiaterkollegen in dessen Klinik auf. Sie sprachen eine halbe Stunde miteinander, Andreas untersuchte ihn, leitete ein EEG ab, veranlasste sogar eine Kernspintomografie. Nur zur Sicherheit, wie er sagte. Christoph ließ all das über sich ergehen. »Du hast eine akute Traumafolgestörung«, sagte sein Kollege, als alle Ergebnisse vorlagen. »Reine Kopfsache. Du hast schlicht zu viel durchgemacht in den letzten Tagen.«

Das hatte Christoph zwar auch vorher gewusst. Es aus dem Mund eines Fachkollegen zu hören, hatte trotzdem Gewicht.

»Nimm unbedingt ein paar Tage frei, bevor euer Kind da ist und du keine ruhige Minute mehr hast. Du brauchst dringend eine Verschnaufpause! Die Anspannung und das Zittern sollten von selbst wieder verschwinden. Falls nicht, vermittele ich dich in eine Traumatherapie, okay? Soll ich dir ein Schlafmittel mitgeben?«

Verschnaufpause klang gut, dachte Christoph, als er die Klinik verließ und zu seinem Auto ging. Nur, wie konnte er sich entspannen? Wie sollte er mit der Möglichkeit leben, jederzeit mit einer Mordanklage konfrontiert zu werden? Da würde auch eine Traumatherapie nicht helfen.

Er fuhr los. Mittagszeit in Hamburg, da herrschte wenig Verkehr auf den Straßen. Die Fuß- und Radwege allerdings füllten sich mit Menschen, die nach dem heftigen Regen des Vortags wieder die Sonne sehen wollten.

Christoph wusste nicht, wohin mit sich. Sich zu Hause mit Eva in den Garten zu setzen konnte er sich ebenso wenig vorstellen wie einen gemeinsamen Spaziergang oder irgendeine Hausarbeit. Er brauchte Zeit für sich. Zum Nachdenken, zum Verkriechen, um sich abzulenken. Irgendwas. Er wusste es selbst nicht. Er rief Eva an, informierte sie über das Ergebnis der Untersuchungen, erkundigte sich nach ihrem Befinden und fuhr in die Praxis. Termine hatte er keine, aber ein Gutachten wartete darauf, fertig geschrieben zu werden.

Wenig später setzte er sich an den Schreibtisch und versuchte, den ersten Entwurf seiner schriftlichen Ausführungen über Karina Burkhart in den Computer zu tippen.

Er konzentrierte sich, so gut er konnte. Fasste die Aktenlage zusammen, formulierte die wesentlichen Angaben zur Biografie der jungen Frau und brachte seine Eindrücke vom psychischen Befund in Textform. Was blieb, war der schwierigste Teil: die eigentliche Stellungnahme zur Frage der Einsichts-

und Steuerungsfähigkeit. Hatte Karina Burkhart gewusst, was sie tat, als sie ihren Freund mit dem Küchenmixer umgebracht hatte? Und hatte sie sich so weit im Griff gehabt, dass sie sich ebenso gut anders hätte entscheiden können? War sie im juristischen Sinne schuldfähig? Die Antwort auf diese Frage konnte ihr etliche Jahre Haft ersparen.

Eine schwierige Abwägung.

Karina Burkhart war eine psychisch labile Frau mit deutlichen Zügen einer Borderline-Persönlichkeitsstörung. Sollte sich sein Verdacht erhärten, dass sie vor der Tat das Hypnose-Video gesehen und gehört hatte, hätten die Suggestionen den Kern ihres Aggressionskonflikts getroffen und das anfällige Kräftespiel zwischen Wut auf der einen und Hemmung auf der anderen Seite zum Kippen gebracht. Eine Kettenreaktion wie in einem Atomreaktor, dessen Brennstäbe sich zu sehr erhitzten und schmolzen. Bis der entstehende Druck zur Explosion führte.

Und er?

Hatte er eine Wahl gehabt, als er Fish ins Wasser gedrückt und ertränkt hatte? Hätte er sich beherrschen können? Er hatte psychisch unter enormem Druck gestanden. Auch er hatte dieses Video gesehen. Auch bei ihm waren die Suggestionen wie Gift in seinen Verstand geträufelt und hatten ihn ermuntert, seinen Aggressionen freien Lauf zu lassen. Wenn er sich selbst begutachten müsste: Hielte er sich für schuldfähig?

Sein Mobiltelefon klingelte. Er zuckte heftig zusammen.

Es konnte Eva sein, die ihm mitteilte, dass die Fruchtblase gesprungen sei und die Wehen einsetzten und er sofort nach Hause kommen und sie ins Krankenhaus fahren solle. Oder Tilmann, der Oberkommissar, mit der Nachricht, dass man eine männliche Leiche aus der Außenalster gefischt und ein paar Fragen an ihn habe.

Christoph starrte aufs Handy. Die anrufende Nummer wurde unterdrückt. Eva war es also nicht. Er zwang sich, das Telefon zur Hand zu nehmen, und ging ran.

»Ja?«

»Professor Kerber«, sagte eine männliche Stimme, die er noch nie gehört hatte. »Ich weiß Bescheid über Sie und Anton Winter. Mir ist bekannt, was Sie ihm angetan haben, und ich möchte gern mit Ihnen darüber reden. Vielleicht wären Sie so freundlich, mich aufzusuchen?«

67

Die Autofahrt raus aus Altona und weiter über die Elbchaussee war ein Ausflug in die Welt der Reichen und Mächtigen. Villen und Herrenhäuser reihten sich zu beiden Seiten der Straße, die der Elbe oberhalb ihres Ufers stromabwärts in westliche Richtung folgte. An der Hausnummer, an der er aus dem Wagen stieg, verbarg eine gut zwei Meter hohe, weiß verputzte und von Efeu umwucherte Steinmauer das dahinterliegende Gebäude und den Garten vor neugierigen Blicken und ungebetenen Besuchern. Zu sehen waren nur das oberste Stockwerk eines wohl dreigeschossigen Hauses und die Kronen zweier gewaltiger Rotbuchen, die die Villa zu beiden Seiten flankierten.

Was auch immer der Anrufer von ihm wollte – Geld konnte es kaum sein. Der Mensch, der ihn hierherzitiert hatte, war offensichtlich mehr als gut betucht. Aber was wollte er dann? Was hatte er Konkretes gegen Christoph in der Hand, und woher hatte er seine Informationen? Seit er das Telefonat beendet hatte, war keine Minute vergangen, in der er nicht über diese Fragen nachgegrübelt hatte.

Christophs Handy brummte in der Hosentasche. Er zog das vibrierende Gerät hervor und sah aufs Display. Nicht Eva, wie er erleichtert feststellte, sondern ein Anrufversuch seines Psychiaterkollegen Andreas. Der musste warten. Er drückte den Anruf weg und verstaute das Telefon.

Er ging die Mauer entlang. Der Verputz war angegraut und an etlichen Stellen abgeplatzt. Der Efeu leistete sich nur am oberen Mauerrand frische grüne Blätter. Weiter unten krallten sich nackte verholzte Zweige in Daumendicke in den bröckelnden Putz. Das Mauerwerk endete an einem geschlossenen Schiebetor mit integrierter Pforte. Aus einer im Gegensatz zur Mauer neu verputzten Steinsäule glotzte ihm ein schwarzes Kameraauge entgegen. Darunter glänzten ein einsamer Klingelknopf und die mit schmalen Schlitzen versehene Edelstahlblende einer modernen Gegensprechanlage. Ein Namensschild war nicht vorhanden. Der Bewohner legte Wert auf Privatsphäre.

Also los, dachte Christoph. Die Geheimniskrämerei würde gleich ein Ende finden. Er drückte auf die Klingel und versuchte, die Kamera zu ignorieren. Es verging mindestens eine volle Minute, bis ein elektrisches Brummen aus der Lautsprecheröffnung ertönte, gefolgt von einer blechern verzerrten Stimme. »Professor Kerber, nicht wahr? Kommen Sie herein. Ich erwarte Sie oben an der Tür.«

Mit einem leisen Klicken öffnete sich ein unsichtbarer Riegel an der Eingangstür, Christoph drückte sie auf und betrat das Grundstück. Die Pforte schwang hinter ihm wieder ins Schloss.

Haus und Garten hatten etwas Verwunschenes. Die Mauer an der Straße und dichter Busch- und Baumbewuchs an den seitlichen Grenzen schirmten das Anwesen perfekt von der Außenwelt ab. Vor ihm ragte eine prunkvolle Jugendstilvilla mit sandsteinfarbener Fassade inmitten eines üppigen Gartens in die Höhe. Die Villa kam ihm weniger wie ein Gebäude vor, eher wie ein steinaltes Lebewesen, das vor Urzeiten in einen tiefen Schlaf gefallen und seitdem nicht mehr erwacht war. Der Hausherr hatte sich diesbezüglich als rücksichtsvoll erwiesen und darauf verzichtet, die Ruhe mit Renovierungsarbeiten an Hausfassade und Dach zu stören.

Ein gepflasterter Fußweg führte über eine steinerne Treppe zu einer breiten Eingangstür aus massivem Holz, die ebenso wie die hölzernen Rahmen der Fenster an der Vorderfront des Hauses mit Blattornamenten verziert war.

In der geöffneten Tür stand ein alter Mann. Er hielt sich mit einer Hand am Türrahmen fest und musterte Christoph mit einem abschätzigen Blick, der ihm einen kalten Schauer über den Rücken fahren ließ. Als Christoph die Stufen zur Tür hochstieg, wandelte sich der Gesichtsausdruck in ein schiefes Grinsen, das vielleicht Freundlichkeit ausdrücken sollte, Christoph jedoch unverhohlen hämisch und triumphierend vorkam.

War es ein Fehler gewesen herzukommen? Hatte er überhaupt eine Wahl gehabt? Wenn dieser Greis etwas über seine Tat wusste, war es allemal besser, das Gesprächsangebot anzunehmen und sich anzuhören, was er wollte. Statt zu riskieren, dass der Alte sich gleich an die Polizei wandte.

»Professor Kerber. Herzlich willkommen.« Der Mann sprach mit der heiseren Stimme eines chronisch Kranken, dem zum ständigen Räuspern und Husten die Kraft und Geduld fehlten. Er konnte sich nur mit erkennbarer Anstrengung und der Hilfe eines Gehwagens, den er zu seiner Linken geparkt hatte, auf den Beinen halten. Auf dem Schädel wucherten einzelne Büschel schlohweißer Haare, die vielen kahlen Stellen dazwischen waren von dunklen Altersflecken garniert. Das Gesicht war eingefallen und bestand hauptsächlich aus Runzeln und Falten. Allein die Augen widersprachen dem Gesamtbild eines Sterbenskranken. Blassblau, kalt und beinahe stechend vermittelten sie am ehesten eine Ahnung, was für ein Mann dieser Greis einmal gewesen war.

»Ich danke Ihnen, dass Sie meiner Einladung gefolgt sind. Mein Name ist Cornelius Winter.« Ein brodelnder Husten löste sich aus der Tiefe seines Brustkorbs. Es klang, als wäre die Lunge des Mannes mindestens zur Hälfte mit Schleim gefüllt. Er presste die Lippen aufeinander, Blut schoss ihm ins Gesicht, und Christoph erwischte sich bei der Hoffnung, dass der Alte tot umfallen und ihr Gespräch eine unerwartete Abkürzung nehmen könnte. Aber irgendwie unterdrückte Cornelius Winter den aufkommenden Hustenreiz. Statt zu ersticken, löste er seine knochige rechte Hand vom Türrahmen und streckte sie Christoph zur Begrüßung entgegen.

Der spürte ein nervöses Kribbeln in den Beinen. Klar, was es bedeutete. Er wollte weglaufen. Sehr schnell. Sehr weit weg. Dieser Greis war niemand Geringeres als Professor Cornelius Winter. International renommierter Neurochirurg, ehemaliger Klinikdirektor. Und der Vater von Fish.

Christoph ignorierte das unangenehme Gefühl in den Beinen, zwang sein Gesicht zu einem Lächeln und erwiderte den Handschlag. »Freut mich, Ihre Bekanntschaft zu machen, Professor Winter.«

Der Greis schmunzelte bei der Erwähnung seines akademischen Titels. »Bitte, kommen Sie herein. Und nennen Sie mich Cornelius. Ich bin ein alter Mann, der keinen Wert mehr auf Formalitäten legen muss.« Er manövrierte den Gehwagen über den gefliesten Boden eines überaus geräumigen Flurs, der an Wänden und Decken mit dunklem Holz vertäfelt war. Ein Konzertflügel thronte in der Mitte des Raums, daneben schwang sich eine breite Holztreppe mit eingebautem Treppenlift hinauf zu einer großzügigen Galerie im ersten Stock. Weiter geradeaus führte eine zweiflügelige Schiebetür in das angrenzende Zimmer. Sie war einen Spalt geöffnet und ließ die üppigen Ausmaße des dahinterliegenden Wohnraums erahnen.

Aber Cornelius Winter bog vor dem Klavier links ab und öffnete eine deutlich unscheinbarere Tür an der Seite des Flurs.

»Bitte, hier entlang.« Er führte Christoph in einen Raum, der gerade als Empfangsraum diente, aber eigentlich eine Bibliothek war. Unzählige Bücher aller Art und Größe stapelten sich auf dunklen Holzregalen bis unter die Decke, an der ein mächtiger Kronleuchter baumelte.

Auf einem Teewagen standen Heißgetränke und Mineralwasser bereit, daneben lag die aktuelle Ausgabe der *Hamburger Tageszeitung*. Das grimmige Antlitz Dragan Draganescus schmückte fast die gesamte Titelseite.

»Was kann ich Ihnen anbieten, Professor Kerber? Oder darf ich Sie Christoph nennen? Leider muss ich Sie bitten, sich selbst zu bedienen.« Er hob probeweise eine Hand vom Griff seines Gehwagens und provozierte eine Zitterattacke im anderen Arm. »Um meine Gesundheit steht es nicht zum Besten.«

»Kein Problem.« Christoph trat an den Teewagen. »Für Sie auch etwas?«, fragte er.

Der alte Mann lächelte. »Etwas Kaffee bitte. Schwarz.«

Christoph füllte zwei Tassen und platzierte sie auf einem antik aussehenden, dreieckigen Tisch aus braunem Edelholz. Sie setzten sich auf dazu passende Stühle mit Bezügen aus dunklem Leder, die sperrig aussahen, aber höchst bequem waren.

»Haben Sie die Zeitung gesehen?« Die runzeligen Lippen des alten Mannes verformten sich zu einer Art Lächeln. »Diese Brut hat endlich bekommen, was ihr zusteht. Allen voran Dragan, dieser Bodensatz allen Abschaums.«

Er sah Christoph an. »Ich nehme an, Sie wissen, was diese Zigeuner mit der Mutter meines Sohnes angestellt haben?«

»Fish nannte es eine traurige Geschichte, die niemand hören will. Ja, er hat sie mir erzählt.«

Der alte Mann nickte mit dem Kopf. Langsam, als kostete

ihn selbst diese kleine Bewegung wertvolle Kraft. »Elena war die Liebe meines Lebens. Ihr Vater Fiodor war gegen die Beziehung. Er wollte seine einzige Tochter innerhalb der Sippe verheiraten. Er hat nie verwunden, dass sie einen Sohn zur Welt brachte. Von einem Deutschen. Er hat sie tyrannisiert und ihre Brüder gegen sie aufgehetzt. Sie hielt dem Druck nicht stand, und ...«

Seine Stimme zitterte, aber sein Gesicht blieb so hart und kalt wie ein Felsen in einer Eiswüste.

»Und Anton musste ohne Mutter aufwachsen. Das war nicht leicht. Nicht für ihn. Und nicht für mich.«

Cornelius Winter griff nach seiner Tasse, schlürfte mit gespitzten Lippen am Kaffee. Er stellte die Tasse zurück auf den Tisch. »Wissen Sie, Christoph, ich bin krank. Schwer krank.« Er räusperte sich. Er tat dies mit großer Vorsicht, wohl um keinen heftigen Hustenreiz zu provozieren. »Darmkrebs mit Metastasen in Leber, Lunge und Knochen. Eine überaus schmerzhafte Art zu sterben.« Er verzog das Gesicht zu einem bitteren Grinsen. »Sie können nicht erahnen, welche Genugtuung es mir bedeutet, das Ende dieser Sippe noch mitzuerleben.«

Die späte Rache eines alten Mannes, dachte Christoph. Nun gut. Sie sei ihm gegönnt.

Cornelius lehnte sich in seinem Stuhl zurück, faltete die Hände im Schoß, schaute Christoph an – und schwieg. Er musterte ihn unverhohlen. Ihn, den Mann, der seinen Sohn umgebracht hatte. Die frostige Stille breitete sich schneller aus als der Knall einer Explosion.

Es hatte keinen Sinn, das Unvermeidliche weiter hinauszuzögern. »Sie haben am Telefon gesagt, dass Sie Bescheid wüssten. Über mich und Fish«, sagte Christoph.

»Das ist richtig«, sagte Cornelius. »Wenngleich ich den Namen Anton bevorzuge.«

»Und was genau meinten Sie damit?« Christoph versuchte, seine Stimme möglichst beherrscht klingen zu lassen. Das gelang, fand er, ganz gut. In Wahrheit hätte er den alten Mann am liebsten am Hals gepackt und das Wissen aus ihm herausgeschüttelt.

»Ich weiß, was Sie ihm angetan haben.«

Christoph nickte und spürte, wie sich das Blut aus seinem Kopf schlich und quälende Fragen zurückließ. Wie konnte das sein? Es hatte an der Alster keine Zeugen gegeben. Und vor allem: Was wollte dieser Greis jetzt von ihm? Warum war er nicht einfach zur Polizei gegangen?

»Ich verstehe nicht, was Sie meinen«, sagte er. »Was habe ich ihm denn angetan, Ihrer Meinung nach?« Christophs Stimme klang so blutleer, wie es sich in seinem Kopf anfühlte.

Der Alte beugte sich zu ihm vor. »Meine Zeit war eigentlich schon vor Wochen abgelaufen. Vor Monaten. Ich hatte mich längst damit abgefunden, nicht vollenden zu können, was ich mir vorgenommen hatte. Ich war bereit zu gehen. Wenn Sie verstehen, was ich meine.«

Christoph trank einen Schluck Kaffee. Nickte. Obwohl er keine Ahnung hatte, worauf der Alte hinauswollte.

»Und dann lese ich in der Zeitung die Berichte über den Prozess gegen Bogdan Draganescu. In einem der Artikel taucht Ihr Name auf: Professor Christoph Kerber. Forensischer Psychiater, Buchautor zum Thema freier Wille. Ich werde hellhörig, schicke meinen Assistenten Laurenz los, das Buch zu besorgen.« Cornelius wies mit dem Zeigefinger zum Regal an der Wand neben der Tür. »Wenn Sie so nett wären. Die kleine Schublade.«

Christoph stellte die Kaffeetasse ab, stand auf, zog mit klammen Fingern die Schublade auf. Darin lag sein Buch. Er nahm es heraus, strich mit dem Finger über den Einband.

Professor Dr. Christoph Kerber

Dein freier Wille. Über Meinungsbildung
und Handlungsplanung

»Es gefällt mir«, sagte Cornelius. »Fundiert, sachlich. Nicht so sensationslüstern wie der populärwissenschaftliche Schund, den viele unserer Kollegen verzapfen.«

Christoph setzte sich mit dem Buch in der Hand auf seinen Stuhl zurück.

»Nun, ich bekomme also Ihr Buch«, sagte Cornelius, »schlage es auf und überfliege das Vorwort.« Er schmunzelte.

»Fliegen trifft es nicht wirklich. Auch das Lesen bereitet mir einige Mühe.«

Wie um seine Gebrechlichkeit zu unterstreichen, rappelte er sich hoch, um sich zu Christoph vorzubeugen. »Wenn ich Sie nochmals um Ihre Hilfe bitten dürfte. Der wichtige Satz steht im Vorwort. Auf Seite fünf, im zweiten Absatz. Ich habe ihn am Rand markiert.«

Christoph schlug das Buch auf, fand die Stelle, die Cornelius im Sinn hatte, und las: »Die Fragen, ob es einen freien Willen gibt, was ihn ausmacht und gegebenenfalls behindert, interessiert mich seit meiner Studienzeit. Damals habe ich mich intensiv mit Hypnose und Mentaltechniken beschäftigt.«

Christoph sah auf. Cornelius nickte ihm zu. »Ich las diese Zeilen, und plötzlich hatte ich die Antwort auf eine Frage, die mich seit einer Ewigkeit umtrieb. Es war zunächst nur ein Verdacht, nicht mehr. Aber es ließ mir seitdem keine Ruhe. Also beschloss ich, der Sache weiter nachzugehen. Besser gesagt: nachgehen zu lassen.«

»Selina Yilmaz?«, fragte er. »Sie haben die Reporterin dazu

gebracht, hinter mir herzuschnüffeln? Sie sind ihr anonymer Informant?«

»So nennt sie mich?« Er zuckte mit den schmalen Schultern. »Nun, sei's drum. Jedenfalls hat sie mit ihrer Recherche bestätigt, dass ich mit meinem Verdacht richtiglag.«

Christoph klappte das Buch zu und legte es neben das Kaffeegedeck auf den Tisch.

Er widerstand der Versuchung, nach seiner Tasse zu greifen. Er hätte gern etwas zum Festhalten gehabt. Nach dem finalen Gespräch mit Fish an der Alster war Christoph davon ausgegangen, dass sein alter Freund die Reporterin auf ihn angesetzt hatte. Wie passte das mit den Worten des Alten zusammen? »Selina will herausfinden, was vor Jahren ihrer Mutter zugestoßen ist«, sagte er. »Und Sie haben sie benutzt, um sie hinter mir herschnüffeln zu lassen?«

»Nennen wir es eine Win-win-Situation.«

»Ich habe noch immer nicht verstanden, was Sie mir eigentlich vorwerfen.«

»Tun Sie nicht so begriffsstutzig! Das nehme ich Ihnen nicht ab.« Cornelius sprach im Tonfall eines strengen Professors, der einen Studenten maßregelte, den er beim Betrügen erwischt hatte. »Mein Sohn war ein Hoffnungsträger. Sehr klug. Talentiert. Trotz des schweren Schicksals, ohne Mutter aufzuwachsen.«

Aufschießende Wut legte sich auf das faltige Gesicht des Alten. »Anton hatte alle Voraussetzungen, um es weit zu bringen. Wenn schon nicht als Mediziner, so zumindest als Psychologe.«

»Da haben Sie vielleicht recht«, sagte Christoph. »Leider hatte er heftige psychische Probleme.«

»Was wissen Sie schon.« Cornelius spuckte ihm die Worte entgegen. Seine Augen blitzten. »Er war mein Sohn. Ich kannte ihn besser als jeder andere. Ich weiß, was aus ihm hätte werden können. Und dank Ihnen weiß ich inzwischen, wer ihn von seinem vorbestimmten Weg abgebracht hat. Wer ihm all diese Flausen in den Kopf gesetzt hat.«

Christophs Gedanken überschlugen sich. Der griesgrämige Greis redete über die Vergangenheit. Von den Hypnoseexperimenten. Er sprach nicht von der Gegenwart und dunklen Geheimnissen, die am Grunde der Alster von den Fischen angenagt wurden.

Sein Herz tat einen Sprung. Die Situation war unangenehm, keine Frage. Aber wenn es um die Vergangenheit ging, konnte er jeden Vorwurf mit Leichtigkeit entkräften. Ob dieser alte Sack die Wahrheit über seinen Sohn nun hören wollte oder nicht. »Hat Ihr Sohn Ihnen das so erzählt?«

»Ersparen Sie mir Ihren Spott!«

»Ich spotte nicht«, sagte Christoph. »Als ich ihn kennenlernte, konsumierte er täglich Stimulanzien und Cannabis. Wenn man das überhaupt so nennen kann, hat er mir Flausen in den Kopf gesetzt. Nicht umgekehrt. Es tut mir leid, dass Antons Leben anders verlaufen ist, als Sie es sich erhofft hatten. Aber ich trage keine Verantwortung dafür. Schon gar keine Schuld.«

Abgesehen davon, dass du ihn in der Alster ertränkt hast, dröhnte eine Stimme durch seinen Kopf.

»Nun«, sagte Cornelius und musterte Christoph mit einem Blick, der irgendwie gefährlich aussah. »Warum sagen Sie ihm das nicht selbst? Ich möchte Sie ansehen, wenn Sie meinem Sohn mitten ins Gesicht lügen.«

Jetzt griff Christoph doch nach seiner Kaffeetasse. So verhinderte er, dass seine linke Hand zu zittern begann. Es war ein Fehler gewesen herzukommen, dachte er. Ohne Anwalt. Oder überhaupt. Jedes Wort, jede kleinste Geste musste ihn verraten. Er konnte seine Schuld nicht länger verbergen. Sie schnürte ihm den Hals zu.

Niemand würde je mehr mit Fish sprechen. Der trieb tot am Boden der Alster.

Christoph rang um seine Fassung. Er durfte nicht ausgerechnet hier zusammenbrechen und alles gestehen. »Wissen Sie denn, wo er ist?«, fragte er mit heiserer Stimme.

»Natürlich«, sagte Cornelius. »Anton ist hier. Er wartet auf uns. Im Esszimmer im ersten Stock.« Cornelius griff nach seinem Gehwagen, kämpfte sich auf die Beine. »Gehen wir doch zu ihm rauf!«

68

Christoph wurde nicht schlau aus den Worten des Greises, doch er folgte ihm zurück in den Flur und zur Treppe, wo der alte Mann sich auf den Sitz eines Treppenlifts stemmte. Christophs Beine fühlten sich an wie Gummi, und seine linke Hand zitterte so heftig wie lange nicht. Aber mit der Geschwindigkeit des Lifts konnte er mithalten.

Auf halbem Weg brummte sein Handy erneut. »Verzeihung!«, sagte er und zog es aus der Tasche. »Meine Frau ist hochschwanger und könnte jederzeit …« Er sah nach. Schon wieder Andreas mit einem weiteren Anrufversuch. Diesmal kam direkt eine Kurznachricht hinterher. In Großbuchstaben:

RUF MICH SOFORT ZURÜCK! ES IST VERDAMMT NOCH MAL DRINGEND!

Vielleicht war doch was mit Eva, dachte er.

Es half nichts. Dann musste Cornelius mit seinem merkwürdigen Tribunal ein paar Minuten warten. Er hob das Telefon in die Höhe. »Ich muss kurz telefonieren.«

»Kein Problem. Ich warte oben auf Sie.« Der Alte ruckelte weiter die Treppe hinauf.

Christoph tippte die Rückruftaste.

Andreas ging sofort ran. »Christoph, na endlich!«, sagte der.

»Was gibt's? Ist etwas mit Eva?«

»Mit Eva? Nein. Aber kannst du vorbeikommen? Ich würde gern kurz persönlich mit dir sprechen.«

»Ist gerade schlecht«, sagte Christoph. »Frühestens in ein paar Stunden. Besser du sagst mir gleich, was los ist.«

»Wo bist du? Geht es dir gut? Bist du allein?«

In der Höhle des Löwen, bei einem Verrückten, der eine alte Rechnung mit mir offen hat, dachte Christoph. Und der nicht ahnt, dass es eine ungleich fettere aktuelle Rechnung gibt.

»Es ist alles in Ordnung«, sagte er. »Spann mich nicht auf die Folter, ich habe nicht viel Zeit.«

»Also gut. Es geht um die Kernspintomografie, die wir heute Vormittag gemacht haben. Auf den ersten Blick hatte ich nichts gesehen. Aber jetzt haben sich unsere Neuroradiologen die Bilder noch mal angeschaut und doch etwas gefunden. Eine winzige Raumforderung. Im rechten Schläfenlappen.«

Wie zur Bestätigung des Gesagten rauschte es in seinem Kopf. Ein Hirntumor. Christoph ertastete mit zitternden Fingern den Handlauf der Treppe und hielt sich daran fest. »Wie übel ist es?« Seine Stimme klang so trocken, wie es sich im Hals anfühlte.

»Er ist sehr klein, eher homogen und relativ scharf abgegrenzt gegenüber dem umgebenden Gewebe. Also wahrscheinlich nicht bösartig, soweit man das anhand der Bilder beurteilen kann. Und vermutlich operabel, falls das überhaupt nötig wäre. Also wahrscheinlich halb so schlimm.«

Die Worte tropften in seinen Verstand. Gutartig. Operabel. Halb so schlimm. Warum beruhigte ihn das nicht wirklich?

»Der Tumor erklärt dein Zittern und könnte der wahre Grund für deine psychischen Probleme sein«, sprach Andreas weiter. »Patienten mit Temporallappentumoren klagen häufig über depressive oder ängstliche Symptome, über Entfremdungserlebnisse. Sogar Halluzinationen werden beschrieben. Meist merkwürdige Gerüche, aber auch komplexe Trugwahrnehmungen und Sinnestäuschungen sind möglich. Falls dir also irgendetwas merkwürdig vorgekommen ist in den letzten ... «

Christoph ließ die Hand mit dem Telefon sinken. Andreas' Stimme hallte blechern aus dem Lautsprecher, aber er hörte nicht weiter zu. Eine Idee blitzte auf in seinem Kopf. Wie ein winziger Funke in einem Heuschober, der das trockene Stroh innerhalb von Sekunden in Flammen setzte.

Die Nachricht über den Tumor. Die Gedanken an die hochschwangere Eva, der er eine weitere Hiobsbotschaft mitzuteilen hatte. Die Sorge um Fishs Leiche am Grund der Alster, die früher oder später auftauchen und sein dunkles Geheimnis ans Licht bringen würde – das alles verglühte in einem einzigen Augenblick. Das Handy glitt ihm aus der Hand. Es knallte auf die hölzerne Treppenstufe. Es war das letzte Geräusch, das es von sich gab.

Christoph beachtete es nicht weiter. Er überwand die restlichen Stufen und torkelte auf die Tür zu, vor der Cornelius sich postiert hatte. Der alte Mann stützte sich mit einer Hand auf einen Gehwagen, der am oberen Ende des Treppenlifts bereitstand. Mit der anderen Hand stieß er die Tür auf.

69

Licht. Ein großer Raum, sehr groß, mit weißen, stuckbewehrten Wänden und breiter Fensterfront auf der gegenüberliegenden Seite, durch die die Nachmittagssonne hereinstrahlte. Eine Flügeltür mit großzügigem Glaseinsatz führte zu einem nicht minder ausladenden Balkon. Vermutlich bot der eine berauschende Aussicht auf den Garten und weiter runter zur Elbe.

Der alte Mann schlurfte seinem Gehwagen hinterher bis zu einem Bett, das im Zentrum des Riesenzimmers stand. Wobei das Wort Bett diese gewaltige Ansammlung von medizinischen Gerätschaften nicht andeutungsweise beschrieb. Es war eher eine Intensivstation. Mit Platz für genau einen Patienten.

Christoph trat, noch immer benommen, in den Raum, blinzelte gegen das Sonnenlicht an und konnte seinen Blick doch nicht von der Gestalt inmitten der Apparatelandschaft abwenden.

Dort lag Fish.

Nicht der Fish, der ihn zweimal in seinem Garten und zuletzt unten an der Straße vor der Praxis heimgesucht hatte. Schon gar nicht der Fish von früher, dieser charismatische Psychologiestudent, der ihn mit verrückten Ideen verhext hatte.

Wenn nicht der EKG-Monitor einen Herzschlag angezeigt, eine Beatmungsmaschine nicht kontinuierlich Luft über einen unterhalb des Kehlkopfes in den Hals gebohrten Beatmungstubus in diesen Körper geblasen hätte – es hätte auch eine Puppe sein können. Oder eine Leiche.

Der Schädel war kahl geschoren, das ohnehin schmale Gesicht eingefallen. Unter einem halb geöffneten Lid schwamm das eingetrübte rechte Auge in einer zu großen Knochenhöhle. Auf der linken Seite gab es statt eines Auges nur einen dunklen Krater, die umliegenden Knochen der Stirn und des Jochbeins waren deformiert und unnatürlich gegeneinander verschoben, darüber spannte sich eine blasse, von Narben durchsetzte Haut.

Unterhalb des Halses bedeckte eine dünne Decke den restlichen Körper, an den Seiten ragten Arme hervor, die fast nur noch aus Knochen bestanden.

Christoph japste nach Luft. Die Eindrücke prasselten auf ihn ein. Zu viel, zu heftig, um es zu verarbeiten.

So sah jemand aus, der seit Jahren, eher Jahrzehnten im ewigen Nebel des Dauerkomas auf dem schmalen Grat zwischen Leben und Tod wandelte.

Und doch war es eindeutig Fish, sein Freund aus Studientagen, der dort lag. Daran gab es keinen Zweifel. Was nur die Schlussfolgerung zuließ, dass der Mann, den er zuletzt getroffen, mit dem er gesprochen, den er …

Gott, was für ein Wahnsinn. Die Erkenntnis rüttelte an den Grundfesten seines Verstands.

… in der Alster ertränkt hatte, gar nicht existiert hatte. Zumindest nicht in der Realität.

»Ganz offensichtlich erkennen Sie ihn wieder.« Der sterbenskranke Greis glotzte Christoph an.

Alles nur Einbildung, hallte es ihm durch den Kopf. Der Fish der letzten Tage war eine Halluzination gewesen. Die jüngsten Ereignisse rund um Bogdan, Ansgar und Selina hatten Erinnerungen an die gemeinsame Zeit vor zwanzig Jahren wachgerufen, und dieses Scheißding in seinem Schläfenlappen hatte alles zu einer Trugwahrnehmung verschmolzen, die ihn wiederholt heimgesucht hatte.

Kein Fish. Keine ihn betreffende Verschwörung. Kein Mord. Auch diese Nachricht sickerte langsam durch. Er hatte niemanden umgebracht. Er war unschuldig. Keine tränenreiche Beichte gegenüber Eva, keine Verhaftung und Verurteilung, kein Gefängnis. Nur ein alter Mann, der einen Sündenbock für das verkorkste Leben seines Sohnes suchte.

»Was ist mit Anton passiert?« Christoph stammelte die Worte heraus. In seinem Kopf rotierten die Gedanken und brachten neuen Horror hervor. Was war wirklich passiert, damals vor zwanzig Jahren, oben auf der Kennedybrücke? Fish hatte oben auf der Brüstung gesessen, Christoph hatte vor ihm gestanden, sie hatten sich gegenseitig festgehalten. Fish hatte ihn bedrängt, ihn hinabzustoßen, und Christoph war ohnmächtig geworden. Er hatte sich im Nachhinein nicht erinnern können, ob Fish unversehrt abgehauen war. Ob er sich ohne Christophs Einwirken ins Wasser hatte fallen lassen – oder ob Christoph ihm den entscheidenden Stoß verpasst und damit dem sicheren Tod preisgegeben hatte.

Er war aus dem einen Albtraum erwacht – nur um sich im nächsten wiederzufinden. »Was ist ihm zugestoßen?«, wiederholte er seine Frage.

Cornelius hatte sich ans Kopfende des Bettes gestellt, neben einen mannshohen Medizinschrank, der das Beatmungsgerät und einen EKG-Monitor beherbergte. Er hielt sich mit einer Hand am metallenen Bettrahmen fest, mit der anderen tätschelte er seinem Sohn über den blanken Schädel. »Nun«, sagte er, »ich hatte eigentlich gedacht, Sie könnten mir das sagen.«

»Ich … ich weiß es nicht.«

Cornelius nickte. »Ich werde Ihnen noch etwas zeigen«, sagte er. »Und dann sprechen wir weiter.«

Er stützte sich auf seinen Gehwagen und tapste vom Bett

weg. Auf halbem Weg zur Balkontür waren ein Tisch und drei Sessel platziert, daneben stand ein flaches Schränkchen mit einem kleinen Flachbildfernseher darauf.

»Besser, Sie setzen sich«, sagte Cornelius. Er machte sich an dem Bildschirm zu schaffen.

Christoph wagte sich mit Zögerschritten um das Krankenbett herum, postierte sich am Rande der Sitzgruppe. »Ich bleibe lieber stehen, danke.«

»Ganz wie Sie meinen.« Mit der Fernbedienung in der Hand schlurfte der alte Mann an seinem Gehwagen vor einen der Sessel und ließ sich hineinplumpsen. Er ruckte auf der Sitzfläche herum, dann hob er die Fernbedienung in die Höhe.

Der Bildschirm erwachte zum Leben, und im ersten Moment dachte Christoph, dass es das Video mit der Schreckschusspistole war, bei dem er selbst hinter der Kamera gestanden hatte.

Vanessa ruhte im gemütlichen Liegesessel, Fish im weißen Kittel beugte sich über sie und flüsterte ihr etwas ins Ohr. Doch anders als im ersten Film war die Kamera statisch, zeigte durchgehend denselben Ausschnitt von Fishs Wohnzimmer.

Weitere Unterschiede offenbarten sich auf den zweiten Blick. Vanessa trug ein blaues Kleid und keine Jeans. Auffälliger waren die Veränderungen bei Fish. Sein alter Studienfreund sah einfach nur fertig aus. Die Haare standen zerzaust vom Kopf ab. Seine Augenringe waren so tief und dunkel, dass sie selbst aus der Entfernung überdeutlich zu erkennen waren. Und Christoph sah noch etwas. Er musste schlucken, und eine zentnerschwere Last fiel von ihm ab: An Fishs Kinn klebte ein breites Pflaster. Es verdeckte vermutlich die Platzwunde, die Fish bei ihrem nächtlichen Treffen oben auf der

Kennedybrücke bereits gehabt hatte. Dort war sie frisch gewesen und hatte geblutet. Das würde bedeuten, dass dieses Video später entstanden und dass sein alter Studienfreund nicht in der Alster ertrunken war.

Fish verschwand kurz aus dem Bild, kam zurück und legte Vanessa den Revolver in den Schoß. Er trat einige Schritte von ihr weg und rief ihr etwas zu. Die junge Frau reagierte, öffnete die Augen, umfasste die Waffe und stand vom Stuhl auf, hob den Revolver in die Höhe, zielte und schoss.

Wie im ersten Film zuckte ihr Arm beim Auslösen des Schusses. Eine feine Rauchsäule stieg aus der Trommel empor. Doch anders als im vorherigen Video verzichtete Fish auf jede übertriebene Zurschaustellung eines simulierten Treffers. Zeitgleich mit Vanessas Arm flog Fishs Kopf nach hinten. Wie in einem schlechten Actionfilm platzte ein blutiger Fetzen aus der Stirn, er sackte einfach in sich zusammen, blieb regungslos auf dem Parkettboden liegen. Rund um seinen Kopf bildete sich eine Pfütze aus Blut.

Christoph ertrug kaum, was er sah. Er hoffte, dass der Film zumindest hier endete, aber das Video lief unbarmherzig weiter. Und Cornelius machte keine Anstalten, die schaurige Vorführung abzubrechen, sondern starrte mit unbewegter Miene auf den Monitor. Vanessa verharrte an ihrem Platz. Wie in extremer Zeitlupe senkte sich ihr Arm mit dem Revolver. Nach quälenden Sekunden erwachten zunächst ihre Füße, und sie tippelte mit steifen Beinen von einem Fuß auf den anderen.

Plötzlich wurde sie auf einen Schlag lebendig. Und schien zu verstehen, dass sie sich in einem Albtraum befand. Sie riss den Mund auf, und obwohl der Film keine Tonspur hatte, konnte Christoph ihren entsetzten Schrei beinahe hören. Sie ließ den Revolver fallen, hastete einen Schritt vor, zögerte, schrie erneut, presste sich die Hände auf die Schläfen, trat weiter auf Fish zu, beugte sich zu ihm hinunter, berührte ihn halbherzig an der Schulter. Sie kam wieder hoch, ihr Gesicht ein Ausdruck reinsten Entsetzens, fuhr herum und eilte aus dem Zimmer.

Und selbst damit war es nicht vorbei. Es vergingen weitere quälende Minuten, dann erschienen zwei Gestalten im Blickfeld der Kamera. Ein Mann und eine Frau, Nachbarn vielleicht, die den Schuss gehört hatten oder von Vanessa alarmiert worden waren. Der Mann kniete sich neben den noch immer reglosen Fish, drehte ihn auf den Rücken, riss den Kittel auf und begann mit der Herzdruckmassage. Wenig später stürmten zwei rot gekleidete Sanitäter hinzu. Einer der Helfer platzierte einen Notfallkoffer neben dem Leblosen. Seine Schultern verdeckten die Sicht auf das Geschehen, aber Christoph brauchte nicht viel Fantasie, um sich vorzustellen, dass die Rettungskräfte ein EKG anschlossen und die Intubation vorbereiteten. Einer der beiden hielt eine Infusionsflasche in die Höhe, dabei fiel sein Blick wie zufällig auf die Kamera. Er kniff die Augen zusammen und rief etwas Richtung Tür. Von der Seite huschte der Nachbar ins Bild, seine Hand näherte sich dem Objektiv, verdeckte das Bild. Und dann wurde es endlich schwarz. Eine wahre Erlösung.

»Mein Gott«, entfuhr es Christoph. Er bemerkte, dass er die Faust vor den Mund gepresst hielt. Die Finger waren feucht von Tränen, die ihm übers Gesicht liefen. Er zuckte zusammen, als Cornelius' knarzende Stimme die bedrückende Stille beendete.

»Die Kugel hat sein linkes Auge zerfetzt, Fragmente des knöchernen Gesichtsschädels abgesprengt und im Gehirn Teile des Frontal- und Schläfenlappens zerstört. Das Notarztteam konnte ihn reanimieren. Sie brachten ihn zu mir. In meine Klinik.«

Cornelius stemmte sich aus seinem Sitz, schob den Gehwagen in Position und stapfte zur Kommode hinüber. Dort schaltete er den Fernseher aus. »Das war natürlich Zufall«, sagte er. »Führte aber dazu, dass er bei mir auf dem OP-Tisch und anschließend auf meiner Intensivstation landete.«

»Furchtbar«, sagte Christoph.

»Sie machen sich keine Vorstellung.« Cornelius schaute zu ihm hoch. Die Falten in seinem Gesicht formierten sich zu einer hasserfüllten Fratze. »Mein geliebter Sohn glitt mir unter den eigenen Händen weg, verstehen Sie? Verwandelte sich von einem begabten Hoffnungsträger zu …« Sein Blick streifte den leblosen Körper im Bett. »… zu einem Zombie. Ich konnte ihn nicht zurückholen. Dieser eine Schuss, abgegeben von einer Frau, die nicht wusste, was sie tat, hat viele Leben zerstört. Nicht nur das meines Sohnes.«

»Vanessa.« Christoph nickte. »Selina hat erzählt, dass ihre Mutter von einem Tag auf den anderen psychotisch geworden sei. Aber sie muss doch erfahren haben, was mit ihrer Mutter und Fish geschehen ist.«

»Nun ja.« Cornelius' Wutfratze ging nahtlos in ein süffisantes Lächeln über. »Es hat mich einiges an Einfluss und Geld gekostet, dieses Unglück geheim zu halten. Sämtliche Augenzeugen haben sich zum Stillschweigen verpflichtet. Und das polizeiliche Ermittlungsverfahren erregte kaum Aufsehen, weil Selinas Mutter schwer krank und nicht verhandlungsfähig war. Aber der entscheidende Punkt ist ein anderer.«

Der alte Mann nahm Christoph erneut mit seinem Blick ins Visier. »Ich habe immer gewusst, dass mein Sohn nicht allein und aus freien Stücken gehandelt hat. Dass er einen Komplizen hatte. Einen Anstifter, der ihn vom rechten Weg abgebracht hat. Ich danke dem Schicksal, dass ich ihn so kurz vor meinen Tod ausfindig gemacht habe.«

Christoph parierte den Blick des Alten. »Die Wahrheit ist, dass Ihr Sohn sterben wollte, aber sich nicht traute, sich selbst das Leben zu nehmen«, sagte er mit fester Stimme. »Er war wie besessen von dem verrückten Plan, von jemandem getötet zu werden, der ihm quasi hörig war.« Er sah rüber zum Krankenbett und zu der darin liegenden Gestalt, musste schlucken. »Offenbar hat er Selinas Mutter dazu gebracht, genau das zu versuchen.«

Cornelius trottete mit dem Gehwagen zurück zum Bett seines Sohnes. Christoph konnte nicht erkennen, ob er ihm überhaupt zugehört hatte. Und wenn, ob es ihn erreichte.

»Ich verstehe die Trauer um Ihren Sohn«, sprach er weiter und bemühte sich um einen einfühlsamen Tonfall. »Aber es ist absurd, mich für sein und Ihr Unglück verantwortlich zu machen.«

»Allein der Umstand, dass Sie meiner Einladung gefolgt sind, ist Geständnis genug. Und Ihr schlechtes Gewissen verrät Sie seit der ersten Sekunde, in der Sie mein Haus betreten haben.«

»Das …« Das ist irre, dachte Christoph und schüttelte den Kopf. Natürlich hatte er ein schlechtes Gewissen gehabt. Zu Unrecht, wie er nun wusste. Aber er hatte damit unwissentlich Cornelius in dessen Verdacht bestärkt. »Es ist anders, als Sie denken.« Christoph überlegte fieberhaft, wie er dem alten Mann die Wahrheit erklären sollte.

Der stand mit verhärtetem Gesicht neben dem Krankenbett und sagte nichts. Er hatte sein Urteil über ihn längst gefällt, wurde Christoph klar. Eine Verhandlung hielt er nicht für nötig. Dieser Greis wollte gar nicht hören, was Christoph zu sagen hatte. Statt den eigenen Einfluss auf das Leben seines Sohnes anzuerkennen, hatte Cornelius ihm die zentrale Schuld an Fishs Entwicklung zugewiesen. Christoph aus der

Rolle des Sündenbocks zu entlassen, würde eine zu große Lücke ins Selbstverständnis des alten Mannes reißen.

Nun, dann eben nicht. Nachdem klar war, dass Christoph Fish nicht ertränkt hatte – weder vor zwanzig Jahren noch letzte Nacht – hatte er sich nichts vorzuwerfen. Mochte dieser rachsüchtige Alte denken, was er wollte. »Ich werde jetzt gehen!«, sagte er und drehte sich Richtung Zimmertür.

»Warum so eilig?«

Christoph fuhr zusammen. Selina Yilmaz stand in der Tür. Hinter ihr ragten die Umrisse einer weiteren Person auf, deren breites Kreuz kaum in den Türrahmen passte.

»Mit Selina brauche ich Sie ja nicht bekannt zu machen.« Cornelius' Stimme kratzte wie eine kalte Knochenhand über Christophs Rücken. »Der andere ist Laurenz. Mein Assistent.«

Christoph starrte die Reporterin an wie ein Gespenst. »Sie hätte ich nicht hier erwartet.«

»Nein. Natürlich nicht.« Selina neigte den Kopf zur Seite, trat in den Raum und überließ es dem kräftigen Kerl, den Ausgang zu bewachen.

Christoph fühlte sich immer mehr wie im falschen Film. Einem Film, der sich in eine beunruhigende Richtung entwickelte. Er stützte sich mit der Hand auf der Kante des Sessels ab, neben dem er noch immer stand. Sein Blick eilte zwischen dem alten Mann und der Reporterin hin und her, blieb dann wieder an der jungen Frau haften. »Was haben Sie hier verloren? Was wollen Sie?«

»Antworten. Die Wahrheit.« Sie ging durch den Raum, gesellte sich zu Cornelius an Fishs Bett. Und legte dem alten Mann ihre Hand auf die Schulter.

»Ihr geheimer Informant ist offenbar weit weniger anonym, als alle glauben sollten«, sagte Christoph.

»Eine reine Vorsichtsmaßnahme«, sagte Selina. Cornelius nickte zu ihren Worten.

Die Gedanken rotierten in Christophs Kopf. Und fügten sich nur allmählich zu einem neuen Bild zusammen. Er hob die Hand, deutete auf Cornelius. »Er ist Fishs Vater«, sagte er. »Ich nehme an, das ist Ihnen bekannt. Was wissen Sie noch? Haben Sie den zweiten Film von Fish und Ihrer Mutter gesehen? Den mit dem echten Revolver?«

Selina nickte. Fast unmerklich zuckten ihre Augenlider. »Schon vor langer Zeit.«

»Also wussten Sie von Anfang an, wer Fish ist und was Ihrer Mutter zugestoßen ist. Wozu dann das ganze Theater mit den vorgespielten Videos und der Erpressung?«

»Liegt das nicht auf der Hand? Wir mussten sicher sein, dass Sie Anton Winter kannten. Dass Sie es waren, mit dem er die meiste Zeit verbracht hatte, bevor er … nun ja, krank geworden ist.« Selina löste sich von Cornelius, ging langsam am Bett entlang und musterte den darin Liegenden. »Ob Sie es waren, der diese Kette an tragischen Ereignissen in Gang gesetzt hat.«

»Das können Sie nicht ernsthaft glauben. Er zeigte mit der Hand auf Cornelius. »Er vielleicht, aber doch nicht Sie.« Christoph schüttelte den Kopf, »Anton litt an massiven Selbstzweifeln, war manisch-depressiv und drogenabhängig. Außerdem war er wie besessen von diesem Hypnosekram. Am Ende war er schwer depressiv und wollte sterben. All das hatte er nicht von mir. Ich habe Ihnen doch erzählt, was vorgefallen ist.«

Selina nickte mit dem Kopf in Cornelius' Richtung. »Überzeugen Sie ihn, nicht mich!«

»Mein Sohn selbst hat Sie beschuldigt«, sagte Cornelius.

»Er hat was?«

»Anton hat mir einen langen Brief geschrieben. Wenige Tage vor seinem Unfall. Er bat mich darin um Verzeihung. Räumte ein, sein Studium zu vernachlässigen und Drogen zu konsumieren. Er berichtete, auf einer Silvesterparty einen jungen Mann kennengelernt zu haben. Einen Medizinstudenten. Klug, charismatisch. Sogar den Vornamen hat er genannt.«

Der Alte kniff die Augen zusammen und starrte ihn an. Als wollte er Christoph nicht nur mit Worten, sondern auch gleich mit seinem Blick festnageln. »Ihren Vornamen. Dieser Christoph habe ihn regelrecht verhext mit Ideen zur Macht der Hypnose. Er habe immer neue Experimente vorgeschlagen und durchgeführt. Und eine Anleitung geschrieben, mit der er Menschen dazu bringen wolle, ihre Wut besser zu spüren. Anton hatte eine Kopie des Textes auf seinem Computer gespeichert. Kommt Ihnen das irgendwie bekannt vor?«

»Das Hypnose-Video?« Christoph versuchte, den Kloß herunterzuschlucken, der in seinem Hals heranwuchs.

»Sie haben es sich angeschaut«, sagte Cornelius. »Selina hat es mir erzählt. Wie ist es gewesen, Ihr eigenes Machwerk vorgeführt zu bekommen?«

»Das ist nicht wahr.« Christoph brachte kaum mehr als ein Stammeln zustande. Die Last der Informationen und immer neuen Vorwürfe zwang seine Willenskraft in die Knie. Dabei war er im Recht, hatte sich nichts vorzuwerfen. Fish hatte wirklich die Hypnoseanleitung geschrieben, dachte er. Und er hatte in dem Brief ihrer beider Rollen komplett ins Gegenteil verkehrt. Um seinen Vater milde zu stimmen, um sich vor dessen Zorn zu schützen. Fish, du verdammter Feigling. Was hast du mir da eingebrockt?

»Was hätte ich denn tun sollen, Mann? Ich hatte Angst.

War verzweifelt.« Christoph zuckte zusammen. Fishs Stimme klang beinahe echt. Aber sie war nur das Produkt seiner eigenen Fantasie, das wusste er jetzt. Reine Einbildung. Das schien die Stimme in seinem Kopf nicht weiter zu stören. »Ich habe dir immer gesagt, dass er ein Arschloch ist.«

Zum wiederholten Mal betrachtete er die dünne Menschenhülle in dem riesigen Bett. Den Mann, der einmal Fish gewesen war. Sein Freund. »Ich ahne, wie du dich gefühlt haben musst«, antwortete Christoph in Gedanken.

»Leider habe ich es nie geschafft, meine Wut zu befreien. Mich ihm zu stellen. Und ihm die beschissene Wahrheit zu sagen.«

Christoph nickte. Er atmete tief durch. Hob den Kopf und blickte dem alten Mann direkt ins Gesicht. »Anton hat mir von einem Erlebnis mit Ihnen erzählt«, sagte er. »Er war neun Jahre alt, kam mit dem Grundschulzeugnis nach Hause. Und Sie haben aus Wut über die Noten seinen geliebten Hund vom Balkon geworfen.« Christoph hob die Hand, zeigte auf die breite Flügeltür. »Von genau dort, nicht wahr?« Er sah Cornelius in dessen kalte Augen. Der Anblick jagte ihm einen Schauer über den Rücken. »Sie erinnern sich daran, habe ich recht?«

Selina drehte den Kopf in Richtung des Alten, wich ein Stück von ihm ab.

»Das ist lange her und tut nichts zur Sache.« Der Alte knurrte mehr, als dass er sprach.

»Der Hund war tot, hatte sich das Genick gebrochen«, sagte Christoph. »Ich glaube, spätestens an diesem Tag ist auch etwas in der Seele Ihres Sohnes zerbrochen.«

»Hören Sie auf!« Cornelius' graues Gesicht blieb unbewegt, aber seine Augen feuerten Eisblitze auf Christoph ab.

»Er hat sich nichts sehnlicher gewünscht, als Ihre Liebe zu

erlangen. Ihre Anerkennung. Er wollte, dass Sie stolz sind auf ihn.«

»Sie haben kein Recht, über meinen Sohn zu reden.« Der alte Mann schob den Kopf vor. Wie ein Reptil, das gleich zubeißen und seine tödlichen Giftzähne in sein Opfer bohren wollte.

Aber Christoph war noch nicht fertig. »Geblieben sind nur hilflose Wut und eine übermächtige Angst«, sagte er. »Er sah keinerlei Möglichkeit, sich gegen Sie zu behaupten. Die Wahrheit über dieses Hypnose-Video, auch wenn Sie sie nicht hören wollen, lautet: Anton hat den Text geschrieben. Aber er wollte niemanden anstiften. Er wollte niemandem schaden, nein. Er hat die Anleitung für sich selbst geschrieben. Er wollte sich damit Mut machen. Um sich endlich gegen seinen Vater zu wehren.«

»Schluss damit. Kein Wort mehr.« Cornelius' Stimme bebte. Mit mehr Luft und weniger Schleim in der Lunge wäre es ein Brüllen geworden. Er wandte sich an Selina. »Er soll sofort aufhören.«

»Wir sollten ihn reden lassen.« Sie zuckte mit den Schultern. »Deswegen ist er schließlich hier.«

Cornelius schnaufte, wollte etwas sagen.

Christoph kam ihm zuvor. »Seit diesem Tag, an dem Sie seinen Hund getötet haben, hat er Sie angelogen und Ihnen nur noch das gesagt, was Sie hören wollten. Er ist an Ihnen zerbrochen. An Ihrer Kälte, Ihrer Strenge, Ihren Erwartungen. Mit dem Brief, in dem er mich beschuldigte, wollte er Sie besänftigen, nachdem Sie gedroht hatten, ihn nicht weiter finanziell zu unterstützen.« Christoph sah zu dem Bett, in dem sein Freund lag wie aufgebahrt. »Genützt hat auch das nichts. Offenbar musste er sich erst fast umbringen lassen, um endlich Ihre Liebe und Fürsorge zu erlangen.«

Für eine Sekunde geriet das steinerne Gesicht des Alten in Wallung. Cornelius' Kinn zitterte, er presste die Kiefer zusammen. Am rechten Auge bildete sich eine einsame Träne.

Die ist für dich, Fish, Kumpel, dachte Christoph.

»War's das?« Der Tropfen verschwand so schnell, wie er gekommen war, schien aufgesogen zu werden von dem trockenen, faltigen Gesicht des Alten.

»Nicht ganz«, sagte Christoph, »ich glaube, Sie selbst haben aus Fishs Text das Hypnose-Video produzieren und verbreiten lassen. Habe ich recht?«

»Ihr Geschwätz interessiert mich nicht.« Cornelius ergriff wieder das Wort. »Ich bleibe dabei. Sie haben meinem Sohn die Zukunft gestohlen. Und einem jungen Mädchen die Mutter genommen.« Er winkte Richtung Tür. Offenbar ein Signal für Laurenz, der aus dem Türrahmen in den Raum trat. Der kräftige Mann schloss die Tür ab und deponierte den Schlüssel in der Hosentasche. Er stapfte wortlos durch den Raum, zog auf dem Weg zwei Latexhandschuhe hervor und streifte sie sich über. Er baute sich vor Christoph auf und wies mit der Hand auf die Sessel, vor denen Christoph noch immer stand.

»Hinsetzen!«, sagte er. Unterhalb von Laurenz' Auge zuckte ein Muskel.

»Ich ziehe es vor, stehen zu bleiben«, sagte Christoph.

»Tun Sie besser, was er sagt!« Cornelius ließ sich auf die Bettkante sinken. Selina stand neben ihm, starrte den Alten wortlos an.

»Laurenz möchte Ihnen nicht wehtun«, sagte der Alte. »Aber glauben Sie mir: Es würde ihm auch nichts ausmachen.«

Laurenz hob den rechten Arm. Nicht, um Christoph zu schlagen, wie der erleichtert feststellte. Vorerst nur, um seiner Aufforderung Nachdruck zu verleihen.

Zwecklos, sich zu wehren, dachte Christoph. Vermutlich würde der alte Greis es nur zusätzlich genießen, wenn er diesem Brutalo einen Vorwand lieferte, Gewalt anzuwenden. Er zog einen der Sessel zu sich heran und ließ sich hineinfallen.

Laurenz nickte zufrieden. Er wandte sich um, ging zu einem der Medizinschränke, die rund um Fishs Bett angeordnet waren, öffnete eine Schublade, zog eine braune Glasflasche und zwei Medizinbecher daraus hervor und befüllte sie mit einer trüben Flüssigkeit.

Er griff einen der Becher, schritt auf Christoph zu und hielt ihm das Plastikgefäß unter die Nase. »Hier, für Sie.«

Christoph wich mit dem Kopf zurück.

Cornelius nahm sich den zweiten Becher vom Medizinschrank, hob ihn in die Höhe, als wollte er Christoph zuprosten.

»Ich möchte, dass wir das trinken«, sagte er. »Aber ich muss Sie warnen. Es schmeckt ein wenig bitter.«

Christoph nahm Laurenz den Plastikbecher aus der Hand, sah hinein, hielt die Nase darüber, konnte aber nichts riechen. »Was ist das?«

»Keine Sorge. Ich nehme es auch«, sagte Cornelius. »Lassen Sie uns gemeinsam trinken. Auf Anton. Auf die Wahrheit. Auf die Gerechtigkeit.«

K.-o.-Tropfen vielleicht, dachte Christoph. Oder eine Art Wahrheitsserum, mit der Cornelius ihm chemisch auf den Zahn fühlen wollte. So oder so hielt er es für keine gute Idee, das Zeug zu schlucken.

»Runter damit«, sagte Cornelius. »Sonst muss ich Laurenz bitten, es Ihnen einzuflößen. Und das wäre für Sie deutlich unangenehmer.«

70

Selina war neun Jahre alt und auf dem Weg von der Schule nach Hause gewesen, als Cornelius mit seinem Auto neben ihr angehalten hatte. Er war aus dem Wagen gestiegen und hatte sie mit ihrem Namen angesprochen, während sein Chauffeur mit laufendem Motor am Straßenrand gewartet hatte.

Natürlich hatte sie gewusst, dass man nicht zu fremden Männern ins Auto stieg. Schon gar nicht zu Typen im feinen Anzug auf der Rückbank eines fetten schwarzen Mercedes. Doch dieser Mann hatte gar nicht viel sagen, sie nicht überreden oder drängen müssen, mit ihm mitzufahren. Ein einziger Satz hatte ausgereicht: »Ich weiß, was deiner Mutter zugestoßen ist.«

Es hatte gedauert, bis sie zu ihm Vertrauen gefasst hatte, wild und misstrauisch, wie sie damals gewesen war. Aber Cornelius hatte in den ersten Monaten ihres Kennenlernens alles richtig gemacht. Er hatte ihr kein Eis spendiert, ihr kein Geld zugesteckt oder irgendwelche Versprechungen gemacht. All das hätte ihr Misstrauen nur verstärkt. Nein. Er hatte mir ihr gesprochen wie mit einer Erwachsenen, hatte sie ernst genommen und ihr das gegeben, was sie dringender begehrt hatte als Luft zum Atmen: Antworten. Noch während ihrer ersten Autofahrt redete er von seinem Sohn Anton, der Selinas Mutter eine Pistole in die Hand gedrückt und sie zum Schießen aufgefordert hatte. Er erzählte, dass Anton ebenfalls von jemandem gedrängt worden sei und nicht gewusst habe, was er tat. »Mein Sohn und deine Mutter sind Opfer desselben bösen Menschen geworden.«

Er könne es beweisen. Anton habe alles auf Video aufgenommen. Der Film sei schrecklich und grausam, aber sie könne ihn sehen, wenn sie sich reif dafür fühle.

»Jederzeit?«, fragte sie.

»In fünf Jahren, in drei oder einem. Wann immer du willst.«

»Ich bin neun. Ich darf so etwas nicht anschauen.«

»Das entscheidest alleine du«, sagte er. Und sah sie auf eine Weise an, wie es noch nie jemand getan hatte. Mit einer unendlichen Ernsthaftigkeit, die ihr zutiefst aus der Seele sprach. Diese Welt ist ein gefährlicher Ort, an dem furchtbare Dinge geschehen, sagte der Blick. Wenn du überleben willst, musst du lernen, es zu ertragen. Du musst dich wappnen. Du musst kämpfen und stärker sein als alle, die dir schaden wollen. Und ich kann dir dabei helfen.

»Jetzt!«, hatte sie gesagt. »Jetzt gleich.«

Das anonyme Einschreiben mit dem Sparbuch an ihrem sechzehnten Geburtstag, von dem sie Ansgar erzählt hatte, hatte es tatsächlich gegeben. Ebenso die monatlichen Geldzahlungen und später die Paketsendungen mit Recherchematerial. Nur hatte sie Cornelius da schon seit Jahren gekannt. Mit Beginn ihrer Journalistentätigkeit hatte sie mit seiner heimlichen Unterstützung einen Korruptionsskandal in Cornelius' Klinik aufgedeckt, was ihr einen Journalistenpreis und ihm einige Monate später den begehrten Chefarztposten beschert hatte.

Je mehr sie von ihm erfahren hatte, umso mehr hatte er sie von seiner Sache überzeugt. Die Draganescus hatten seiner Familie schlimme Dinge angetan. Sie hatten ihre gerechte Strafe verdient, und Selina hatte gern dabei mitgeholfen. Auch der Mann namens Christoph aus Antons Brief hatte Schuld auf sich geladen – nicht nur gegenüber Cornelius und seinem Sohn, sondern ebenso gegenüber Selina und ihrer

Mutter. Jahrelang hatte Cornelius nicht mehr davon gesprochen. Doch vor einigen Tagen hatte er Selina angerufen und ihr von seinem Verdacht berichtet. Seine Stimme hatte sich überschlagen, so aufgeregt war er gewesen. »Wenn Professor Kerber der Studienfreund meines Sohnes war, muss ich mit ihm sprechen. Er soll Anton sehen, und die Filmaufnahme, in der deine Mutter auf ihn schießt. Ich will ihn mit der Wahrheit konfrontieren und ihm dabei in die Augen schauen. Hilfst du mir dabei, Selina? Das ist mein letzter und gleichzeitig dringlichster Wunsch an dich.«

Natürlich hatte sie zugesagt.

Selina hatte Kerbers Buch gelesen, ihn beobachtet und mit ihm gesprochen. Er war Antons Studienfreund, das hatte sie herausgefunden. Doch der Mann, der jetzt mit sichtlichem Unbehagen auf dem kleinen Sessel in Antons Krankenzimmer saß und misstrauisch den Plastikbecher beäugte, war kein manipulativer Narzisst oder gar Psychopath, den Cornelius in ihm sehen wollte. Nicht der Typ Mensch, der anderen mutwillig schaden würde. Kerber war glücklich liiert. Er wurde bald Vater, und vermutlich würde er diesen Job um Klassen besser erledigen als Cornelius. Von Selinas Vater ganz zu schweigen. Kerber hatte recht. Anton war an der Beziehung zu seinem Vater und seiner psychischen Krankheit zugrunde gegangen.

Der alte Professor saß neben ihr auf der Kante von Fishs Bett. In der Hand hielt er seinen Plastikbecher. Seine Aufmerksamkeit war ganz auf Laurenz und Kerber gerichtet.

Sie fasste ihm an die Schulter. »Was hat das zu bedeuten?«, sagte sie. »So war das nicht abgesprochen.«

Cornelius hatte den Psychiater an Antons Krankenbett geführt, seine Vorwürfe vorgetragen und sich angehört, was der zu sagen hatte. Das war Cornelius' letzter Wunsch gewesen. Das gehörte zum Plan.

Laurenz' breitbeiniger Auftritt, die Androhung körperlicher Gewalt und das Trinken einer ominösen Flüssigkeit gehörten nicht dazu.

Cornelius reagierte nicht.

»Ich habe dich etwas gefragt.«

»Pscht«, Cornelius schüttelte den Kopf. Offenbar wollte er keine Sekunde des Schauspiels verpassen.

Sie trat vor ihn, versperrte ihm die Sicht.

Zumindest sah er sie jetzt an. »Was hast du gedacht, Selina?« Er neigte den Kopf zur Seite, ein angedeutetes Lächeln umspielte seine Lippen. »Dass ich ihn einfach wieder gehen lasse?«

»Er ist unschuldig.«

»Dich hat er offenbar überzeugt mit seinem Gerede. Mich nicht.«

»Er hat mich gerettet. Ohne sein Eingreifen hätte Dragan mich umgebracht.«

»Auch das ändert nichts an meiner Entscheidung.«

»Ist es wahr, was Kerber sagt?«, fragte sie. »Hast du dieses Hypnose-Video produzieren und verbreiten lassen?«

Er reagierte nicht.

»Sag es mir, das bist du mir schuldig. Ich muss das wissen.«

Cornelius blieb stumm, und Selina begrub die Hoffnung, von ihm die Wahrheit zu erfahren. Doch dann kam etwas. Er sagte nichts. Er nickte nicht mit dem Kopf. Aber sein Mund deutete ein Lächeln von der Art an, die sie nur zu gut an ihm kannte. Es war sein Triumphlächeln, das er immer aufsetzte, wenn einer seiner raffinierten Pläne aufgegangen war.

Damit war es gewiss. Cornelius hatte sie belogen und benutzt. Natürlich hatte er gewusst, dass sie seine wahren Pläne nie unterstützt hätte.

»Nein! Trinken Sie das nicht« Selina sprang vom Bett weg, trat einen Schritt auf Laurenz und Kerber zu.

Laurenz fuhr herum. Sein Blick verharrte nur kurz bei ihr, wanderte weiter Richtung Bett, auf dem Cornelius neben seinem Sohn saß.

Der Alte nickte, und auf einmal hielt Laurenz einen kleinen Revolver in der Hand und zielte damit auf sie. »Hinsetzen!«, sagte er. »Sonst wird es ungemütlich.«

Selina schluckte. Der Abstand war zu weit für einen Überraschungsangriff, und sie kannte Cornelius' Assistenten gut genug, um zu wissen, dass er keine leeren Drohungen aussprach. Widerwillig folgte sie der Aufforderung, setzte sich neben Kerber auf einen der Sessel. Sie sah auf den Plastikbecher in der Hand des Psychiaters. Er führte ihn langsam Richtung Mund. Ihr Atem stockte. Sie wusste, was das für eine Flüssigkeit war.

71

Cornelius hatte nicht übertrieben, was den Geschmack anging. Christoph stellte den geleerten Plastikbecher vor sich auf den Tisch, wartete ein paar Sekunden und bemerkte erleichtert, dass nichts passierte.

»Gut«, sagte der Alte. Auch er leerte seinen Becher und verzog den Mund beim Runterschlucken. »Laurenz, bitte hilf mir!«

Der Angesprochene trat, den Revolver auf Christoph und Selina gerichtet, seitlich ans Bett. Ohne sie aus den Augen zu lassen, zog er die Decke von Fishs Körper und half Cornelius dabei, sich neben ihn ins Bett zu legen.

»Wissen Sie, Christoph, ich hätte mir nie träumen lassen, vor meinem Tod alle alten Rechnungen zu begleichen.« Der Greis drehte sich zu seinem Sohn, einen schmerzlich sanften Ausdruck in den Augen. »Es hat lange gedauert, Junge«, sagte er. »Es bringt dir dein Leben nicht zurück. Aber es schafft Gerechtigkeit.«

Er streichelte Anton mit den Fingern über Mund, Nase und Stirn, sparte auch die vernarbte linke Gesichtshälfte nicht aus. Dann wanderte er mit der Hand an dem Schlauch entlang, der von dem Lufttubus unter Fishs Kehlkopf bis zum Beatmungsgerät an der Bettseite führte. Sein Arm reichte gerade bis zur Maschine. Cornelius' zitternde Finger tasteten an der Vorderseite des Respirators herum, bis er offenbar gefunden hatte, wonach er suchte. Er drückte einen Knopf. Ein lautes Piepen erklang, ein rotes Warnlämpchen blinkte, und im Display tauchte ein blasser Schriftzug auf:

Dahinter erschien eine Sekundenanzeige, die von fünf rückwärts zählte.

»Tun Sie das nicht. Bitte!« Christoph war überrascht, seine eigene Stimme zu hören. Sie klang irgendwie fremd. Verwaschen.

Die Anzeige sprang auf null. Die Kontur des Schriftzugs wurde kräftiger. Cornelius drückte ein weiteres Mal auf den Knopf. Das monotone Schnaufen des Beatmungsgeräts erstarb. Cornelius lehnte sich im Bett zurück, umschlang seinen Sohn mit dem Arm und schmiegte sich an ihn.

Fishs magerer Brustkorb senkte sich ein letztes Mal. Und rührte sich nicht mehr.

Christoph sprang auf, aber seine Beine knickten ein, sobald er sie mit seinem Körpergewicht belastete. Er wollte sich abfangen, aber selbst aus den Armen war die Kraft verschwunden. Er klatschte einfach hin, prallte mit Nase und Stirn schmerzhaft auf dem Boden auf.

Was hatte Cornelius ihn da trinken lassen? Offensichtlich ein Beruhigungsmittel, das seine Muskeln lähmte und ihn handlungsunfähig machen sollte. Damit er ihm nicht dazwischenfunken konnte. Er stemmte sich mühsam in die Hocke.

Cornelius beachtete ihn nicht weiter. »Heute werden aller Kummer und Schmerz enden«, sagte er. »Ich werde gehen. Anton wird gehen.« Der Alte nuschelte. Er richtete sich noch einmal auf, drehte sich zu Christoph herum, was ihm offenbar sichtliche Mühe bereitete. »Und Sie werden uns begleiten.«

Christoph wurde schwindelig, er fühlte sich benommen. »Was war das für ein Zeug?«, fragte er.

»Phenobarbital.«

Christoph musste schlucken. Der bittere Geschmack der trüben Flüssigkeit zog erneut durch seinen Mund.

»Absolut tödlich in der Dosierung, in der wir es getrunken haben«, sagte Cornelius. »So wie ich und Anton wirst auch du schlafen, Christoph Kerber. Tief wirst du schlafen! Und nie mehr erwachen!« Das Gesicht des Alten sank zurück aufs Kissen.

Mein Gott. Der Schwindel in Christophs Kopf riss alle Gedanken und Gefühle mit sich. Dieser Verrückte wollte ihn umbringen! Eigentlich hatte er es schon getan. Christoph hatte das tödliche Medikament geschluckt. Vom Magen aus verteilte es sich übers Blut im ganzen Körper, schläferte seine Muskeln ein. Und seinen Verstand. Es ließ sich nicht mehr aufhalten. Oder vielleicht doch?

Er riss die Hand hoch, rammte sich den Zeigefinger in den Hals, der Würgereiz schoss den Rachen runter Richtung Magen. Aber bevor er dort Wirkung entfalten konnte, bemerkte Christoph eine Bewegung. Laurenz stand vor ihm. Er packte seinen Unterarm, zog ihn in die Höhe und unterband damit Christophs Versuch, Erbrechen bei sich auszulösen. Sein Ellbogen knackte, ein stechender Schmerz fuhr ihm durch den Arm bis hoch zur Schulter.

»Sie können auch mit gebrochenen Knochen sterben, wenn Ihnen das lieber ist«, sagte Laurenz und ließ ihn wieder los. Christoph sank zurück, hielt sich mit letzter Kraft in hockender Position. Er blickte zu der Reporterin, die neben ihm auf dem Sessel saß. Vorgebeugt, mit zusammengekniffenen Augen, die Hände auf den Knien. Sie war offensichtlich in Habachtstellung, konnte aber nichts tun. Das Atmen bereitete ihm Mühe. Und die Watte im Kopf erstickte jeden klaren Gedanken. Alles verschwamm vor den Augen. Der riesige Laurenz mit seinen Latexhandschuhen, der unbewegt vor ihm stand. Das Bett mit den sterbenden Körpern von Cornelius und Fish, die sich nicht mehr rührten. Darüber blinkte ein rotes Lämpchen, vielleicht der EKG-Monitor, der bemerkte, dass etwas nicht stimmte, und stillen Alarm schlug.

Christoph sank zu Boden. Sprechen konnte er nicht mehr. Er konzentrierte sich mit aller Kraft auf das schwache, flackernde Licht, zu dem sein Bewusstsein schrumpfte, und kämpfte um jeden neuen Atemzug.

72

Selina hielt es nur mit Mühe auf ihrem Sessel. Vielleicht hätte sie aufspringen und Laurenz angreifen sollen, als der mit Kerber beschäftigt war. Aber Laurenz war schnell, das wusste sie, und er würde nicht zögern, sie zu erschießen. Sinnlos war es außerdem. Inzwischen waren Minuten verstrichen, seit der Psychiater das Barbiturat geschluckt hatte. So schrecklich es auch war: Kerber war nicht zu retten.

Cornelius lag benommen auf dem Bett neben seinem Sohn. Er atmete schwer und rang mit dem Tod. Aus seinem Gesicht sprach die Genugtuung eines Menschen, der seinen Frieden geschlossen hatte mit sich und der Welt. Besser gesagt: Der seinen Rachedurst an ihr gestillt hatte und endlich bereit war zu gehen. Licht aus, Tür zu. Bye-bye, Welt, wir sind jetzt quitt.

Laurenz trat ans Krankenbett. Er legte seinen kleinkalibrigen Revolver in Cornelius' schlaffe Hand, drückte dessen Finger mehrmals an Griff und Lauf der Waffe und ließ sie dort liegen.

Selina verstand einmal mehr, dass die Hinrichtung des Psychiaters keinesfalls einer spontanen Eingebung entsprungen war, sondern dass Cornelius alles haarklein geplant und mit Laurenz durchgesprochen hatte. Natürlich wollte der unbeschadet aus der Sache rauskommen. Laurenz würde unbemerkt das Haus verlassen und es so aussehen lassen, als wäre Cornelius' tödliche Abschiedsparty allein auf dessen Kappe gegangen. Als hätte er Christoph Kerber mit vorgehaltener Waffe gezwungen, das Barbiturat zu schlucken, und anschließend sich und Anton ein Ende bereitet.

Eine einzige Frage blieb offen. Laurenz sah hoch und sprach sie laut aus. »Was ist mit dir?«

»Welche Optionen habe ich?«

»Realistisch betrachtet nur eine: Du verschwindest mit mir aus diesem Haus.«

»Ist das dein Ernst?«

»Mir bist du scheißegal, ehrlich gesagt.« Laurenz zuckte mit den Achseln. »Aber der alte Mann hat dich gemocht. Er wollte, dass du am Leben bleibst. Er meinte, du wärst klug genug, um einzusehen, dass du keine andere Wahl hast, als unseren Plan mitzutragen. Du steckst zu tief mit drin. Wenn du zur Polizei gehst, bist du am Arsch. Cornelius ist tot, ich sitze in ein paar Stunden im Flieger nach Südamerika, wo ein fettes Bankkonto auf mich wartet. Der Tod des Psychiaters bleibt dann allein an dir hängen.« Er grinste und entblößte sein kräftiges Gebiss. »Falls es dich tröstet: Der Alte hat heute früh einen Haufen Kohle auf dein Konto überwiesen. Sein Abschiedsgeschenk an dich.«

»Wohl eher Schweigegeld.«

»Nenne es, wie du willst.« Er grinste, sah runter zu dem Psychiater. »Du kannst es ja seiner Witwe spenden. Ich für meinen Teil ziehe einen Schlussstrich unter diese Geschichte und fange ganz neu an.«

»Schön für dich. Ich bin mir nicht sicher, ob ich das kann.«

»Besser, als in den Knast zu gehen, oder? Deine Entscheidung. Ich hau jetzt ab.«

»Eins noch.« Sie sah zu Laurenz hoch. »Wie tief steckst du da mit drin? Kennst du das Hypnose-Video? Hast du ihm dabei geholfen?«

Laurenz zuckte mit den breiten Schultern. »Ich habe in seinem Auftrag einen Schauspieler aufgetrieben, der den Text einsprechen und anschließend die Klappe halten konnte.

Dazu ein paar russische Hacker, die das Video im Internet verbreiten und Spuren legen, die früher oder später auf den Psychiater als Urheber hinweisen. Der Alte wollte nichts dem Zufall überlassen. Bist du jetzt zufrieden?«

Selina nickte. »Also gut. Gehen wir.«

Sie stand vom Sessel auf, ging Richtung Tür.

Laurenz wartete, bis sie am Bett vorbei war, und folgte ihr.

Auf halbem Weg blieb Selina stehen, drehte sich um.

»Was ist denn jetzt?«

»Ich möchte mich verabschieden«, sagte sie. Sie brachte ein Lächeln zustande. »Könnte mir helfen, mit der Sache hier abzuschließen.«

Laurenz schnaufte und verdrehte die Augen. »Beeil dich gefälligst!«

Selina ging zurück. Auf dem Boden neben dem Bett lag der Psychiater und kämpfte gegen das Ersticken.

Sie wandte sich zum Bett. Auch Cornelius atmete noch. Sie fasste den Kopf des alten Mannes und drehte ihn zu sich. »Cornelius!« Er war benommen, an der Schwelle zur Bewusstlosigkeit, aber seine Augen waren noch wach.

Laurenz wedelte mit den Armen. »Lass uns endlich abhauen!«

Selina sog tief die Luft ein und zählte die Atemzüge. So wie Jaron, ihr Krav-Maga-Lehrer, es ihr beigebracht hatte. Weit kam sie nicht. Laurenz' Stimme dröhnte durch den Raum. »Selina, verdammt noch mal!«

Dreimal hatte sie geatmet, nicht zehnmal. Aber das genügte. »Ich spiele da nicht mit«, rief sie.

Cornelius' Augenlider zuckten. Er stöhnte, war aber zu schwach, um etwas zu erwidern.

Laurenz schüttelte den Kopf. »Mach, was du willst. Du schaufelst nur dein eigenes Grab. Ich bin dann mal weg.«

»Planänderung.« Sie griff nach unten, nahm Cornelius den Revolver aus der Hand. Und richtete ihn auf Laurenz.

Der schüttelte den Kopf. »O Mann, Kleine, vergiss es. Du wirst mich nicht erschießen. Das rettet dich nicht. Außerdem …«

Sie zielte, schoss, traf ihn genau zwischen die Augen. Laurenz hatte gerade noch Zeit, sie ungläubig anzustarren, dann brach er zusammen. Anders als Fish würde er keine zwanzig Jahre im Koma liegen.

Was folgte, war Stille.

Komplett ungewohnt, dachte sie. Seit ihrem zehnten Lebensjahr hatte Selina sich immer wieder in diesem Zimmer aufgehalten. Das monotone Schnaufen des Beatmungsgeräts, das die Lebensfunktionen in Fishs eigentlich totem Körper aufrechterhalten hatte, hatte für sie genauso selbstverständlich zu dem Raum dazugehört wie Cornelius' Anwesenheit.

Sie drehte sich um. Christoph Kerber kauerte auf dem Boden, atmete schwach, seine Augen starrten in eine jenseitige Welt, in die er Cornelius, Fish und nun auch Laurenz in Kürze folgen würde. Der Psychiater war todgeweiht. Das Gift hatte sich längst im Körper verteilt, lähmte Muskeln und Organe.

Sie beugte sich zu ihm hinunter, packte ihn an der Schulter. Er stöhnte, seine leeren Augen füllten sich mit einem Rest Leben, er richtete den Blick auf sie.

»Es tut mir so leid«, sagte sie. »Ich konnte nichts tun. Aber ich werde dafür sorgen, dass alle die Wahrheit erfahren.«

Er bewegte die Lippen. Flüsterte ihr zu. Zu leise, als dass sie es hören konnte.

»Ich verstehe Sie nicht.« Sie beugte sich weiter hinunter. »Was wollen Sie sagen?«

Christoph Kerber holte Luft, vermutlich ein allerletztes Mal. Selina hielt ihr Ohr dicht an seinen Mund.

73

Es war ein Tunnel aus Licht, in dem er voranschritt. Eigentlich war es kein wirkliches Gehen. Christoph wurde einfach vorwärtsgeschoben. Wie auf einem unsichtbaren Fahrsteig. Er bemerkte eine Bewegung neben sich und drehte sich herum.

»Hey, Alter.« Fish war neben ihm. Nicht der echte Anton Winter mit dem kahl geschorenen Schädel und dem zerstörten Gesicht. Auch nicht der Fish aus Studientagen. Sondern der Gealterte aus Christophs Fantasie. Er roch sogar nach Pfefferminz.

»Ist das hier so 'ne Art Nahtoderlebnis, oder was?«, sagte der. »Echt krass, der ultimative Bunny-Effekt. Was meinst du? Ist das hier die Wirklichkeit? Der Eintritt in ein Leben nach dem Tod? Oder gaukelt dir dein Gehirn nur etwas vor?«

»Sag du es mir! Du bist der Experte. Du hast schließlich zwanzig Jahre im Koma gelegen.«

»Du verwechselst mich mit Anton Winter, Mann. Der liegt im Koma. Lag, besser gesagt, inzwischen ist er wohl hinüber. Ich bin nur das Produkt deines Unbewussten. Das hast du ja hoffentlich kapiert.« Er boxte Christoph an den Oberarm. »Hey, falls es ein Leben nach dem Tod gibt, treffen wir den echten Anton vielleicht wieder.«

Sie bewegten sich weiter voran. Das Licht im Tunnel wurde heller, und Christoph hatte das Gefühl, dass sie sich dem Ende der Reise näherten.

»Deine Idee hat wohl nicht funktioniert. Dass diese Reporterin den Notarzt ruft und dich so lange Mund-zu-Mundbeatmet, bis Hilfe da ist.«

»Sonst wären wir kaum hier.«

»Was meinst du: Hat sie es überhaupt versucht? Oder hat sie dich einfach verrecken lassen?«

»Was spielt das jetzt noch für eine Rolle?«

Es ging immer weiter. Hinein ins Licht. Fish sah sich um. »Echt spooky. Glaubst du, man kann hier rauchen?«

»O Mann. Ich dachte immer, dass das Bewusstsein einem Sterbenden etwas Schönes vorgaukelt. Irgendwie frustrierend, dass meinem nichts Originelleres einfällt. Ein Tunnel aus Licht.« Er sah zu Fish hinüber. »Und ausgerechnet dich als Begleitung.«

»Ich kann nichts dafür.« Fish zog die Mundwinkel nach unten. »Tut mir leid, Alter.«

Christoph hörte gar nicht hin. »Ich werde meine Tochter nie im Arm halten können. Und Eva nicht wiedersehen.«

Die Traurigkeit überwältigte ihn. Er wollte weinen. Aber wo auch immer er gerade war, Tränen gab es hier wohl nicht. Das Licht wurde intensiver, beinahe grell. Und es fühlte sich lebendig an, es griff nach ihm, zog ihn in sich hinein. Christoph kniff die Augen zusammen, öffnete sie wieder …

Und sah in ein Gesicht. Ein junger Mann mit Brille, den er nicht kannte.

»Er ist aufgewacht!« Das Gesicht verschwand aus seinem Blickfeld, ein zweites erschien.

Eva. Sie beugte sich über ihn, lächelte, ihre Augen schwammen in Tränen. »Christoph«, sagte sie und schmiegte ihre Wange an seine. Er spürte ihre warme, tränennasse Haut.

Sein Herz tat einen Sprung, füllte sich mit Glücksgefühlen. Er lebte! Selina hatte getan, worum er sie mit den letzten Worten, die ihm geblieben waren, gebeten hatte. Sie hatte ihn beatmet und den Notarzt gerufen. Sie hatte ihm das Leben gerettet.

»Da ist jemand, den du unbedingt kennenlernen musst«, sagte Eva und löste sich von ihm.

Christoph versuchte, ihr mit den Augen zu folgen. Das ging sogar. Auch den Kopf konnte er drehen.

Er lag in einem Krankenzimmer. Den medizinischen Geräten nach, die um ihn herumstanden, auf einer Intensivstation. Das bebrillte Gesicht gehörte einem Arzt im weißen Kittel. Er sprach etwas zu einem Krankenpfleger, der neben ihm am Fußende des Bettes stand. Christoph verstand nicht, was er sagte.

Stattdessen hörte er Babygeschrei.

Eva setzte sich seitlich auf die Bettkante. Sie hielt einen Säugling im Arm. Ein winziges Bündel Mensch im weißen Strampler mit riesigen blauen Augen, zuckersüßen Pausbäckchen und einem braunen Haarflaum auf dem Kopf.

»Schau mal, das ist dein Papa!«, flüsterte Eva dem Baby ins Ohr.

Seine Tochter sah ihn an und gluckste, und Christoph verspürte den übermächtigen Wunsch, die Kleine zu berühren. Tatsächlich setzte seine Hand sich in Bewegung. Sie zitterte. Eva half ihm, führte seine Finger an die Wange des Babys. »Das ist Emma. Unsere Tochter.«

»Hallo, Emma.« Er streichelte über zarte, weiche Babyhaut. Der Anblick der Kleinen verschwamm hinter einem Film von Tränen.

»Sie ist vor zwei Tagen auf die Welt gekommen. Gesund und munter«, sagte Eva. »Da hast du noch im Koma gelegen, und die Ärzte waren damit beschäftigt, dich am Leben zu halten und dieses Zeug aus deinem Blut zu spülen.« Ihre Blicke trafen sich.

»Ende gut, alles gut. Was, Alter?« Fishs Stimme durchbrach den Moment des reinen, stillen Glücks.

Christoph zuckte zusammen. Das ist der Tumor, sagte er sich. Die Stimme existierte nur in seinem Kopf. Sie war reine …

Einbildung.

Das Wort wummerte durch seinen Schädel. Er kniff die Augen zu, und eine plötzlich aufschießende Angst hielt ihn davon ab, sie sogleich wieder zu öffnen. Was würde er sehen? Vielleicht bildete er sich weit mehr ein als nur Fishs Stimme. Vielleicht waren Eva, Emma, das Krankenzimmer und alles andere am Ende auch nur …

Christoph nahm allen Mut zusammen. Er riss die Augen auf.

Fish stand am Fußende des Bettes. Er trug seinen alten Parka und grinste. Die Zeit schien sich zu dehnen, gleichzeitig verschwammen der Anblick des Krankenzimmers, das Bild des Arztes und des Pflegers, sogar das von Eva und Emma. Fish hob wie in Zeitlupe die Arme in die Höhe, führte die Hände seitlich an den Kopf und wackelte damit. Als wären es zwei Hasenohren.

DANKSAGUNG UND NACHWORT

Bevor ich Sie einlade, Licht in die dunkle Seite der Hypnose zu bringen, möchte ich den Menschen danken, ohne die dieses Buch nicht zustande gekommen wäre:

Das dickste Dankeschön gebührt meiner Frau Inken, die wie immer als Erste das Manuskript gelesen und mir unverzichtbare Tipps und Hinweise gegeben hat. Meinem Freund und Psychotherapeutenkollegen Rainer danke ich insbesondere für den fruchtbaren Austausch über Hypnose. Ole hat mit seinem besonderen Blick für originelle Details zur Verbesserung des Romans beigetragen. Annemarie Lüning hat sich nicht nur gründlich durch den Text gearbeitet und all die kleinen und größeren Fehler angekreidet, die ich im Eifer des Schreibens so fabriziere, sondern sie hat auch ihre Expertise zum Thema Vornamen eingebracht. Wer schon immer mehr über Herkunft und Bedeutung des eigenen Vornamens wissen wollte oder Anregungen für anstehenden Nachwuchs oder den nächsten Roman braucht, der oder dem kann ich ihren Blog und ihre Bücher wärmstens ans Herz legen.

Mit meinem Literaturagenten Dirk Meynecke von der Agentur Buchplanung, der Lektorin Dr. Clarissa Czöppan und dem Team von Droemer Knaur, namentlich Christine Steffen-Reimann, Monika Neudeck und Monika Zemene, blicke ich bereits auf eine mehrjährige Zusammenarbeit und das nunmehr dritte Buch zurück. Dafür ein ganz herzliches Dankeschön!

Abschließend möchte ich Ihnen, meinen Leserinnen und Lesern, danken, dass Sie meiner Geschichte Ihre Aufmerksamkeit geschenkt und Christoph, Fish, Eva, Selina, Ansgar und Cornelius in Ihren Gedanken, Gefühlen und Fantasien zum Leben erweckt haben. Ich hoffe, Sie hatten eine spannende Zeit miteinander. Wenn Sie Fragen haben, Anregungen oder ein Feedback loswerden wollen, schreiben Sie mir gern über meine Homepage krauskrimi.de oder meine Social-Media-Kanäle. Aber Achtung: Ich antworte!

Was ist also dran an der dunklen Seite der Hypnose? Ist es möglich, einen Menschen mit Hypnose zu Taten zu drängen, die er eigentlich nicht tun würde, so wie Anton Winter alias Fish es in meinem Roman behauptet?

Die einfache Antwort lautet: Ja. Aber bevor Sie mich mit dieser Aussage zitieren, lesen Sie bitte erst weiter!

Unbestritten ist, dass Menschen durch Hypnose in einen besonderen Bewusstseinszustand versetzt werden können, der als entspannend bis schlafähnlich erlebt wird. Abhängig von der individuellen Hypnotisierbarkeit und der Trancetiefe ist es möglich, einzelne Sinneswahrnehmungen abzuschwächen, zu verstärken, ganz auszuschalten oder Trugwahrnehmungen hervorzurufen: Der oder die Hypnotisierte hält zum Beispiel eine Zwiebel für einen Apfel und isst sie auf. Oder er oder sie hält einen Bleistift für eine Schlange und weigert sich, das vermeintlich giftige Tier anzufassen. Die aus der Hypnose abgeleiteten psychotherapeutischen Verfahren nutzen die hypnotische Trance und die dadurch verstärkte Suggestibilität, um konstruktive Einstellungen und Verhaltensmuster zu stärken beziehungsweise neu zu entwickeln oder um schädliche innere Prozesse und Verhaltensweisen zu reduzieren. So weit, so gut.

Was aber ist nun dran an der dunklen Seite?

Die Frage, ob ein Hypnotiseur einen Hypnotisanden zu Handlungen zwingen kann, die dieser im Wachzustand nicht ausführen würde, ist wohl so alt wie die Hypnose selbst. Gut dokumentiert ist zum Beispiel ein zur damaligen Zeit aufsehenerregender Fall, der im Jahr 1927 seinen Anfang nahm. Die moderne wissenschaftliche Hypnose hatte da bereits einige Jahrzehnte auf dem Buckel.

Die siebzehnjährige Alice E. lernte während einer Zugfahrt den Betrüger Franz Xaver Walter kennen und ließ sich auf eine für sie unheilvolle Bekanntschaft ein. Franz Walter gab sich gegenüber der jungen Frau als Naturheilkundiger und Homöopath aus. Er hypnotisierte sie im Verlauf der nächsten Jahre wiederholt und hielt Alice, die verlobt war und kurz darauf heiratete, in einer abhängigen Beziehung. Er beutete sie sexuell und finanziell aus, drängte sie zu sechs Mordversuchen an ihrem Ehemann und zu mehreren Suizidversuchen. Die junge Frau gab sich später vor Gericht ahnungslos, sie habe sich in einem »willenlosen, hypnotischen Zustand« befunden und könne sich an das meiste nicht einmal erinnern.

Der Strafprozess (gegen Franz Walter wohlgemerkt, nicht gegen Alice E.) fand im Frühsommer 1936 in Heidelberg statt und mündete in einem Streit zweier psychiatrischer Gutachter: Der renommierte Arzt und Hypnosespezialist Ludwig Mayer untersuchte das vermeintliche Hypnoseopfer Alice E. über viele Monate in unzähligen, teils unter Hypnose stattfindenden Sitzungen und vertrat vor Gericht die Auffassung, dass die Frau eine durch Hypnose ausgelöste Persönlichkeitsspaltung aufweise und sich bei den vorgeworfenen Taten in einem komplett willenlosen Zustand befunden habe.

Mayers Gegenspieler im Strafprozess war der nicht minder renommierte Sozialpsychiater und Ordinarius für Psychiatrie und Neurologie am Universitätskrankenhaus Hamburg-Eppendorf, Hans Bürger-Prinz. Der Psychiatrieprofessor bestritt Mayers Hypothesen zur Macht der Hypnose und erklärte das

Verhalten der Alice E. als Folge allgemeiner psychologischer und psychiatrischer Phänomene, namentlich einer labilen Persönlichkeit, unterdrückter sexueller und aggressiver Triebe und einer »sexuellen Hörigkeit« gegenüber Franz Walter. Die Richter folgten letztlich den Ausführungen Mayers. Alice E. ging straffrei aus, Franz Xaver wurde zu zehn Jahren Zuchthaus verurteilt.

Die damalige Auffassung Mayers zur Macht der Hypnose würden heutzutage vermutlich keine Gerichte und nur wenige Fachleute teilen. Und damit komme ich zurück zur Eingangsfrage: Ist es möglich, einen Menschen mit Hypnose zu Taten zu drängen, die dieser eigentlich nicht tun würde?

Die komplizierte Antwort lautet nämlich, dass die Frage falsch gestellt ist. Richtig müsste sie lauten: Ist es mit Hypnose *leichter*, einen Menschen zu Taten zu drängen, als ohne Hypnose?

Diese Frage wiederum lässt sich klar verneinen. Denn die einfache wie traurige Wahrheit ist, dass sich Menschen zu allen erdenklichen Verhaltensweisen manipulieren, drängen, überreden und verführen lassen. Ob mit oder ohne Hypnose (an dieser Stelle danke ich dem Blogger Escatan, der unter https://hypnoseverbrecheninfo.wordpress.com/2010/04/07/ hypnose-verbrechen viele kluge Sachen zu diesem Thema geschrieben hat). Wer wie ich sich schon einmal in einer Einkaufspassage von einem charismatischen jungen Menschen eine Spendenmitgliedschaft für einen dubiosen Tierschutz- oder sonst einem Verein hat aufschwatzen lassen, weiß, wovon ich spreche. Es gibt eine Reihe von Experimenten rund um diese Fragestellung, die, wissenschaftlich korrekt, mit Kontrollgruppen durchgeführt wurden. Ein Teil der Versuchspersonen erledigte eine Aufgabe unter Hypnose (zum Beispiel, in eine Kiste mit vermeintlich giftigen Klapperschlangen zu greifen), die andere im Wachzustand. Die Ergebnisse der Untersuchungen weisen überwiegend in die gleiche Richtung: Menschen machen die unglaublichsten Sachen. Ob mit oder ohne Hypnose. Neben der allgemeinen Beeinflussbarkeit kommt in Labor- oder Showsituationen hinzu, dass die Probanden in der Regel wissen, dass es sich um ein Experiment oder eine Show handelt. Sie ahnen, was von ihnen erwartet wird, und vertrauen darauf, dass alles gut gehen wird (und sich der Versuchsleiter oder Showhypnotiseur, anders als Fish in meinem Roman, nicht wirklich erschießen lassen will).

Das reale Leben vieler Menschen hält deutlich gefährlichere und dramatischere Beispiele für Manipulierbarkeit bereit. Menschen wenden sich extremistischen Ideologien oder Verschwörungstheorien zu, halten an destruktiven Beziehungsstrukturen fest oder begehen unter innerem oder äußerem Druck schwere Verbrechen. Unser Fühlen, Denken, Wollen und Handeln unterliegen permanenten, teils bewussten, teils unbewussten und oft genug widersprüchlichen Einflüssen: von außen durch vielfältige Interaktionen mit der Umwelt, von innen durch ein ganzes Bündel von Wünschen und Motiven, Konflikten und Ängsten. Unsere freie Willensbildung ist ein zartes Pflänzchen, das dabei leicht unter die Räder gerät. Dies gilt umso mehr, wenn eine schwere psychiatrische, oder, wie bei Christoph Kerber im Roman, eine neurologische Erkrankung ins Spiel kommt.

Hypnose spielt bei all dem keine Rolle. Ich glaube, dass die unheimliche Faszination, die von der Hypnose ausgeht, dem unbewussten Wunsch vieler Menschen entspringt, eine Bedrohung lieber in der »Welt da draußen« zu verorten, statt die eigene Manipulierbarkeit anzuerkennen (Psychologen sprechen hier von Externalisierung). Sich vor einem Hypnotiseur zu gruseln, der uns in Trance geheime Botschaften ins Gehirn pflanzt, ist vergleichsweise einfach. Den äußeren Einfluss sozialer Medien, von Werbung, Influencern oder politischen Parolen oder den inneren Einfluss konflikthafter Wünsche und Ängste auf die eigene Meinung und die eigenen Handlungen zu erkennen und zu hinterfragen, ist deutlich schwieriger.

In diesem Sinne: Bleiben Sie wachsam!

Ihr Christian Kraus
Hamburg im März 2021

Traue niemandem.
Vor allem nicht dir selbst.

CHRISTIAN KRAUS

TÖTE, WAS DU LIEBST

PSYCHOTHRILLER

Ihr Gesicht ist so schön. Sie trägt Lippenstift, ein tiefdunkles Rot. Ihre Haut ist blass und dünn wie Butterbrotpapier.
Verletzlich.
Ein Jammer, dass Sie sie nicht sehen können.
Ich bin kein Dichter oder so. Aber bestimmt ahnen Sie, was ich meine. Wie ein dicker Tropfen Blut auf frischem Schnee.

Ein Mörder geht um in Hamburg. Getrieben von einem alten Versprechen aus dunkler Vergangenheit, tötet er erst Katzen, dann Menschen.
Der junge Kriminalkommissar Alexander Pustin tritt seinen Dienst bei der Mordkommission an. Er trifft auf die unnahbare Gerichtsmedizinerin Luise Kellermann, zu der er sich magisch hingezogen fühlt.
Und setzt damit eine verhängnisvolle Entwicklung in Gang.

Abgründig, verstörend und hochspannend –
ein Psychothriller von einem Experten für gestörte Seelen.

Was tust du, wenn dir alles genommen wird –
und du weißt nicht, von wem?

CHRISTIAN KRAUS

NICHTS WIRD DIR BLEIBEN

PSYCHOTHRILLER

Der Psychoanalytiker Thomas Kern ist geschockt, als er den Freitod einer jungen Patientin mit ansehen muss, ohne eingreifen zu können. Doch es kommt noch schlimmer: Kurz darauf erhält er Besuch von der Polizei. Ihm wird vorgeworfen, das Mädchen missbraucht und so erst in den Tod getrieben zu haben. Thomas' Frau setzt ihn vor die Tür, Freunde und Kollegen wenden sich ab, seine Tochter Natascha will nichts mehr mit ihm zu tun haben. Erst als Thomas herausfindet, dass Nataschas neuer Freund Mitglied in einer gefährlichen Sekte ist, ahnt er, welches perfide Netz sich Stück für Stück um ihn zusammenzieht.

Ein atemberaubend spannender Psychothriller über einen
Psychoanalytiker und seinen Wettlauf gegen die Zeit von dem
Psychotherapeuten und Psychoanalytiker Christian Kraus.